赌王大清

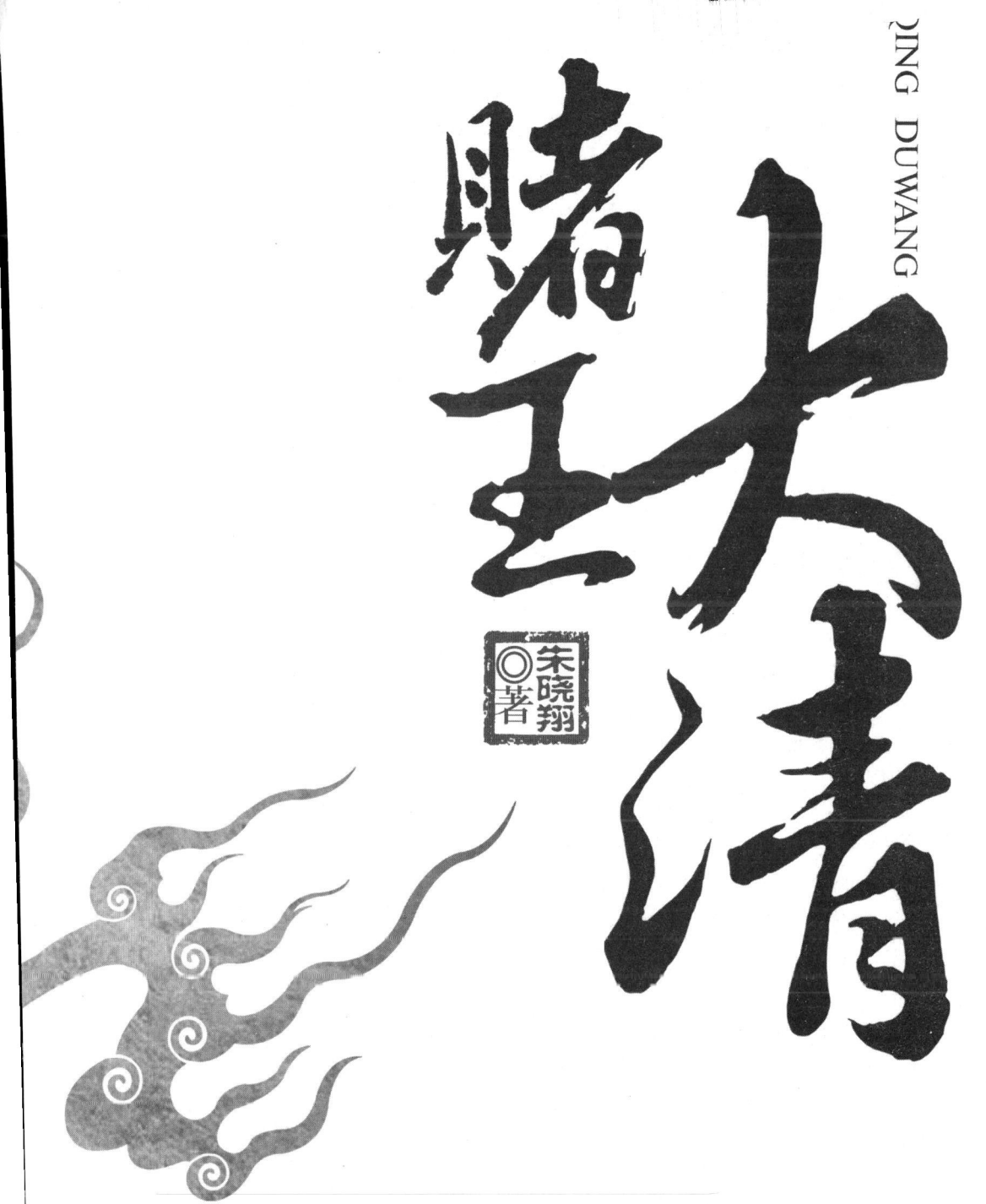

QING DUWANG

朱晓翔 著

中国华侨出版社

图书在版编目(CIP)数据

大清赌王/朱晓翔著. —北京：中国华侨出版社，2013.3
ISBN 978-7-5113-3401-5

Ⅰ.①大… Ⅱ.①朱… Ⅲ.①长篇小说－中国－当代
Ⅳ.①I247.5

中国版本图书馆 CIP 数据核字(2013)第 053578 号

● 大清赌王

出 版 人 /	方　鸣
著　　者 /	朱晓翔
策　　划 /	周耿茜
责任编辑 /	文　喆
责任校对 /	王京燕
装帧设计 /	玩瞳装帧
经　　销 /	全国新华书店
开　　本 /	710×1000　1/16　印张 18　字数 280 千字
印　　刷 /	北京中印联印务有限公司
版　　次 /	2013 年 5 月第 1 版　2020 年 5 月第 2 次印刷
书　　号 /	ISBN 978-7-5113-3401-5
定　　价 /	54.00 元

中国华侨出版社　北京市朝阳区静安里 26 号通成达大厦 3 层　邮编：100028
法律顾问：陈鹰律师事务所
编辑部：(010)64443056　64443979
发行部：(010)64443051　传真：(010)64439708
网　　址：www.oveaschin.com
E-mail：oveaschin@sina.com

目录

楔子 / 001

第一章　不赌为赢 / 005

第二章　皇家贵宾 / 011

第三章　纵马京郊 / 019

第四章　天牢黑幕 / 026

第五章　京城名媛 / 033

第六章　耻辱之败 / 040

第七章　疑雾重重 / 048

第八章　神秘会见 / 056

第九章　同门竞技 / 063

第十章　爱恨难言 / 070

第十一章　牧场赛马 / 077

第十二章　天威难测 / 085

第十三章　旖旎春光 / 092

第十四章　奇峰突转 / 099

第十五章　蒙陷入狱 / 106

第十六章　柳暗花明 / 113

第十七章　劫后重生 / 120

第十八章　盘根错节 / 126

第十九章　伊人夜惑 / 133

第二十章　巧过三关 / 140

第二十一章　太子门下 / 147

第二十二章　必败赌局 / 154

第二十三章　峰回路转 / 162

第二十四章　陈年旧案 / 170

第二十五章　为情而恸 / 177

第二十六章　惊天隐秘 / 185

第二十七章　山雨欲来 / 191

第二十八章　极危追杀 / 198

第二十九章　决战前夕 / 206

第三十章　巅峰对决 / 214

第三十一章　奇兵迭出 / 221

第三十二章　离奇暴亡 / 228

第三十三章　人在江湖 / 234

第三十四章　悬崖决斗 / 241

第三十五章　偃旗息鼓 / 249

第三十六章　波谲云涌 / 257

第三十七章　急转而下 / 264

第三十八章　绝世赌局 / 271

第三十九章　归隐江湖 / 277

楔　子

　　三月初四晚，北京城罕见地下了一场大雪。因为正好是清明，老北京都说这不是"倒春寒"，而是"鬼见愁"，专门冻鬼的。

　　絮花般的雪片里，一顶淡黑色软轿沿着皇城墙一溜疾行，不久来到铁树斜街东南的双塔胡同。进了胡同不多远便有扇面南朝北的双开铜门，门口矗立着一对凸目含珠的貔貅，夜幕中四五个人影在角落里若隐若现。

　　王秋刚下轿，一个汉子迎上来，锐利的眼光在他身上扫了扫，恭声道："里面请。"

　　转过照壁墙，沿着回廊进了前院，却一拐来到东北角小厢房，屋内站着几名虎背熊腰的壮汉，桌上有一叠衣物。这是皇城根赌博的规矩，行话叫"净衣"，用来防止参赌者夹带作弊工具。王秋心中雪亮，从里到外换上衣衫，出门后汉子带着他又转了个方向，从一处宽仅两尺的夹巷里斜插进一座精巧幽静的别院，行至滴水檐前时汉子止步，抬手示意他进去。

　　进了屋，十多支明晃晃的牛油蜡烛亮得刺眼，东厢房门口摆着小方桌，外侧有只镂空雕花马凳，不消说是留给王秋坐的。对面则是稀疏有间的珠帘，珠帘后坐着的人全身隐在阴影里，看不清面目。

　　"请坐。"珠帘后的人说。

　　王秋一拱手："谢谢董先生。"

　　珠帘后的人仿佛笑了一声："除了董先生三个字，对于我，你还知道什么？"

　　王秋微滞。

　　董先生是皇城根最神秘的人士之一，江湖上查不出任何关于他的资料，据说他在京城赌博圈有着举足轻重的影响力，但到底影响到什么程度谁也说不清。至于今晚董先生"小玩几手"的邀请，王秋本打算婉言谢绝，但有圈内人提醒说不要拒绝董先生，否则没法在京城立足，这才勉强前来。

　　"看来是不知道了，"董先生道，"可对于王先生，我倒听说一些传闻，不知是否属实。"

"敬请指教。"

"王先生是江湖八大赌门之首——飘门的高手!"

王秋全身一震:能张口就道出自己的来历,董先生委实不可小觑。

"王先生十四岁出道,在江浙一带创下连胜九十二场的纪录,十八岁时转战山东,击败齐鲁三大赌王,再北上山西、河北,九个月里让十七家赌坊破产,然后,"董先生徐徐喝了口茶,"王先生突然退出江湖,回到老家蠡口隐居了三年……我很好奇,究竟什么风把王先生重新吹入江湖,一直飘到京城?"

即便隔着珠帘都能感受到董先生锐利而冷厉的目光,这个问题——恐怕不仅董先生,更是京城十三家赌坊的老板们,以及众多盘踞在幕后虎视眈眈的赌门高手们夜不成寐的问题。

幸好进京前王秋就精心准备好说辞,他喝了口茶道:"董先生知道在下当年退出江湖的原因吗?"

"好像与一场赌局有关……"

"在下正是为此而来。"

这回轮到董先生发愣了,迟疑片刻,道:"我没听懂王先生的意思……是打听到仇人的下落,还是……"

王秋斟字酌句道:"此事关系到本门一桩不甚光彩的秘密,在下实在……"

打听别的门派秘密是江湖大忌,董先生显然深谙其道,赶紧笑道:"只是随便问问……开始吧?"

"请董先生安排。"

"斗骰,"董先生说着从珠帘后捧出两副象牙骰具,道,"四骰六混,王先生应该精于此道。"

王秋仔细打量他的手,修长而洁净,手指稳定有力,左手中指上有一圈明显的凹痕,随口问:"赌注多少?"

"每局三百两。"

王秋大惊:"只……只是随便玩玩,何须如此大的赌注?"

"京城十三家赌坊,王先生已经拜访了四家,共赢得五千一百二十二两,以此为限今夜就玩十七局,王先生即使全输也不会动老本,如何?"

"只是在下并无准备,身上只带了一千多两银票……"

"无妨,偌大的京城还没有敢赖董先生账的。"

强烈的自信和难隐其锐的锋芒!董先生果然是藏龙卧虎级的人物!

王秋沉吟会儿展颜道:"恭敬不如从命,请董先生开牌。"

斗骰,是从本朝康熙年间兴起的玩法,参赌者每人一套骰具——通常是四骰六混,摇骰后根据自己的点数,再结合对方可能摇出的点数加总后叫点,最接近实际点数者胜。斗骰取胜的关键在摇和听,一方面摇出出乎对方意料之外的点数,另一方面听出对方摇出的点数。

这两点对王秋来说本来都不是问题,然而董先生提供的象牙骰具有些怪异。一是四颗骰子虽然大小完全相同,分量却有细微的区别,二是摇骰碗表面看起来光洁如镜,摇动时却有凹凸不平的感觉,使王秋摇骰时无法掌控力道和方向,听骰时精确度也大打折扣。

王秋连输三局。

第四局时董先生道:"万一真连输十七局,王先生前些日子的辛苦便化为东流水了。"

王秋笑笑道:"钱财如流水,过手不过心,输光了就当做了场梦,没什么。"

董先生纵声大笑:"好洒脱的赌品,今晚无论输赢,董某是交定你这位朋友了!"

"承蒙董先生错爱。"

赌局继续进行。毕竟是飘门高手,王秋很快克服了这套怪骰具带来的麻烦,逐步扳了几局,至第九局时董先生突然叫停,要求更换骰具。

中途换骰具是不合规矩的,除非有证据证明骰具里有名堂,何况这是董先生自己提供的。王秋只是微笑,并无异议,接下来的赌局有输有赢,但王秋始终略占上风。

赌至第十七局时已是三更天了,董先生翻翻面前的银票,道:"玩了几个时辰却无输赢,无聊之极,这一局不妨押上全部赌注最后一搏?"

"客随主便。"

不想董先生又捧出两套骰具:"决胜局,一切从新。"

王秋眼中闪过一丝讶色,但依旧没说什么,接过骰具后与董先生同时摇骰,又同时放下。

"本局应该我先叫,"董先生道,"十六点。"

王秋却没有接着叫,而是反问:"董先生确定?"

董先生诧异道:"开口定案,就算错了也不能改的,十六点!"

王秋还是微笑,陡地拿起面前的骰碗又摇了一次,道:"董先生可以再猜一次。"

董先生似乎僵住了,屋子里静得可怕。

良久,董先生慢慢将面前的银票推过去,缓缓道:"你赢了……请顺原路返回,自有人送王先生回客栈。"

王秋也不推辞,收好银票后一拱手:"在下告辞。"

目送王秋的背影消失,珠帘后面又闪出一个人影,忙不迭问:"爷,还没开盅为何认输?这一局爷是赢定的。"

董先生不吱声,伸手翻开王秋面前的骰碗,里面有颗骰子裂成两瓣,中间露出针尖大小的铅丸。

"前面两回特制西域骰具没奈何他,最后一次换的灌铅骰子又被识破,暗中用手劲把骰子震裂好让我知难而退……嘿嘿,不愧为飘门五十年以来的奇才,难得,难得。"

"爷,那……暂时不动他?"

董先生点点头:"钱财如流水,过手不过心,我喜欢这句话,嗯,暂时不动吧。"

第一章　不赌为赢

一掷万金美人醉，销魂只在水芳亭。

只要在京城生活过，无人不知水芳亭；只要是男人，无人不想逛水芳亭。它名声之响，据说连身拥三宫六院的皇帝也心有所动，民间不时有皇帝微服私行，暗地到水芳亭寻求豪赌和猎艳刺激的传说。

水芳亭西北角有座偏僻角落的木楼，上有三个大字：迟香阁。与其他楼阁相比，它寒酸而冷清，既没有红灯笼、彩绸缎、万花钱，也没有涂脂抹粉的姑娘招揽生意，冷冷的，透着幽深沉静。能出入迟香阁的都是熟客，除非有人引荐，生面孔一概拒之门外。过了门童这关，便有青衣小婢引着穿过迷宫般的甬道，来到隐匿在民居深处的一处内院，进入正门，迎面便是银钩铁蛇的四个大字：

宝隆赌坊。

宝隆是京城十三家赌坊中规模最大、实力最强、影响最广泛的赌坊，康乾盛世期间开了四十多家分店，上至高官显贵下至贩夫走卒都成为它的座上宾，白银日吞吐量高达四五十万两之巨。雍正帝以及本朝嘉庆帝严厉戒赌，对设赌场、聚赌以及官员参赌等方面施以严刑峻法，动辄革职枷责，重者甚至"发极边烟瘴充军"和"绞监候"，经此打击赌坊稍稍收敛，但赌风非但未能禁绝，反而日渐猖獗。

王秋坐在大厅中央的桌子上，玩的也是赌坊最普通的小牌九——即依据骨牌点数的不同组合来比大小。除了庄家同桌有贩醋的晋商，两位茶叶商，还有位一看便是家道破落子弟，衣袍料子昂贵，但衣角依稀有补缀的痕迹。牌局进行得很平稳，王秋的牌不愠不火，大约两盏茶工夫两位茶叶商输掉随身携带的所有银两后垂头丧气离开了。那位晋商的牌还算不错，偶尔能摸到"高脚七"、"红头"，可每次就是比庄家小一点，他越输越不服气，先是把身上银两都掏净了，然后跟站在旁边的同伴索要，同伴面有难色悄声劝阻，他却一个劲儿地伸手，争执了好久同伴才勉强从怀里取出张银票，晋商立即拍在桌上：

"球大个东西，再赌一把！"

王秋数年前去过太原，懂那边的方言，劝道："这是阁下回老家购房置产的钱，还是点到为止别赌的好。"

晋商急了，涨红脸道："崩个咋，咱说赌就赌，你不敢还是咋地？输家不开口赢家不准走，这是赌场规矩！"

这一下闹得动静有点大，呼啦围了七八个人上来，其中自然有赌坊管事和看场子的，眼睛在王秋等人脸上扫来扫去。那位破落子弟赌注最少，早早就输光了，不知为何始终没走，坐在王秋旁边观战，这会儿畏缩地躲到人群里。

赌坊管事拿起银票看了看，打圆场道："不就一百六十两吗？别吵别吵，玩一局定胜负好啦。"

王秋叹道："这可是他们哥俩在京城与太原之间奔波多年积蓄的家私，准备回老家娶老婆安安稳稳过日子的，小赌怡情，但切不可押上家底子，一时胜负无所谓，明天还得过日子啊。"

话说得众人心里都是一凛，整个大厅都静下来，连管事也一时想不出回话。然而晋商已是骑虎难下，此时断断不可能退缩，再次将银票拍在桌子中间，大声道："开牌！"

王秋一瞥大厅四遭，围观的人越来越多，外围几个高级管事模样的人向这边指指点点，显然已认出他的身份，不由暗自懊恼：真不该惹上这个活宝，今晚的计划泡汤了！

庄家手脚麻利地砌好牌并派发，晋商翻开牌一看笑逐颜开，将牌大力一敲叫道："梅花！"

周围响起感慨声，十点十白，在牌九当中算相当不错的组合，很多人玩通宵都未必能碰到一次，这次他是赢定了。当时就有人关照说赢了赶紧走，不要再玩了，晋商连连点头，一付如释重负的样子。

闹哄哄中庄家也掀开牌，周围又是一片惊呼声："邪门了，鹅牌！"四红一点，白三点，正好比梅花大！

慕赞声音中庄家面有得色一把撸过晋商的银票，瞟了王秋一眼道："你呢，几点？"

王秋不动声色一翻，周围赌客们顿时屏住呼吸，难以置信地看着牌面：八红八点，人牌！又正好比鹅牌大！

赌坊管事的笑容凝固在脸上，傻痴痴看着王秋从庄家面前取走银票，突然大喝一声："叶勒图，把欠债补上再走！"

混在人群中想溜的破落子弟一哆嗦，苦着脸边作揖边赔笑道："给两天宽限，钱肯定一分不少。"

"这些日子你已欠了八十四两六，加上利息九两三，时间一拖再拖，不还钱也罢了，偏偏天天跑进来凑热闹，债越赌越多，那点家底都被你家老爷子折腾到鸽子身上了，哪里还得起？"

叶勒图不敢辩解，不停地说："一定补上，一定补上。"

赌坊管事轻蔑地说："你家丁吃卯粮，差点喝西北风了，还补个鸟？看在你八旗份儿上，不多为难你，今晚留小半截手指再说！"

叶勒图大惊失色，扑通跪倒在地苦苦哀求，但赌坊管事已打定主意拿他开刀，杀鸡吓猴，给其他长期赖账不还的赌徒一点警告。

王秋本想趁乱离开，可"八旗"两个字使他心微微一动，再细细打量叶勒图一番，拦在赌坊管事前面道："他一共欠多少？"

赌坊管事狞笑道："九十三两九，今晚又输掉三十一两，合计一百二十四两九！剁半截手指算二十四两九，以后只收一百两银子，你还可以向邻居街坊吹嘘断指戒赌，划算吧？"

赌徒们响起会心的笑声。很多号称剁手指戒赌，都是欠下赌债还不起被剁的，这样说不过颜面好看而已。真若想戒赌，又何必自残？

"我给二十五两换这根指头，剩下的保证他两个月之内还清。"王秋道。

赌坊管事愣了愣还未接话，人群外一位高级管事扬声道："有王先生出面担保还愁什么？放他走。"

出门前高级管事满脸堆笑道："您走好……王先生来京日子虽短，却已扬名十三家赌坊，刚才都怪弟兄们眼拙没认出来，明儿个咱宝隆二当家的会专程上门赔罪。"

王秋在前四家赌坊扫了五千多两银子，今晚才赢几百两就收手，使宝隆暗地庆幸不已，说是赔罪，实则是感谢他及时收手。

王秋淡淡嗯了声，径直走出迟香阁，到了街头拐弯时一条人影闪出来，扑在他面前跪倒，咚咚咚连磕几个响头：

"这位爷，今儿个不是您大发慈悲出手相救，我半根手指就没了。"

"男儿膝下有千金，起来吧。"

"爷，我看出您是位高人，不然也不会输光后坐在旁边看这么久，收我为徒吧，我保证……"

"你先起身！"

叶勒图倒也乖巧，听出他语气中不悦之意，骨碌爬起来垂手站在身边。

王秋一瞅四下无人，取出晋商输的那张银票："打听到刚才那位兄弟的住所，现在就送过去，警告他今后……终生不准涉足赌场，安分守己过日子。"

"好嘞，我这就去办。"

叶勒图将此视为对自己的考验，接过银票兴冲冲走了。

第二天早上王秋刚起床，叶勒图已经候在客栈楼下，说通过朋友拐弯抹角打听到晋商的住所，半夜赶过去时那哥俩正在喝闷酒，收了银票后千拜万谢，发誓有生之日绝对不沾赌。

王秋微笑地点点头。其实晋商哥俩清早临出城前特意找到这儿表示过谢意，一百多两银子对叶勒图而言也是摆脱困境的契机，然而他能分文不少地转交，证明自己这一宝押对了。

"您瞧……我还能跟爷后面伺候几天？"叶勒图试探道。

王秋双手负在背后，欣赏院里的花花草草，漫不经心地问："你是哪个旗？"

提到这个叶勒图立即眉飞色舞："别看我不成器，咱家可是正黄旗的，我的全名叫依尔根觉罗·叶勒图，依尔根觉罗是满族八大姓氏之一，当年太祖入关，咱家族的勇士莽吉图、胡什布、拉哈墨尔根等等都常侍在太祖左右，后来全部做了大官。"

这些姓名王秋一个都不熟悉，不过见多识广的叶勒图以郑重的口吻说出来，想必非同凡响。

"当朝也有做大官的，像军机大臣赫苏丹、户部尚书齐兰布、工部侍郎拉哈墨尔根……对了，还有位在宫里做妃子的，名字倒忘了，去年刚从贵人进封到英妃……"

听着叶勒图絮絮叨叨越扯越远，王秋心中已打定主意，再回到屋里泡了杯湖州香片，冷不丁道："我叫王秋。"

"知道，我已经打听清楚了，"叶勒图眼中闪动仰慕的光芒，"爷是名动江湖的飘门高手，才到京城六天就横扫京城四五家赌坊，听说章罗、费约这些赌坊老板频频见面，想研究对付爷的办法呢，爷可得当心点，这伙人不讲仁义道德，什么坏事都干得出。"

"嗯。"

"爷,从今儿个起我就一步不离跟着您?"

王秋目光定定看着茶杯上袅袅升腾的水雾,道:"你想学百战百胜的赌术?"

"是啊,还是爷懂我的心思。"

"所谓'生手怕熟手,熟手怕高手,高手怕千手,千手怕失手,失手就剁手',但凡跟赌有关的东西,都是十赌九输、十赌九诈,"王秋道,"想赢钱,最好的办法是不赌,不赌为赢,钱在自家口袋里,总不会被别人抢走。"

叶勒图沮丧地说:"爷教诲得是,可我每次都仔细观察过,人家没耍诈呀。"

"被你识破还能在赌场里混?昨晚最后一局同时出现鹅牌和人牌,你看出庄家的手法吗?看出我的手法吗?"

叶勒图眼睛一亮:"爷给说说。"

王秋却岔开去:"赌术是柄双刃剑,既能伤人,也容易危及自身,赌场上技高一着缚手缚脚,强中更有强中手,很多自以为赌术高超的经常输得倾家荡产……"

这时客栈伙计送来名刺,有位姓谭的前来拜访。

"一定是谭克勤,宝隆赌坊二当家,早年在东北专门跟人参客和皮草客赌,捞得盆溢钵满,圈内都叫他'谭百万'。"叶勒图如数家珍。

"人参客的钱都是拿下半辈子的命换的。"王秋说。

谭克勤五短身材,脸圆圆的,眼睛里全透着笑意,给人非常和善的感觉,见了面拉着王秋的手不肯松:"谭某已在松翠阁订好酒席,今晚务必光临。"

"多谢谭老板好意,只是今晚在下实在另有安排,这番盛情心领了。"

"哦……也罢,反正过两天章老板、费老板等想联袂邀请王先生,咱们还是有喝酒的机会。"

"章老板是宝隆大当家,费老板是……"

"镜财赌坊大当家,此外还有邱老板、居老板、郑老板……京城十三家赌坊济济一堂,专门宴请王先生。"

王秋不动声色道:"如此重的礼节,王某如何消受得起?"

"要得,要得,"谭老板笑嘻嘻地说,"王先生此次来京有什么打算?

寻亲访友，还是游山玩水，或是在京城定居？若是寻人，我们可代为打听；若是游玩，我们派伶牙俐齿又熟悉京城每个角落的人陪同；若是定居，看风水、求购、打扫、搬迁这些小事都包在谭某身上。"

"实不相瞒，在下就是要找人。"

"喔，"谭老板身体前倾，热切地说，"不知谭某能否代劳一二？"

"此人深居简出，为人相当低调，来京城后想必也改了名字，很难打听，但他嗜赌如命，就算没钱赌也喜欢在一旁观点过干瘾，因此在下才天天出入各大赌坊。"

谭老板掩不住失望之色："那么倘若王先生一日寻不到人，京城十三家赌坊就一日不能安神？"

王秋一哂："谭老板言重了，就拿昨晚来说，宝隆可有什么损失？在下只是寻人，不是为了发财，偶尔闹点动静也是为了吸引那人现身，谭老板过去也打过围，应该知道我这个等级的人出手是何价码。"

"都怪谭某口无遮拦，"谭老板不愧为能屈能伸的老江湖，当即轻轻给自己一个耳刮子，"谭某给您赔不是了。"

"当敢，有劳谭老板转告十三家赌坊东家，宴就免了，在下也无冒犯之意，以后大家和气生财为好。"

"谭某自当效命……"谭老板还想说什么，见王秋端起茶杯，知趣地说，"谭某告辞。"

等谭克勤离开，一直躲在侧房偷听的叶勒图忙不迭冲进来说："爷想找谁？我可以帮忙。"

王秋朝他看了许久，微微一笑："那可未必。"

叶勒图仿佛受到侮辱，涨红脸道："爷有所不知，我虽然是没出息的小混混，但京城三教九流都混得厮熟，市井酒肆、街头巷尾有啥消息都瞒不过我的耳目，还有，我们这些混不着官职的八旗子弟分布极广又义气相投，不夸张地说，在京城没咱办不成的事儿。"

"但此人所在的地方非常特殊。"

"就算皇宫，叶勒图都有法子让爷进去溜达。"

"他被关在——刑部大牢死囚室，名叫陶兴予。"

"啊！"

叶勒图张口结舌，愣愣地看着王秋，半晌才冒出一句："爷，八成你跟谭克勤全说的假话？"

第二章　皇家贵宾

十三家赌坊东家接到谭克勤转达的意思后，并未有进一步动作。连续三个晚上，王秋又分别在镜财赌坊、万盛赌坊、云豹赌坊亮了相，将四千多两白银轻松纳入囊中。

第四天傍晚，王秋吃过晚饭后在院里散步，收敛心神，准备按计划到进喜赌坊，这时几天未见的叶勒图满头大汗进来，二话没说"咕噜咕噜"连喝两大碗水，手抚在心口直喘气。

"什么事把你急成这样？"王秋问。

叶勒图没来得及说话，又有客人来访，他知趣地躲进东厢房。

还是谭克勤，这回带了个黑衣黑裤的中年人，脸板得如千年不化的冰块，太阳穴两侧高高鼓起，眼里闪烁着一股浓浓的杀气。不消说，是练过多年武功的会家子。

"这位是周师傅，京派螳螂拳掌门人。"谭老板介绍道。

王秋一拱手："失敬。"

周师傅毫无表情"哼"了一声，蓦地手一扬，一道白光急射而出，只听东厢房里"哎呀"一声，原来叶勒图伸出半面脸偷窥被察觉，飞刀堪堪擦过他鼻尖深深扎在门上。叶勒图吓得魂飞魄散，身子软软瘫倒在地。

谭老板眼一瞟，微笑道："原来小叶子攀上王先生这根高枝，顺便告诉你个好消息，咱大东家看王先生的面子，把欠的赌债全免了。"

叶勒图想道声谢，牙根直打颤，一个字都说不出来。

王秋在旁边冷眼看着，一言不发。

谭老板转过脸，依然满面笑容："王先生看周师傅技艺如何？要不再表演一套正宗京派螳螂拳？"

"不必，在下待会儿还有安排。"

谭老板道："今儿个京城十三家赌坊东家又碰了面，东家们的意思是……劝王先生别再逛赌坊了。"

王秋眉毛一扬："为何？赌坊准备歇业吗？"

这是很严厉的反击。赌坊的规矩是有钱便能赌，不得因为某个赌客经常赢钱而拒之门外，正如赌客在赌坊赢了钱必须平安出门一样，否则赌坊就失去了立足的根本，传出去后会严重影响赌坊生意。

"不不不，王先生误会了，"谭老板听出其中的分量，连忙解释道，"王先生赌技已臻化境，令我等碌碌之辈仰慕不止，欢迎都来不及，然则树大招风，京城已有不良之徒暗中盯上了王先生，意图采用卑劣手段或胁迫，或利诱，或强逼王先生从十三家赌坊牟取暴利，因此奉各位东家的意思，一是转达对王先生安危的关心，二是派周师傅贴身保护，三是请王先生暂时休息几日，等风头过去再说。"

就算笨蛋也听得出所谓贴身保护就是软禁，而暂时休息几日的潜台词就是要将他逐出京城。

"谢谢各位东家好意，不过在下自有应付之策，无需周师傅保护。"

谭老板还是笑，但笑里带了点冰霜："周师傅的武功绝对值得信任，王先生最好相信这一点。"

说着使了个眼色，周师傅抓起碟子里的核桃往空中一抛，然后双手齐挥，四五道白光疾驰而出，只听见"夺夺夺"数声，五只核桃均被飞刀钉在壁板上。

"王先生，再考虑考虑？"谭老板笃信满满道。

王秋若有所思看着壁板，慢腾腾道："周师傅的功夫果然不凡，因为核桃乃在下亲手所购，是正宗燕山核桃……"

谭老板脸上又荡起笑容："所以王先生……"

"所以我向谭老板保证，燕山核桃绝对好吃，保证个个饱满脆香，"王秋说着，两只手指微微一用力，"咔嚓"，核桃裂开，然后又连捏三只，托在掌心伸过去，"不信请二位尝尝。"

周师傅脸色大变，原本灰暗的脸像涂了一层黑炭，盯着裂开的核桃良久，突然一拱手道："领教了。"说完招呼都没打便闪身出了门。

谭老板僵在座位上，隔了会儿勉强笑道："既然王先生一手好功夫，东家们倒是多虑了，谭某……这个，这个……不打扰王先生，告辞。"说完灰溜溜离开了。

关上门，王秋转身道："叶勒图，和我去进喜赌坊玩玩？"

"爷，今晚千万别进赌场，我帮着联系了一个茶围。"

"茶围？"王秋皱起眉头，"我还以为你这几天为进刑部大牢的事奔波，却不想还有闲暇找茶围。"

"爷有所不知，这个茶围正与探牢有关，"他凑过去轻声道，"我们去的这家是贝勒府，伟崟贝勒跟主管刑部大牢的护军参领雅思哈是铁哥们儿，有他一句话爷便可畅通无阻。"

"噢，那……以贝勒爷的身份，怎会跟一个江湖赌客喝茶？传出去不怕损了他的脸面？"

叶勒图笑道："这阵子伟崟贝勒心情很差，府里精心伺候的'红元帅'、'无敌王'、'铁拐将军'等，被八旗护军统领家胡公子的'昆仑太保'杀得一塌糊涂，半个月输掉六颗珍珠、两只西洋鼻烟壶、三幅宋代字画，钱财也罢了，成天被胡公子那班人笑话，全没了颜面。"

王秋恍然大悟："斗蟋蟀啊。"

"是啊，还是贝勒府师爷门槛精，怀疑胡公子做了手脚，又琢磨不出破绽，这几天四下托人寻找斗蟋蟀高手，我就把爷报上去了。"

"你倒不怕我不懂这个。"王秋失笑道。

"谁不知道飘门高手无所不精？"叶勒图趁机猛拍马屁，"赌坊间有传闻说爷在山东时调教出的斗鸡能打败猎狗，真神！"

王秋哑然失笑："市井传言，越说越邪乎。"

"但刚才爷手捏核桃吓跑螳螂拳掌门可是凭的硬功夫。"

王秋肃然道："光凭投机取巧、弄些不入流的障眼法之类，怎能在江湖上行走？赌术、诈术只是飘门博大精深技艺中最粗浅的门道，若想获得大家的敬重，须有点过硬的功夫和扎实的本领。"

叶勒图听得心痒，抓耳挠腮道："爷，我恨不得现在就行拜师大礼呢……手捏核桃这一手，要我练的话需要多长时间？"

"每日苦练两三个时辰，六七年就差不多了。"

"唉，这么久。"叶勒图颓然道。

王秋道："赌术，技巧全在手里，集软、硬、柔、韧、巧、活之大成，即便现在我每天花在手上的时间也至少三个时辰，每日苦练才不会丢了功夫和感觉……对了，你先前说今晚别进赌场是什么意思？赌坊有高手相候？"

叶勒图拍了脑袋："瞧我这记性，把最重要的事儿忘了，晚上九门提督府、大理寺和刑部联合行动，全城搜捕地下赌坊，所有参赌之人一律押入大牢听候处理。"

"竟有这等事？"王秋喃喃道，"你如何得知如此机密大事？"

"伟啬贝勒听到爷的名声后，邀今晚就去，我说太迟了，估计爷会去横扫赌坊，伟啬贝勒冷笑说那只有横扫黑牢了，然后说出晚上的行动——他舅子是健锐营步军护尉，京城兵马调动等事儿都瞒不过他。"

"连你都知道，那么以十三家赌坊的实力……"

大赌坊当家的通常是黑白两道通吃，有的赌坊幕后老板就是王公权贵，故而自康乾以来重典治乱，严厉打击民间赌博，却每每是雷声大雨点小，胡乱捉些小鱼小虾凑数而已。既然预知官府的行动，谭克勤带周师傅前来便有一石二鸟之效，若能以武力镇住王秋，使之主动离开京城为最佳；若武力无效，必定激起王秋怒火，坚定晚上去赌坊的决心，届时只要拼着牺牲一处窝点把王秋关进大牢，之后怎么玩就随他们了。

真是老谋深算，想通此环节后王秋不由不寒而栗。

伟啬贝勒的爷爷是乾隆年间位高权重的和硕亲王，父亲克勤郡王是雍正帝读书的玩伴，家族枝节繁茂。贝勒府位于西城柳荫街，中路四进四出，是为正门。王秋是从西门戏楼进的，院里一片漆黑，地面坑坑洼洼。叶勒图有些不好意思，解释说明年是伟啬贝勒四十岁大寿，按规矩要摆几天堂戏，因此最近加紧修葺戏楼，院子里有点乱。王秋情知切磋斗蟋蟀终究不登大雅之堂，肯定得私底下进行，不以为意笑了笑。

一路摸黑来到南面的三合院，虽说是读书、休闲、茶余饭后消遣的地方，依然堂高基深，门柱红青油饰，梁栋贴金描花，俨然有王府气势。

一进书房，扑面而来清沁入脾的茶香，伟啬贝勒起身笑道："王先生是南方人，来尝尝这大红袍是否正宗，若假半分，明早让人砸了久艺茶楼的招牌。"

王秋忙深深一躬："草民叩见贝勒爷。"

伟啬贝勒摆摆手："今儿个没有什么官呀民呀，就是朋友聚聚，喝喝茶，叶勒图也来一杯……听说你爹的'虎头青'生了病，最近怎么样？"

叶勒图苦笑道："别提了，前后用掉十多两银子，结果还是一命呜呼，老爹伤心得两天没吃饭，成天搂着'虎头青'不肯松手，等到快烂了才肯下葬。"

"真是鸽迷啊，"伟啬贝勒感叹道，"上次他说'虎头青'听得懂他的话，别人都不信，我信，畜牲也通人性呐。"

叶勒图连连称是，三个人又聊会儿闲话，伟啬贝勒终于从里屋捧了几个青白色泥罐出来,罐面一看便知是永乐官窑。打开罐盖,里面全是黄褐色、头大须直的蟋蟀,斗蟋蟀讲究"白不如黑,黑不如赤,赤不如黄",黄蟋蟀是蟋蟀中的尊者。

王秋拈了根斗草,在蟋蟀触须上轻轻拨,它立即张牙舞爪,怒气冲天,磨擦翅膀发出唧唧声。换了只罐再试,亦是如此。

"如何?"伟啬贝勒伏在旁边瞪大眼睛问。

"这两只是白麻头,这是蟹壳青,那是梅花翅……"王秋一一指点过去,如数家珍,"贝勒爷好眼光,选的都是山东宁津县的蟋蟀种,宁津种蟋蟀头大、项大、腿大、皮色好,还有干旱地区虫子的体质,斗性顽强,耐力好,凶悍,有咬死不败的烈性,个个价值不菲啊。"

伟啬贝勒脸上笑开了花,比夸自家儿子还高兴:"王先生好眼力,为买它们着实花了我不少心血,还跟内阁侍读学士闹了生分,唉,只是,"他脸上瞬间转阴,"这么些宝贝都败给胡公子的'昆仑太保',它不过是黄麻头罢了,到底有什么鬼名堂?"

王秋略一沉吟:"胡公子……以前可曾与贝勒爷玩过?"

"逢赌必败,前几年输给我不少钱,"伟啬贝勒坦率地说,"他跟我一样都是蟋蟀迷,两人斗十几年了,起初不分上下,后来我舍得花大价钱,而他老子八旗护军统领胡彪要做清官,家里用度有些紧,不买好的当然斗不过我,只是今年邪门儿了……"

"今年贝勒爷一场未胜?"

"是。"

"斗蟋蟀时胡公子身边有没有其他人?"

伟啬贝勒想了想:"斗蟋蟀是件热闹事,每次都有十几、二十几个圈里人观战,参斗的都带有下人,分不清生熟,但斗的时候只有我们俩在桌上,观战的站在外围,这也是规矩。"

"贝勒爷想想,斗蟋蟀时胡公子的神态、动作与往年有何不同?"

"没什么异样,上回专门让钱师爷在旁边观察过,不像做手脚的样子。"

王秋提示道:"一定有某个细微的、不引人注意的小动作,只是他做得很自然罢了。蟋蟀品级相同的情况下,胜负理应大抵相当,若出现一边倒局势,必定有耍诈嫌疑。耍诈有两种方式,一是有外人配合,叫'抬轿子',一是自己动手,叫'自设局',草民怀疑胡公子用了特殊的手法。"

"嗯——"伟嵩贝勒苦苦思索。

王秋又提示道:"实在想不出的话,就请贝勒爷把胡公子斗蟋蟀的过程模仿一遍,草民来拆解每个动作。"

伟嵩贝勒苦笑道:"老实说当时整个心思都在蟋蟀身上,哪里有工夫注意人?"

话音刚落,门外传来"扑哧"一声轻笑。

伟嵩贝勒大怒,喝道:"谁?"

"我。"一个梳着双环髻,圆脸大眼的少女跳跳蹦蹦进来,身穿芙蓉色绣百合碎花苏缎旗装,胸前挂着金衔青金石结,腰间缀有镶三节珊瑚的金黄色垂绦。

"八妹!"伟嵩贝勒无奈何道,"你白天野了一整天,不早些休息干甚?"

"哼,你骗老爷子说召集工匠修改戏楼门柱雕花图案,只有我猜出你才没那份闲心,定是寻机侍弄这些宝贝疙瘩。"

"八妹……你也忒顽皮了……"

趁两人斗嘴的空隙,叶勒图悄悄告诉王秋,她是克勤郡王第八个女儿,人称宇格格,早年与理郡王府二贝勒有婚约。未料那厮命薄,十五岁时染了天花一命呜呼,虽说未过门,克勤郡王还是按礼数让女儿守了三年孝,这不,反把婚姻大事给耽搁了。

闹了会儿伟嵩贝勒终究疼爱这位未出阁的妹妹,答应她留下,条件是不准用手碰蟋蟀。话题又转到胡公子身上,伟嵩贝勒依着记忆示范了一遍,总是不得要领,想不出异常之处。

宇格格眼珠一转,道:"斗蟋蟀会我也看过几回,觉得胡公子有个动作比较蹊跷,别人很少这么做,"她伸出雪白的胳臂学着胡子公的语气比划道,"好硬朗的身儿板,我来瞧瞧……"说着手指虚虚在蟋蟀盆上方一拂。

伟嵩贝勒不以为然道:"看到极品油然生出欣喜之情,很正常。"

"可他每次都这样拂。"宇格格辩解道。

"说明哥的宝贝个个都是极品。"

王秋沉声道:"草民大概已想到其中的奥妙。"

"是吗?"三个人齐声问。

王秋起身出去,在院外草丛里捉了只蟋蟀笼在手掌里:"贝勒爷,可否挑只与它一战?"

伟啬贝勒哈哈大笑："王先生说笑了，这是不值一提的草蟋蟀，一文钱能买三四只，如何跟我的宁津种相比?"

王秋目光闪动："贝勒爷敢下什么赌注?"

"你认真的?"宇格格好心提醒道，"我哥这些宝贝除了忾胡公子的'昆仑太保'，在京城所向披靡。"

伟啬贝勒也被激起好奇心，道："既然王先生有兴致，玩玩未尝不可，至于赌注，还是王先生先押。"

"草民想进刑部大牢死囚室探望一位朋友。"

"先前叶勒图已经说过，没问题，我押的赌注是……"

宇格格抢着说："王先生赌输的话，跟我到郊外赛一回马!"

伟啬贝勒一愣，颔首微笑道："舍妹的马术在京城赫赫有名，王先生不妨一试。"言下之意王秋已经输定了。

王秋笑笑，先将草蟋蟀放入盆中，伟啬贝勒随便选了一只也放进去。王秋用手指点点它问："这是'铁拐将军'?"

"嗯，开始吧。"

两只蟋蟀在斗草的撩拨下立即投入战斗，起初"铁拐将军"占据绝对上风，杀得草蟋蟀连连后退，溃不成军。然而渐渐地，草蟋蟀稳住阵脚展开反击，居然有攻有守，伟啬贝勒和宇格格急得大声吆喝给"铁拐将军"助威。可惜"铁拐将军"后劲乏力，愈来愈显得不支，最终被顶了个跟斗，草蟋蟀狠狠扑上去欲咬它的大腿根。王秋看个分明，斗草轻轻一顶将草蟋蟀挑出盆外。

伟啬贝勒看得目瞪口呆，半响说不出一个字来。

"王先生……这只蟋蟀恐怕不是临时所抓，是你早就准备好的?"宇格格憋了半天想出个破绽。

王秋一笑："草民以性命担保这是草蟋蟀，要不请格格和草民出去再抓一只?"

"去就去。"

"慢，"伟啬贝勒一摆手道，"我想通了，以王先生的手法，真的可以随便拿只草蟋蟀就能打败我，王先生想做的那件事七天之内一定能办到，但恳请王先生不吝指教其中的玄机。"

王秋一拱手："多谢贝勒爷……至于手法，各位觉得草民刚才的动作与胡公子有何共同之处?"

伟啬贝勒皱眉道:"很正常,没什么不同。"

叶勒图道:"整个过程似乎它们各凭本领斗的,没问题。"

"有问题,"宇格格道,"王先生和胡公子的手都靠近过我哥的蟋蟀。"

王秋微笑道:"对,这就是玄机所在。"

第三章　纵马京郊

秦兴客栈的早晨格外热闹，打五更天起就有准备出城的弄点面汤垫底，接着遛弯儿的、赶早集的以及提笼架鸟的爷们儿，一茬接一茬，伙计们忙得一路小跑，头顶热气腾腾。

今早的话题围绕着昨晚官府捉赌，不少八旗子弟、外地进京的官员以及各大王府下人奴仆都牵涉其中，据说嘉庆帝看到参赌名单后龙颜大怒，接连摔了几件玉器，下令刑部和大理寺严查到底。

王秋混在中间留意每句话，不禁庆幸攀到伟啬贝勒这根高枝，倘若昨晚不明就里被抓进去，全盘计划将付之东流。由此可见京城确实荆棘遍布、杀机四伏，稍不留意便容易招来灭顶之灾。

吃过早点，叶勒图匆匆过来逗留片刻便去了贝勒府，伟啬贝勒虽应允那件事，没人盯着不行，何况其中尚有若干关节。横竖没事，王秋沿着旧城墙慢踱，遛了一大圈回到客栈时，门口遇到位眉清目秀的俊公子，牵着两匹马冲他道：

"王先生，等你好久了。"

王秋一怔，仔细一看竟是宇格格女扮男装，连忙压低声音道："见过宇格格……"

"嘘！"宇格格示意不得泄密，随手将其中一匹马的缰绳扔给他，翻身上马前行。王秋略一迟疑，纵马跟了上去。

初秋清晨的阳光照在身上暖暖的，位于京郊东南的钦道牧场杂草丛生，一面临水，三面被茂密的树林环绕，正是打猎的好地方。

"当今皇上喜欢狩猎，做皇子时行动受限，只得经常来这一带过过瘾，如今排场大了，动辄去木兰围场，这边倒荒弃了。"宇格格边扬鞭策马边大声说。

王秋不紧不慢紧紧相随，始终与她保持一点距离，道："这一带水草丰美禽兽繁衍，方圆数十里却寥无人迹，莫非平民百姓禁止入内？"

"虽然荒弃了，还是皇家牧场呀。"

王秋默然。

宇格格冰雪聪明，看出他的感慨与无奈，笑道："王先生，请教个问题好不好？"

"但说无妨。"

"昨晚你点破胡公子作弊的手法，是在指甲里藏了针对蟋蟀配制的迷迭香，蟋蟀闻了后逐渐疲乏而后劲不足导致惨败，我想知道的是，"她提缰减速，"你身上为何有这种药？难道备有百宝囊，随时可用？"

王秋苦笑："我们这一行的恶名在外，好赌之人既跃跃欲试又格外防范，因此多数情况下开盘前我们都不知道如何赌法，准备充分些自然有底气。"

"倘若赌的项目正好是你未曾准备的呢？"

"只好紧紧盯着随时戳穿对手要诈，不过一般来说上策是靠赌术取胜，彼此心知肚明点到为止，若撕破脸就等于结了仇，此乃行走江湖之人的下下策，不到万不得已断不可为。"

宇格格理解："正如我哥，明知胡公子要诈却不能挑破，唯有自家暗底下提防点儿，顶多言语间暗示一二而已，毕竟一个圈子混的，低头不见抬头见，再说……"

"再说几年来贝勒爷也赢了胡公子不少钱财，权当返利。"

宇格格脆笑，笑声间草丛里"嗯啦"飞起一群色彩斑斓的鸟儿，她迅疾无比张弓、搭箭、瞄准，"嗖"一声，一只肉鼓鼓的松鸡应声而落。

"好身手。"王秋赞道。

"王先生也来一个？"

"不敢献丑，"王秋道，"在马术、骑射、狩猎方面，八旗子弟有独到之处，汉人远不能及。"

宇格格"嗤"了声，道："八旗子弟，现在几乎成为骂人的话了，酗酒滋事、沉迷赌博、玩物丧志、不学无术，就是对这群人的写照，拿我哥来说，三十多岁正值壮年，本是事业有成前途无量的时候，却为小小的蟋蟀茶饭不思，还有叶勒图的父亲，把家里那点薄财全折腾到鸽子身上，没钱到官场上打点，结果叶勒图几弟兄无所事事，成天除了正事什么都干。"

"格格说得草民惭愧不已，草民也是除了赌技其他一无是处。"

"不准在我面前称自己草民。"

她扭头嗔怪道，太阳从云彩间射出点点霞光，映得她眼眸格外明亮，脸颊边茸毛间腾起淡淡的雾气，脸上、唇上则泛出熠熠光彩。王秋眼睛仿佛被刺着了，忙不迭移开目光，神情竟有点狼狈。

"我喜欢你谈论赌术时的表情，让人感觉一切尽在掌握，这恐怕就是高手的风范吧？"到底是满族女孩，说到喜欢时落落大方毫不忸怩。

王秋顶不住了，脚底马刺刺了下马肚一溜烟蹿到前面，宇格格策马扬鞭，没多久便追了上前，道："喂，敢不敢赛马？赌我至少胜你一个马头！"

"格格明知草……在下马术不精。"

"飘门赌术无所不精，而且听人家说飘门中人若无正当理由，任何时候都不可以拒绝挑战，是吗？"

宇格格歪着头问，王秋哭笑不得："你倒打听得清楚……怎么赌？"

"我赢的话，以后你得经常陪我外出游玩。"

王秋受不了她直白坦率的眼光，避开道："在下……若赢了，请格格帮忙引见一个人。"

"谁？"

"在下还没赢呢。"

宇格格一笑，鞭鞘指着远处山丘上的亭子道："先到亭子者为胜，开始！"

随着一声唿哨，两匹骏马箭一般向山丘方向疾驰，马蹄踏处灰尘四起，草泥飞溅。宇格格脸涨得通红，左手紧握缰绳，右手挥动皮鞭，脚底连催马刺，身体几乎全贴在马背上，与马头成一条直线。在她的操控下骏马如枣红色飓风直扑山丘，很快将王秋甩下将近半个马身。

眼看离山丘只剩二十多尺，差距却愈来愈大，王秋放弃追赶，道："格格赢了。"

宇格格怕他耍诈，策马冲上山丘才停住，笑逐颜开道："我真赢了飘门高手，到京城以来未尝一败的王先生！"

"百战百胜只是江湖传说，赌术再高也有阴沟翻船的时候。"王秋微笑道。

"那就说定了，以后随便我去哪儿你都得跟着。"

"在下遵命。"

宇格格抛了缰绳，躺在被阳光晒得又松又软的草地上，随手扯了根草茎在嘴里咀嚼，过了片刻问："刚才你说想见谁？"

"可惜在下输了。"

她无声笑了,看着他似笑非笑道:"我又没说不帮忙。"

王秋心"咯噔"一下,停了半晌道:"京城名人,郗大娘。"

"郗大娘,茶道、刺绣、花艺、琴棋书画无一不精,她的茶围子王孙权贵挤破头想参加,有关她的故事三天三夜都说不完,"宇格格若有所思问,"你找她干嘛?"

"老实说我也不十分清楚,"王秋迟疑了会儿接着说,"在下怀疑她与在下欲见的死囚犯有关。"

"你最好只是打听消息,千万别得罪她,郗大娘人脉之广、后台之硬难以想象,而且隐隐与神秘莫测的董先生有些关系,否则不知被那些没出息的八旗子弟欺负多少回了。"她警告道。

王秋精神一振,连忙问:"格格也知道董先生?"

"京城最大的庄家,凡是规模空前的赌博背后都有他的影子,只是他的来历、他的真实身份始终是个谜,因为无人见过他的真面目。"

"连朝廷也不知道?"

"你真逗,"宇格格道,"他又没作奸犯科,杀人越货,谁吃饱了没事干调查他?再说朝廷高官、王公贵族大抵涉赌的,万一惹火烧身怎么得了?"

"他坐什么庄?赌什么?"

她耸耸肩:"具体情况恐怕圈内人也说不清,总之董先生只做大买卖,十三家赌坊东家不过相当于他手下的伙计。"

"喔……"

王秋陷入沉思。

休息片刻,宇格格拉他到附近密林中打猎。自打嘉庆帝每年到木兰围场,钦道牧场已荒弃数十年,但一如往昔禁止平民进入打猎、砍柴等活动,皇族王公平时纵酒作乐难得来一两趟,因此成为鸟兽繁衍的乐园。两人在林中肆意驰骋,手起箭出,至中午时分已猎杀了六只野兔、两只角雉、一只幼鹿和两只赤斑羚。宇格格仍不甘心,恨恨说可惜被蛇扰了心神,不然那头豚鹿保准跑不掉。王秋说少杀生为宜。

寻了处避风的平地,宇格格拿了牛角尖刀放血、剥皮、剔骨,然后燃起篝火,将兽肉支在架子上烧烤,不时撒些孜然、胡椒粉、盐末,不久便散出阵阵肉香。王秋贪婪地吸了口气,赞道不愧是马背上的民族,手法如此娴熟。她惆怅道马背上的民族如今快不会骑马了，不信把叶勒图唤来试试，保证十步之内摔下来。

肉烤得差不多时，宇格格取来一皮袋马奶酒。吃着香气四溢的烤肉，喝着醇厚美味的马奶酒，放眼欣赏远处的山峰、近处的树林河流，聊些轻松开心的话题，王秋觉得心情前所未有的欢畅，原本不善饮酒的他不知不觉多喝了几口，醺醺然身体仿佛要飞起来，倚着大树竟睡着了。

不知睡了多久陡地惊醒，先是吓出一身冷汗，暗骂自己太疏忽大意，居然在陌生环境里毫无防备地睡觉，接着便看见宇格格坐在身侧，手里捧着一束野花边仔细整理边哼着一首充满欢快的民歌，清晰可见她嘴角上的笑意。

这一刻使王秋找到久违的温馨，他没有说话，也没有挪动身体，静静躺着听宇格格唱了一首又一首，直到太阳快要落山。

回城依然是快马加鞭，一路上两人没怎么说话，但感觉亲近了许多。为避免闲话，离客栈两条街时两人便分了手，回到住处，叶勒图已等候多时，一个人在院里老牛推磨般直兜圈子。

"爷，可把您盼来了，还以为爷要在郊外露营呢。"

"怎么会？"王秋随口道，一琢磨觉得叶勒图话中有话，瞪眼道，"说什么呢？"

叶勒图诡秘一笑："宇格格是京城众多格格中最出色的，性格豪爽，文武双全，而且眼高于天，能得到她垂青的男人并不多。"

"叶勒图！我们只是到京郊打猎，别乱想。"

"嘿嘿，不乱想，不乱想，总之爷悠着点儿就行了，"叶勒图话锋一转入了正题，"今儿个我在贝勒府盯了一天，爷的事总算有点眉目，只是……"

王秋心一跳："什么情况？"

"刑部大牢死囚室分'天、地、人'三部分，人字号是刑部经手的案件，地字号是刑部与大埋寺、都察院等部联合经办的大案，天字号则是皇上或亲王直接交办的要案，陶兴予就被关在天字号。"

"是，我知道此事很难办，所以才费这些周折。"

"天字号寻常人等无法进入，护军参领雅思哈都不敢承担，还须找更高级主事打招呼，我出来时贝勒正琢磨请胡公子亲自出马。"

"哦，他父亲是护军统领。"

"胡统领这条路走不通，但胡公子舅舅乃神机营参将，跟刑部素有来往，或许能打通关节，不过爷……"叶勒图欲言又止。

"但说无妨。"

"陶兴予案颇有些古怪，当初是以官员参赌且欠下巨额赌债的罪名投入大牢，审讯时变成贪赃枉法、中饱私囊，案宗却记录他玩忽职守，私自销毁皇上签红的文书档案，而督办此案的居然是仪亲王，因此强如伟啬贝勒都有些顾忌，"叶勒图道，"贝勒爷让我转告爷，既然陶兴予案牵涉到官员参赌，以爷的身份最好远避，否则容易引火烧身。"

王秋喟然长叹："何止古怪，此案简直……我如何能远而避之？"

叶勒图趁机问："陶兴予跟爷是什么关系？"

"唉，说来话长……"

王秋的父亲王重是陶家的长工，因追赶疯牛摔下悬崖身亡，王母受此刺激不久也抑郁离世。其时王秋才五岁，正好陶兴予在苏州为官，将他收为义子视同己出。八岁那年，飘门前辈"千爪鱼"任宏看中王秋的天赋，提出收他为徒，亲戚们一致反对，又是陶兴予拍板支持，认为未必非在读书入仕的道上挤破头，从而造就了飘门的一朵奇葩。

陶兴予被关入京城天牢的那天，王秋正泛着一叶扁舟在太湖里采菱。时值夏秋之交，菱角开端长成，壳儿并不硬，只须用竹竿把菱叶翻过来，一张叶子下躲闪着四五只菱角，轻轻一剥，雪白甜嫩的菱肉便化为清香进了肚。远处则是成群结伴的江南采菱女，哼着绵软的吴歌，裤角卷到膝盖露出嫩藕般的小腿，如燕子般在菱叶间转来转去，不时留下一串清脆的笑声。

消息如暴风骤雨般急卷而至，王秋赶到陶兴予在苏州城的老宅时，宅院大门上已贴了封条，全家老小均戴上枷铐连夜押解进京，陶家置的良田、开的绸缎铺也悉数查封。

陶兴予是吏部文选清吏司郎中，虽然只是从四品，但负责大清王朝文员的选用，可谓重权在握，是各地督抚大员竞相巴结的对象。他家产丰厚不屑利用职权谋私利，为人老实持重，从不介入京城派系纠葛，是官场上众所周知的好人。然而这个好人一夜之间被秘密抓捕入狱，冠以各种奇怪的罪名，连京城的家眷和老家亲戚都未能幸免。

吏部右侍郎岳恺为下属打抱不平，非要执行拘捕的内务府官员说个究竟，得到理由是：陶兴予参与地下花会，做庄操纵赌盘，因为意外损失惨重，欠下巨额赌债。官员参赌聚赌是本朝嘉庆帝严令禁止的，岳恺不好再追问下去。

入狱前半个月，大概有不安的预感，陶兴予提笔给数年未联系的王秋写了封信："……节根盘错，然余心意已决，明知不可而为之。他日若余有不测切不可进京追查，保定张盛公略加一二……"

张盛公是陶家的管家，数月前因风湿病渐重腿脚不便而告老回乡。王秋第一时间赶到保定，张宅已化为灰烬，张家大小二十六口全部被杀。王秋在废墟里搜索了四天，找到一张烧掉大半的欠账明细，上面列着陶兴予的两位债主：

欠郗大娘四千六百两白银。

欠解宗元六千三百两白银。

郗大娘是京城名媛，而解宗元却是王秋熟悉得不能再熟悉的，正是他，使王秋三年前心灰意冷退出江湖，回到老家隐居。他是王秋的梦魇，是王秋的耻辱，是笼罩在王秋心头永远的乌云。

这样一个人牵涉到陶兴予案件，影响不想可知。新仇加旧恨，王秋岂能罢手？

第四章　天牢黑幕

陶兴予案子的古怪连伟啬贝勒都觉得棘手，自觉先前在王秋面前夸的海口有点大，只得将胡公子拖进来，小心翼翼在各部门间游走。宇格格对此事表现出出乎寻常的热情，成天粘着哥哥追问进展，然后跑到王秋处通风报信，顺便拉他出城游玩。十多天下来，探望陶兴予之事仍无进展，倒将十三陵、红螺寺等景点玩了个遍。

每天晚上王秋必定选择一家赌坊小赌十来个回合，每次赢到一两千两银子便收手，这个金额不大不小，足以让十三家赌坊东家如鲠在喉，又没到撕破脸的程度。何况上次以手捏核桃一招吓退螳螂拳掌门，他们拿不准王秋还有什么绝活。

过了两三天，叶勒图满头大汗来到客栈，又咕噜咕噜连喝两大碗水，喘口气说："成了，成了。"

"何事成了？"王秋沉着地问。

"胡公子面子大，请两位大人物出面疏通，天牢那边终于松了口。"

"很好，今晚能去吗？"

叶勒图摇摇头："这才是第一步，真想进去还得花点银子打点，一关一关弄过去，起码要等到后天晚上。"

"打点谁？"

"狱卒啊，俗话说阎王易见小鬼难缠，天牢里可不是一般的黑。"

王秋诧道："死囚犯也有油水可榨？"

"爷，这里头学问可深了……"

死囚犯通常讲究临死前多快活几天，狱卒便拾掇好几间牢房，床铺、洗漱台、椅子等一应俱全，不管想吃什么都有办法弄来，称为"神仙屋"。住"神仙屋"必须一步步给钱，想进去交五百文；除掉镣铐交三百文；打地铺交三百文；睡大铺交三百文；包伙的话，每个月交一两纹银随便点，单点按市价的双倍甚至三倍收取。

死囚犯挨杖刑是常事，价码不同受的苦也不一样。一般分羽杖、轻杖、骨杖、死杖四种。羽杖收费最高，要十两银子以上，打在身上如羽毛落地，受刑当晚便能正常行走；轻杖次之，约需要七八两银子，看似打得皮开肉绽，实则只是皮外伤，最多半个月就好；骨杖要两三两银子，伤及骨头，要养一两个月的伤；死杖是没塞红包的，抡足了往死里打，一顿杖刑下来非死即伤。

王秋大惊失色："照你这么说我义父岂非早就丧命于黑狱？"

"陶案是皇上或王爷们直接交办的，狱卒倒不敢轻易出人命，不过除了要命，他们还有其他手段……"

捆绑是狱卒们的生财之道，不塞红包的捆绑时暗地施点手法，使血脉流通不畅，时间久了麻木、肿胀、剧痛不已，重者即便侥幸出狱也会落下终身残疾，若红包份重足够，捆绑形同虚设，有时能腾出手来活动。行刑技巧是狱卒最后一道大餐，有红包的给个痛快，一下子魂归黄泉，不然慢慢折腾，让囚犯在极度痛苦中死去。

"你这就去打点，要多少拿多少。"王秋听得心惊肉跳，暗想义父满门皆入大牢，京城内无人打点照顾，这些日子不知吃了多少苦头，赶紧掏出一大叠银票出来。

叶勒图只拈了一张，笑道："打点是必须的，但不能让狱卒们看出爷很有钱也乐意花钱，这些家伙都是没人性的东西，有本事把爷敲得倾家荡产。"

送走叶勒图，王秋独自静坐练了会儿腕力与手指柔韧，外面不时传来喧闹声，他皱皱眉头不想理会，继续弄两个小石球在指间来回吞吐。谁知喧闹声一浪高似一浪，竟消停不下来，遂出去看个究竟。

只见茶座那边坐着位干枯精瘦的老头，桌上摆了三只茶碗不停地移来移去，然后问大家骰子在哪个碗下，众人明明看得分明，每次却都猜错。

虽然只是江湖上极普通的障眼法，但老头手法干净利索且妙趣横生，神情滑稽好玩很有亲和力，吸引了越来越多的人围观，大家哄笑着，一次一次地猜错又一次一次地接着猜，场面热闹之极。

王秋混在人群里看了会儿，心里愈发惊讶。行家一伸手便知有没有，这老头将赌术中最基本的障眼法使得如此出神入化，以至于以王秋的眼力稍不留意也差点中招，其手法与技巧已浑然大成，几乎无人间烟火气。

等老头歇了手，人群渐渐散去，王秋踱到他桌边坐下，叫了两杯茶，拱手道："老伯好功夫。"

老头笑嘻嘻不吱声，埋头喝茶。

"不知老伯是哪门哪派，尊姓大名？"

老头抬头，目露精光："你叫王秋，飘门的后进俊杰。"

王秋一呆，心里恼怒得很：此次进京是十分隐秘的事，可自董先生以来好像个个都知道，到底怎么回事？

"在下惭愧，敢问老伯……"

"不必打听我的身份，"老头截住他的话头，"我跟任宏有点交情，不会坏你的事。"

王秋惊喜道："前辈认识师父？他老人家近来可好？"

"在一处山清水秀的地方养老，据说还娶了个妙龄少女为妻，真担心他这把老骨头能否吃得消，"老头娓娓道，"你呢？既然已退出江湖，为何又卷进来？难道不知世上没有常胜将军，没有必赢的赌局？"

大概是十三家赌坊请来的说客，王秋起了几分戒心，道："在下本不想多事，但麻烦缠上身，不得不应付一二，在下出入京城赌坊并非求财，而是找一位老朋友，只要他露面在下立即收手，决不食言！"

老头双手齐摇："不关我的事，我也懒得管你们年轻人的是是非非，等到我这个年纪，你就会知道所有这些都没意思……我只想提醒你，京城虽大居不易，一切小心为上。"

"多谢前辈指点。"王秋肃然道。

老头笑得露出满嘴呲牙："什么前辈，年纪大又不能混饭吃，来，咱们玩一把？"

"前辈肯出手赐教，在下求之不得。"

话是说得客气，王秋已如临大敌，全身绷至最紧张状态。凭老头刚才露的一手和高手间微妙的感应，王秋认为他是自进京以来遭遇的最难对付、最深不可测的对手。

"很简单，三颗骰子每人掷一把，点数少的胜，如何？"老头边说边将骰子一颗颗递给王秋，又把茶碗翻开推过去。这是正式赌博的规矩，必须让对手查验骰具以防止作弊。

王秋掂了掂骰子，用手指沿着碗的内侧摸了一遍，这才说："好，前辈先请。"

老头也不推辞，将骰子扔进茶碗中后倒扣，飞快地旋转一周然后揭开，三只骰子整整齐齐叠在一起，最上面的骰子为一点，也就是说三只骰子却掷出一点。

这一来王秋基本上输定了，因为老头先掷的，是为庄家，王秋只有掷出比一点小的点数才算赢，否则哪怕即使掷出一点也算输。

王秋毫不犹豫移过茶碗信手一抛，茶碗在空中翻了一圈后"砰"倒扣在桌上，揭开一看：三只骰子也垒在一起，不过第二只骰子以一个角斜着叠在下面骰子的一点凹处，最上面的骰子又以一点凹处斜扣在第二只骰子的尖角上。三只骰子居然没掷出点！王秋赢。

老头并不吃惊，抚着骰子道："好身手，此乃飘门绝技'观音山'，说来容易做来难，须眼、手、耳配合至臻境，很多人苦练十多年都不能保证每次都能成功，你却一气呵成毫无停滞，其状态已至巅峰，不错，不错。"

"前辈是有意相让，其实前辈本可以不给在下取胜的机会。"

老头连连摇头："不行了，年过五十岁眼力、腕力和反应均大不如前，只能靠几手下三滥的活儿勉强混饭吃，争强好胜的事玩不来……好自为之吧，我先走一步。"

说罢右手在桌上轻轻一拍便起身出门，王秋正待相送，眼睛一瞥，那三颗骰子整个儿嵌入木桌里，与桌面平齐，当下一呆，再转头看老头已消失不见了。

当天下午，贝勒府突然来了顶轿子，说奉伟啬贝勒吩咐接他去个有趣的地方，王秋满腹狐疑又不好多问，只得换上衣衫后上了轿。起轿后直往东疾行，进入京城最繁华的前门大街，两侧雕红刻翠，锦窗秀户，大街上人声鼎沸，叫卖之声不绝于耳。走了四五里后转入右侧一条僻静的胡同，在里面七绕八拐，最终进了一家四合院。这四合院外面很不起眼，院内却别有洞天，假山池塘，亭台楼阁，甬道两边长满了奇花异草，还有形态各异玲珑剔透的太湖石。

"王先生来了！"

一个俏生生的身影闪出来，原来是宇格格。跟着她走进凉亭，里面或坐或站竟有十多人。伟啬贝勒迎上前将王秋引见给众人，并一一通报名号，在场之人几乎都是贝勒贝子，以及高官权贵之后，胡公子自然也在其间，因着指甲里的名堂，王秋多打量了他几眼，却见胡公子体态微胖，腹部凸起，坐在一边笑口常开的模样好似弥勒佛，不像心机深沉之徒。

之前伟啬贝勒已渲染过王秋出神入化的赌技和江湖上的名声，一班公子哥们免不了央求他表演一番，顺便教几手制敌的妙招。王秋虽厌倦于这种场合，既来之则安之，随便拿了付骨牌，将墩牌、拿牌、碰牌、吃牌等各个环节容易作弊以及各式作弊手法一一示范，包括偷牌、换牌、藏牌，眼花缭乱的作弊技巧和快至无痕的动作，将众人看得目瞪口呆赞叹不已。

"实不相瞒，兄弟我曾经跟跑江湖的学了几招，本以为赌术不过如此，今日看了王先生的技艺方知赌海博大精深，非我等能窥测，真乃井底之蛙！"一位三十岁上下、气宇轩昂的公子哥大声说。他是这班人当中较少见的有官职在身的八旗子弟，名叫富勒浑，紫禁城三等侍卫，正五品京官，伟啬贝勒对他最为客气。

对面包衣护军参领的儿子瑞洵笑道："如今得到王先生的指点，你能趁值夜班之际叫那些侍卫输得鼻青脸肿，以后再也不敢跟你一同当班。"

众人哄笑。

富勒浑笑骂道："都是铁哥们儿，忍心下手么？有本事像王先生专门敲打十三家赌坊。"

提到十三家赌坊显然是公子哥们的伤心地，这些年或多或少在里头折损过钱财，纷纷大骂赌坊与官府中人暗中勾结，黑心无良为非作歹，不知使得多少人血本无归，多少人家倾家荡产，若有机会非得狠狠教训他们一下才好。

喧闹中伟啬贝勒拍拍手，道："大家都见识了王先生的功夫，王先生此番进京虽另有要事，并非成心找十三家赌坊的麻烦，连胜十多场也让他们窝了一肚子火，估计日后冲突在所难免，依我之见，何不利用这个由头，请王先生出手整整十三家赌坊的威风？"

"好！"

众人一齐叫好，然后七嘴八舌给王秋出主意。伟啬贝勒示意噤声，继续道："十三家赌坊见不得人的龌龊事，各位大抵有所了解，不妨尽自己所知提供给王先生，以后说不定能派上用场，至于王先生若有什么需要，各位自然要有人出人，有力出力，如何？"

众人又哄然应允。接下来便围着王秋，有细述赌坊内部勾当的，有提示与官府勾结名堂的，有私下讨教赌技的，还有请到自家做师爷的，不觉间两三个时辰便过去了。这时伟啬贝勒等唤了七八个人开始斗蟋蟀，王秋正待观看，袖子被扯了下，回头看却是宇格格，便悄悄跟着来到后花厅。

"辛苦您了，"她歉意道，"都是我哥不好，非要把你拉到这等地方，还说要通过你给十三家赌坊一点颜色看看，顺便打击他们的幕后老板……"

"幕后老板是谁？董先生？"

"具体他也说不清楚，总之我极力反对，他却说若不这样，以后就……就不肯我去找你……"她脸腮飘起两朵红晕，"我只得答应了……"

后花厅侧甬道比较狭窄，两人靠得很近，鼻端里传来她身上阵阵馨香，一时间王秋心里有点乱，遂定定神道："也没什么，针对十三家赌坊采取步步紧逼策略，迫使他们请出我要找的大对头，与贝勒们的想法同出一辙，正好相互配合，相得益彰。"

"可是这一来把您推上风口浪尖……"

王秋摇摇头："在下自会相机行事，再说不是还有你哥这班人在背后撑腰吗？"

宇格格撇撇嘴："叫他们动动嘴皮子可以，动起真格的，或是对方来头一大，他们保准服软……不说这些了，我带你去个牌局。"

"喔？"

"都是皇亲国戚和官太太，言语间小心点。"

王秋止住脚步："那……在下还是不去为好。"

"哎，"她赶紧拉住他的袖子，"我可不是闲来无事给您找麻烦，其中有位是十一王爷的侧福晋叶赫那拉，有她出面周旋，你必定能见着郗大娘。"

"原来郗大娘这般难见。"

"有人肉麻地吹捧她绝代芳华，也有人说她风情万种，京城里打她主意的王公大臣多如过江之鲫，王先生会不会也有此想法？"宇格格水汪汪的大眼睛直盯住他。

王秋失笑道："在下向来不识风情，也无此雅意。"

两人来到中院右侧的暖厅，四位穿得花团锦簇的贵妇人正在里面玩骨牌，见王秋进去均微微一笑，眼光却不停地上下打量。王秋最注意坐在南面的侧福晋叶赫那拉，她身穿水湖色折枝蝴蝶花氅衣，头上绾了枝鎏金葫芦钗，琼鼻小嘴，眼里笑意盈盈。

宇格格叽里呱啦将王秋在前厅的表演渲染了一遍，几位贵妇人皆兴趣盎然，少不得又让他露了两手。接着和硕亲王府的庶福晋让座，王秋与她们打了两局，边讲解打牌技巧边以慢动作示范种种作弊手法，贵妇人们连连惊叹，觉得不可思议。

临近傍晚，前院的公子哥们，中院的贵妇人们纷纷打道回府。叶赫那拉故意慢了一步，凑近王秋低声道："随我来。"

穿过后院回廊，宇格格已备好两顶软轿在后门等候。上轿前叶赫那拉贴在宇格格耳边道："把你心爱的人交给我，放心吗？"

"这个……"宇格格咬咬嘴唇，一时想不出回话。

叶赫那拉眼波在王秋脸上扫了两圈，软绵绵道："王先生，请。"

看着两顶轿子消失在巷口，宇格格竟无端生出几分懊恼来。

第五章　京城名媛

轿子在胡同里兜来兜去，绕了近一个时辰来到一处高墙青瓦的大宅院后门，王秋撩起袍摆准备下轿，谁知两顶软轿直接进去，一直送到后院内巷的小门前。叶赫那拉掀开轿帘，门里闪出个明眸皓齿的青衣小婢到轿前搀主人下轿，王秋也跟着下来，待轿夫们走了，叶赫那拉冲他一笑：

"这是成亲王府，先进屋喝口茶，待会儿用晚膳。"

"啊？"王秋瞠目结舌，当着小婢又不好多问，只得随她们走进内院东面的厢房。小婢安置他入座后在香炉里添了两支香，然后下去倒茶，他再想问时叶赫那拉又不知跑哪儿换装了。王秋搞不清王府的状况，以及她为何将自己弄到这儿来，不敢四处走动，便细细打量厢房里的布置。

王府内厢房布置与普通人家并无不同，只是器皿用物精美考究，瓷器大都是官窑出品，字画也多为明朝之前所作。桌椅厚实沉重，漆面洁净能照出人影，角落里的铜香炉一看便知价值不菲……

"王先生。"

叶赫那拉蓦地出现在身后，将王秋吓了一跳，转身看时心底不由"噫"了一声：她已换上在家穿的便装——粉色薄绸套裙，外面罩了件淡黄色绣纹背心，原本盘在头上的长发披了下来，中间用发簪束住，显得随意而亲切。

"福晋，在下是想求见郗大娘……"

她娇媚一笑："我知道，但郗大娘日程排得甚紧，我派人递了两次话才约在亥时左右，时间也限紧的，不得超过一个时辰。"

王秋一盘算，此刻离亥时还有三个时辰的光景，这么长时间怎么捱？心里暗暗叫苦。

小婢端上香茶和宫廷糕点，然后垂手站在一边听候使唤。叶赫那拉说先下去吧，有事叫你。小婢应了声退下。

屋内静得有些怪异，王秋以前从未与王室贵妃打过交道，宇格格又关照过言语上要小心，拿不准哪些话该说哪些话不该说，索性万言不如一默。

"吃块糕点吧，"叶赫那拉亲自用手拈了一块递过去，笑吟吟道，"王先生好像挺拘谨，看不出是久战江湖的飘门高手。"

王秋不得不接住，尴尬道："江湖人粗野惯了，不比王府规矩森严，草民不敢胡乱造次。"

"别介，这里没外人，你就当自个儿家好了。"

"可是……倘若王爷移驾来此，草民应该行什么礼？"王秋道，"草民不通礼数，万一冲撞了王爷……"

叶赫那拉摆摆手："他不会来的，他一个月能来一趟就算不错了……"谈及此她似乎有些伤感，起身缓缓走到窗前，"外人都说'宫门一闭不复开，上阳花草青苔地'，感叹深宫嫔妃寂寞苦熬的岁月，王府何尝不是如此？一个王爷拥有嫡福晋、侧福晋、庶福晋以及通房格格，多达二十余人，少的也有十多个，加上平时宫内、族内大小礼仪活动，亲王之间礼尚往来，哪来工夫陪我们聊聊天，说些家常话？寂寞两个字太轻了，简直就是令人窒息的疯狂！"

王秋讷讷道："寻常百姓认为衣食无忧便足够了，想不到王府贵族也有难言烦恼。"

"可以说是强颜为欢，因此各房女人变着法地打扮讨取男人欢心，殊不知男人的目光从来只看别人的好，自家的新鲜一两回就厌倦了……"

幸亏小婢端来水果，打断了叶赫那拉的滔滔不绝。小婢再次退下后，叶赫那拉取了付骨牌，要王秋指点两手。这倒是摆脱困境的好办法，王秋松了口气，将骨牌一字排开，开始讲解换牌、偷牌、藏牌的基本技巧。

哪知道叶赫那拉的心思根本不在于牌，水汪汪的眼睛倒有大半在他脸上打转，凳子也越挪越近，几乎挨到他身边，不时用胳臂、手蹭蹭碰碰，脸上笑意荡漾如艳李盛桃。王秋窘得方寸大乱，开始尚能不受干扰，到后来连自己都不知说些什么。

还是小婢救了他，站在门外说晚膳已准备好。叶赫那拉悻悻说知道了，然后拉起他的手到内院西厢房餐室用膳。餐室里站着小婢和另外几个等级太低的奴仆，毕竟人多，叶赫那拉不像刚才那样放肆，只挑了几筷子菜，吃了两块点心便擦嘴净手，坐着与王秋聊天，无非是老家在何处，家里有哪些亲人，有无婚娶之类。菜肴虽品种繁多且味道鲜美，王秋却如坐针毡，吃在嘴里不是滋味，胡乱扒拉了几口也搁了筷。

来到院内一踌躇，王秋暗骂自己蠢笨：应该在人多的地方多耽搁些时间，否则又与她单独相处，指不定要折腾成怎样。眼看叶赫那拉款款过来，他灵机一动，大步走到西墙角空地活动摆开架势。

"这是什么拳法？与赌术有关吗？"叶赫那拉凝神看了会儿，饶有兴趣问。

"防身术，"王秋边虎虎生风腾挪跳跃边说，"行走江湖凶险万端，光凭一点糊弄的赌术当然不行，必须有保命防身之技。"

"好潇洒的招式，"她拍手道，"教我一两招好不好？"

这个提议正中王秋下怀，遂挑了两个动作舒展、姿态优美的套路，拆解开来——传授。叶赫那拉存心日后在女伴们面前炫耀，学得格外认真，虽然其间不时借他指点时有意无意往他怀里靠，但总比两人独处时好多了。如此过了一个多时辰，直练到天色全黑下来才回到花厅休息。

毕竟平时甚少运动，叶赫那拉觉得有些疲乏，加之全身出了一层细汗，过后稍有回凉，便蜷在椅上连喝几杯热茶，懒洋洋话都不怎么说。王秋计算着时辰，心想她若借口太累不想去郤大娘那边就糟了。

小婢进来续了第五回茶，叶赫那拉突然笑道："别紧张，我答应的事绝不会反悔，今晚一定遂了你的心愿。"

"多谢福晋。"被她点破心思，王秋不免惭愧。

"王先生是否觉得我太过孟浪？不像王先生心目中王府妃子的形象？"她幽幽道。

他一惊之下赶紧站起来："草民不敢……福晋平易近人，和蔼可亲，是草民……想都不敢想的福分。"

"骗人……"她头仰在椅背上眼望着屋梁，"谁能让王先生真正动心？宇格格？"

王秋更是汗如浆出，急急辩道："福晋误会了，宇格格……只是关心草民而已，草民万万不敢有非分之心。"

"非分之心？或许人家愿意你有呢，王先生可知她为何二十出头还待字闺中？那没福气的死鬼贝勒并非主要原因，根本在于她看不上这班八旗子弟，又不愿给王爷贝勒们做妾，因此一年一年拖下来。"

"喔——"

两人又扯了些闲话，叶赫那拉见时辰差不多起身换衣，然后与来时一样，两顶软轿从后门没入夜幕中。

从胡同出去后，全程都是熙熙攘攘的大街，各式风味小吃沿街一字排开，什么香味儿都有，馋得行人忍不住停下脚步尝鲜。再往前便是绸缎庄、金石字画铺成堆的地方，听不见吆喝，但千余盏大红灯笼高高挂起，由不得你不打量两眼。再向前走了一段，隐隐有脂粉香和莺歌燕语之声，轿子也渐渐慢下来。

王秋暗自奇怪：难道京城名媛，千金吝于一见的郝大娘竟置身于京城最著名的烟花之地——八大胡同？

正胡思乱想之际，轿子已快速进入街道右侧一个幽深安静的胡同内，靠墙一溜停着样式不同的轿子，角落里还系着几匹高头大马。

两人下了轿，便有管家上前询问，叶赫那拉也不说话，示意轿夫提起灯笼在面前一照，管家恍然，拱手说："里面请。"

叶赫那拉一指王秋："他进去。"

管家点点头转身带路，王秋经过叶赫那拉身侧时，她突地一拉他，贴着他耳边道："留点神，这个女人不好惹。"

她温软香腻的嘴唇几乎碰到他耳朵，他一阵气急心跳，竟没来得及说句道谢的话。

拉开厚重的黑漆大门，院内灯火通明，亮得有些刺眼，扑面而来的是前厅调笑声、打情骂俏声、酒盏碰击声，还有人在院里踉踉跄跄转来转去，不知想干什么。管家领他从前厅右侧绕过去，后面一幢楼明显安宁些，只依稀看到人影在门口走动，再后面一幢楼更静，灯光也暗了不少。

闹了半天原来是妓院，所谓京城名媛不过是京城最大的老鸨罢了，想通此节王秋暗暗好笑。

走到第四进院落，一排三居室平房里只有左侧厢房亮着淡淡的粉红色灯光。

管家做了手势便悄无声息走了，王秋整整衣束，深呼吸几口气，平稳地走了进去。

左侧厢房门关着，他轻轻叩了两下再一推，里面的布置使他一怔，右腿悬在半空竟迟迟没落下去。

厢房并不大，两盏灯均用粉红镂空绣花罩罩着，屋内帷幕、窗帘、地毯乃至墙上的字画都是粉红色，空气间弥漫着若有若无的甜香。中堂右下角有个浅浅的八卦图案，两边各有四个小字"真空家乡，无生老母"——王秋微微蹙眉，觉得似乎在哪儿见过，但一时半会儿想不起来。

正对门软椅上半躺着一个女人，一袭粉红色纱裙，却露出两只雪白粉腻的胳膊，在一片粉色中格外晶莹夺目。

"你是王先生？扫遍京城十三家赌坊，被伟嵩贝勒视为座上宾的王先生，今晚有何贵干？"

她的声音微带沙哑，低沉中有着某种迷人的磁性，让人听了遍体舒坦，恨不得她说得愈多愈好。

王秋这才回过神，踏步进去直截了当道："你可认识吏部陶兴予？"

郗大娘显然很不适应他直来直去的风格，轻蹙眉头，纤细指头支在下颔，过了会儿道："王先生千方百计见我一面，不谈风花雪月，就为了问这句话？"

"先回答我的问题。"

郗大娘站起身，曼妙凹凸的身材在薄纱下隐约可见，一步三摇走到他对面，高耸的胸部几乎触及他身体，手指轻轻从他额头慢慢划至嘴唇，柔声道："不解风情者，非王郎莫属，然则凡进我香闺者无不深谙其中三昧……"

她身体散发出成熟女人特有的脂香和着体香的气息，配以缠绵粘软的声调，还有薄纱下泛着光泽的胴体，组合成极具诱惑的奇异氛围。他下意识屏住呼吸，目光从她身体移到脸上，发现她眼珠竟是碧蓝色，这一下仿佛被粘上似的再也移不开，意识也逐渐迷糊起来，只觉得整个身心飞快地从她宛若碧水的眼中坠落、再坠落……

"失魂术！"

一个念头在他脑中闪起，紧接着凭借仅有的灵智用力一咬舌尖，剧痛之下顿时一片清明，他大力猛推郗大娘肩头，退到三步开外，冷冷道："好精妙的失魂术，想不到郗大娘竟是册门中人，王某差点走眼了！"

册门与飘门同为江湖八大赌门，但各有巧妙不同。飘门在赌术钻研和修炼方面达到极致，讲究因地、因人、因事而赌，以赌技折服对手，以赌品赢得对手尊重，因而在重信义讲忠诚的江湖享有很高的声誉，成为八大赌门之首。册门则剑走偏锋，喜欢以巧取胜，用出其不意的招法制伏对手，自康乾以来更是极端，融以"老变"与"邪术"，落得个声名狼藉，为江湖正直人士所不屑。

失魂术是册门绝招之一，源自于西域，利用精心布置的环境，佐以语言、动作、气味，以及苦练而成的失魂眼瞬间使对方意识模糊，然后完全听命于自己，但事后一点儿都回想不起来。

册门与飘门素有蒂芥，因此防范和破解失魂术是飘门弟子必修课之一，饶是如此，仓猝情况下中招的依然不少。

偷袭失利反被识破身份，惊愕之下郗大娘眼中碧光缓缓消退，若无其事回到躺椅中，娇笑道："好身手，难怪任宏心安理得退出江湖。"

"前辈见笑了。"既然提到师父的名字，王秋不能不客气一下。

"我看上去很老吗？"郗大娘不满地说，"我只比叶赫那拉大一点点而已，对了，她的皮肤比我如何？"

王秋懒得与她探讨这些琐事，径直道："前辈可认识陶兴予？"

"你不叫我前辈，我才回答。"她嘟着嘴一付小女儿态。

"大娘可认识陶兴予？"

"你跟他什么关系？难道不知他已被捕入狱？"

"我先问的，你应该回答而非反问。"

郗大娘似笑非笑："王先生，你不觉得对女孩子要谦让点才对？"

起码四十岁的女人，而且是妓院老鸨，还好意思自称女孩子，王秋啼笑皆非道："若非大娘使出失魂术，还真是不折不扣的女孩子，如今嘛，你必须回答在下的问题。"

"认识，非但认识而且颇有渊源，"她直率道，"我是债主，他向我借过钱。"

"借了多少？"

"嘿嘿，不便透露。"

"陶兴予乃朝廷命官，家中殷实，为何向你借钱？"

"正因为他是朝廷命官，我才放心相借，都没找人担保，想不到阴沟翻船，这笔账大概烂到底了。"郗大娘悻悻道。

"这笔钱用在何处？"

"不知道，"她一言蔽之，随即问道，"你为何打听得如此详细？你与他有何关系？"

他含糊道："同乡，受人之托了解他的近况。"

"作为同道中人，我提醒你，最好别牵挂陶兴予的事，否则惹火烧身，会带来大麻烦，重则有性命之忧。"

他故作惊讶："他到底所犯何事？"

这是个很简单的问题，但郗大娘迟疑了好久，道："你为何找我打听他的事？谁让你来的？"

"他给家人的书信里提到借钱一事。"

"你撒谎！"她一跃而起，闪电般逼至王秋身前，手一翻多了柄匕首，抵在他喉间厉声道，"他绝对不可能向任何人透露此事，你究竟从哪儿知道的？"

王秋一滞，脑中念如闪电。

陶兴予在苏州城的老宅虽被查封，但他写给家人的书信却存放在蠡口乡下的一处村舍里——陶兴予一直计划告老回乡后住到江南水乡，过日出而渔，日落而读的生活。因此王秋细读过他直到被捕前九天寄回的信，确实没有提过借钱之事。

为何出现这个局面？

陶兴予为何对借钱之事守口如瓶？

郗大娘又为何反应如此激烈？

白光闪闪的匕首发出凛冽的寒气，刀刃锋口处隐隐泛着蓝汪汪的颜色，不消说涂了剧毒药物。

此时回答稍有不慎，便会为王秋招来杀身之祸！

第六章 耻辱之败

王秋回到客栈已是三更天，进屋时一眼看到叶勒图倚在桌边打盹，顿时涌起几分温暖与感动。

"爷回来了？"叶勒图听到动静赶紧起身，抓着王秋的衣袖看了又看，"您，您没事吧？"

"嗯，还好。"

"喝碗水？"

叶勒图递上一碗凉白开，王秋知他的意思，笑了笑捧起来一饮而尽。叶勒图松了口气，跷起大拇指道："爷可真有定力，竟受得住她的诱惑。"

王秋摸摸咽喉，苦笑道："诱惑？爷差点折了条命。"

"不会吧？"叶勒图眼睛瞪得有铜铃大，"她在王府里不敢杀人的！"

"你是说叶赫那拉……嗨，扯到哪去了，人家可是十一王爷的侧福晋，千万不可乱说。"

叶勒图诡秘一笑，将门窗关好，低声道："王府嫔妃跟宫里一样，九成形同守活寡，爷想想，都是开了封的菜坛子，尝过那种滋味了，天天耗着谁受得了？自唐朝以来都城向来有'香车黑屋'的说法……"

"这我知道。"王秋笑道。

最流行的说法是：某身强力壮的小伙子晚上独自行走，突然被人掳到香气四溢的马车内，蒙上眼睛，送到一个神秘的黑屋，然后便有一位妙龄佳人出现了，两人终日欢好缠绵。问及她的身份和所在地点，佳人笑而不答。几天后精疲力竭的小伙子在睡梦中被送回原处，骨销形颓仿佛生了场大病，唯有怀里揣的银两证明并非黄粱一梦。

叶勒图道："据我所知'香车黑屋'确非杜撰，本朝也有其人其事，只是做得隐秘不为人知罢了，还有一种方法是通过下人寻找合适的男子，约好时间地点幽会寻欢，但皇宫王府管理极严，有条件这么做的终究是少数，绝大多数贵妇人只能靠听戏、茶会、打牌、赌博打发日子，然而爷出现了，爷俊朗清秀，谈吐举止不俗，岂不让那些成天看腻了酒囊饭袋之徒的贵妇人青睐？况且叶赫那拉情况更特殊……"

"何以特殊？"

"十一王爷……"叶勒图把声音压得不能再低，"四年前陪皇上围猎时不慎从山坡上坠马摔坏了腰，听说此后一蹶不振，再也无法行人伦之事，那叶赫那拉正值狼虎之年，能不哀怨？"

王秋回想起傍晚她热情如火，一点火星便能疯狂的眼神，不觉后怕，喃喃道："当真危险得很……"

"所以我从宇格格那里听说爷跟叶赫那拉走了，当即抱怨她没头脑，宇格格也后怕起来，勒令我守在客栈等候，"叶勒图挤挤眼，"还好，爷守身如玉，没让宇格格失望。"

"去你的，"王秋敲了他一下，心里却倍觉暖洋洋的，转身问，"打点狱卒的事办得怎样？何时能进去探望？"

"基本差不多了，但还须等上几天，要等到打点的狱卒刚好值班——刑部大牢由不同衙门掌管，各有各的势力，须小心行事，不过爷，"叶勒图舔舔嘴唇，"有句话不知当讲不当讲？"

"嗯，你说。"

"今儿个碰到几位狱卒头儿，听说是陶兴予脸色都有点不自然，态度也暧昧起来，害得我又加了点码，钱是一回事，说明此案蹊跷得紧，那几位头儿也再三吩咐仅此一回，下不为例，并说姓陶的是锅膛里草灰——烫手得很，爷，不管您跟陶兴予关系多亲，该让着点儿的还得让，京城的水深得很，铆不定天都能塌下来。"

王秋深深吸了口气："谢谢提醒，我会注意的，这件事也让你受累了。"说着拍拍他的肩头。

叶勒图昂然道："我没什么，横竖是一事无成的混混，爷不一样，一身精湛的赌技，又在江湖扬名立万，别为不相干的小事折在京城。"

两人又聊会儿郝大娘，叶勒图说："这娘们年纪虽大，却是越老越骚，又开妓院又接客，尤其擅长挑逗奉迎，床笫功夫十分了得，京城上了岁数的王公大臣趋之若鹜，很多中年权贵也以受到她接待为荣。她将妓院赚来的钱通过种种渠道放高利贷，收益颇丰，甚至超过妓院收入。"

"借给哪些人？不怕人家跑掉吗？高利贷得豢养一帮讨债打手，还须黑白两道通吃。"王秋说。

"具体情况不清楚，总之是借给她信得过的、不会惹事的主儿，至于打手,只要随便嘀咕一句,自有嫖客帮她打理,"叶勒图笑道,"京城跟其他地方不同,没有白道,没有黑道,只有红道。"

叶勒图离开后,王秋喝了两杯茶,一时思绪难平难以入睡,信步走到院内。深秋的晚风吹在身边凛然有透骨寒意,吹得地上的枯草直打旋儿。遥望星空,不禁从郗大娘联想到另一个人。

当郗大娘拿涂了剧毒的匕首抵住他咽喉时,王秋眼都未眨说了一个名字:

"解宗元,是他告诉我的。"

"哼,果然是他!"郗大娘恨恨一跺脚,收回匕首,脸上变魔术般换成盈盈笑意,"我和解宗元都是陶兴予的债主,仅此而已。"

"他被关入天牢,性命危在旦夕,你们不心疼借出的银两?"

她笑得更甜:"钱乃身外之物,若整天为这点破事儿发愁,老娘早愁老了,那可划不来……王先生还有别的事?要不到前面楼上坐坐,大娘亲自为你挑选最嫩最甜的姑娘,保证王先生乐不思蜀……"

"在下告辞。"

解宗元!

想到这个名字,王秋心底便有火烧烟燎的感觉,又仿佛千万根尖针在五脏六腑翻搅一般。解宗元是王秋的耻辱,是王秋今生今世难以释怀的失败。

之所以抬出解宗元的名字,一是因为他也借钱给陶兴予,二是他长期隐居在京城,郗大娘应该有所耳闻,三是解宗元出身八大赌门之一的爵门,爵门与册门关系泛泛,郗大娘即便有所怀疑也不会找解宗元求证。

然而不经意间提到解宗元,使王秋脑海里泛起三年前那段苦涩而不堪回首的往事。

当年王秋少年得志,转战江苏、浙江、山东、山西、河北一路凯歌,在江湖上引起轰动。其间结识了冰雪聪明、美丽可人的女孩卢蕴,两人情投意合,很快便黏在一处结伴而行,边游山玩水边卿卿我我,好不惬意!事后想想,这也许是王秋人生中最轻松惬意、最幸福欢畅的时光。

来到石家庄后,王秋盘算横扫当地三家规模较大的赌坊,然后休整一下进军京城——按江湖不成文的规矩,只有在京城赌坛连胜五场以上才算真正的赌门高手。

计划进行得很顺利,王秋携佳人三天内将两家赌坊老板赢得连夜出逃，剩下一家仓猝宣布停业，至此王秋途经五省使十七家赌坊破产，名气大振。

这时解宗元来到石家庄。

解宗元委托江湖中人邀战王秋，条件只有一个：以秘密方式进行。这很正常，因为王秋已了解到解宗元是爵门的人，两人对赌隐隐有两大赌门对决的意味，输了直接影响本门声誉，谁也负不起这个责任。

对赌约在六天之后。

前五天，解宗元在当地地下赌场赌了七场，圈内的行话叫做热身，在重大对赌前寻找感觉，提振信心。王秋没有赌，之前他已横扫两大赌坊，积攒了足够底气。

王秋乔装打扮，以不同身份全程观看了解宗元的七场赌博。他观察得非常细致，有些场面甚至悄悄画下来，回家后再反复推敲。包括解宗元的神情、表情、摸牌和出牌动作、对家赢牌输牌时的反应，等等，细节决定成败，赌术精深如他们这种等级的高手，技巧已是浮云，决定胜负的只是一个微小细节。

对决前的那个晚上，王秋和卢蕴在住处的花径间漫步，吹着清新的晚风，拥着柔情似水的佳人，大有"人生如此，夫复何求"的念头。也就在这天晚上，卢蕴第一次提到将来。

"明天对决后不论输赢，我们都找个与世断绝的地方隐居起来，然后我为你生一大堆孩子，好不好？"

她双臂搂住他肩膀软言道。

他想了想，道："还是等到京城之行后再说吧。"

"如果在京城落败呢？你想过失败之后做什么？隐居，还是继续苦练？"

他一犹豫："我……我从没想过，也许……"

"王秋，世上没有无敌于天下的高手，只要在赌圈里混，迟早会被人打败。"

他轻轻在她光洁的额头一吻，笑道："大战前夕，对我有点信心好不好？"

她眼里掠过一丝失望，转瞬便消失不见，两人默默走了会儿，她打破沉默问："明天对决，你有几成把握？"

"八成。"

"啊？"她疑惑地说，"前几天你还说最多三成把握，难道几天来已找到解宗元的破绽？或者他的赌术与你相差甚远？"

"他的点罩。"他简洁地说。

"什么叫点罩？"

"真正的赌门高手必须做到喜怒不溢于言表，然而实际上谈何容易？只要是人，只要心里有欲望，总会多少不同地在脸上流露出来，只是境界越高的越能将这种情绪隐藏得更深，不易为人察觉而已，"王秋侃侃而谈，"譬如拿到一手好牌后有的眉头一松，有的嘴角微动，有的深吐一口气，还有的身体后倾，这些都是拿到好牌后心理放松的体现，赌门高手会因此修炼伪装表情，比如微皱眉头、轻轻摇头之类，但拿牌瞬间的反应纯出自然，根本无法掩饰，相当于练武之人最薄弱的罩门，赌门称之为点罩。"

"解宗元的点罩是什么？"

王秋没有立即回答，两人走到空旷处，确定周围三四十步均无遮掩，不可能有人隐匿在附近，才轻声道："他的戒指。"

卢蕴凝神想了会儿，笑道："戒指有什么名堂？我也看过两场，那只是很普通的紫金纹龙戒。"

"高手对决，彼此知根究底，断断不会耍换牌、做暗记等小伎俩，我是说他的点罩，"他道，"他有个习惯，每次拿到坏牌臭牌，右手会轻摸一下戒指，动作很轻微，也很快。"

"也许……他知道你躲在一边偷窥，故意为之？"

"这个动作很自然，没有一丝滞怠和勉强，每次做这个动作时眼神都不一样，说明完全是下意识的反应，并非作伪。"

"嗯，你一定会赢的。"

卢蕴突然回身搂住他，王秋将她紧紧拥住，两人久久伫立在芬芳四溢的花丛中。

对决在一艘花舫上进行，参与者只有王秋、解宗元和当地最有声望的赌坊大佬齐爷。按事先约定，双方采用一般赌坊不常见的七骰六混——因为骰子越多越难以作弊，听骰、摇骰的难度也非常高，然后对敲押注，每次叫牌起点一千两，共玩七局。

花舫上的气氛相当紧张，一方面两人都是代表本门最高水平的少年高手，此战关系到八大赌门之间势力消长，另一方面赌局赌本巨大，须知当时正六品官员年俸不过四十五两纹银，三等轻车都尉年俸一百六十两，等级最高的一等公俸银也只有七百两，至于在京世袭八旗子弟，月俸只有可怜的一两，外加小米一斛，而双方每局牌以三次加注算，牌面赌注就达近万两。

开始两局双方都比较谨慎，不肯随便出手，也尽量避免让对手看出自己的风格，掷出好牌的并不多叫，坏牌则早早认输。第三局，王秋首先发动进攻，凭借掷出的三十八点层层引诱，险胜解宗元的三十六点，赢得一万六千两。第四局解宗元虽然只掷出三十四点，但听准王秋掷的不可能超过自己，一口气押了两万两，王秋不应，爽快认输。

第五局两人掷出的点数因受船身摇摆的影响，与预期的出入很大，而且浪花声也干扰了听力，使得局势复杂起来。解宗元揭开骰盅一看，满不在乎往桌子中间扔了两张一万两银票，王秋微微迟疑了片刻——他只掷了二十四点，在七骰六混中算是比较臭的点数，但解宗元能好到哪儿去？他左思右想举棋不定，解宗元锐利的目光紧紧盯着他，一付胜券在握的样子，右手很自然地摸了摸戒指。

"我跟。"

王秋也扔了两万两银票，解宗元冷冷道："你确定？"说着又加了一张万两银票。

王秋掀开骰盅又看了看，从容跟进。

解宗元道："你的点数不可能超过三十，这局牌输光了，后两局拿什么跟我赌？"

"我可以提前认输。"王秋道。

解宗元沉默片刻，没有继续加注，一把掀开骰盅：二十二点；再一把掀开王秋的骰盅：二十四点。每掀一次齐爷就惊呼一声，一是惊叹解宗元二十二点居然敢加注三万，一是惊叹王秋二十四点居然敢跟进。

仿佛为了平衡对决者的心态，第六局波澜不兴，解宗元以四十一点的高点数小胜一把，赢得一万两。

关键的第七局，画舫再度与对赌者开了个玩笑，在风浪的撞击下大幅摇摆七八下，两人又陷入第五局的糟糕境遇。

王秋看了一下点数，比上次好，二十六点，依然不具备加注的实力。玩七骰八混，二十八点是胜负分水岭，即平均每个骰子须掷到四点以上才有六成以上把握，也才能与对手较量大小。

还是解宗元叫牌，他一甩便是三万两银票，道："反正最后一把，不指望带回去了。"

王秋眼睛一闪，瞥见解宗元的右手又在戒指上抹了一下，心中释然，踌躇片刻道："跟。"

"够胆量！"解宗元赞道，看也不看随手将面前的银票一股脑往中间一推，"咱们索性玩大点，清清爽爽。"

王秋和齐爷都愣住了。按事先约定，每人各带十万两银票，输光为止，事实上第六局赌完时王秋略胜一万多两，可以说不分上下，算是最好的结局。而今解宗元孤注一掷，倘若王秋应战的话，牌面赌注将达到十万两之巨！

跟，还是不跟？

齐爷瞪大眼看着王秋，虽然不是自己赌，额头上却紧张地沁出汗来。解宗元嘴角含笑，无所谓地看着河面，中指在桌上轻轻叩击，一付以暇好整的模样。

考虑再三，王秋慢慢将所有银票推到桌子中间。

"请……开牌。"齐爷嗓子干涩，艰难地吐出三个字。

解宗元信手一翻：三十八点！

王秋惊呆了，难以置信地看看骰子，又看看解宗元。

齐爷伸手替王秋翻开骰盅，惋惜道："只有二十六点，唉，王先生输了。"

王秋僵如木雕，脑子一片空白，只见齐爷嘴唇翕动，却不知在说什么，心里反复回荡着一句话：怎么会这样？怎么会这样？怎么会……

仔细清点桌上银票并抹平、收拢，解宗元面带微笑抽出一张给了齐爷，又微笑道："王先生下一站准备去哪儿？"

"先歇着，来日方长。"齐爷见王秋若丧考妣的样子于心不忍，从中缓和。

解宗元眯起眼，突然做了个很慢、很明显的动作：右手在戒指上一抹，然后冷酷道："常在赌场混，输了就认栽，没什么奇怪的。"

王秋恍然大悟，跳起身指着解宗元鼻子道："卢蕴！你……你……"

这时画舫靠了岸，解宗元傲慢地扫了他一眼，趾高气扬离去。王秋像疯了似的，抱着仅存的一丝侥幸跑回客栈。

屋里收拾得干干净净，他的衣物全都洗晒并叠在床上，而卢蕴的衣物物品一件不留，好像从未住过一般。

王秋在床上躺了三天，第四天下午齐爷来看望他，顺便说了更多的内幕，使王秋大致弄清事情的来龙去脉。

原来卢蕴与解宗元同属爵门弟子，至于在山东邂逅王秋是刻意安排还是巧合就不得而知。王秋横扫石家庄三大赌坊后，由于担心他进京搅乱生意，京城十三家赌坊老板请解宗元赶到石家庄狙击。以解宗元的赌技，其实并无击败王秋的把握，更没想到热身之际被王秋看破点罩。然而卢蕴关键时刻通风报信，解宗元惊出一身冷汗，惶恐之余将计就计，设计出引君入瓮的毒招。那天对决画舫两次摇晃也是解宗元事先安排的十多个水鬼暗中操纵所致，第一次让王秋对点罩深信不疑，第二次则是反扑，使王秋中计败北。

经此大败，加之卢蕴绝情而去，王秋心灰意冷，再无进京扬名立万的雄心，悄悄折回老家蠡口修身养性，直至听到陶兴予被捕的消息才重出江湖。

本不想再碰解宗元，过去的事已经过去了，就算打败解宗元又能证明什么？然而解宗元竟然出现在陶兴予债主名单上，以王秋敏锐的直觉推断此事并不简单。

于是不停地挑衅十三家赌坊，逼解宗元出手，王秋非常希望与他再度相逢。

第七章　疑雾重重

次日清晨，王秋正在院里晨练，突然有人来访，自称是大理寺右评事詹重召。

"草民见过詹大人。"王秋不明其来意，也不清楚大理事右评事是什么样的官儿，淡淡道。

詹重召青袍长衫，长髯及胸，面目清朗，并不介意他的冷淡，微笑道："本官负责主审陶兴予案……"

"啊？"王秋一惊，连忙拱手道，"草民……草民失礼了……请屋里坐，草民给您泡茶。"

"不必。"

詹重召倒背双手在院里转了转，和蔼地说："王先生乃飘门高手，入京以来令十三家赌坊损失重重，这些逸事本官都听说了。"

"草民惭愧。"王秋吃不准他的来路，不敢先挑起关于义父一案的话题。

"王先生今年贵庚？"

"不敢，虚活二十有四。"

"还年轻呐，"詹重召语重心长道，"这等年纪正是好学上进，干出一番事业的时候，为何流连于赌场，靠雕虫小技谋生？"

"草民……"

之前从未有人这样正面地、毫不留情地劝诫过王秋，他很不适应，面红耳赤不知怎么回答。

"王先生此次进京除了教训赌坊，其他可有事？"

"嗯，实不相瞒，草民想寻找一个仇家。"

詹重召摇摇头："冤冤相报何时了，得饶人处且饶人，年轻人血气方刚争强好胜，等到本官这个年纪就会明白与人为善的道理。"

"大人教训得是，草民记住了。"王秋为他凛然的样子所折服，由衷地说。

"还有一事,"詹重召郑重其事道,"本官知道陶兴予对你有养育之恩,但陶案系朝廷要案,大理寺尚在侦办中,其中曲折暂不能公开,请王先生体谅我等的苦衷以及利害,勿轻易干涉此案,切记!"

王秋被他气势所慑,嚅嚅说了声:"是……"

詹重召脸色又转温和:"本官正常在大理寺衙门办案,王先生若有困难随时可以找本官,告辞。"

"大人慢走。"

詹重召走了好半天,王秋都没回过神来,直到叶勒图到客栈,遂把经过说了一遍。叶勒图不屑说:"别理他,姓詹的不过是大理寺评事,上面还有司直、断丞、推丞、大理寺正、少卿、大理寺卿,他就相当于跑腿的,哪轮到他负责主审?"

王秋一想也是,便不再多虑。

过了两天,叶勒图突然于深夜敲开王秋的门,急促地说:"走,现在就走。"

"去哪儿?"王秋睡眼惺忪问。

"天牢。"

王秋猛地惊醒:"啊,这么快?我得准备准备……义父喜欢喝酒,还有苏州特产……"

"嗨,只要掏钱,牢里应有尽有,"叶勒图急道,"爷快点,一过换班时间就要再等七八天了。"

两人匆匆纵马来到天牢附近的胡同里,系好马,暗处已有接应的老狱卒,关照说夜里可能有各部巡查司职的官员,碰了面一个字都别吱声,由他们应付。王秋连连点头。

从小门进去,刚跨过槛坎便有一股阴冷混着血腥气的味道,王秋硬生生打了个寒噤,叶勒图悄声说:"这里头死的人没上万也有八千,冤魂屈鬼多,爷可得当心点。"老狱卒听了回头一呲牙,说:"别理他吓唬,要是相信鬼啊魂啊,咱这些人一天都活不下去,即便有鬼,鬼也怕人。"

穿过重重监号,里面传来粗细不一的呼吸声、鼾声、梦呓声,偶尔还有一两声怪叫。走了会儿来到一堵厚墙前,老狱卒敲了数下,有人拉开铁门,叶勒图说:"这儿就是天牢,天字号在最里面。"

还是一间间铁栅栏,但恶臭腐烂味更重,夹道里每隔十几步便有一盏油灯,两个夹道之间坐着一个打盹的狱卒。叶勒图说:"天牢区域都打点好了，这些狱卒在装睡，其实个个都是夜猫子，精神好得很。"

又拐了一个弯，老狱卒说："前面就是天字号。"三人均加快脚步，快进天字号小门时，斜里头响起一阵杂乱的脚步，老狱卒一惊想回避，却已来不及，与一伙人撞了个正。

为首是个粗髯高鼻，虎背熊腰的壮汉，一手按在腰间刀柄上，一手指着王秋和叶勒图厉声问："他们是谁？深更半夜的进来干啥？"

"回军爷的话，"老狱卒显然久经类似场面，满脸堆笑且不慌不忙道，"两位爷是承右翼前锋营统领和刑部左侍郎的批准，进来探望囚犯的。"

老狱卒提到的均为京城从一品官员，位高权重，属于京城里惹不起的大人物。壮汉面色缓和些，举起灯笼在王秋脸上照了照，突然问："探望谁？"

王秋记起老狱卒关照的话，但笑不语，老狱卒在一边说："回军爷的话，两位爷探望囚犯赵禀坤，就是投毒杀死邻居一家四口的那个，唉，好惨呐，为着老婆跟邻居私通，趁傍晚潜入邻家厨房……"

壮汉不耐烦哼了一声，大步从三人面前离开。

等他们背影消失后，老狱卒嘘了口气，擦擦额头冷汗道："好险，这家伙是八旗驻京步军副尉明英，出了名的犟板死，谁都不买账，今晚不应该他轮值的，不知怎么突然冒出来……走吧。"

三人七兜八转来到一处夹道更小的区域，这儿每间都有厚墙隔开，仅小门上有个通风小孔。老狱卒拿钥匙扭开门，道："进去吧，有话快说，最多半盏茶工夫，我到前面打探明英的动静。"

王秋颤抖着推开门，叶勒图也想跟进去，王秋看了他一眼，叶勒图讪讪收回脚，自我解嘲说我在门口望风，爷放心进去。

牢房里没有灯，借门外夹道昏暗的油灯，勉强看到陶兴予蜷缩在冰冷潮湿的角落里，衣服破旧污浊不堪，身下仅垫了条薄薄的旧毛毯。

"义父，义父！"

陶兴予一动不动，胸腔里发出风箱般嘶哑粗重的声。

"义父！"

王秋用手推他，触手间一片滚烫，不由暗吃一惊，再摸额头同样烫得炙手，原来是发高烧！王秋一迟疑，不知是出去让叶勒图找药，还是继续叫醒义父，这时陶兴予眼睛睁开一条缝，两手紧紧握住王秋的手，喃喃道：

"捉拿他们，一个不能跑，再晚就来不及了……"

"义父！我是王秋，您想抓谁？"

陶兴予恍若未闻，两眼却瞪得愈大，茫然而浑浊："这是天大的事，天要塌下来的，快带我去见皇上，快！"

王秋叹了口气，看来义父是在说胡话，须知在京官员三品以上方有面奏皇帝的资格，正四品以上才有密折专奏权，陶兴予是从四品，不可能有见皇帝的机会。叶勒图听到动静溜进来，王秋吩咐讨些药和水来，叶勒图捏捏袖里的碎银，应了一声又出去了。王秋按摩拍打陶兴予身上的穴道，没过多久陶兴予便闭上眼睛昏沉沉睡去。

就当王秋以为此行一无所获时，陶兴予猛地惊醒，这回神智清晰，喝道："谁？"

"是我，王秋，"王秋扑通跪倒在地，含泪道，"孩儿来迟，让义父受苦了！"

陶兴予挣扎着倚到墙壁上，神情肃穆道："老实告诉我，谁叫你来的？"

"是孩儿自己……孩儿听到您入狱的消息，赶紧进了苏州城，然后再找张盛公……"

"唉，秋儿，你不该来的，但既然来了也罢，权当见我最后一面，然后速速离去，远离京城，别再牵涉我的事，明白吗？"

"孩儿不明白，"王秋连连叩首，"您刚才说要面见皇上，还说是天大的事，您究竟想抓哪些人，为了何事？"

陶兴予眼一瞪，怒道："放肆，你敢不听我的话？给我速速离开，以后不准参赌，不过问政事，安心过自己的日子！"

"义父！"王秋泪如雨下，"孩儿已找过郗大娘，还精心结识了一批八旗子弟……"

"啪"，陶兴予不知哪儿生出的力气，用力甩了他一记耳光。王秋被打蒙了，捂着脸愣愣望着义父。

陶兴予凑近他咬牙切齿说："你是死心眼到极点了，从我身上还没看出此事的危险？义父这辈子是完了，整个陶家也完了，但你要好好活着，只有这样义父才死而无憾！"

"义父！"

王秋抽泣着不知说什么才好，这时叶勒图和老狱卒进来，叶勒图一手拿着两包药，一手端着一大碗水。

"吃药，然后睡觉，"老狱卒命令道，"我们走。"

"能不能再待会儿？"王秋央求道。

"别介，今夜明英发了邪，在大牢里转个不停，刚才逮了个在狱里抽大烟的，正发火呢，咱别被他撞上。"

老狱卒说着将王秋和叶勒图推出去，反身锁好门，带他们悄悄出了天牢。

回客栈的路上，王秋快快不乐，坐在马上长吁短叹，叶勒图也低着头仿佛心事重重，一路无话直到客栈，王秋将马系了，关照叶勒图早点回家，他却摇摇头跟王秋走进最里侧独租的小院内。

"我已跟牢里头打过招呼，要他们给陶爷最好的待遇，可是，"叶勒图吞吞吐吐道，"牢里说这个人情况特殊，不能过分关照，现在这样就是最好了，我还听说……"

"说什么？"王秋终于发现他表情有异。

"唉，还是不说为好，刚才陶爷不也关照爷别管这事吗？我说了等于害爷。"

王秋一把揪住他衣领，认真地说："若没有义父，我这条命早没了，哪有今天的王秋？如今义父有难，罪名诡异，明显是遭人陷害，我岂有不问之理？倘若昧着良心远避，与行尸走肉有何区别？快告诉我还听说什么！"

叶勒图脸色阴晴不定，犹豫好大一会儿才狠狠一跺脚："得，爷是条汉子，我也不能含糊！在牢中有狱卒告诉我，与陶爷同时下狱的还有一个人，罪名同样是参与地下花会，做庄操纵赌盘，因为意外损失惨重，欠下巨额赌债。"

"喔，他是谁？"

"礼部仪制清吏司郎中王未忠，也是从四品。"

王秋疑惑道："仪制清吏司负责什么？"

"掌嘉礼、军礼及管理学务、科举考试事，也是炙手可热的衙门。"

"一个吏部，一个礼部，两人会有什么瓜葛？"

"不清楚，因为王未忠已经死了。"

王秋一惊："已被判决了？不等到秋后问斩？"

叶勒图悄声道："听说被人下药毒死了。"

"什么人？"

"那些狱卒打死也不敢松口，总之来头很大。"

"如此说来我义父也危在旦夕。"王秋忧心忡忡道。

"无妨，听狱卒们私下议论，上头迟迟不动陶爷是有原因的，好像他保守着一桩什么秘密，只要他咬紧牙关不说，上头暂时不好动他。"

王秋在屋里来回踱步，神情愈发严肃，良久大步走到叶勒图面前道："王未忠家人呢？"

叶勒图哭丧脸道："就知道爷会想起这个……王未忠死后，其家人全被释放，因京城已住不下去，他老婆王潘氏携幼子搬到了京郊黑山。"

"明天带我去见她。"

"这事儿恐怕要麻烦宇格格，潘氏本是旗女，其祖上是伟啬贝勒家族的包衣奴才，因此宇格格出面，王潘氏不能不给面子。"

"唔……"

王秋沉吟不语。对明媚大方的宇格格，他既由衷的喜欢，又敬而远之。因为两人身份地位悬殊太大，一个是旗女，一个是汉人；一个是王府格格，一个是浪迹江湖的赌客，无论如何都不可能走到一起。有卢蕴的前车之鉴，他不想投入太多，不想彼此伤害，更误了宇格格的婚姻大事。

叶勒图小心翼翼观察他的表情，道："爷……爷！"

"嗯。"王秋从胡思乱想中回过神。

"有句老话叫车到山前必有路，爷走过江湖的，还看不破这个？"

"我知道八旗旗规甚严，一举一动均受到宗人府约束，八旗子弟表面上吃喝嫖赌放荡不羁，实质都在许可范围内放纵，从来不敢逾越底线，"王秋叹道，"我担心给宇格格甚至伟啬贝勒带来不必要的麻烦。"

"爷……"叶勒图诚恳地说，"我们这些人成天浑浑噩噩，无所事事，最想的就是有事可做，爷是讲道义有担当的汉子，爷想做的事我掉脑袋也要支持，而宇格格……这个心高气傲的女孩难得有开心的时候，无论结果怎样，多开心一天也好，爷以为如何？"

王秋敲了他一下："你们京城人啊，个个能言善辩，我说不过你。"

显然默许了叶勒图意思。

第二天清晨王秋早早踱到前厅，边吃早点边等消息。京城的早点种类繁多，但精致方面远不如江浙小吃，王秋对饮食方面比较讲究，想起家乡甜糯香软的糕点，想起一咬能冒出油的小笼包子，不由苦笑着卷起大饼。

等了半天叶勒图仍未出现，暗忖贝勒府终究不是那么好进，何况这些人习惯晚睡晚起，大概要到中午吧，遂打算到街上闲逛。

"王先生早上好。"

笑容可掬的谭克勤从人群里冒出来连连拱手，王秋陪他坐下，缓缓道："无事不登三宝殿，这回谭老板又带了何方高手？"

"嘿嘿，王先生说笑了，"他知王秋在暗讽自己上次带周师傅的事，含混不清道，"京城藏龙卧虎，江山代有才俊出啊。"

"谭老板来杯龙井？"

"谢了，"谭克勤道，"今儿个王先生很清闲，没到处走走？"

"逛多了也就这样，京城不过是地大了点，人多了些。"

"当然当然，这个……王先生想找的人有没有出现？"

"很遗憾，暂时没有。"

谭克勤叹道："如此说来王先生还要在京城逗留一段时间？"

"估计快了吧。"

"每天还到各大赌坊转转，顺便赢上几千两银子？"

"在下实乃不得已而为之，望各位东家海涵。"

谭克勤又叹了口气："这样的话真有点麻烦，实际上十三家赌坊东家已经失去耐心了。"

王秋故作惊讶："是吗？在下以为做得并不过分。"

"一天数千两，十天便是数万两，王先生若在京城待上一年半载，十三家赌坊的老本都要赔给王先生了，"谭克勤收敛笑容，"王先生以为呢？"

"不会有太久，但在下也不知那个人何时出现，还请各位东家再宽限一段时间。"

"很难办，王先生设身处地想一想，便知当家的难处。"

"在下也有在下的难处，在下千里迢迢跑到京城，总不能无功而返吧？"

"王先生是不肯让步？"谭克勤脸上虽挂着笑，眼中已闪烁着火星。

王秋一笑："在下还是那句老话，只要那个人一出现，在下立马走人，决不拖延。"

谭克勤听了半晌没吱声，大口大口地喝茶，喝完了唤伙计续水，王秋知他必有下文，稳当当候着并不着急。

过了会儿右侧门帘儿掀起，依然一身公子哥打扮的宇格格进来，见王秋与人交谈，也不搭话，机灵地闪到最西南角落里。

"王先生，谭某……"谭克勤终于开口道，"不得不给王先生下战书了。"

王秋眉毛一扬："哦？"

"十三家赌坊东家联袂邀请一位高手与王先生一战，时间定在五天后，王先生意下如何？"

"在下好像别无选择，"王秋淡淡道，"不知那位高手是谁？"

谭克勤圆滑地说："谭某只负责转达，具体内情并不十分清楚，赌注很简单，王先生赢的话，可以在京城逗留两个月；输了请立即离开，三年内不得返回。"

"在下以三年承诺换两个月停留，此赌注不太公平。"

"王先生，强龙不压地头蛇，"谭克勤话中有咄咄逼人的意味了，"公平对决，对王先生有百利而无一弊。"

他暗示王秋倘若不接受公开挑战，十三家赌坊将施出卑劣毒辣的暗算手段。

王秋脸一沉，怒气上涌想要发作，转念又想，义父的案子扑朔迷离，背后应有强大凶悍的势力介入，若两个月的时间还调查不出结果，恐怕早已结案，何况以义父的身体状况也支持不了太长时间。

遂点头道："挑战地点须由在下指定。"

谭克勤颔首："没问题，一切按公平对决的规矩来，时间、赌注我方确定，地点、赌博方式由王先生定。"

"七骰六混，对敲押注，至于地点，我会提前两天通知。"

"王先生爽快，"谭克勤站起身道，"到时谭某再来听候通知，告辞。"

等谭克勤出了门，宇格格蹦蹦跳跳过来，一付活脱脱的小女儿态，见王秋连连使眼色，方悟到露了马脚，吐吐舌头正襟危步而行。

"刚才你好像很不高兴，那个死胖子说了什么？"她问。

王秋沉重地看着外面大街，道："真正的考验快到了，也许我只剩下五天时间。"

"啊！"宇格格失声叫道，脆而尖的声音引来不少注视的目光。

第八章　神秘会见

　　黑山位于京郊西南六十多里处，时值深秋，树木萧瑟，地面被一层枯黄的落叶覆盖，踏上去软绵绵不着力。山间到处弥漫着腐烂的味道，一片宁静下，偶尔突然传出几声鸟鸣，或者草丛里一蹿而过的小动物，带来些许声响和骚动。

　　进山途中王秋将十三家赌坊约战的事如实相告，宇格格嗔怪道："你义父的案子尚未调查出眉目，为何轻易应允？"王秋叹息道："格格是知道的，飘门中人若无正当理由，任何时候都不可以拒绝挑战，此乃八大赌门行走江湖的规矩。"宇格格说："规矩是死的人是活的，应该可以变通。"王秋道："江湖人自己坏了自己的规矩，今后如何立足？"

　　王潘氏居于南山坳里，因着王未忠的弟弟在山里有十多亩良田，两片果树林，几间茅草屋，自给有余，而且这儿远离京城，可以防止因王未忠犯事惹来的诸多麻烦。

　　行了许久，前面是一个圆拱形丘陵，坡度较为平缓，树木很少，大多为裸露的深褐色岩石，在阳光映衬下更显得刺眼。一口气爬到丘陵顶部，表面地形更是平整，没有高大的树木和奇峰怪石，视野十分开阔，站在这样空旷深远的山地上仰望天空，油然生出沧海一粟的感觉。

　　"好美的地方，以后我也在这儿搭个草棚，养一大群鸡，几口猪，每天跑到旁边水潭泡个澡，采几朵野花插到花瓶里，多惬意。"宇格格兴致勃勃道。

　　王秋耸耸肩："天天如此，未必惬意。"

　　"真扫兴，"宇格格瞪了他一眼，"对了，你不是在老家隐居了三年吗？每天都做些什么？"

　　"读书、钓鱼、访亲走友、钻研赌术，但总觉得心里空荡荡的，到京城后我才明白，原来还是搁不下外面的热闹，无法真正静下心。"

　　宇格格眼波流动，朝他瞟了几眼道："因为你没找到爱人，没有爱人的生活当然不完整。"

提到敏感话题，王秋不禁垂下眼睑："草莽江湖，靠坑蒙拐骗混日子，哪有资格谈论这个？别误了人家的姻缘。"

"王秋！"

宇格格突然一个箭步拦在他身前，俏丽的脸庞因激动更加嫣红："你顾虑的都不是问题，因为我——不在乎！"

"宇格格！"王秋惊惶之下踩着一块浑圆的山石，脚下一滑身体失去平衡，竟顺着斜坡骨碌碌滚下去，宇格格又是吃惊又是好笑，连追带喊跟在后面。王秋滚了十多尺方稳住身形，狼狈不堪地坐在地上整理衣衫。

"失礼了。"他捂着摔伤的部位说。

宇格格似嗔非嗔："谁让你逃避的？"

歇息了一阵，赶到南山坳时已近正午。远远看到山坳里腾起的袅袅炊烟，扑面而来的山风夹带着饭菜香味，走到近处，眼前是一排三间草舍，屋前长着两块菜地，旁边是猪圈和鸡圈，屋子右侧大树下拴着两头羊。屋子右侧房间里传来孩童清脆而充满稚气的琅琅读书声。

"这才是唐代诗人笔下的田园生活，"宇格格惊喜道，"要比京城庸庸碌碌尔虞我诈的日子好上一千倍，我喜欢这儿。"

"可惜王潘氏早早丧夫，一个人拖家携口，生活之艰辛非格格所想象。"

两人走到菜地中间，一条大黄狗从屋里蹿出来，直扑宇格格。宇格格猝不及防，吓得花容失色。王秋迅疾出手，手指在狗脖子上重重一扼，大黄狗呜咽着退后几步冲王秋狂吠，却逡巡不敢进。

听到动静，屋里有人掀开门帘，果然是一身素服的王潘氏，约三十多岁，眼里满是戒备之色。

"贱妾见过宇格格，"她看清来人面目后忙盈盈一拜，道，"荒野山地，拿不出好东西招待格格，请见谅。"

宇格格忙扶起她，道："今儿个我是陪他来的，想问一些有关王大人的情况。"

"这个……"王潘氏垂头道，"贱妾对先夫衙门里的事一无所知，前段时间也被关了些日子但全无头绪，因此官府才放了贱妾……"

王秋一拱手："在卜王秋，陶兴予陶大人是在下的义父。"

提到陶兴予，王潘氏抬起头来，眼中闪过一丝异芒。王秋遂细细讲述了从听说义父被捕到自己进京追查真相的经历，有些事连宇格格都第一次听说。王潘氏听得很认真，随后返身从屋里拿了三张凳子，歉意道：

"犬子正在屋内读书，亡夫的事须瞒着他为好。"

宇格格笑道："坐在菜地边聊天，很不错。"

王秋一脸郑重道："在下此番进山，就是想了解我义父案子的细节，之前在下已调查过，王大人与陶大人一样，均为饱读诗书、正直持重的君子，断不可做出贪赃枉法之事，更不会与聚赌、地下花会扯上关系，坦率说在下乃江湖赌门中人，当初学艺时义父就反复训导，说赌亦有道，要将赌术用于扶贫赈济方为正果——能说出这等充满正气之语，岂会是邪恶小人？"

这番话说得王潘氏泪眼涟涟，不时拿手帕擦泪，哽咽道："王先生所言极是……自先夫入狱之后，贱妾夜夜以泪洗面，担心先夫和犬子命运，可从未疑心官府加诸于先夫头上的罪名，先夫临终前托朋友捎话，一是要照顾好犬子，一是不准与任何人谈论案情……如今贱妾只得辜负先夫遗言了……"

"王大人生前可提起过陶大人？"王秋问。

"两人是至交好友，陶大人闲暇经常到寒舍谈论诗文音律，而后小酌几杯，喝到醉醺醺才尽兴而归，他们聊天时，贱妾从不参与，更不在旁边偷听，先夫生前在家也不提衙门里的事，不过有两次例外，"王潘氏道，"一次是事发前两个月左右，陶大人很晚的时候突然敲门来访，两人躲在书房里嘀咕了半天，然后先夫找了壶酒，就着晚上剩下的花生对斟起来，贱妾想问他们是否需备些下酒菜，刚到门口就听先夫拍着桌子说'食君禄，为臣事，不可不尽人臣本分'，贱妾吓了一跳，没敢进去；还有一次，大概是被捕前两三天，先夫独自在家饮酒，突然泪流满面，将犬子叫到面前爱抚不已，颠颠倒倒尽说些胡话，事后想想当时先夫可能已预感将遭不测……"

"什么胡话？"

王潘氏摇摇头："当时只忙着照顾他，说些什么倒忘了，好像……好像提到什么惊天阴谋，什么明知不可而为之……"

明知不可而为之，陶兴予写给王秋信中也有过这句话，说明两人都卷入同一桩事件，而惊天阴谋，与昨夜探狱时陶兴予说的如出一辙，这样看来，陶兴予要面见皇帝也是内心真实诉求，并非胡话。

"王大人生前可借过钱？"王秋又问。

"没有，但……"王潘氏欲言又止。

"没事儿，你尽管说。"宇格格抚着她的背鼓励道。

"入狱前一天夜里，先夫独自到后院焚毁了一批信件、清册等物，贱妾闻到焦味跑到后院时，正好看到他将几份很像借据的纸扔进火里，便问是不是借据，为什么烧信件，他一声不吭，只关照贱妾不得向任何人提及此事。"

王秋问："王大人家境如何？"

王潘氏一指菜地、草屋，苦苦一笑道："先夫为官清廉，又乐施好助，做了几十年官却没什么积蓄，幸亏先夫的弟弟经营绸缎庄，为让贱妾远避此祸，安心抚养犬子，将贱妾安置到此处……"

王秋默默想了会儿，道："王大人在京城的私宅现在如何？"

"仍被查封之中，不是说先夫欠下巨额赌债么？或许由官府变卖处置，总之宅内所有家私物品全被扣了抵债，贱妾也管不了许多。"

"王大人没向他弟弟借过钱？"

"不会的，绸缎庄也是小本经营，有时生意上周转还向先夫借过钱呢。"

"噢。"

王秋点点头，又七扯八拉问了话，这时屋里的孩子停止诵读直喊肚子饿，王秋和宇格格谢绝王潘氏挽留，告辞回去。

出山途中王秋默然不语，宇格格好生奇怪，问："王先生，可曾想出眉目？"

"义父和王大人虽然仅是从四品，但在京城为官见多识广，多少大风大浪都经历过来了，什么惊天阴谋能使他们怕成这样，又甘心以性命相搏？"

"你问倒我了，"宇格格迷茫道，"京官派系争斗激烈，尤其汉官之间相互倾轧中伤是常有的事，轻则远调外放，重则抄家问罪，可谓黑幕重重，这方面的事须得询问衙门中人，等明天我替你安排。"

"不太像啊，王大人是清廉本分的官员，我义父更是忠厚持重的君子，早在苏州城为官时就厌恶拉帮结派，正因为他处事公正不偏不倚才获得上司赏识调至京城，怎会扯入派系争斗？一定有更深层次的原因……宇格格，能不能找到熟悉的，敢说真话的吏部官员？"

"嗯……我尽量想办法，对了，叶赫那拉有个远亲好像在吏部的，等有机会问问她。"

进城后宇格格非要带他领略一下京城最好的羊肉泡馍店，吃完又到前门大街逛夜市，绸缎铺、香粉店、首饰坊、古玩字画店，走乏了免不了吃些酸辣汤、糖葫芦、凉皮、糯米圆子等，两人撑得快走不动了。

将宇格格送回贝勒府已是深夜，门口石狮旁蹲了个人，见到他们站起身，道："回来了？"

"哥！"

"贝勒爷！"

两人大感困窘，想不到堂堂伟啬贝勒居然在门口等到这会儿。

伟啬贝勒冲宇格格道："你赶紧进去休息，我找王先生有事儿。"

"哥，是我主动陪他出城的，不关王先生的事。"宇格格以为哥哥要找王秋兴秋问罪，呐呐道。

"是我请格格一起出城的。"王秋主动揽下责任。

伟啬贝勒微微一笑："今晚不说这个，你快进去，让外人看到了像什么话？"等宇格格一步三回头地进了门，他一把挽起王秋的手臂，急促道："快跟我走，上轿再说。"

原来对面墙边早候了一顶黑呢软底大轿，王秋不明就里随他上轿，正准备询问，伟啬贝勒低声道："我们要去的地方，要见的人，要办的事，恳请王先生不得对任何人泄露一个字，否则你我都有杀身之祸。"

王秋吃了一惊："杀身之祸？"

伟啬贝勒点点头，漆黑中两只眼睛闪动着幽幽的光芒："老实说引荐王先生，我担了很大的风险；那个人见你，也担了极大的风险，因此必须慎重、慎重、再慎重！"

王秋连连点头，隔了半晌忍不住问："那个人……到底是谁？"

"抱歉，我不能泄露他的身份，"伟啬贝勒郑重其事道，"同样你们见面时，王先生也不得询问他是谁，还有，王先生只能回答他的话，不可以谈论其他话题。"

"那么，在下如何称呼他？总不能就说'喂'吧？"

伟啬贝勒听出王秋的不悦之意，拍拍他道："委屈王先生了，但今晚之事委实十分特殊，我们也是不得已而为之，事成之后必有……就叫他宁公子吧。"

伟啬贝勒似乎想做出某种承诺，然而种种忌惮又使他将话打住。

轿子始终在胡同里转来转去,即使对京城地形不熟悉的王秋都感觉出轿夫在故意绕路,过了两炷香工夫才进入一个大宅院,王秋想掀帘看,被伟崮贝勒阻止。轿子在院里又行了好一会儿才停下。

"请下轿。"外面传来清朗的声音。

伟崮贝勒先掀帘下去,王秋紧随其后。他惊讶地发现轿子竟停在堂屋正中,轿边站着一位气质高贵、神情卓尔不凡的年轻人,脸上略带愁容。

"见过……宁公子,"伟崮贝勒介绍道,"这位是飘门高手王先生。"

王秋深深一躬。

宁公子道:"今晚请王先生来,有件非常重要的事,"他轻叹一声,"昨晚我参加一个宴会,席间不慎多喝了几杯,宴后又被硬架着去听戏、打牌,唉,问题就出在牌上……"

王秋静静听着,一言不发。

"我本不擅打牌,可昨晚手风特顺,接连赢了好几局,酒醉之下愈发轻狂,赌注越下越大,可接下来形势急转而下,不光把赢的筹码输光,身上携带的银两也转眼没了,偏偏那时摸了一手好牌舍不得放弃,唉,冲动之下把戴的碧玉指环押上去……"

"结果又输了。"王秋道。

宁公子叹了口气:"是啊,我自以为那手牌好得不能再好,谁知有位长辈的牌居然比我大一点,就是这要命的一点,把碧玉指环输掉了。"

"碧玉指环价值几何?"

"价值连城!"宁公子脸色凝重道,"关键问题是,赠予指环的人若见我戴的指环没了,必定询问原因,而我必定要如实相告,这一来对我……整个人生都有莫大的负面影响,甚至……唉!"他满脸懊悔之色。

"既然关系如此重大,宁公子不可以央求那位长辈网开一面?"

宁公子连连摇头:"其中关节非常复杂,一言难以蔽之……昨晚回家后歇了半晌,我蓦地惊醒,回想打牌的经过吓出一身冷汗,一夜未眠,第二天清早匆匆赴到那位长辈家求见,表示愿意不惜代价换回碧玉指环,长辈只是笑,然后说认赌服输,牌桌上输掉的还须在牌桌上赢回去,否则免谈。"

一直没吭声的伟崮贝勒接着说:"宁公子情知这位长辈精于赌术,昨晚的牌局或许是设计好的陷阱,坐在家中发愁无计可施,正好我到宁公子家拜访听说此事,便引荐了王先生……没想到王先生正好出城办事,让我等得好焦急。"

"中午我又跑到那位长辈家约战，提出用他垂涎已久的银鎏金镶珠神鸟作为赌注，条件是我可以邀请其他人代为出战，当然他也可以委托其他高手应战，长辈大喜之下一口应允，"说到这里宁公子一拱手，"恳请王先生出手相助，此大恩大德没齿难忘！"

王秋颔首："什么时候？"

"今夜三更。"

"这么快？"

宁公子抬起手指苦笑道："按规矩我每天必须与赠予碧玉指环的人见面，今天托病没去，明天无论如何都躲不掉啦。"

王秋略一沉吟，道："在下争取不辱使命。"

第九章　同门竞技

依然是那顶黑呢软底大轿，但只有王秋和宁公子，伟崮贝勒留在原处等待消息。轿夫似得到指令，像来时一样在胡同里兜圈子，最后进了一个大院子。院里漆黑一片，过了会儿来了两个提灯笼的仆人引路，一个将宁公子带到前厅休息，一个带王秋到后院——宁公子在轿中已说过，这位长辈不喜欢对赌时有人观看，所以他不能陪着进去；这位长辈也不喜欢被人看到真面目，所以会垂帘对赌。

转进一个精巧幽静的别院，王秋心里愣了一下，进屋后见四周亮得刺眼的牛油蜡烛，还有东厢房门口摆着的小方桌、镂空雕花马凳，对面则是稀疏有间的珠帘，珠帘后坐着的人全身隐在阴影里，看不清面目。

"董先生！"王秋脱口道。

珠帘后的人也愣住了，半晌才缓缓道："他请的人原来是你？"

"是，"王秋反问道，"难道董先生也是代为出战？"

董先生久久不语，隔了好一会儿才"嗯"了一声。

王秋将手里捧的银鎏金镶珠神鸟恭恭敬敬放在小方桌上，董先生的手从珠帘后伸出来在上面抚摸摩挲良久，叹道："银鎏金镶珠神鸟又名为金翅鸟，梵名叫伽楼罗，是大理历代王族供奉的神物，传说金翅鸟以龙为食，日食一大龙，五百小龙，命将终时诸龙吐毒使之不能复食，举翅而下直至世界最底层的风轮际，后为风所吹还复上来，往返七次远处停足，遂落到金刚山顶死去。因其久食诸龙，身纳毒气，死后毒发为火而自焚。王先生请看其尾羽，呈火焰状，佛典中称为迦楼罗炎，即金翅鸟立即自焚时的形状；其心呈纯青琉璃色，佛典中说它'骨肉消散，唯有心存'，这颗心被帝释拿去做装饰发髻的珠宝了。"

"听董先生赏析，有醍醐灌顶之感。"王秋道。

董先生收回手，沉默半晌道："叫惜千算万算，倒疏忽了他能请到王先生亲自出手，否则放眼京城，能与我较量者屈指可数，"他仿佛怕王秋误解，笑笑解释道，"赌术在我之上的为数不少，但敢跟我较量的寥寥无几。"

"在下惭愧，事先不知对手是董先生。"王秋言不由衷道，暗想董先生应该是做大买卖的人，以他的气魄和气势，怎会和人家使出下三滥手段骗取晚辈的碧玉指环，实在蹊跷得很。然则关于宁公子，关于董先生，他所知资料极少，无从窥知他们的真实身份，以及不显山露水的恩怨。

"现在王先生知道了，肯放手吗？"董先生语气中带着某种期盼。

"在下……已答应了宁公子，君子一诺千金，抱歉之至。"

"这个自然，"董先生失望地说。过了会儿又抚摸银鎏金镶珠神鸟，悠悠道："真是世间罕物，从第一眼见到它起，我足足想了三十六年，它的每次辗转我都了如指掌，眼看就要如愿以偿，却拦腰杀出王先生，莫非冥冥间自有天意？"

王秋道："董先生还未出手，胜负难料。"

董先生沉默不语，良久长长叹了口气："牌局不用比了，我不是你的对手，碧玉指环，你拿去吧。"

说罢"叮当"一声，一只翠绿欲滴、古朴斑斓的碧玉指环落在桌子当中。

王秋不愿再生波折，伸手去拿，却被董先生颀长的手按住，沉声道："王先生稍安勿躁，且听我说两句话。"

"请。"

"王先生依然未曾找到想找的人，每晚奔波在各大赌场之间？"

"在下已接受十三家赌坊的约战，四天后当见分晓。"

"即便赢了，王先生还是找不到那人怎么办？"

王秋微笑道："不会的，那人并非自甘寂寞的人，他终究会忍不住现身，就像潜伏在河底的乌龟，总有浮出水面换气的时候。"

"乌龟，"董先生大笑道，"比喻得好，王先生真是很有趣的人。"

"在下做的事却很无趣，败了董先生的雅兴。"

董先生摇摇头："罢了，我刚才说过这是天意……王先生浸淫赌术多年，功夫炉火纯青，可知何以为赌术之上乘？"

王秋肃然道："董先生探究的是赌道，在下师父当年曾教诲过，赌术达到巅峰时与武功、琴棋书画相同，一举一动皆文章，不战而屈人之兵。"

"道与术略有差异，"董先生道，"道是境界，而术是策略。赌术之下乘乃赌气，为着颜面、不合脾性或者义气相争、率性而为，以至于不计后果押上全部家当，输则悔恨万分，可惜悔之晚矣；赌术之中乘乃赌运，心存侥幸或投机取巧，总把希望寄托在奇迹出现，往往大失所望；赌术之上乘……"

王秋听得入神，道："董先生微言大义，道尽赌术之真谛，在下如闻籁音。"

董先生一笑："小赌求的是怡情，胜则可喜败亦欣然；中赌求的是钱财，有白手起家，也有万贯家产输光殆尽；大赌是什么呢？要结合赌术之上乘来考虑，王先生以为如何？"

"在下汗颜之至，在下终日庸庸碌碌奔波操劳，却未曾想过这些艰奥精深的问题，请董先生容在下多想些时日，日后有机会当面禀。"

董先生"嗯"了一声松开手，王秋将碧玉指环收入囊中，暗暗吐了一口长气。

临出门时董先生突然问："王先生可知宁公子的身份？"

"在下只知道他叫宁公子。"

"很好，王先生出门后切不可透露我是董先生，否则对你不利，明白吗？"

"明白……在下告辞。"

来到前厅，宁公子正独自坐在石桌前喝茶，见王秋抱着银鋈金镶珠神鸟，赶紧迎上前拽住衣袖问："结束了吗？胜负怎样？"焦灼不安之情溢于言表。

王秋从袖中掏出碧玉指环塞过去，宁公子惊呼一声，激动地紧紧握住他的手，连声道："上轿再说，上轿再说！"

上轿后宁公子迫不及待地问："王先生如何取胜？他又如何心甘情愿退还指环？"

王秋便将经历细述一遍，自然包括上次与董先生交手的情况，宁公子听得悠然神往，道："王先生赌术精湛，又点到为止，难怪这回他知难而退，不过多纠缠。"

"这是宁公子福缘深厚。"

这句话似触动了宁公子的心事，黑暗中他沉默许久，然后道："此番王先生出手，实则救了我一命，大恩不言谢，从今日起王先生无论遇到什么困难都可以通过伟啬贝勒找我，记住，任何困难都可以！"

他语气中自有一种睥睨天下的气势。

王秋被震住了，拱手道："遵命。"

回到宁公子住处，正在客厅不停打转的伟啬贝勒见宁公子喜滋滋的样子，赶紧问："成了？"

宁公子含笑点点头。

伟啬贝勒大喜，拉着王秋的手道："王先生出手果然所向披靡，今儿个立大功了！"

王秋但笑不语。

伟啬贝勒还想说什么，瞥见宁公子眼中布满血丝，脸色苍白，想是一天一夜愁尽了心事，此时疲倦到极点，连忙拉着王秋离开了。

回去途中伟啬贝勒显得非常兴奋，反复强调王秋居功甚伟，对日后很有好处。王秋试图旁敲侧击宁公子的真实身份，伟啬贝勒却遮遮掩掩，始终不肯透露。

送至客栈门口，下轿时伟啬贝勒低声叮嘱道："今晚发生的事切不可告诉任何人，包括八妹。"

"在下谨记在心。"

接下来几天王秋白天苦练各种手法，晚上则传授些小技巧给叶勒图。叶勒图问他为什么不去赌坊练练手，王秋说："这些天练得可以了，大战前要少出门，少参赌，少外出活动，防止遭遇意外事件影响竞技状态。"

期间宇格格来了一趟，说："十一王爷最小的儿子不幸夭折，伤心异常，王府上下均小心伺候着，叶赫那拉不方便外出，联系吏部官员的事要延后些时日。"她怕王秋分心，不多耽搁便走了。

对决前一天，谭克勤依约前来，王秋说："地点设在回香楼包厢，双方各带一人守在门外，邀请京城赌坛前辈、八大赌门之一的惊门高手肖定钦为见证人，七骰六混，对敲押注。"谭克勤领首道："单注一千两，总共七局，大家点到为止。"

"又是单注一千，又是掷骰定胜负，"谭克勤离开后叶勒图抱怨说，"爷为什么刻意设定成石家庄之役的场景？这样会让解宗元有心理优势的！"

王秋一笑："心理优势？不见得吧，他会想起三年前那场对决是靠什么手段取胜的，而这回，绝对不可能让他讨半点便宜。"

这天晚上王秋早早入睡，一觉睡到天亮，起床后在院里耍了套太极拳，身体微微出汗，然后像往常一样洗漱、吃早饭，回到屋里冲了个澡，出门时叶勒图已备好车马。

碧空万里无云，天气晴好。

来到回香楼二楼包厢，之前叶勒图已吩咐伙计仔细打扫过一遍，并检查门窗、地板和桌椅，茶具、茶叶、糕点都是叶勒图从家里带的，几付骰具也是清晨刚买的，除了照看门面的伙计，其他一律换成叶勒图的玩友——清一色八旗子弟。

没多久楼梯间响起脚步声，王秋成心给对方脸色，故意坐着不起身迎接。门帘掀开，谭克勤陪着一个干枯精瘦的老头进来。

"啊！前辈……"

王秋惶然站起来，一时有些尴尬：十三家赌坊邀请的高手居然不是想象中的解宗元，而是上回在客栈玩障眼法的老头！

谭克勤仿佛预知他的吃惊，面有得色道："介绍一下，这位是王秋；这位是飘门前辈道衍明，当年与王先生的师父并称'飘门双杰'！"

"道师伯，请受弟子一拜。"

王秋扑通下跪，规规矩矩行了师门大礼。道衍明也不谦让坦然受礼，然后和蔼道："师侄请起，今儿个师伯受人之托与你对决，赌局无大小，师侄不必有所顾忌，大家放手一搏凭技取胜。"

"这个……"

王秋暗地剜了谭克勤一眼，暗想好狠毒的心计，今日若赢了是目无尊长，输了是被长辈教训，横竖被这帮人占着理。

不过八大赌门与江湖其他门派在形式方面有很大的差异，一是只有门派，没有掌门，通常赌术最高影响最大的为本门领袖，拥有名义上的号召力；二是门派管理相对松散，收徒无须入门仪式，也无须履行任何程序，这就造成同一门派中人往往相互不熟悉；三是赌门中人各自为战，很少有联手、结盟的现象。

道衍明拍拍王秋的肩，大大咧咧道："就当不认识师伯好啦，快坐下。"

两人落座后担任今晚公证的赌门前辈肖定钦也来了，按习惯重申一遍约定的规矩，然后谭克勤和叶勒图退出房间。

第一局王秋未作抵抗，掷骰后直接推牌认输。这是晚辈对长辈的礼让，约定俗成的江湖规矩。

第二局王秋又认输，因为只掷出三十七点，凭经验他知道这个点数不足以对抗赌术精湛至圆润的师伯。

"不准再让了，小子。"道衍明警告道。

肖定钦也欠欠身体含蓄地说:"王先生,一共七局,现在已过去两局了。"

因为此役道衍明代表的十三家赌坊是庄家,倘若双方战成平手就意味着王秋败,必须按诺离开京城。

第三局、第四局,号称七局胜负的天王山,王秋一胜一负,胜的一局也是一点险胜。这显然不是王秋的风格,肖定钦连连咳嗽,似乎暗中为他着急。

此时王秋内心更是焦躁无比。

从接受约战以来,王秋自认为一直保持良好的竞技状态,无论体力、心态、斗志均达到巅峰,有把握击败包括解宗元在内的任何赌门高手。然而不知为何,今天开局以来就出师不顺,从未掷过三十九点以上,即便险胜的一局也只掷了三十八点,而第一局、第三局都掷的三十五以下——这在同为赌门高手的顶尖对赌中,根本不具备叫牌的资格。而平时练习中,王秋每掷十把至少有八把掷到四十点以上,除非失误,应该不会出现低于三十五点的"臭牌"。

为什么出现这个状况?王秋也很奇怪。

起初认定对手是解宗元,王秋作了精心的防范工作。回香楼是叶勒图一位哥们儿的亲戚开的,老板为人本分,从未涉足过赌坊。昨天回香楼歇业一天,前后门均由叶勒图的哥们儿把守,不准任何人进入。对赌用的桌椅、茶具、骰具都是叶勒图亲自挑选,绝对不可能有问题。

在一片混沌中,第五局王秋又只掷了三十四点,不加注认输,至此五局中王秋一胜四负,输掉一万两千两银子。

肖定钦咳不动了,改成不停地喝茶,中间伴以极其轻微的叹息——对同为赌门高手的他来说,非常希望看到旗鼓相当、斗得白热化的场面,而非这样完全一边倒的赌局。道衍明则神情轻松,跷着二郎腿,不时往嘴里扔只杨梅或是李子。

稳住,一定要稳住!

王秋额头上渗出汗来,不停地为自己鼓劲:义父深陷天牢,必须尽最大努力查清真相,救出义亲!

第六局开始了。

两人同时掷骰。两人一边握着骰盅暗自加着手劲,一边竖起耳朵听对方骰盅里的响动。

蓦地，王秋瞳孔收缩，心里豁然开朗！

他终于注意到一个细节，一个决定双方胜负的细节：从第一局起，每次掷骰时道衍明的左手都平摊在桌上！

上次在客栈两人交谈后，道衍明运用暗劲将三颗骰子平平嵌入桌面，显示了深厚的内力。

今天他将内力暗注到桌面，使桌面产生不为人察觉的颤动，因此当骰子在骰盅里停止滚动，骰盅放置于桌上时，受内力催动骰子继续滚动，造成点数与王秋预期的不符。

识破这个手法后，王秋不动声色用左手抵住桌沿，抵消掉道衍明的暗劲，道："加五千。"

道衍明毕竟是老了成精的老江湖，焉有不知对方已明了自己手法之理？当下笑嘻嘻道："不应。"说着将牌一推。

王秋一滞，脸色竟有些发白。

道衍明不应牌认输，王秋仅赢了五千两底注，总牌面仍输七千两。也就是说最后一局道衍明依然不应牌认输的话，王秋最终将以两千两败北，离开京城。

包厢里三人都是赌门高手，尤其道衍明和肖定钦经历大小赌局数千场，这笔账自然算得一清二楚。要不是双方有约在身，王秋就该主动认输了。

能怪谁呢？要怪只怪王秋识破得太迟，将主动权拱手相送。

"第七局开始！"肖定钦稳稳道。

双方掷骰、摇骰、定骰，轮到王秋先叫，他看都不看就道："加五千。"

两双眼睛同时注视到道衍明脸上，只须他说出"不应"两个字，赌局便告结束。

"跟。"

道衍明轻飘飘扔出一个字，脸上笑容依旧。刹那间王秋脑海里闪过道衍明在客栈说的一句话："我跟任宏有点交情，不会坏你的事……"

他感激地看了师伯一眼，道："不加注，开牌。"

王秋和道衍明都掷出了"满堂红"四十二点，但这一局王秋做庄，庄家胜。

王秋以总牌面三千两银子险胜道衍明。

第十章　爱恨难言

　　恭送道衍明、肖定钦离开后，王秋便在回香楼设下酒宴感谢叶勒图和一班哥们儿，死里逃生赢得赌局，争取到两个月期限，王秋格外兴奋，很少饮酒的他破例开怀畅饮，但酒量方面岂是这帮北方人的对手，很快喝得酩酊大醉，被叶勒图背上轿子送回客栈，一睡睡到黄昏时分。
　　醒来时只觉得口干舌燥，手伸到床边，正好有满满一碗水，遂一饮而尽，脑子这才清明许多，撑起身一看，屋里竟有个人，背朝他站在通往院子的窗前，夕阳的余晖衬出她婀娜多姿的身材。
　　"宇格格……"
　　那人低低道："三年未见，连我的背影都忘了，莫非如今你心中只有那位明媚可爱的宇格格？"
　　王秋如遭雷殛，失声道："卢——蕴！"
　　她缓缓转身，不错，正是三年前断然背叛他，给解宗元通风报信的卢蕴。三年了，她容貌未改，还是那般从容，那般水灵，那般秀美，屋里空气中浮动着她那熟悉的体香。
　　"你，你来干什么？"他哑声道。
　　"三年前……"
　　"别提三年前，"他粗暴地打断她，"我只问现在！"
　　卢蕴眼圈一红："王秋，难道连听我说完的耐心都没有了？"
　　"我很有耐心，但你的所作所为令人心寒。"王秋冷冷道。
　　"你这样想的话，我当真无话可说，"她双手掩面啜泣道，"可是我有我的苦衷，你一个字都不想听？"
　　见她梨花带雨的样子，王秋的心不禁软下来，默不作声。
　　"在山东遇见你纯属巧合，神灵在上，我，我起誓绝无虚言，我根本没料到能遇到你，也根本没料到会，会陷入爱恋不能自拔，那段时光是我——或许是今生今世最甜蜜最幸福的回忆，我从未那样无拘无束、无牵无挂投入地喜欢一个人，每天开心地做每件事……我没有想过刻意隐瞒身份，因为觉得说出自己是爵门中人对我们俩无一丝好处，何况当时我已决定金盆洗手，全心全意跟在你身边……"

王秋木然道："直至在石家庄碰到你师兄解宗元。"

"我与解宗元并非同一个师父，但学艺时见过几次，隐约有些印象，你潜心备战那段时间，他暗地找到我，以师门荣誉相胁要我帮他，起初我一口拒绝，可他把众多爵门前辈都搬到石家庄反复游说，并说爵门在京城花了几十年时间才形成如今的气候，弄不好便毁于一旦，而我将成为爵门数百年以来的大罪人……后来我终于动摇了，心想不能贪图一己之利累及整个爵门，毕竟我幼小被双亲抛弃，是师父收养、培育我长大，爵门是我的再生父母，王秋，这种情谊你能理解吗？"

王秋哼了一声，并不答话。

卢蕴停了会儿，泪光盈盈道："但我仍心存侥幸，希望以圆满的方式解决——那就是你不进京城，此役取胜后和我归隐江湖，那样的话我拼着辜负师兄也要让你取胜，所以对决前夜我专门询问过你，记得吗？"

王秋愣了一愣，想起那天晚上在花径间的对话："明天对决后不论输赢，我们都找个与世断绝的地方隐居起来，然后我为你生一大堆孩子，好不好？""还是等到京城之行后再说吧。""如果在京城落败呢？你想过失败之后做什么？隐居，还是继续苦练？""我……我从没想过，也许……""王秋，世上没有无敌于天下的高手，只要在赌圈里混，迟早会被人打败。""大战前夕，对我有点信心好不好？"

难怪当时她眼中飘过一丝失望，因为那是她最后的努力和试探。他拒绝放弃进京，又不肯给她关于未来的承诺，终于促使她转投向师门和师兄，紧接着便开始刺探他的备战情况，而他毫无保留说出解宗元的点罩。

"这是你的解释，是吗？"他冷笑道，"你希望这套说辞能取得我的原谅，对不起？"

她垂泪道："三年以来我心情一直很糟糕，想到你的失望，你的痛苦，你被背叛后的惊愕与打击，我难过得不能自已……我不敢奢求得到你的原谅，只想说出压在心底的话而已。"

王秋双手负在身后，目光越过她头顶落在院内，墙边花草大多枯萎，仅存的蜷缩成深黑色，在寒风中瑟瑟发抖。

秋天转瞬即逝，冬天快要来了。

他暗叹一口气，道："说完了？你可以走了。"

卢蕴呆住了，过了好久幽幽道："当初我们在一起的几十天里，有时也吵架，发脾气，但每次只要我乖一点，你就会主动过来把我搂在怀里，我以为……这回你还会这样……"

王秋的心被狠狠刺了一下，旋即硬着心肠道："你是赌门中人，应该知道赌门的规矩，一种赌术被对方识破后不可以再度使用。"

"原来你这样想的，"卢蕴凄然一笑，"也罢，今天我原本没指望好结果，只是事到临头还忍不住坚持一下。"

王秋让开路，摆出悉请自便的架势。

卢蕴却没有动，身体转向院子道："打败了飘门前辈，你打算在京城继续待下去？"

"这才是你今天的真正意图！其实我一踏入京城你们就知道了，但总寄希望于我主动离去，避免正面冲突，"王秋语气里含着怒意，"回去叫解宗元别像乌龟一样缩在壳里，这一天迟早要来的！"

"王秋，你误会了，"她低头道，"其实三年来爵门在京城的地位已发生根本性变化，根基已经扎实，势力已经稳固，即便你打垮京城十三家赌坊都与爵门利益无关，这是解师兄始终没有露面的原因，如果觉得三年前的失败给你造成的打击非常大，解师兄可以做出某种补偿，比如说奉还你输掉的钱……"

"住口！"王秋怒不可遏，指着她道，"你把我王秋看成什么人？石家庄之役是为了那点钱么？快给我出去，以后再也不想见到你！"

"你千里迢迢来到京城，洗遍十三家赌坊，攒的名声和钱财都足够了，为何还继续停留？"卢蕴渐渐冷静下来，"想报复？实话告诉你，解师兄很为石家庄之役后悔，因为那并非解决问题的最佳手段，但他现在正踏踏实实做大事，绝对不会再为十三家赌坊出头，更不会为无谓的争端而战，你想靠逐步挤压十三家赌坊逼他，除了招来疯狂的暗算，没有丝毫好处。"

"原来如此，"王秋简洁地说，径直倒了碗水喝了，突然问，"你现在跟解宗元住在一起？"

卢蕴回答得同样简洁："事情不是你想象的。"

"我也实话告诉你，我王秋决心要做的事，决不会半途而废！"

卢蕴凝视着他："你想解师兄干什么？当众向你认输，还是承认石家庄之役要诈？赌门中人因诈而生，因诈而亡，无论怎么个输法，输就是输，别为自己找借口。"

王秋没有直接回答，沉思片刻道："解宗元在做什么大事？"

"一桩……很大的事，具体情况无可奉告，总之与十三家赌坊无关，"说到这里她咬咬牙，"再透露一个秘密，当年解师兄之所以到石家庄狙击你，真正的原因并非为了十三家赌坊，而是你进京后可能影响到他正在进行的合作，所以就算你那次对决赢了，解师兄还会千方百计阻挠，明白吗？"

"爵门正与册门的人合作？"他冷不丁问。

卢蕴一怔："应该没有，你何出此言？"

"群芳宫郏大娘跟解宗元不是一伙的？"

"那个女人……"她鄙夷道，"册门中人都不喜欢跟她往来……王秋，既然你凭实力取得两个月时间，我不想扫你的兴，不过恳请你期限一到务必离京——就当我求你了，好不好？"

王秋眉毛一挑："你不是说解宗元懒得理我，十三家赌坊也与爵门无关，为何急欲赶我走？"

卢蕴咬咬嘴唇，道："我是出于关心，信不信由你，"说完深深瞅了他一眼，"保重。"

她出门时叶勒图正好进来，两人擦肩而过，叶勒图奇怪地盯着她背影看了好久。

"你认识她？"

叶勒图搔搔头："他娘的酒搞得太多，头快要开裂了，看谁都差不多，她是谁？你在京城还有朋友？"

王秋担心他盘问不休，岔开道："进来吧，待会儿一起吃饭，夜里陪我出去一趟。"

"夜里？"叶勒图讶道。

"不敢吗？"

"爷说到哪儿去了，只要爷吩咐，叶勒图无有不从。"他摩拳擦掌道。

月残如钩，清清冷冷挂在京城上空。

两条人影轻盈在西华门菖蒲巷口闪了一下，旋即没入漆黑之中。"嘡"，一更梆响，远处依稀传来更夫苍凉的声音："天干物燥，小心火烛。天干物燥……"

来到一个略显破旧的院子前，叶勒图将软钩往墙内一扔，"铮"，挂钩钩住了什么东西，拉拉绳索还算牢固，两人援索而上翻了进去。

王未忠私宅是个很简陋很平实的院子，与京城任何一家普通百姓的四合院没什么区别，前院东侧长着生机勃勃的月季、芍药之类的常见花草，西侧墙根一溜放着荷花大缸、蓄水盆、窖石，门窗因年久失修多处油漆剥落，厨房门边堆着晒干的花椒。

　　"真是少有的清廉自律，根本不像四品官员私宅，"叶勒图赞道，"在京城衙门只要脑子稍稍活络些就能捞到油水，渠道太多了——替外地官员铺路打通关节、衙门批文、升迁打点，等等，然后便将屋子装饰得飞梁雕栋富丽堂皇，人活着还不是为了脸面？且不说王府高官……"

　　王秋敲了他一下，喝道："禁声！咱们是来找东西，不是听你发表感慨。"

　　"这一带墙高院深，没人听到动静的。"

　　进了正屋，里面翻得满地狼藉，大多数稍稍值点钱的都被拖走了，书房里更是一塌糊涂，到处散落着书籍、稿纸和册页。两人燃起火折子细细搜寻，但显而易见之前搜查的人也相当有经验，每本书、每个夹缝都没放过，不知不觉埋头苦干了一个多时辰一无所获。

　　"唉，半点线索都没有。"叶勒图有些累了，一屁股坐在书堆上。

　　王秋细细察看地板上的脚印，若有所思道："小小书房前后来了好几拨人，可见捉拿王大人的势力不希望留下一点点蛛丝马迹……走，到后院看看。"

　　王宅后院好久没人清理了，原来种植的花花草草被茂盛的杂草淹没，西北角落长着一棵高大的桂花树，不知为何被砍了两斧头，树叶凋零无几，生机全无。

　　叶勒图道："爷怀疑王大人把重要物证埋在后院？不会的，那是最笨最无聊的藏法，也瞒不过六扇门那帮人的眼睛。"

　　王秋不理他，径自在草丛间走走停停，鼻子嗅来嗅去，过了好一会儿突然止步道："就在这儿。"

　　"真埋东西了？"

　　叶勒图赶紧跑过去亮起火折子，却见杂草丛中有片焦黑的区域，上面盖着一层厚厚的枯叶，手一拨，已经腐烂不堪。

　　"那天王潘氏说过，事发前一天夜里王大人独自到后院焚毁了一批信件、清册等物，为隐匿痕迹王潘氏弄了些枯叶遮掩，由于拘捕事起突然，对方可能认为王大人来不及销毁证据，只到后院草草看了一遍，"王秋卷起衣袖边挖边说,"我们唯一的希望是当时王大人焚烧过程非常仓促,会有极少数纸片未燃尽而被压在下面。"

叶勒图眼睛一亮:"爷考虑得极是,入秋以来京城已连续两个月未下雨,加之焚烧的纸灰包在外面阻潮,说不定真会有残余纸片保存下来。"

两人小心翼翼挖开上面腐烂成糊状的枯叶杂草,再一层层剥开焚烧的纸灰,每剥一层两人的心便往下落一分,悄悄剥到十多层时叶勒图失望地说:

"没戏了,爷。"

王秋头也不抬:"叶勒图,你不是标准的赌徒。"

"为什么?"

"标准赌徒除非看到对方底牌,否则不可能轻易认输。"

叶勒图想想也是,轻轻笑了起来。

再剥了会儿,叶勒图蓦地大叫:"有了!"

声音在寂静的夜间格外突兀,王秋大惊,连忙捂住他的嘴说:"你想死啊!镇静点!"

"有纸片,有纸片!"叶勒图激动地说。

"我看见了。"

在底部蜷着两三张残余的纸片,均烧了大半,其余卷曲着压在纸灰下——王秋猜测得不错,王未忠销毁证据时未免心慌意乱,等不及前面一批燃尽又扔一批,这样便将火头压住了。

两人不敢耽搁,匆匆将战利品熨贴着收好,借夜幕掩护飞快溜出王家私宅。

回到客栈,两人虽浑身泥泞却无心洗澡换衣,将灯挑到最亮研究那几张纸片。

"贡纸!"叶勒图用手一捻道,"这是山西额解的毛头纸,专门供各部府衙门归档使用,爷瞧,每页纸右下角都有印记。"

"噢。"

再看纸片上的字,密密麻麻写着地名和姓氏,如"山西大同府沈吉;河南开封府陈万和……"几张纸片都是如此,没有其他内容。

"很简单的人员名册而已,有什么可烧的?"叶勒图沮丧道。

王秋静静想了会儿,道:"王大人既然在事发前夜匆匆焚烧,必定有他的道理,否则做了这么些年京官,焉有分不清轻重缓急之理?"

经他点拨叶勒图也琢磨出味道，点点头道："嗯，显然王大人担心这份清单一旦被查抄，将带来更严重的罪责……这些人是谁呢，必须好好查清楚，回头我好好想一想，看能否找到礼部衙门的官员。"

王秋抬手阻止："不可，除非有真正可靠知底的朋友，不能再多方打听，以免泄露风声……宇格格答应通过叶赫那拉在吏部的亲戚了解情况，先等她的消息再说。"

叶勒图眨眨眼："宇格格，爷很信任她嘛。"

王秋脸有些发烧，掩饰道："跟你一样都是我的朋友。"

"不一样嘞，"叶勒图大摇其头，"告诉你吧，前几天内阁大学士周枫到贝勒府替儿子求亲，你猜怎么着？宇格格当众拒绝，并说自己已有意中人。爷，这位意中人是谁不想可知吧？"

"她，她果真这么说？"王秋吃惊道。

叶勒图看着他，认真地点了点头："千真万确。"

"那伟啬贝勒什么态度？"

"一言未发，不置可否，"叶勒图道，"爷可得小心处理，毕竟，毕竟这是件惊世骇俗的大事！"

第十一章 牧场赛马

叶赫那拉虽答应帮忙,但十一王爷仍处悲痛休养之中,暂时无法出府。宇格格闲来无事,又叫王秋到郊外打猎。王秋有些踌躇,建议带叶勒图一起去,宇格格娇嗔道:"带他干嘛?在旁边碍手碍脚。"

出了城门,眼前全是开阔平坦的大路,两人纵马驰骋,很快驰出十多里开外。这时数里外出现一股巡骑,高头大马,银盔亮甲,旋风般扑到两人马前,为首的吆喝一声,声音洪亮地说:"原来是宇格格,今儿个好兴致,跑到郊外散心?"

此人粗髯高鼻,虎背熊腰,竟是那天夜里在天牢遭遇的八旗驻京步军副尉明英!

宇格格爱理不理,道:"是啊。"

"郊外荒僻人稀,时有盗贼出没,要不要我带人护送一程?"

"不必。"

"倘若打猎野炊,多个人搭搭手也是好的,"明英表现出极大的耐心,"郊外无论哪个山旮旯,没有我明英不熟悉的。"

"说过了不必,"宇格格将皮鞭在空中一挥,瞪大眼说,"你到底让不让路?"

明英讨了个没趣,才将注意力转移到王秋身上,上下打量一番,大刺刺道:"你就是靠点小赌技在京城招摇撞骗的王秋?我看也一般得很,嘿嘿。"

王秋不为所动,一拱手道:"草民见过明英大人。"

"免礼,"明英傲慢地挥挥手,突然想起什么,满脸狐疑道,"咦,我们好像在哪儿见过面?不是赌坊那种乱糟糟的地方,爷从不赌钱;也不是大街酒肆,凡经我盘查的都有记录在案……对了,是刑部大牢!当时里头的人说你们承右翼前锋营统领和刑部左侍郎的批准,探望死囚犯赵禀坤,对不对?"

已经发生过好几天的一件偶然遇见的小事,明英竟然记得如此清楚,连名字都说得一字不错,王秋暗骇,直觉这家伙是个厉害人物。当下既不承认,也不辩解,眼睛一眨不眨看着对方。

明英继续道:"赵禀坤案是他因为老婆跟邻居私通,趁傍晚潜入邻家厨房投毒,毒杀邻居一家四口,赵禀坤是老皇城根人,从前朝起世代在京城居住,所有亲戚朋友仅限于京城,而王先生老家远在江苏,绝无可能与他有瓜葛,当然谈不上打通关节进去探望,因此王先生那夜探望的不是赵禀坤……近来天牢关押了十四个死囚犯,祖籍在京城的有八位,另两位是河北人,还有一位是东北人,一位山东人,一位四川人,剩下那位,"明英锐利的目光紧盯王秋,"便是朝廷重犯,因参与组织地下花会欠了巨额赌债的陶兴予,一是参赌,二是他原在苏州为官,嘿嘿,都与王先生有千丝万缕的关系!"

果然才智过人!能从看似无关紧要的几个线索抽丝剥茧般分析出真相,而且有条不紊,层次分明,王秋佩服不已,当下更不敢搭腔,眼光微瞟宇格格。宇格格何等机灵,寒了脸叱道:

"明英,你这是什么意思?本格格好容易有心情到郊外一游,你却一再刁难阻挠,是不是郭焘吩咐的,赶明儿叫我哥问问他!"

郭焘是八旗驻京副护军参领,明英的顶头上司。郭焘品衔虽高,却是伟啬贝勒府的包衣奴才,见了宇格格都得叩头称奴。明英识得她话中的厉害,赶紧嗯哨一声,示意手下分到大道两侧,抱拳道:

"明英多有得罪,还望格格海涵。"

宇格格都不拿正眼瞅他,哼了一声,抽了一鞭,策马从他们中间穿过,马蹄扬起的灰尘纷纷扑到明英等人脸上,明英恨恨"呸"了一声。

"副尉大人,属下看这王秋一副娘娘腔,所谓赌术精湛恐怕是骗人的,分明靠小白脸逗姑娘们欢心,没什么了不起。"一位手下看出明英满腔怒火加妒意,火上浇油说。

京城八旗圈里,无人不知明英对宇格格情有独钟,为获取她的芳心,明里暗里不知花了多少心血,费了多少心思,最慎重的一次居然搬来德高望重的恭王爷上门说媒,无奈宇格格就是不松口,翻来覆去就三个字,不愿意。

明英也是怪脾气的主儿,铁了心非她不娶,数年来拒绝了十多位名门望族千金的明示或暗示,屡屡对宇格格发动攻势。哪知半途竟冒出来一个赌门高手,使得她不顾满汉之分和门第之别,成天像棉花糖似的粘在他身边，怎不叫明英怒火中烧？

另一位手下继续扇风点火："大人，人家都说飘门高手无所不精，什么都赌，大人何不扬长避短，拿出看家本领杀杀他的锐气？"

明英一犹豫："我们当差的有什么本领？无非打打杀杀罢了。"

"大人奔跑、骑术、射箭、摔跤、格斗样样擅长，随便挑一种定可击败那个小白脸儿。"

有位经常进赌场的手下道："赌门规矩是若无正当理由，任何时候都不可以拒绝挑战，摔跤、射箭这些小白脸可以推说不会，但赛马——大伙儿刚才都见他骑马，他不可以拒绝的！"

"赛马……"

明英喃喃道，陡地眼睛一亮，想起前一阵子宇格格聚会时喜滋滋告诉别人，她与王秋赛马时赢了大半个马身，是王秋进京以来第一次败仗。宇格格的马术固然精湛，但比起自己至少相差一个级别。

想到这里他嘴角含笑，自言自语道："不错，以己之长攻其之短，老子不但要让他难堪，还要……嘿嘿……弟兄们，跟我走！"

众人调转马身，沿着王秋和宇格格走的方向追过去。

此时两人刚刚抵达钦道牧场，晚秋的风格外猛烈，吹得衣襟烈烈作响，河面上几乎看不到飞鸟，草丛和林间若隐若现的野兽也少了许多。

"匆匆一年又快过去了，真是人生苦短岁月如梭，"宇格格歪着头道，"关于将来，王先生有什么打算？"

王秋心一跳，她的神情，她的语气，与三年前的卢蕴何其相似。思虑良久，他缓缓道："在下在京城的时日终究有限，数月之后，在下只是格格回忆中某个片段而已，不值得太多羁绊。"

"我可不这么想，"宇格格把玩着皮鞭道，"认准的事不妨执着做下去，不管后果如何，顾虑太多将一事无成。"

"格格所言极是，然而王秋此行困难重重，形势波谲莫测，实在……"

话才说了一半，远处响起急促的马蹄声，明英一行由远而近追到两人面前。

宇格格不客气道："明英，不是叫你别碍事吗，怎么又跑来了？"

明英干笑两声，拱拱手道："刚刚听手下说王先生乃江湖八大赌门之一飘门的高手，精通赌术，本官不才，斗胆向王先生领教两招。"

宇格格满脸寒霜道："明英，你真是来找碴不是？今儿个王先生陪本

第十一章 牧场赛马

格格打猎,其他事一律免谈!"

"也好,王先生先打猎,我等弟兄在一边候着。"明英软中带硬。

宇格格欲发作,被王秋阻止,低声道:"格格休怒,俗话说躲得了初一躲不了十五,我先跟他周旋,不行的话再请格格出面。"

王秋策马来到明英对面,道:"《大清律例》云'凡赌博,不分兵民,俱枷号两个月,杖一百',且严禁官员参赌,否则'革职枷责,不准折赎',请大人明鉴。"

明英轻蔑一笑:"照此说法京城十三家赌坊岂非要关门?王先生岂非无事可做?何况我们不赌钱,属于同场竞技,不算赌博。"

"大人文武双全,草民自感不如。"

"王先生的意思是认输?"明英步步紧逼。

王秋一笑:"不比,哪来输赢?"

"所以才要比,"明英道,"本官想与王先生赛马。"

宇格格气涨红了脸,叱道:"你明知汉人不善骑射,找王先生赛马纯属无理取闹!"

明英哈哈大笑:"格格说笑了,既然格格能与王先生赛马,明英为何不能?"

"啊!"宇格格哑口无言,愧疚地瞅了王秋一眼,暗自懊恼不该口无遮拦把上次较量的事说出去,好事不出门坏事传千里,这下给王秋添麻烦了。

王秋道:"大人一再强求,草民勉力为之。"

明英大喜:"好!我们从这里出发,先到对面山丘者为胜……至于赌注,王先生想要什么?"

"草民无欲无求。"

明英眼珠一转:"倘若王先生赢了,本官可带你入天牢探望陶兴予,如何?"

真是天上掉下的金元宝,王秋几乎要一口答应,但转念一想明英用心险恶之极。因为之前自己并非承认探望陶兴予,现在答应无疑是认可明英的推测,风声传出去,将引起各方面关注,包括解宗元、郗大娘、董先生等幕后势力,自己在京城的处境将更加困难,也会给伟荅贝勒等人带来麻烦。

明英这厮,实在是粗中有细的人物!

第十一章 牧场赛马

王秋摇摇头："草民并不认识陶兴予……还是大人先说，倘若草民输了怎么办吧。"

"立即离开京城！"明英不假思索道。

宇格格又要嚷嚷，王秋阻住她，道："草民刚刚与十三家赌坊有两个月留京之约，按约赌规矩后约不能推翻前约，大人再斟酌一下。"

明英转头询问手下，得知约赌确有此说法，想了想道："若王先生输了，以后必须尊我为长辈。"

王秋又摇头："看来大人平时从不涉赌，约赌还有一条规矩是不得乱了纲常伦理。"

接二连三被否决意见，明英黝黑的脸更黑了，退后两步与手下商量一番道："若我赢，王先生两个月之内不得踏入伟崮贝勒府半步；若王先生赢，以后本官及手下在任何场合见了王先生决不刁难盘问，如何？"

"很公平的赌注，草民接受。"

明英心花怒放，喝道："王先生爽快，那么比赛开始！"

"慢，"王秋跳下马，"按赛马规矩，必须先检查自己及对方的马。"

"哪来这么多破规矩。"

明英嘟囔道，敷衍了事地前后左右瞅瞅，手一拍说好了。王秋却察看得很仔细，双手几乎摸遍两匹马全身每个部位。宇格格提心吊胆跟在身后，低声嘀咕说输了也没什么，顶多以后我去找你。王秋但笑不语。

检查完毕，两人飞身上马，同时站到一道浅渠前。随着一声嗖哨，两匹骏马如离弦之箭飞出去。明英自幼从军，一年倒有三百天泡在操练场上，骑术、射箭、格斗、摔跤等技练得炉火纯青，十八岁起多次参加武试且名列前茅。他胯下这匹骏马更是朝夕相处多年，早已驯得心念相通，宛若兄弟一般，正因为此明英才对赛马如此自信。

王秋骑的马虽然是贝勒府精心饲驯，只能算中上之品，早上宇格格并未特意挑选，随便牵了两匹。从客栈到牧场不过数十里路，王秋尚未完全摸透它的脾性。路况方面王秋仅跑过一次，明英则不知在牧场里驰骋过多少回。因此刚跑出两箭地，明英已领先半个马头。

"早点认输吧，免得到时差距太大！"明英仍有闲暇逗王秋开心。

王秋不急不躁策马挥鞭，丝毫未受落后的影响。转眼间过了半程，明英至少领先两个马头，而他的坐骑在军中是出了名的后劲足，冲刺能力强，王秋根本没有翻盘的机会。

明英手下早就闹翻了天，有的吹口哨，有的打响鞭，有的唱着不成调的歌，为明英喝彩加油。宇格格默默走得远远的，盘算如何找郭焘告黑状，好好出一口恶气。

离小山丘只有一箭之地了，明英已领先整整一个马身，在赛马中这种差距应该是压倒性胜利，明英得意忘形卖弄起身法，居然单脚脱蹬在马背上来了个"倒挂金钩"。

也就在这时，意外发生了！

明英胯下骏马不知为何，右前腿突然一软，马身倾斜，明英在众人惊叫声中随着马往地上一摔，强大的前冲力使他骨碌碌往右前方滚了十多步，正好滚至王秋的马蹄下！

宇格格绝望地闭上眼，脑中只有两个字：完了！

明英几名手下不约而同刀剑出鞘，准备将王秋砍成肉泥！

就在千钧一发之际，王秋陡地脱蹬甩鞍，身体下沉，使出蒙古骑手的绝招"俯叼羊"，单臂一把将明英抄起，两人悬挂在马身一侧急速冲至小山丘。

马身尚未停稳，明英已挣脱开去，一个侧翻落在三步开外，手按刀柄，脸上又恼又羞，眼露凶光看着王秋。

王秋平稳抱拳道："大人与草民同时乘马过了终点，平分秋色，应该算是和局。"

听了此言明英渐渐缓过劲来，脸色变幻莫测，握在刀柄上的手背青筋毕现，显然内心犹豫不定，拿不定主意是否应该发作。这时宇格格和他的手下纷纷赶来，有的查看他的坐骑，有的关切他是否受伤，宇格格情知这回明英栽得不轻，大大折了脸面，不再出言相讥，只有意无意挡在王秋身前。

明英沉着脸独自呆了半晌，右手终于松开刀柄，大步来到两人面前道："今日之事我不会承你的情，告辞！"

说完他转身就走，其坐骑亦步亦趋跟在身后，他斜看一眼，突然踹了它一脚，咒骂道："操你娘！"反身跃上一名手下的马扬长而去。

目送明英等人消失在地平线，王秋长长吐了口气。宇格格拉着他衣袖，满面惊诧地问："上次你输给我半个马身，这回为何马术提高了一大截，居然能击败明英？他的马跑得好好的，为什么突然绊倒，是不是你做的手脚？"

"吉人自有天相。"

"你骗人，"她眼睛亮晶晶的，脸上满是笑意，"快告诉我，好不好？"

面对她青春明媚的笑容，王秋一时竟看呆了。

"要不咱们交换，只要告诉我其中奥妙，我也应允你一件事，行不？"她摇着他的手臂央求道。

"什么事？"

宇格格俏脸微红，眨眨眼道："随便。"

"真的随便？"

王秋忍住笑意恶作剧般逼近她，她毫不忸怩与他对视，等到两人的脸几乎碰到时才掠过几丝惊慌，匆匆闭上一双清澈的大眼睛。他的唇轻轻落在她光洁的额头上，她"嘤咛"一声，整个身体蜷进他怀里，接着不知怎么回事，两人的唇便黏在一处，天旋地转间两人紧紧拥抱，腾起的火焰烧得他们口干舌燥，激荡的热流在体内左撞右冲，心儿仿佛要跳出喉间。

隔了好久，两人才慢慢分开，王秋低低道："在下失礼……"

宇格格狠狠拧了他一下，红着脸道："都这个样子了，还好意思称在下？"

她拧得很重，王秋却一点儿不觉得疼，反而充满了甜蜜的感觉。

"快说说怎么打败明英的。"

王秋手一翻，手指间变戏法似的多了根细细长长的草茎："就是它。"

宇格格翻来覆去琢磨了半天，道："不过是很普通的野草嘛。"

"它叫鹿跌崖，又名断轮草，生长在福建、江西一带的深山大泽里，"王秋比划道，"你瞧草茎上的分杈，细细圆圆，如果用力挤压……"他两指用力揉了数百下，挤净分杈里的草汁，这时分杈突然开裂成锯齿状，尖头朝外，宇格格用指头轻轻一触竟有些疼。

王秋继续道："深山野鹿在草丛间奔跑时缠绕到断轮草，草茎在鹿蹄践踏下挤掉草汁后开裂，锯齿深深扎到鹿蹄里，野鹿剧痛，失足摔下悬崖，顾名思义鹿跌崖。"

"喔，你借检查马匹之际把鹿跌崖拴在马蹄上，马跑到一定时候也被锯齿所扎，自然人仰马翻了，"宇格格弄清原委哈哈大笑，"回头找几根给我藏着，我也能打遍京城无敌手。"

王秋笑道："鹿跌崖乃飘门不传之秘，十分罕有，五年前我在福建深山寻觅了两个月才采了三株，何况草茎拴的部位、掌握的分寸非常重要，太松稍跑几步就脱落，太紧马因疼痛不肯放开来跑，容易露馅，此时拴的手法也有讲究，一般要能在马摔倒时形成的角度正好使草茎松开混在草丛里，就算对方有所怀疑也无从查找。"

"怪不得，"宇格格道，"不过总算赶走明英这个讨厌鬼，我再也不想看到他。"

"明英是个心机深沉且难对付的主儿，这回招惹了他，不知会带来什么麻烦。"

王秋目视远方，眼中隐有忧色。

第十二章　天威难测

调查因为叶赫那拉那边耽搁下来，王秋十分焦急，想托叶勒图去刑部大牢打点以探望义父，争取劝说义父再透露些详情。叶勒图跑了两天，牢里的人均不敢答应，说上头对陶兴予案看得紧，动辄巡查提审，钱是小事，把脑袋掉了不值得。王秋无计可施，每晚出入赌坊时加大押注，从以前赢数千两即收手提高到上万两，奇怪的是赌坊方面很沉得住气，一付听之任之的样子。

或许卢蕴所言非虚，解宗元真的不屑为十三家赌坊出头？那么卢蕴说的大事究竟是什么事呢？与陶兴予、王未忠言辞间的惊天阴谋是不是一码事儿？他们为何向解宗元和郗大娘借钱？

一系列疑问盘桓在王秋脑际，然而此时的他几乎没有可调查方向，即使与解宗元面对面，以对方之狡黠圆滑，估计也问不出情况。

正午时分，王秋躺在床上小歇，伟崮贝勒突然敲门进来，匆匆说快随我走，宁公子想设宴答谢王先生。

王秋佯装身体不适，托着头道："昨夜偶感风寒，在下实在难以支撑……"

伟崮贝勒跺着脚道："我知道你想诈出宁公子的真实身份，这个，我当真不能乱讲，不过今日去过之后，以王先生之能定可有八成数。"

既被识破，王秋也不好再装下去，整理好衣服后跟着伟崮贝勒一起上轿。轿帘如上次遮得严严密密，里面黑咕隆咚。漆黑中伟崮贝勒似乎有些歉意，解释说："宁公子事务繁忙，难得有闲暇做自己喜欢的事，其实王先生夺回碧玉指环之事，宁公子始终铭记在心，想找机会与王先生一聚。"

王秋淡淡说："在下查过资料，银鎏金镶珠神鸟乃大理王族历代供奉的神物，前朝王族后人因言获罪，家产悉数被抄，神鸟被当时云南总督余化龙呈献给明神宗，此后一直作为皇宫藏品，本朝康熙帝五十大寿时神鸟曾作为长寿吉物出现于宫廷宴席之间……"

伟崮贝勒按住王秋的手示意不要再说下去，隔了好一会儿才说："王先生心里明白就好，有些事点到为止，挑破了多没意思。"

轿子直接进入一座大宅院，宁公子站在后花园凉亭里相候，这里比贝勒府后花园大了数倍，亭台楼阁、假山池沼无不是美轮美奂，大气中透出精致美，俨然有皇家之气魄。凉亭中间已备好酒席，炖鸭舌、盐水鹅、冷锅鱼、葱油鸡等，都是外面酒肆看不到的菜肴。

见王秋过来，宁公子上前亲切地拉着他的手笑道："上次王先生救我于危难之际，却匆匆别过，今日专程设宴感谢，正好讨教些赌术。"

"雕虫小技不足挂齿。"王秋道。

"王先生太谦虚，"宁公子招呼两人坐下，先举杯敬酒，然后深有感触道，"赌博之道以前我是排斥的，总以为赌风盛行会使百姓沉溺其中，嗜赌者日不暇食夜不完寝，或废时失业，或倾家荡产，或鬻妻卖子，不仅有害生计，而且危及社会百业……"

王秋赫然道："宁公子一言中的，赌博确是百害之源。"

"但一味强令禁止就有用么？大清国自康熙帝以降，赌风渐盛，朝廷加大禁赌力度，禁赌条例不断细化，至雍正帝已成定制，官员开场聚赌均革职枷责永不叙用，造卖赌具处杖一百、徒三年、流二千里、发边远充军、发极边烟瘴充军等罪，地方保甲知情不报和地方官员失察亦分别治罪。律例不可谓不全，刑罚不可谓不严，为何赌风屡禁不绝，赌禁事实上成为'具文'呢？其中定有朝廷未能考虑到的关键，今日特向王先生请教。"

王秋一惊，讷讷道："宁公子高瞻远瞩，实为怜民悯生，乃天下百姓之幸也，不过……"

"今天席间就我们仨，权当酒后闲聊，王先生不必有顾虑。"伟啬贝勒在一旁宽慰道。

其实关于朝廷禁赌不力的问题，几年前王秋与陶兴予曾有过深入的探讨。归根结底在于朝廷律法与实际情况严重脱节，具体表现在律法不分青红皂白一网打尽，将小赌小玩与大规模赌棚、地下花会不加区分，一概施予严刑峻法，打击面过大导致禁赌法令难以长期坚持执行。强如雍正帝也不得不承认"赌牌掷骰虽为贪钱，然始初多以消遣而渐成者，原系适趣之戏具……饮酒赌博亦易犯之事，而将专讯兼辖各官定以革职降调，其处分不亦过乎"，雍正十二年不得不废止查赌升赏条例。

但这种私谤朝廷的话不能随便说，尤其王秋出身赌门，处境颇为敏感，而且他已判断宁公子来历不凡，从银鎏金镶珠神鸟、伟凿贝勒恭敬且略显拘束的态度，以及宅府的规模格局，至少是身份极高的亲王之流，比贝勒高出好几个级别。

在这些深藏不露，心机深不可测的权贵王公面前，说话要格外留意，否则今天是座上宾，他日便是阶下囚。人得意时不可忘形，莫忘了自己的来路。

"赌风愈禁愈盛，与吏治腐败、贪污成风有关，"王秋避重就轻道，"时下禁赌法令实则成为不少无良官吏索贿的筹码，每次朝廷声势浩大的查赌、禁赌、扫赌，地下花会和赌坊都能事先得到风声隐匿不动，为何？相关利益者甚多。就拿京城十三家赌坊来说，老百姓谁不知道赌坊所在地，谁不知道它们每天营业得红红火火，然而历次扫赌清查可曾动着半根毫毛？"

"十三家赌坊，"宁公子与伟凿贝勒意味深长对视一眼，叹道，"委实是京城一颗毒瘤，但更坏的是各级官员利用禁赌营私舞弊、中饱私囊，有的猖狂至与赌场勾结组织地下花会，大肆骗取京城官吏和八旗子弟的钱财……可恶之极！"

"原来宁公子是为八旗子弟参赌的事？"王秋问。

宁公子微微一笑："王先生闻琴而知雅意，高明高明……是啊，三天前西城门发生一桩命案，镶蓝旗有个牛录刚领了薪饷便忍不住进赌场，结果可想而知，输得精光，回家后儿子闹着想吃碗炸酱面，他恼羞成怒甩了儿子两个巴掌，当天夜里他老婆拿菜刀将他杀了，带儿子跑回娘家，幸好娘家人识得事态严重，第二天将她捆了见官，此事惊动宗人府和大理寺，直接呈报给皇上……唉！"

王秋恍然。

大概皇帝闻讯震怒，命令宁公子督办此案，并解决八旗子弟参赌的问题，宁公子苦无良策，于是找自己来商量。

二人边吃边谈，各式珍馐美味如流水般一道道端上来，偌大的石桌很快堆成两层。宁公子兴致很高，一会儿请教赌场作弊的常规手法，一会儿了解赌门规矩和行走江湖的经验，不经意还谈起轰动一时的袁锡聚赌案。

嘉庆七年正月，户部官员袁锡聚众赌博被捉拿，由于涉及朝廷高官，嘉庆帝命军机大臣会同刑部审理此案，经查步军统领明安、詹事府少詹事鄂罗锡叶勒图等七名官员收受贿赂，包庇赌博，均被革职拿问，有的枷号游示九门，有的发往极边充军，最轻的也受到革职留任的处分。

之后嘉庆帝连续查处京城聚赌事件十余起，将所有查到的聚赌房屋罚没入官，并规定以后若再有开赌者，除没收房棚，还要治房主之罪。如果租用的是官房，则要追究经管之人。京城十三家赌坊正是那段时期遭受重挫，势力范围收缩了大半。

宁公子旧事重提，说明自嘉庆帝起决心掀起新一轮禁赌查赌行动，严厉禁止目前兴盛的赌风。

两壶酒很快告罄，宁公子吩咐下人又上了两壶，王秋劝阻道："在下不胜酒力，再饮下去就要失态了。"

伟啬贝勒笑道："王先生向来冷静持重，真不知失态之后是什么样。"

"今日难得高兴，大家都敞开来喝，不醉不归！"宁公子拍案叫道，然后亲自提壶给王秋斟酒。

"好一个不醉不归，看来太子是真的高兴。"

蓦地右侧假山背后冒出个中年人，青衣长衫，手持折扇，微笑着走过来。

宁公子和伟啬贝勒大惊失色，同时翻身滚下石凳跪地而拜：

"儿臣叩见皇阿玛！"

"奴才叩见皇上！"

王秋蒙了：眼前难道竟是大清王朝九五之尊、叱咤间可定万人生死的嘉庆帝？！而宁公子竟是当朝太子，嘉庆的二儿子绵宁？

幸好艰苦卓绝的赌术训练以及江湖经验使他迅速反应过来，随两人跪倒叩头。由于不懂宫廷规矩，防止言词间应对不当，他索性假装惶恐状伏地不言，暗暗琢磨嘉庆帝是禁赌查赌的，自己却是恶名在外的赌门高手，倘若被识破身份，铆不定要大喝一声，将自己推出午门斩首，这顿饭原来吃的是"断头饭"啊！

"平身吧。"

嘉庆笑吟吟道，缓步进了凉亭很随便地坐下，目光在桌上一扫，早有随从双手递上银筷，他挑了两样尝了尝，道："太子府的膳厨是该换了，难怪上次仪亲王在你这儿喝完满月酒回去又吃了一顿，永瑆也说太子府每道菜都做得漂亮之极，令人不忍下箸——一下箸感觉全不是味儿，哈哈哈哈。"

绵宁赔笑道："儿臣吃的时间长了，倒未曾察觉，既然皇阿玛也这说，看来要请那位大师傅挪挪地方。"

"因为你十顿倒有九顿在宫里吃，平时应酬又多，哪顾得上府中小事？"嘉庆瞟瞟伟啬贝勒，"伟啬，近来克勤郡王身体可好？那几房侧福晋还吵架么？"

"回皇上，家父身子骨挺硬朗，每天能拉拉硬弓，抛几下石锁，至于侧福晋们，这个……奴才以回避为主，眼不见为净。"

嘉庆忍不住大笑："眼不见为净，治理江山可不能这般回避啊，对了伟啬，前天你跟兰登、舒提几个王子贝勒随太子到东陵谒拜，回去后干什么了？"

伟啬贝勒额头直冒汗，期艾半晌一咬牙道："回皇上，因为时辰尚早，便到兰登王府玩……玩叶子牌，后来少了张牌，怎么都找不到，大家只得作罢，遂安置酒席喝到天黑……"

"可是这张？"嘉庆从袖中取出一张牌。

伟啬贝勒脸色惨白，跪倒在地声音颤抖道："皇上圣明，就是这张金孔雀！奴才，奴才实在惭愧得很……"

心中将所知道的神灵统统拜了一遍，须知刚才若因为嘉庆反感赌博而撒谎的话，性质就不同了，属于欺君之罪，就算不被当场斥责兴师问罪，以后都没好日子过。

嘉庆将牌交给他，温言道："朋友之间小娱，不算聚赌，这牌转交给兰登继续玩吧……这位客人眼生得很，是哪儿来的？"

王秋又扑通跪下，绵宁赶紧道："他是王先生，江苏蠡口人，到京城寻亲访友。"

"所事何业？"

"嗯，"这回轮到绵宁出汗了，想想刚才伟啬贝勒涉险过关的场景，心里有了决断，宁可挨骂不能撒谎，遂道，"王先生乃江湖八大赌门之一飘门高手，精通赌术，但赌德持正，从不祸害百姓。"

王秋伏地叩首道："草民恳请皇上恕罪。"

"你替太子解决了一桩大麻烦，何罪之有？"嘉庆道。

此言出口，绵宁便知皇帝对翠玉指环失而复得之事了如指掌，暗自骇然。他早知皇帝掌握有一套打探隐私机密的人马，无论王侯将相还是庸碌平民，在皇帝眼里都无秘密可言，哪怕贵为太子也不例外。京官之间流传着一则不算笑话的笑话：有一天雍正帝心血来潮，以"咏兰"为题目要求大臣们写诗，军机大臣姚鼎照是二十二岁就金榜题名的老状元，半炷香工夫挥就五首内容不同的《咏兰》，每首都写得行云流水，花团锦绣。雍正阅之说诗作虽佳，可家中兰花却只开了寥寥七八朵。姚鼎照也是书呆子，矢口否认，两人在朝堂上争执起来。然后派侍卫快马到姚府一数，不多不少，正好八朵。

话虽如此，但丢失翠玉指环事关太子地位，绵宁将此事缩至小得不能再小的范围，谁知还是被皇帝知晓，念及此，心里惶惶然犹如芒刺在背。

"儿臣无能，酒后失德而招意外……"

绵宁想解释一番，嘉庆挥挥手道："拿回来就好，不然人家赢到手的东西，即便朕也不好意思开口索要，吃一堑长一智，以后凡事小心为上……王先生，听说你赛马赢了明英，可有此事？"

"草民侥幸，请皇上恕罪。"

"嗯，明英精于骑射，为人骁勇善战，缺点是狂傲了点，杀杀他的锐气也好，只是朕奇怪得很，"嘉庆盯着他道，"明英自幼在军营长大，一年三百六十日倒有三百日与马为伴，无论骑术还是操控马的技巧应炉火纯青，怎么败于你手？"

"回皇上，明英大人是与草民对赌，而非赛马。"

嘉庆眼珠一转便明白了："喔，你做了手脚？"

"回皇上，俗话说十赌九诈，但凡进了赌场都是靠耍诈赢来的，不过赌亦有道，将赌术用于扶贫赈济方为正果。"

默默想了会儿，嘉庆叹道："十赌九诈，可惜世人多不识这浅显的道理，沉溺其中不能自拔，尤其八旗子弟腐化成性，原有纯朴尚武风气荡然无存，游手好闲惹是生非，喝茶看戏聚众赌博，实乃大清基业之忧啊。"

绵宁道："儿臣正着手'正本'和'清源'双管齐下，'正本'即让闲散的八旗子弟有事可做，儿臣打算采取增加养育兵额、恢复天津满营旧制、增设养育兵名额以及鼓励旗人开荒种地自食其力；'清源'即加大禁赌查赌力度，儿臣想借助王先生对赌坊的了解制定切实可行的方案，打击地下花会和赌棚势力，争取剪除之后不再复生……"

"开荒种地是好办法，"嘉庆点点头道，"前面几种方法以前都试过，见效不大，不能从根本上解决问题，唯有逐步限制八旗子弟恩养惯例，改变他们游手好闲、不事劳动的品性，才是正本之本，但此议关系重大，会引起包括宗人府在内广泛争议，须得小心行事，从长计议。"

"儿臣谨记皇命。"

嘉庆站起身："随朕去一趟神机营吧,正好活动活动筋骨。"

伟啬贝勒连忙拉着王秋跪倒,道："奴才恭送皇上。"

嘉庆深深看了王秋一眼,没说什么便走了。

目送当今天子和太子进了前厅,两人不约而同长出一口气,这才发现背后衣服已全部湿透。

第十三章　旖旎春光

回到贝勒府，伟啬贝勒一迭声催促厨房送好酒好菜，笑道："皇上说得不错，太子府的菜委实味同嚼蜡，大概只有太子这等胸怀天下的人物才忍得下。"

"忍？"王秋不解地问，"贵如一人之下万人之上的太子殿下，撤换个厨子算什么，何须忍？"

"王先生有所不知，太子府的御厨来头可不小，是孝和睿皇后的娘家——礼部尚书恭阿拉府上出来的，跟皇后沾着点远亲，"因为王秋已见着嘉庆和绵宁太子，伟啬贝勒提到皇家秘事再无忌讳，"太子殿下非孝和睿皇后所生，其生母孝淑睿皇后早在嘉庆二年便逝去，无福消受皇恩呐，"他叹息道，"正因为这层关系，太子不能不处理好与皇后的关系，否则……纵使差事做得千般好，也抵不过枕边风……"

王秋会意，笑道："今日皇上金口玉言，太子总该借机换掉吧？"

伟啬贝勒大摇其头："王先生赌术高明，对宫闱争斗却知之甚少，皇上恩准固然不错，但仅仅说了而已，换是分内之事，不换才更让皇后领情，太子危居高位，焉会想不通其中的道理？皇上说得也不错，太子平时常在宫内伺奉皇上，十顿倒有九顿享用御膳房美味，稍有些空闲还得与王公大臣应酬，那些饭菜苦的是太子府其他人罢了。"

说罢两人放声大笑。

贝勒府的菜虽然品质方面不如太子府，但做得色香味俱全，比太子府起码高出两三个等级，难怪皇亲国戚们都忍不住提意见。纵使太子极少在府中吃饭，偶尔尝之定知其中的区别，却能安之若素忍到现在，其心机之深沉可想而知。

喝着酒，伟啬贝勒解释说："皇上平时一年里难得去太子府几回，今天亲临实在是意外，上午太子进宫伺奉时皇上还说精神不太好，想休息一下，叫太子自便。太子难得有半天闲暇，实在高兴得很，才叫王先生过去聊聊，不料差点惹出大祸——皇上对赌博唱戏向来深恶痛绝，自即位以来已查处涉赌官员一百多人，大多数为四品以上……"

"唱戏也禁么？唱戏又不会导致妻离子散家破人亡。"王秋不解道。

伟啬贝勒笑道："皇上担心八旗子弟沉迷奢华娱乐的生活，严禁旗人和在京官员看戏，京城内不准开设戏园，有亲王上奏说唱戏作为一种太平盛世之事，不宜禁止，皇上驳斥说：'夫太平景象，岂在区区歌舞为之粉饰？'嘉庆十一年御史和顺偷偷看戏，被人发现后革职发往吉林。皇上在戒赌和禁戏两方面是动真格儿的，不玩虚的。"

"那……那张牌……真的是贝勒爷那天玩丢的一张？"王秋借酒意问出憋了半天的疑问。

其时正好有仆人上菜，伟啬贝勒旁顾左右而言他东扯西拉了半天，等附近没人时才靠近王秋，声音低得不能再低，道："听说过粘杆处吗？"

对于王秋来说，这是个完全陌生的名词，他摇摇头。

"嗯，它是非常隐秘的影子机构……"伟啬贝勒细述了它的由来。

粘杆处，顾名思义是专门粘蝉捉蜻蜓、钓鱼的服务组织。当年雍正帝还是皇子时，位于京城东北新桥附近的府邸内院长了些高大的树木，每逢盛夏初秋，繁茂枝叶中鸣蝉聒噪不断，他便命家丁操杆捕蝉，粘杆处由此得名。后来皇子间为争夺皇位的角逐到了白热化阶段，他为求自保招募江湖武功高手，训练家丁队伍，四处刺探情报。雍正帝登基后，专门在内务府设立了粘杆处，首领为粘杆侍卫，成员叫粘杆拜唐阿，统称粘杆拜唐。粘杆处负责获取情报，刺探王公大臣的隐私，在各大王府、朝廷高官私宅都设有线人，也许是马夫，也许是奴仆，也许是书童，总之每天都有源源不断的情报送至皇上案头。

粘杆处在紫禁城内设有分部，即御花园堆秀山的御景亭，作为他们值班观望的岗亭。山下门洞前摆着四条黑漆大板凳，无论白天黑夜，都有四名粘杆拜唐阿坐在上面，随时随地接办皇上交办的任务。

偶尔，贵为九五之尊的皇帝会亮出臣子丢失的牌之类的恶作剧，一是寻开心，二是考验臣子的忠诚度，三是暗示臣子在自己面前没有秘密，不要做叛逆之事。

"由此说来，做官并不容易，看似威风八面，实质战战兢兢，唯恐一不小心便大祸临头啊。"王秋感慨地说。

"特别是太子，"伟啬贝勒明显有些醉了，舌头都有点硬，"名义上是皇位继承人，手中一无兵权二无实职，成天跟着皇上鞍前马后地听候使唤，还得提防四面八方的冷箭暗枪，毕竟……毕竟……嘿嘿嘿嘿。"

他摇头晃脑越说越含糊，这时宇格格闯进来，叫道："哥，你又醉啦！"当即召唤仆人将他搀扶到内室休息。

王秋见状也起身告辞，宇格格见他踉跄的样子，嗔道："你呀，这会儿连贝勒府都走不出去，快到我那边睡会儿，养足精神，"她压低声音道，"我跟叶赫那拉约好了，她傍晚时分派人接你。"

"喔，她已联系到在吏部任职的亲戚？"王秋精神一振，脑子清醒了许多。

"到时听她安排。"

来到宇格格住的水轩阁暖厅，她亲自铺好床铺，还送来一床香喷喷的被子，香气熏得王秋全身暖洋洋的，不一会儿便沉沉入睡。

醒来时宇格格已备好红枣银耳莲子羹，羹里洒了一层细碎的冰屑，喝在肚里既香甜又凉爽，中午的酒意一扫而光。

"好舒服，"王秋接过她递的冰巾擦擦脸道，"贝勒府厨房大师傅好手艺。"

"真的？"宇格格惊喜地问。

"嗯，怎么了？"

"我按照食谱胡乱做的，"她羞答答说，"这是我第一次下厨房呢。"

"啊！"

王秋不知说什么才好，深情凝视着她，良久道："在下乃江湖中人，自感与格格有云泥之别，实在不敢……"

"王秋！"她白净的手捂住他的嘴，含情脉脉道，"从小到大，我从未像现在这样真心实意喜欢过一个人，心里头全是你的身影，你的笑容，你的……一切，知道吗？上次你跟十三家赌坊对决时，我悄悄收拾好包裹，准备一旦你败了，我便悄悄随你离开京城，无论天涯海角，无论荒野避郊，只要与你在一起我无怨无悔。"

"格格！王秋……愧不敢当格格的一片深情……"

话虽这么说，却禁不住内心压抑的激情——与卢蕴分手后王秋已三年多没接触过女人，一把将她搂在怀里。

"王秋……"

宇格格呢喃一声，面色绯红，软软倚在他强壮的臂弯之中，"咚"，两人倒在王秋刚刚休息的床上。王秋的手臂越箍越紧，仿佛要将她的腰折断似的，宇格格的身体却愈发地软，几乎化成一汪水，巨大的漩涡充满奇异的吸力，使王秋身不由己往下沉，不觉间手已探入她衣服下面，抚摸到她娇嫩细腻的肌肤……

"格格，成亲王府的轿子在后门候着，说是跟格格约好的。"小婢听到屋内动静，不敢进门，站在门外脆生生禀报道。

王秋如闻惊雷，一下子松开宇格格，从床上一跃而起，愧疚地看着她。宇格格也羞涩地拉紧衣襟，紧咬嘴唇眼神复杂地看着他，胸口急剧起伏。

一时间屋里安静得呼吸声清晰可闻。

小婢在外面不知发生何事，一迭声叫道："格格，格格……"

宇格格勉强平息情绪，低声道："别嚷了，让轿夫等会儿，王先生马上过去。"

"是。"

听着脚步声远去，王秋道："在下唐突了，请格格……"

宇格格微微一笑，双臂勾着他脖子说："没什么，我很喜欢啊，要不是讨厌的丫头多事，我们俩已经……"她好像想到了什么，脸一红再也说不下去了。

见她羞怯可人的模样，王秋又忍不住将她拥入怀中。两人卿卿我我缠绵片刻才依依不舍分开，然后王秋洗了把脸，整理衣衫后从小道来到后门，轿夫还是上次几个，见了他也不多话，直接掀起轿帘请他进去。

轿子与上次一样还是直接进了十一王府后门，来到叶赫那拉住的院里。王秋下轿后暗自嘀咕：敢情又要等到天黑之后？他实在害怕与叶赫那拉单独相处，害怕她的热情，还有那双极具挑逗的眼睛。

然而怕什么来什么，叶赫那拉果真在东厢房相候，屋里还置了一桌酒席，桌上摆着两副碗筷。又要喝酒，而且是跟叶赫那拉独处，王秋头都大了。

叶赫那拉妙手盈盈斟酒，明知没用，王秋还是如实相告中午在贝勒府喝多了。叶赫那拉笑道："那样的话王先生更要多喝，至少喝到半酣，否则外头说贝勒府的酒比十一王府还好喝，岂不让我颜面尽失？"王秋不擅酒，且不擅辞酒，只得听任她将酒斟满。

接着她絮絮叨叨谈起十一王爷的小儿子猝死一事，这是十一王爷山坡坠马前一年出生的儿子——之前王秋已听叶勒图说过十一王爷坠马伤腰，从此不能人事的事，因此明白她话中所指。这孩子聪明伶俐，小小年龄能言善辩，最得十一王爷欢心，每次参加皇室宗室活动必定带上他，连嘉庆帝都注意到这个惹人喜爱的孩子，宫里甚至有传闻说十一王爷已恳请嘉庆帝恩准，将王位世袭给小儿子，而按惯例只有王府长子封郡王，小儿子只能封贝勒。

可想而知小儿子的死对十一王爷打击有多大，听到噩耗时他正在恭亲王府饮酒，当即大叫一声，喷出两大口鲜血，待众人手忙脚乱将他安置好，唤来御医，他已两眼翻白，嘴边全是白沫。御医搭了脉搏，又听清原委，用长银针连扎十一王爷全身九处大穴，又以中指狠按其人中，折腾了半盏茶工夫才将他救醒。之后十一王爷像被霜打似的，精神委靡不振，终日卧床不起，偶尔昏睡会儿随即惊醒，一叠声问"我的灵儿哪去了"，灵儿即小儿子的乳名。因此王府上下都紧张异常，轮班守在床边，唯恐出什么岔子。

"衣不解带服侍了六天七夜，刚脱开身就赶紧办王先生的事，这不，中午安排妥当后就给宇格格递消息，这事儿办得还算利索吧？"叶赫那拉笑道。

"不知那位亲戚是谁？在吏部所营何职？"

"考功司主事苏克济，别看只是个正五品，却负责在京官员的考察、奖惩记录，是实权派人物——当然靠王爷的面子才能营到这个好差事，我已给他捎过话儿，说王先生是王府最尊敬的客人，必须以最高礼节接待且知无不言，言无不尽，否则甭想过我这一关。王先生，还满意吧？"

王秋连忙起身，恭恭敬敬举杯道："福晋大恩大德，在下感激不尽。"说罢一饮而尽。

叶赫那拉笑眯眯抿了一口，又给他斟满，道："其实这事儿不过打声招呼而已，区区小事无足挂齿，但有桩事儿你可得好好谢我，连喝两杯也不为过。"

"喔，福晋所指何事？"

"郗大娘，"她悠悠道，"不知你那天晚上与她谈了些什么，总之应该不太愉快吧，第二天她乔装打扮到王府见我，劈头就问我为何将你引荐给她，我们俩到底什么关系？还有你到京城的真正目的，等等，一付兴师问罪的样子。我可没被吓住，当即说我懒得回答，你实在想知道去找王爷好啦，他会让你一清二楚。"

"万一她真找十一王爷呢？"

"哪有那么容易，按规矩寻常百姓根本见不着王爷，再说了，郗大娘是什么货色谁不知道？换在几年前王爷可能感兴趣，现在嘛躲都来不及，哈哈哈哈……"她说着笑出泪来。

王秋肃然拱手道："为在下的事，福晋多担待了，在下喝两杯是应该的。"

连续三杯酒下肚，他俊白的脸上腾起两酡微红，叶赫那拉饶有兴趣看着他，突然问："但我真的很想知道王先生来京城的目的，你探访刑部大牢，夜会郗大娘，调查刑部官员，似乎……与一位赌门高手的身份并不相符，别说郗大娘，我都有些好奇。"

"这个……福晋为在下的事四处奔波，本该如实相告，但此事……在下有难言苦衷，"王秋期期艾艾道，"等事情有大致眉目，在下一定，一定……"

叶赫那拉一笑："不勉强王先生，来，我敬王先生一杯，祝你心想事成，早日心愿得偿。"

两只白玉杯清脆地"叮"碰了一下，两人都一饮而尽。

"福晋，在下不胜酒力，晚上还要见苏克济大人，恐怕，恐怕不能再喝了。"王秋感觉脑子有些迷糊，恳求道。

"无妨，今晚他在衙门处理几桩公务，须迟会儿回家，我们多聊会儿。"

"那在下还是用过饭菜后喝点浓茶，以免见苏克济大人时语无伦次，丢了福晋的面子。"

叶赫那拉"扑哧"一笑："你好像挺紧张，难道怕我吃了你不成？"

烛光下她明艳的俏脸妩媚无比，雪白的皮肤透出一种强烈的诱惑味道，使王秋脑中闪出傍晚与宇格格肌肤相亲的美妙瞬间，刹那间全身血液贲张，竟有些蠢蠢欲动起来。

"王先生，你怎么额头上全是汗？"

她似乎看出他的异样，挪到他身边，抬手替他擦汗。此时她身上散发出的体香，以及圆润的手指无不构成强烈的刺激，使他丹田深处"轰"的一声，一股热流直往上冲，然后又急转而下，其劲刚烈无比，已成无法遏制的燎原之势！

"王先生……"

叶赫那拉双臂环绕过去，眼里似乎要滴出水来。

"咔嚓"，王秋手指捏碎一只酒杯，起身连退三步，指着她喝道："你，你，你在酒里下了药?!"

他早该想到的。

从她一杯接一杯灌他起，他就应该提起防范。可她毕竟是地位高贵的十一王爷侧福晋啊，怎料到为了勾引他，竟在酒里下了烈性春药，药力之大，连经过特殊训练的王秋也不能自制！

叶赫那拉凄然说："是我下的药，否则，我怎么能得到你？我是王爷的福晋，而你正与宇格格打得火热，于情于理都不会理我，可我……真的好寂寞啊，你可知道那种独守空房寂寞难耐的滋味？好像千万只猫在挠心，窗外稍有哪怕一点点动静都能被惊起，整夜整夜睡不着，这种苦处向谁诉说？皇宫王府嫔妃都是苦命人，而我们认识的圈子里全是那些庸庸碌碌、成天与酒色为伴的鲁男子，你说，我能放过这难得的机会吗？"

"福晋，福晋，"王秋觉得整个身体都在燃烧，体内膨胀的热量快要爆炸了，"王秋求你不要过来，王秋……不能对不起十一王爷……"

"错，是我想对不起王爷，而你如果拒绝，就是对不起我。"

她静静地说，静静地脱下罩衣，再脱下马夹，然后是内衣，亵衣……

每脱一件，王秋便悸动一下，脱到最后他终于忍不住了，双手捂住眼睛大叫道："福晋——"

只叫出两个字，嘴唇便被她火热的嘴唇封住，他慌慌张张想推开她，触手间却是滑腻如脂的胴体。

"来吧，王秋，"她贴在他耳边呻吟道，"我包管让你知道，宇格格不过是没开窍的小姑娘。"

王秋崩溃了，低吼一声反手搂住她的腰际……

第十四章　奇峰突转

再度坐上软轿出了十一王府后门时，王秋长长叹了口气，全身像被抽空了力气一般，连指头都累得抬不起来，如果可能，他只想好好睡一觉，最好能睡一天一夜。

刚才那场鏖战——其激烈程度怎么形容都不为过，到后来他简直被她的疯狂吓住，也难怪，她寂寞得太久了，犹如久旱之田遇到甘霖，怎不急切而最大程度地索取？别说宇格格，就是卢蕴也远远不能与她相比。在情爱方面卢蕴好像蜿蜒流淌的小河，宁静而含蓄，青涩而绵软；而叶赫那拉就像蒙古大草原上不羁的烈马，充满激情且无法操纵，始终激荡着最火热的奔放！

宇格格……

想到宇格格，王秋欲哭无泪。自己为何这般不小心，做下对不起宇格格的事？以后怎有勇气面对她坦白清澈的眼眸，和一往情深的真意？

"你是个强壮的好男人。"

临别前叶赫那拉富有深意在他胸口画了个圈，言下之意让王秋不禁打了个寒噤。

京城的深秋真冷啊。

抵达苏克济私宅时已是一更天了，门口有位家丁在萧瑟的秋风中守候。叶赫那拉没骗他，十一王爷府在苏克济心目中果然颇有分量——

激情退逝后王秋听到外面响起一更天的梆子声，惊惶道："糟了，苏克济大人那边怎么办？"

叶赫那拉一丝不挂躺在他身边，慵懒地说："没事，他会一直等，直到你去为止。"

进了院子，苏克济已站在滴水檐前迎接，中等身材，肚大腰圆，满脸谦卑的笑容，一看就是长期在官场历经的老油条。

"王先生深夜到访，辛苦了，"他一把抓住王秋的手臂，半字不提等了这么长时间，"下官备了些水酒，咱们边喝边聊。"

"在下……"王秋想起今天从与太子喝酒到王府与叶赫那拉喝酒,尽遇倒霉事,不能再喝了,遂苦笑道,"在下中午与伟峃贝勒多喝了几杯,酒意未消,还是,还是来点茶吧。"

"也好,也好,下官藏有少许武夷山大红袍,请王先生品尝。"

两人又客套寒暄了几个回合才坐下,王秋从怀里掏出残缺的纸片摊在桌上,还没说出来意,苏克济扫了一眼脱口说:

"这不是去年参加会试的名单吗?王先生从哪儿得来的?"

王秋一愣:"大人如何得知?"

"下官虽在吏部,但负责京官考核方面的事,与礼部比较熟悉,因此历年礼部主持会试都抽调下官担任主考官或同试官,一来相互信任,二来拿点津贴补充家用,"苏克济笑道,"说来也巧,名单上这些人都属于下官负责的一房,每天点好几次名,一看便知……会试名单是礼部机密档案,会试过后直接归档封存,不得泄露,王先生从何处得来?"

"此事……"王秋没料到小小的名单竟如此敏感,心里急剧盘算合适的借口。

苏克济不愧为老官宦,一眼看穿他的念头,恳切地说:"叶赫那拉侧福晋于下官有再造之恩,侧福晋交办的事就是下官的事,所以王先生不必顾忌,有话直说。"

王秋欠欠身子:"实不相瞒,它取自礼部仪制清吏司郎中王未忠家宅后院。"

"啊!"

苏克济脸色微变,又拿起纸片仔仔细细看了一遍,眉头紧锁道:"仪制清吏司掌嘉礼、军礼及管理学务、科举考试事,身为郎中,王未忠持有这份名单并不奇怪,奇怪的是他为何把它带回家,而且藏到自家后院?"

"实际上王大人想付之一炬,这几张是凑巧残存的。"

"噢……"苏克济闭目思索什么,脸上阴晴不定,良久才慢腾腾道,"王先生是因陶兴予而来?"

王秋差点惊跳起来:"大人……"

苏克济一摆手,道:"王未忠家眷均在京城,王先生来自蠡口,又调查两人涉赌一事,自然与陶兴予有关了。"

"陶大人是在下的义父。"

"原来如此。"

苏克济又闭上眼睛，经过难捱的寂静陡地睁开眼，以与身形不相称的敏捷冲到门口四下张望一番，然后关上门窗，吹掉蜡烛，拉着王秋道："随我来。"

漆黑中两人进了书房，苏克济伸手在墙壁上一推，扑面而来阴霾之气，好像是经年不用的暗室，两人小心翼翼挤进去，关好门，苏克济点燃火折子，笑道："这里能放心大胆聊了，隔壁无耳。"

暗室长约十一二尺，宽七八尺，狭小而仄塞，仅有一张方桌，两张椅子，看来专门用于谈论机密之事而建——叶勒图也说过，皇帝的暗探无孔不入，因此王公大臣均建有极其隐蔽的密室，以供不测之需。

两人相对而坐，苏克济郑重其事道："衙门里满汉官员虽素无往来，但陶大人一直是下官敬重的君子，至于王大人也是礼部出了名的迂夫子，遁规蹈矩，从不越池一步，说他们俩参与地下花会，做庄操纵赌盘，下官无论如何不敢相信……然则从这份名单看，未必没有可能。"

这句话说得很曲折，王秋一时难以理解，连忙问道："大人刚才说王大人持有会试名单并不奇怪，为何又改了说法？"

"完整的会试名单唯五个人有权掌握，分别是皇上、皇上钦点的一正三副共四名主考官，主考官皆是进士出身的大学士，尚书以下、副都御史以上的官员，其余十八房同考官只有本房考生名单，"苏克济解释道，"实际操作中由于礼部具体负责组织，礼部侍郎、仪制清吏司郎中也都知道名单，不过参加会试考生是经过顺天府和各省布政司审查上报的，拥有完整名单并无特殊作用。"

王秋不解他为何围绕名单正正反反说个没完，遂附和道："是啊，就算有考生暗中营私舞弊，在条子上写自己的名字就行了，何须如此麻烦。"

"所以下官思来想去，王大人私藏名单只有一个用途……"说到这里苏克济顿了顿，"下官说的话可能王先生不爱听，但下官受侧福晋吩咐，绝对不敢有半点隐瞒。"

这一说把王秋的心吊得老高，他几乎屏着呼吸说："没关系，大人尽管讲。"

"王先生为赌门高手，可知京城地下花会所涉赌种？"

地下花会最初流传于浙南闽北地区，通常由一人或多人牵头，拉拢各地赌客在一个很隐蔽的地方聚赌，赌种众多，玩法非常灵活，基本上与日常生活密切相关。京城地下花会则发展到由特定庄家操纵，分工严密——

有专门拉拢、吸收赌客的，有负责组织和打点官府的，有收取赌注、计算赔率和返还赌利的，还有维持秩序、警告教训泄露秘密的。正因为此，连消息灵通的叶勒图也打听不到其具体运作的情况，包括赌种、总赌注、输赢，等等。

"不甚了了。"王秋道。

苏克济诡秘一笑："这个自然，很多在京城混了几十年的老江湖都摸不到边，何况王先生初来乍到？但下官适逢机会，有人通过某个渠道邀请入伙，酬谢当然不菲，下官自问胆小如鼠，家里虽不殷实却还过得去，无须昧着良心，冒丢官抄家的风险，所以婉言谢绝，不过在这过程中也多少打探到一点门道。京城地下花会主要做一桩大买卖——闱姓赌榜，赌科考和会试！"

王秋吃惊地说："赌会试？这，这可是皇上钦点啊！"

闱姓赌榜又叫玩榜花，在广东、广西一带最为广泛。基本玩法是由当地头面人物设赌局，将当年所有考生的姓名和学习情况统计出来，供参赌者下注时参考。放榜时根据猜中中榜姓氏的多少决定中奖等级，分设头奖、二奖、三奖等多个等级，奖金总额一般是投注总额的六成，规则非常成熟。但一般来说只限于乡试、岁考和科考，因为都在地方进行，一是方便舞弊投机、控制赌局，二是即便出了问题也能摆平，不至于闹出大案要案。

相比较而言，会试是皇帝直接过问、钦定，阅卷均为进士、翰林出身的高级官员，层层把关极其严格，且朝廷对营私舞弊者严查深究，动辄抄家问斩、流放外放，其公正性和严密性获得官民一致认可，为普天之下若干读书人提供了出人头地的机会。

赌会试，实在是胆大包天，火中取栗。

苏克济深沉一笑："俗话说艺高人胆大，没有金刚钻不揽瓷器活，既然敢赌榜肯定有做局的能耐，不然岂非赔光老本？公布赌榜，前提就是获得完整的会试名单，因此王大人才偷偷抄录一份藏在家里，当预知大祸临头时又试图销毁……在会试当中做手脚，礼部和吏部官员首当其冲，下官不也曾经受过诱惑么？"

他的推断合情合理，王秋一时说不出话来，内心深处泛起沉重的苦涩。

"下官虽不涉足赌场和地下花会，但参与会试时间久了对庄家做局之事略有风闻,其手法之诡谲,招数之毒辣实在骇人听闻,"苏克济摇头叹息道,"可悲的是参赌者往往以为会试乃皇上主持,各部衙门协同管制,绝无舞弊取巧等勾当,只要认准了便争先恐后押赌,结果呢?嘿嘿嘿,输得倾家荡产。"

王秋沉默良久,道:"倘若我义父与王大人联手做局,以他们在吏部礼部的能耐,操纵赌局理应不成问题,怎会反欠下巨额赌债?"

"据下官所知,地下花会分大庄、小庄和散庄,不同背景的庄家之间同样存在博弈,下官估计陶王两位大人可能属于小庄或散庄,不足以跟真正有实力的大庄抗衡。"

"谁是大庄?"

苏克济呵呵一笑,摸摸光滑的前额道:"王先生可问倒下官了,这等高度机密之事我们局外人如何得知?除非经人引荐参与赌榜者方能略窥门径。"

"大人说得是。"王秋失望地说。

办完正事,两人又聊了些闲话,苏克济说陶兴予在吏部是有名的守正厚德,经常被同僚乃至上司拉到家里主持公道,俗话说清官难断家务事,陶兴予偏偏能将家务事断得一清二楚,让当事人心服口服。

吏部侍郎瑞泰曾经担任江西巡抚,巧取豪夺了大批钱财,在当地劣评如潮,后来回京任职,坐拥娇妻美妾,日子过得非常舒坦。妻妾当中最得宠的名叫阿卿,其母张氏天天到瑞宅,名为看望女儿,实则是为了偷窃裹带瑞泰贪污来的古玩字画。有一天张氏正要出门被门房仆人抓个正着,从身上搜出两幅字画、一方砚台,遂禀报瑞泰。瑞泰让家人将她五花大绑到刑部大牢关押起来。阿卿听说后大发雌威,揪住瑞泰又打又闹,哭骂道:"你这个昏庸无道的老家伙,竟敢不分青红皂白诬陷我母亲偷东西!字画和砚台是我送给她回家装饰的,干脆把我送进大牢算了,明儿个三堂会审我把你那点破事全抖出来!"瑞泰被唬住了,跪在她面前苦苦哀求,可阿卿就是不依,无奈之下将陶兴予请来。陶兴予听了详情后哈哈大笑,先安排人打通刑部官员赎出张氏,用八乘大轿送回家;再命人将门房仆人痛打一顿,骂道夫妻之间争执是常有的事,作为下人竟敢从中添乱,目无长辈,应予惩罚;然后劝阿卿说此事错在你母亲,能争到这个份儿上很有面子了,点到为止是为上策;最后对瑞泰说,金山银山终究要用掉,娶了阿卿是大人命中的劫数,还是睁一只眼闭一只眼吧。瑞泰长叹一声,夫妻和

第十四章 奇峰突转

好如初。

王秋听了感叹不已,当初陶兴予在苏州为官时就以廉明公正而闻名,每桩判决都深思熟虑,令当事双方心悦诚服。这样德高望重的尊长,居然涉及地下花会赌榜,操纵关系天下读书人命运的会试,委实匪夷所思。

关于陶兴予,苏克济提供的信息大致如此,毕竟两人分属不同的司部,又有满汉之别。

回到客栈已是三更时分,王秋身心交瘁,尽管疲倦到极点,却迟迟不能入睡,脑海中反复琢磨一个问题:以陶王两人的人品和性格,怎会做出这等令人不齿的事?辗转反侧折腾到天色微明才迷迷糊糊入睡。

上午叶勒图过来请安,顺便问起与苏克济接触的情况,听了之后也有些发愣,安慰说倘若实情如此,拘捕陶王两位大人的幕后人物八成要奏明皇上,大张旗鼓深挖到底,不至于这般遮遮掩掩,欲说还休,因此此事必定另有内幕。

言者无心,听者有意,王秋顿时联想起王潘氏提到王未忠说过"食君禄,为臣事,不可不尽人臣本分",义父在信中写的"节根盘错,然余心意已决,明知不可而为之",话中都充满了一往无前的悲壮与凛然,像是决意要做一件轰轰烈烈的、并无多少胜算的大事。

绝非组织地下花会、操纵会试的龌龊行为!

再回想苏克济说过"除非经人引荐参与赌榜者方能略窥门径",或许与他一样,有人通过某种渠道拉义父入伙,义父与王未忠商量后决心以身涉险,深入地下花会以查出操纵会试的幕后组织者,为天下读书人寻回公道?

再往深处细想:参与赌榜可不是随口说说而已,须得拿出真金白银,因此才有那张借款明细,欠郗大娘四千六百两白银,欠解宗元六千三百两白银。这不是赌债,而是赌本,是义父为博取地下花会信任投的赌注。然而在秘密调查过程中可能出了岔子,引起幕后组织者警觉,遂先下手为强将两人逮捕入狱。由于尚不清楚义父掌握了哪些证据,有没有泄露出去,幕后组织者暂未赶尽杀绝,留了义父一条性命。

那天夜里狱中相见,义父为何不肯如实相告呢?这一点似乎难以解释。王秋苦苦思索着。

为正义所驱却反被蒙冤入狱,义父应当千方百计将未完成的大业托付给自己才对,为何显得那么激动?

自己身为赌门中人，深谙赌场规矩，即便在京城赌坛也有一定影响，义父若想将地下花会调查清楚，自己应该是最合适人选，为何只在信中长吁短叹，无半点暗示之辞？

　　左思右想，总觉得满地乱麻中还有一个关键点没解开，而这一点，也许是幕后组织者和义父、王未忠都想竭力掩盖的。

　　下一步该怎么办？王秋陷入前所未有的迷茫之中。

第十五章　蒙陷入狱

京城初冬的第一场雪来得很快，清晨才飘着絮絮扬扬的雪片，转眼便是铺天盖地的大雪，街上、屋顶上、枝头很快染成白色，熙熙攘攘的大街迅速冷清下来，只剩下白茫茫的天地。

王秋喜欢雪。

虽然义父的事毫无头绪，还是兴致勃勃打了把油纸伞，在满天飞舞的雪中独自漫步，呼吸清冽寒冷的空气，脚下踏得积雪"吱吱"直响，心头舒畅了许多。

走到洗马桥前，见桥中间有个女孩俏然而立，身披火红色雪裘，手执杏黄色纸伞，与周遭雪景形成鲜明的对比。听到脚步声，女孩缓缓转身，与王秋四目相对。

"卢蕴！"王秋轻呼道。

卢蕴粲然一笑："很意外是不是？我算准了你会经过这儿，因为你说过人生最幸福的事莫过于雪中散步。"

王秋心里咯噔一声，感觉很不妥当。

"准备劝我离开京城？两个月期限还没到呢。"他说。

"听我说一句，王秋，"她忧郁地看着他道，"京城的水太深，不适合你，还是回江南吧，那里除了雪景不如京城壮观，什么都好，何必太执着？"

他嘲讽道："怎么，解宗元连两个月都不愿等了？"

卢蕴幽幽道："王秋——人家都知道你为陶兴予的案子而来，再耽搁下去恐有性命之忧！"

王秋脸色微变，沉吟片刻道："谁告诉你的？"

"我说外面至少有一百个人知道，你信不信？"

莫非是苏克济两面三刀，把事情抖搂出去？王秋首先想到他，因为目前为止自己只在宇格格、叶勒图和苏克济三人面前亲口承认过，嫌疑最大的当然就是苏克济。

但自己三更天才离开苏克济家,今早又突降大雪,按说不可能传播得这么快,何况交谈是在密室里进行,本身就意味着不成文的攻守同盟。苏克济长期在吏部为官,理应养成谨慎小心的习惯,出卖王秋不要紧,惹恼成亲王那可是天塌下来的大事。

"陶大人是我义父,他身陷天牢,作为义子进京看望一下有何不可?"

卢蕴皱眉道:"别骗人,我们都知道根本不是这样,王秋,你正在做的事非常危险,危险得远远超出你的意料。"

"与解宗元有关?"

"你找他,是不是想了解陶兴予借钱之事?解师兄委托我告诉你,那笔账他不再追究。"

她边说边从袖里取出一张借款契约,在他面前晃了晃,上面写着"……兹借到解宗元白银六千三百两……"下面有解宗元和陶兴予的签名、手印。她干脆利索地将契约撕成碎片,迎风轻扬,纸屑飘飘洒洒落入河中。

王秋摇摇头:"义父在天牢九死一生,你不撕,这笔借款也是烂账。"

卢蕴叹道:"解师兄已释放最大限度的诚意,就差,就差没当面求饶了,你也是江湖中人,当知见好就收的道理。"

王秋冷笑道:"解宗元当然不怕我,不愿节外生枝罢了,可王秋偏偏是死缠烂打的人,不吃他小恩小惠的一套,你回去传个话,叫他丢掉幻想直接放马过来!"

卢蕴又叹了一口气,定定看着他,眼中隐隐蕴含泪光,低低道:"王秋,三年前我真伤了你的心,我会尽我所能赎回罪行,但京城……"

"你走吧,你的解师兄在家等着你呢。"

王秋转过身冷淡地说。

"信不信由你,我与解师兄只是同门师兄弟的关系,你,你是我三年来唯一亲近过的男人……"

她声音越说越低,到最后几乎细不可闻,当袅袅尾音在雪花中渐渐逝去时,人已悄然不见了。

王秋嘴角绷得坚硬,拳头捏得"格格"直响。他心里很清楚:自己恨的并不是解宗元,而是卢蕴;他可以承受赌局失利,但无法接受倾心深爱的女孩背叛自己。他实际上是将三年前郁积的万钧怒火全部发泄到解宗元身上。

107

雪下得越来越大，密密匝匝的雪花化成厚实的雪幕，以至于看不清几步之外的行人、树木和房屋。刚才赏雪带来的轻松惬意的好心情已荡然无存，王秋苦笑一下，沿原路返回客栈。

走了三四十尺左右，对面陡地响起杂乱的脚步声和叱喝声：

"抓住他！"

"别让他跑了！"

紧接着一团黑影往王秋这边冲过来，没等他有所反应便将一只银白色包裹塞入他怀中，然后灵巧地往右侧一拐一转，人已消失在旁边巷子里。王秋拎起包裹还没来得及细看，已被十多个人团团围住，为首的竟是明英！

"王先生，失敬失敬！"明英大剌剌来到他跟前，劈手夺过包裹一抖，里面掉下十多件金银首饰，脸一沉道，"人赃俱在，原来王先生就是夜窃十七家的江湖大盗，来呀，把他拿下！"

"哎，我不是……那人从旁边巷子……他塞给我的……"王秋边拼命挣扎边解释。

明英叱道："大胆王秋，竟敢光天化日之下拒捕，兄弟们一起上！"

十多名巡捕一拥而上，有的按头，有的抱胳臂，有的绊腿，很快将王秋压到冰凉的雪地上，明英上前麻利地给他上了铁铐，又五花大绑起来，蓦地仰头狂笑，顺便朝他脸上踹了一脚，恶狠狠道：

"押到刑部大牢，看爷怎么收拾你！"

迷宫式的巷道，污浊和着血腥味的空气，偶尔传来的呻吟声和怒骂声。再度进入刑部大牢，王秋感觉既熟悉又陌生。关押的线路与上次差不多，但狱卒格外凶神恶煞，每走两步便踢他一脚，或在他脑后甩两下，等到了囚室猛地一推，王秋两手被铐，身上也绑得像粽子，身体失去平衡，以猪啃地的姿势倒在地上，牙根撞得嚓嚓直响，一缕鲜血沿着唇边流下来。

"这位爷，请一边说话。"

经过上次探狱，王秋懂了监狱里的规矩，强忍疼痛叫道。

狱卒打量他一眼，道："你是明英大人关照下来的重犯，有什么思量咱可不敢，哼，过几天再说吧。"说着关好牢门扬长而去。

王秋无奈，一动不动躺在潮湿冷凉的地上歇了会儿，再努力以手四下摸索。触手处全是坚硬的墙壁，没有窗户，没有床。他深深吸了口气，将早晨下雪后的经历在脑中细细过了一遍，心里略有所悟：

从卢蕴到明英，绝对是一个精心设计的圈套！

先是卢蕴以情动人，希望不伤和气地解决此事，被拒后明英出场，用最蹩脚却是最实用的栽赃手法，将王秋关入大牢。

与此同时王秋还想通刚才的疑问——卢蕴等人何以知道自己为陶兴予案而来，一定是明英放的风！

明英从他夜探天牢推断出与陶兴予有关后，又进行了深入调查，然后大肆宣扬将他卷入此案，解宗元闻讯后迅速找到明英，双方一拍即合，策划了这个圈套。

临近正午时，明英派手下过来审讯，告诉说在他住的客栈房间里搜到大量赃物，要王秋如实交代犯案经过。王秋自然一口否认，明英遂挥动浸了油的皮鞭将他打得皮开肉绽，体无完肤，临了还浇上一盆冷水，放言道这才是开始，厉害的还在后头！

没过多久狱卒进来，用链子把他锁在尿桶旁边，链子一头套住脖子，一头绕住铁门栅栏，链子绷得很紧，使王秋坐不能坐，立不能立，身体半斜着倚在墙壁上，真当是生不如死。

挨到傍晚时分，又来了一名明英的手下，脾气比第一位还暴躁，进来就说你一定不肯招是吧？劈头盖脸一顿猛揍，打得王秋满地打滚，牙都掉了两颗，嘴边鲜血淋漓。然后揪起王秋的衣领狞笑道，瞧你这身板，估计挨不到公堂审讯就玩完了！

"我……会坚持到底……"王秋伏在血泊中喃喃道。

不知过了多久，狱卒送来牢饭——一只拳头大的馒头，一小碗汤，馒头散发出浓浓的碱味和霉味，汤如白水一般淡而无味，王秋直觉得反胃，尝了点便放到旁边。狱卒收碗时嘲讽地看看他，也不说话，收了便走。

入夜，大牢里鼾声四起，王秋浑身上下无处不痛，哪里睡得下，脑海里响着卢蕴的话：人家都知道你为陶兴予的案子而来，再耽搁下去恐有性命之忧！现在看来那是最后的警告，因为明英正躲在附近某个地方，磨刀霍霍准备动手。

突然一闪念：解宗元不过借了点钱给义父而已，为何得知自己调查此案时如此紧张？还有郗大娘，第二天就向叶赫那拉打听原委。身为债主，欠账要钱是天经地义的事，而且数目并不很大——义父在苏州的良田和店铺足以偿债，紧张到须卢蕴连续两次出面，必定有更深层次的原因。

第十五章　蒙陷入狱

卢蕴反复强调解宗元无意与王秋为敌,他正专心致志做某件大事,不屑与江湖意气用事,既然如此他本该连接触都免了,怎会再三示好呢?由此看来王秋出现在京城,本身就对解宗元的计划形成威胁。

想到这里,王秋豁然开朗。

地下花会!

一定是地下花会!

解宗元是地下花会的组织者和布局者,而且向赌客提供高利贷,郗大娘也是赌链中的一环,妓院的生意太红火了,赚的钱需要投机生利。

解宗元试图控制会试结果,千方百计向吏部、礼部渗透,陶兴予和王未忠接到这一讯息后决定将计就计,以入伙并参赌的名义深入其中,掌握更多地下花会操纵、影响会试的秘密,以一网打尽。

然而陶王两人终究书生气太重,玩心计哪抵得上解宗元这些老江湖?很快便露出马脚。解宗元立即通报给更高级别的幕后组织者——控制会试仅仅靠吏部礼部是不行的,起码有副主考官以上级别的大鳄!于是一张密网洒了下来,陶王两人被事先罗织好的罪名打入天牢。

正想得入神,左侧墙上突然"笃笃笃"连响三下,王秋一怔,半爬半挪到墙边。墙那边见无反应,又"笃笃笃"敲了三下,王秋连忙回应,并将耳朵贴到墙上。果然过了会儿听到低低的声音:

"该吃就吃,不能饿坏身体。"

王秋道:"谢谢……大哥,在下初次入狱没有经验。"

对面长长叹息道:"谁都没有经验,全是慢慢熬出来的……你叫王秋,是飘门高手?"

"是。"王秋提防着明英派人套自己的话,不敢多说。

"要是我有你十分之一,不,哪怕百分之一赌技就好了,"那人说,"我姓陈,因在赌坊输了一百多两银子还不起,被抓进来的。"

"喔,陈大哥。"

"天底下赌坊都一样,官赌一家,一点一点地把你榨干净了,然后翻脸无情;如果碰到王先生这种高手,则串通官府往你身上泼污水,关进大牢折磨得奄奄一息才放走……今天下午是不是很难捱?这叫'杀威棒',先打掉你的锐气,然后天天打四五回,让你觉得活下去没意思,索性认了罪名求得解脱,正好中了他们的诡计。"

王秋默然半晌,道:"谢谢陈大哥提醒……陈大哥能否指点一条明路？"

"哈哈，我要有本事也不会关在里面三年多，家里拿不出打点的钱，还得经常受那帮王八羔子的鸟气，不过还好，上个月我婆娘娘舅大发慈悲卖掉老家祖宅还了赌债，又托朋友到衙门上下说情，估计再有几天就能出去了……王先生，进刑部大牢的人要想全身而退只有两个途径，一是使劲用银子，砸得越多越好，二是找来头更大的官儿，俗话说官大一级压死人嘛。"

"陈大哥说得是……"

王秋还想问下去，巡夜的狱卒来了，边走边大声呵斥"不准讲话"，王秋赶紧缩回墙角，等狱卒走远再敲墙壁时，那边已经睡着了。

深夜，刚刚入睡的王秋突然被粗暴地踢醒，一个身材彪悍的黑影站在面前，二话不说正正反反给他十几个耳刮子，然后咬牙切齿道：

"王秋，你也有今天！"

原来是明英。

王秋明白，事情发展到这一步说什么都没用，索性闭嘴不言。

明英得意地把玩手中皮鞭，冷不防朝他脸上抽了一下，恶狠狠道："打烂你这张小白脸，看你以后怎么骗人家女孩子！哼，敢在军爷跟前耀武扬威，你的修行还不够！"

王秋将涌出的血水吞回肚里，一言不发。

打了会儿明英觉得没甚意思，揪住他的衣领道："军爷问你，这些天在十三家赌坊赢的钱藏哪儿去了？客栈里没有，身上也没有，是不是在叶勒图手上？"

"不……在……"

"哼，估计你也不会把数万两银票交给才认识几天的赌徒，那么藏在哪里？"明英凑得更近，几乎能闻到他鼻孔里呼出的浑浊味儿，"把钱交出来，军爷能饶你一条性命，不然，军爷有手段让你求生不得求死不能！"

王秋艰难一笑："在下……既然赢了数万两银子，何须夜夜行窃，偷些不值钱的首饰，大人你说呢？"

明英暴跳如雷，冲他脸上又抽了几鞭子，怒道："在大牢军爷想弄死你比捏只蚂蚁还容易！你不是想看望陶兴予吗？他就在一百步之遥，可惜，嘿嘿嘿嘿，你们俩谁先死还说不准！"

接着明英又用力抽了十多皮鞭，直到有些气喘才歇手，临走前威胁说，你考虑清楚，明夜这个时候军爷再来听信儿，若仍执迷不悟，就挪到很有意思的牢房，让你尝尝男人的滋味儿，哼！

　　王秋心一紧，自然明白明英话中的意思，但那批银票——为防止不测，他早就未雨绸缪做了安排，银票绝对不能交出去，那样自己将死得更快。只有咬紧牙关保守秘密，才能与明英僵持下去。

第十六章　柳暗花明

第一个发现王秋失踪的是叶勒图。

大雪下到傍晚时分才止住,叶勒图因着前一天晚上参加酒席,无意中听到与陶兴予有关的消息,雪停后匆匆赶到客栈。在门口遇见老板,打了声招呼便往里面走,老板却一反常态拦住他,支吾着不让进。

叶勒图诧异道:"王先生可欠你的房费?还是嫌本公子穿着不光鲜,要不我到隔壁买套罩袍过来!"

老板只是赔笑,还推三阻四,叶勒图觉得不对劲,发起蛮劲将他搡到一边直冲进去,到了门口却一呆,原来门上贴着封条!

"哪个衙门封的?带头的是谁?"叶勒图赶紧回头问。

老板苦着脸道:"爷别闹了,本店本小利微经不住折腾,就怕衙门三天两头过来抓人,客人见真刀真枪的,胆大的都被吓跑。"

"王先生呢?是不是被抓走了?"叶勒图见他漫天胡扯,心里更加着急。

"没,就中午来了几位军爷,进来二话不说把门封了,咱上前问话,劈头挨了两耳光,这不,右半部脸还红着呢。"

叶勒图情知事态严重,不再与老板纠缠,急忙跑到贝勒府告诉宇格格。她一听眼泪就下来了,哭啼啼去找哥哥。伟啬贝勒到底老成些,仔细问过之后深思片刻,说毫无疑问王先生已被抓起来了,但到底哪个衙门抓的需要打听清楚,还有是关在刑部大牢还是顺天府,或者拘禁在更隐秘的地方。

宇格格急得跳脚,道:"京城二十多个有权抓人的衙门,一一打听过去起码得七八天,万一王先生有个三长两短,我,我……"她啜泣着说不下去了。

伟啬贝勒面有忧色:"树大者招风,这段时间王先生把京城十三家赌坊欺负得够厉害了,我早预感那些人不会善罢甘休……打听还得暗中进行,若那些人将王先生与陶兴予案联系起来,情况更加严重……叶勒图,还得辛苦你到客栈候着,说不定能遇到查封之人。"

叶勒图和宇格格再度来到客栈时,老板手一摊,朝里面歪歪嘴。两人进去一看,门上的封条已经撕开,屋里一片狼藉——就在叶勒图去贝勒府的工夫,那帮人又折回来将屋子彻底搜查了一遍。

叶勒图懊恼万分,甩手给自己两记耳光,骂道:"蠢笨的东西,居然想不到守株待兔,这下连线索都没了!"

宇格格在屋里转了几十圈,想来想去怀疑与昨晚拜访叶赫那拉在吏部的亲戚有关,于是拉着叶勒图来十一王府。

乍见两人脸色阴沉眉头紧锁的样子,做贼心虚的叶赫那拉吓了一跳,暗想不会吧,难道王秋连这种事都告诉他们?宇格格也罢了,女孩子终究说不出口,叶勒图可是大嘴巴,传出去我怎能见人?

正忐忑不安之际,宇格格已叽里咕噜说清来意,叶赫那拉一头心事放下,另一头又悬起来,当即备了马车直奔苏克济家。

苏克济正夹着油纸伞准备出门,见叶赫那拉大驾光临倒头便拜,将一行人迎到家里。当听说王秋被捕目前下落不明,他赶紧撇清与己无关,因为昨夜与王秋谈至三更,早上贪睡了会儿,从窗户见外面大雪,索性躺到中午。下午在家侍弄花草、修剪枝条、调教刚买的画眉,直等到雪停了才准备出门买些鱼食。

"小的敢对天发誓,自王先生离开后没有踏出此宅一步,没有与任何外人说过话,若说一句假话,天打五雷劈!"

叶赫那拉倒吸一口凉气,对宇格格道:"他绝对不会撒谎,这一点我敢担保。"

宇格格瘫倒在椅子上,泪光盈盈道:"那到底怎么回事呢?"

"应该不会有事,"叶赫那拉像安慰小妹妹似的说,"大家都想想办法,京城就这么大,找个人又有何难?苏克济,明儿个你也到处走走,有消息赶紧告诉我们。"

苏克济连连点头答应。

第二天伟啬贝勒、叶勒图等人动用了所有关系到各衙门打探,包括九门提督府、大理寺、顺天府、奉天府、八旗护军——骁骑营、前锋营、护军营、步兵营、健锐营、火器营、神机营、虎枪营、善扑营等等都问了一遍。然而明英此番出手极其隐秘,参与者仅限于心腹手下,加之他平时独来独往惯了,上司也懒得管他,因此居然密不透风。

宇格格哭成了泪人，叶赫那拉也七魂丢掉六魄。她比宇格格更多一层忧愁，倘若王秋被屈打成招胡乱交代——这在黑牢里是很常见的，精神崩溃之下说不准招出与自己云雨之事，那可是弥天大祸了！

此时大牢里的王秋已成了血人，全身上下无一处皮肤完整，眼睛肿成一道缝，看什么都模模糊糊。

明英似乎缺乏耐心，一天之内接连派了四拨人前来严刑拷打，其暴酷程度连见识大场面的狱卒们也啧嘴不已。折磨到后来王秋几乎没了声息，伏在地上随便怎么打都不动弹，这伙人担心出人命才歇手。

入夜，躺在血泊里的王秋勉强挪动身体，嘴里发出微弱的呻吟声，甬道里来回巡视的狱卒漠然瞟瞟，若无其事转到别处去了。王秋费尽仅有的力气好不容易爬到左侧墙边，才敲一下对面就有了回音：

"王先生，还以为你没，没命了呢，那帮兔崽子简直就是一群畜牲！这是把王先生往死里打呀！"

王秋吐了两口血沫，吃力地说："陈，陈大哥几，几时能出……"剩下的"去"字怎么也说不出来。

对面知道他的意思，连忙说："想要我出去后稍个话是吧？没问题，只要王先生告诉我地址，找谁，一定办到！"

"还，还有……几，几，几天？"

"唉，听说还得三四天……"

姓陈的约估王秋熬不到自己出狱的那一天，更别提出去托人说情了。

王秋默然，隔了半晌道："陈，陈大哥……明天能，能不能见……到家，家人？"

"应该可以，毕竟我快出去了，牢里看得不太紧，王先生有事吩咐？"

"很，很要紧的……事，"王秋捂住胸口道，"陈大哥附，附耳朵过来……"

对面知王秋自忖性命难保，所叮嘱的事肯定极为重要，当即紧紧贴在墙壁上，唯恐漏掉一个字。

王秋深呼吸几下调匀气息，一字一顿地说："明天，叫你家人到棋盘街乌潭巷，最南端有家聚财钱庄，直接找钱老板，就说王秋让他取一千两银子，这笔钱，给陈大哥补贴家用。"

一千两白银，这可是天上掉下来的横财！

对面喜不自胜，心怦怦跳了好久才问："王先生需要我家人干什么尽管说,再困难的事儿也得帮王先生一把!"

他清楚无功不受禄,王秋出此大手笔必定有求于自己。

"去伟酋贝勒府找伟酋贝勒或宇格格,只须说,"王秋喘了口气,"王先生被明英关在刑部大牢,求宁公子相助……就这一句话。"

一句话换一千两白花花的银子?若非身处狱中,那人简直要蹦上几下子。冷静之后他提出疑问:

"聚财钱庄那位钱老板听到王秋两个字就给钱么?有没有凭证字押之类的东西?万一不肯怎么办?"

王秋笑了笑,咳出两口鲜血:"无妨,王秋两个字就是凭证……必须是一千两,多一两少一两都不行。"

"好,我记住了,我记住了。"

聚财钱庄是飘门设在京城的秘密据点。作为江湖八大赌门之一,飘门中人经常在各地豪赌对赌,有时难免手头拮据缺少赌本,有时赢得巨资容易被黑道中人觊觎,于是经飘门资深前辈倡议,在十多个赌风兴盛的地区设立钱庄,一方面提供免息资金用于赌局,另一方面代为保管赢得的钱财,解决飘门中人从事赌局的后顾之忧,同时通过正当经营,将赚来的钱作为活动经费。

钱庄独立于飘门之外,不参与飘门任何活动,也不涉足赌业,更禁止钱庄伙计参赌聚赌,它只提供一项服务:钱。

此次王秋连克京城十三家赌坊,又巧妙击败董先生、本门前辈道衍明,收获颇丰,为防止不测,王秋将绝大多数银票都秘密存入聚财钱庄,并按本门规矩与钱老板设置了复杂的约定。

"王秋","取白银一千银"即危险情况下的接头暗号,意为给来人跑腿费,因为出于钱庄经营需要,即使知道飘门中人身处逆境,钱庄也不会出面营救,只能靠王秋自身的力量和运气。

当天夜里明英并没有因为王秋身体虚弱不堪就放过,用带倒刺的鞭子抽了他二十多下,又将马桶里的尿液悉数倒在他身上,边狂笑边踢着他在尿渍里滚来滚去,然后用厚重的马靴踩在他胸口,喝道:

"你到底交不交?再不交军爷玩死你!"

王秋断断续续道:"大人已,已经把在下玩,玩得快死了,交……与不交有,有何区别?"

明英瞪住看了会儿,点点头道:"好,看不出你这小白脸骨头倒挺硬,不过军爷是专门收拾硬骨头的,这些年多少自诩江湖好汉的都栽在军爷手里,军爷不信你能例外!哼,走着瞧!"

他冷不防一脚踹在王秋面门上,王秋惨叫一声晕死过去。

第三天上午,对面陈家媳妇和儿子挎着提篮来送饭,实际是告诉他官府批文快下来了,两三天内即将出狱。本来看望时有狱卒在旁边盯着,正好明英手下又在折磨王秋,狱卒跑过去看热闹,姓陈的将王秋的话转述一遍。陈家媳妇又惊又疑,说天底下哪有这种好事?况且我们都是没福分的人,受不起的。姓陈的骂道,你是猪脑袋不成?你只须跑到钱庄说一句话,再跑到贝勒府说一句话,就算上当不过两句话,试试又怎么了?

陈家媳妇回到家想了又想,觉得一千两银子是天方夜谭,恐怕那人被打糊涂了胡乱说的,自家丈夫也想钱想疯了,逮啥信啥。遂决定不理会,到邻居家做针线活儿。

几个女人边做针线边唠叨家常,一直忙到下午,正好两个人的长针断了,跑到街头杂货店,说长针用得少,附近几条街都脱货,建议到棋盘街瞧瞧。陈家媳妇听了心一动,暗想莫非命中注定要过去?主动揽下跑脚的活儿。

一路来到棋盘街乌潭巷,街道两边一家挨一家全是店铺,文房四宝、绸缎布匹、铜器铁具、香粉玩饰、各地风味小吃等等,熙熙攘攘热闹非凡。陈家媳妇无心闲逛,径直来到最南端,果然有家聚财钱庄。

"请问钱老板在不在?"进门后她直截了当问。

一位衣着华贵,模样和蔼的人道:"在下就是,嫂子有何贵干?"

"有个叫王秋的让我过来,说要支取一千两银子。"话一出口她自己都觉得咬舌头,额头上沁出一层细汗,恨不得立即逃出钱庄。

钱老板目光一闪,道:"嫂子随我来。"

将她引入钱庄后面的小院内,钱老板急切地说:"王秋身在何处?"

陈家媳妇将事情经过述说一遍,钱老板"喔"了一声,说声"请稍等",然后匆匆走进右侧屋内,过了半盏茶工夫取出两张面额五百两的银票交给她,慎重地说:

"王先生派你来取银票,必有所求,麻烦嫂子务必不折不扣完成,事成之后另有重金感谢!"

陈家媳妇笑得合不拢嘴,将银票在最贴身处藏好,连连点头。

赶到贝勒府时已是傍晚时分,贝勒府岂是寻常人等想进就进?那班奴才也是狗眼看人低，见陈家媳妇的打扮，还是汉女，懒得搭话便往外赶。陈家媳妇一会儿说找伟啬贝勒，一会儿说找宇格格，总是不中要领，但心里惦记着钱老板关照的话，舍不得到手的一千两银子，执拗着在门口纠缠，迟迟不肯离去。

　　天色渐渐暗了下来，宇格格和叶勒图耷拉着脸从外面回来，奔波一天又是无功而返，两人快绝望了。进门时宇格格无意中听到陈家媳妇嘴里蹦出"王秋"两个字，立即止步，上前道：

　　"你刚才说什么？"

　　陈家媳妇刚说到一半，宇格格身体便摇摇欲坠，幸好叶勒图一把扶住。

　　"快，带她见我哥！"宇格格声音颤抖地说。

　　贝勒府书房。

　　"果然是明英这个犟头！果然是他！"伟啬贝勒激动地拍案而起，在屋里踱来踱去，"真是有因必有果，有因必有果！"

　　"宁公子是谁？"宇格格奇怪地问道，"王先生为何点名找他？"

　　伟啬贝勒双手在书案上一按，沉声道："明英属于京城八旗护军中最嚣张的护军营，仗着其祖上军功显赫，本身又擅长武功，再大的来头都不买账，加之此事涉及陶兴予案，纠缠进去比较麻烦，王先生估计得不错，此事须得宁公子出面……"

　　"宁公子是谁？"宇格格跺脚道。

　　"你们在府里待着，在我回来之前不准乱动，更不准偷偷进刑部大牢！"伟啬贝勒撂下这句话后匆匆出了门。

　　等待是最难熬的。

　　若非叶勒图在旁边看着，宇格格不知多少次想从后门溜出去。"哪怕进不了大牢，在外面等着也好。"宇格格泪汪汪地说。叶勒图情知明英的厉害，也大致了解陶兴予案的蹊跷，除非充分准备之后一击得手，否则明英听到风声连夜转移，大概再也见不到王秋了。

　　伟啬贝勒弃轿骑马，一路扬鞭急策赶到太子府，却被告知太子仍在宫中，不知何时能回，他没办法，只得耐住性子在花厅等候。

　　这一等便是两个时辰，伟啬贝勒坐在凳子上快睡着了，突听见有人笑道："今儿个皇上兴致好，连续写了十几张条幅，非要我评价哪一幅最好，你猜我怎么说？"

见绵宁快步过来，伟崮贝勒来不及寒暄，上前低声道："王先生危在旦夕，从狱中托言请太子爷相救——当初太子爷说过，任何事都可以找您。"

"哦，竟有这等事？"绵宁目光一闪，拉着他道，"走，屋里说话去。"

听罢伟崮贝勒的叙述，绵宁陷入沉思，手指下意识敲着桌子，突然问："陶兴予案究竟怎么回事？为何没听皇阿玛提起过？"

伟崮贝勒不慌不忙道："此案有诸多蹊跷怪异之处，经多方了解，我怀疑与一个人有关……"

他边说边在绵宁手心上写了两个字，绵宁看罢瞳孔骤然收缩，表情变得肃杀无比，冷笑道："怪不得层层级级隐瞒不报，原来有这番关系！"

"只是我的猜测，具体情况还须进一步查证，"伟崮贝勒谨慎地说，"眼下暂时不知王先生调查了多少，但对方应该感觉到威胁才突下毒手。"

绵宁站起身踱到窗前，看着漆黑一团的夜空，慢腾腾道："王先生不能死，他是关键人物，说不定会起至关重要的作用。"

"太子爷说得是，其实王先生是一枚很好的棋子，倘若对方知道有太子爷在背后撑腰，又明知他锲而不舍地追查陶兴予一案，会如鲠在喉，陷入进退两难的境地，说不定狗急跳墙，做出更疯狂的举动。"

"是啊……"绵宁嘴里念念有词，脸上阴晴不定，显然正苦思周全的良策。

伟崮贝勒眼睛一眨不眨盯着他，唯恐太子突然改变主意。须知王秋被抓之事虽小，涉及的幕后人物却来头不小，太子与嘉庆帝一样是出了名的隐忍伏蛰，当年就靠这一招，嘉庆帝成功扳倒大对头和珅。

太子会继续忍让下去，还是挺身为王秋出头？

第十七章　劫后重生

"拿我的手谕，带上太子府侍卫直接到刑部大牢要人！"绵宁终于下了决心，铿锵有力地说。

"遵命！"

伟啬贝勒心里石头落地：王秋得救了！

一行十多骑风驰电掣来到刑部大牢前，守卫刚想阻拦，伟啬贝勒亮出太子府令牌，喝道："明英关押的重犯现在何处？快到前面带路！"

狱卒们见来头不小，有的提灯笼，有的举火把，屁颠颠给他们引路。来到关押王秋的牢房前，伟啬贝勒指挥侍卫冲进去。

明英正和几名手下将王秋悬空绑在木架上，手执蜡烛在他下腹处来回灼烤，见有人闯入当即"呛啷"刀剑出鞘，明英就着火光看清是伟啬贝勒，轻蔑一笑，道：

"贝勒爷，不在家逗蟋蟀玩儿，跑到这里干嘛？"

"接王先生。"

明英傲慢地扬起头："那可不行，经查王秋乃行窃大盗，本军爷在他住处搜到赃物二十多件，要不明儿个请贝勒爷一一查验？"

伟啬贝勒沉声道："本贝勒了解的情况可不一样，本贝勒听说有人故意栽赃给王先生，然后夜夜严刑拷打索取王先生赢的赌资。"

"竟有这等恶劣之事？赶明儿我派人调查，"明英装模作样道，"贝勒爷放心，本军爷自会秉公而断，既不会冤枉好人，也不会放过坏人。"

伟啬贝勒笑笑："明英大人没留意本贝勒的话，本贝勒是来接王先生的。"

明英脸一沉："贝勒爷，没有部府衙门的书面公文，哪怕王爷都不可以随便到刑部大牢捞人，这是朝廷铁律！"

"太子爷的命令也不行？"伟啬贝勒手一招，"明英大人难道是眼神不好，还是故意装糊涂，认不出他们是太子府侍卫？"

这一军将得明英脸都绿了！

他压根想不到王秋竟有这等能量，竟然搬动平时从不多管闲事，唯恐灾祸沾身的太子爷绵宁！

虽说明英骄横自大，飞扬跋扈，但对于太子一脉向来刻意巴结，总想攀着高枝即便现在用不上，将来对子孙也有莫大的好处。然而天不遂愿，越是想争取的往往越得不到，这些年来非但没有挨上太子府的边，反而因为本朝最大的悬案——嘉庆神武门遇刺事件，生了段小小的过节。

嘉庆八年（1803年）二月二十日，嘉庆帝从圆明园启銮返回皇宫，就在他进神武门内的顺贞门时，西厢房南墙后突然冲出一个猛汉，手持短刀直奔御轿而来。在场众多护军、侍卫吓蒙了，一个个呆若木鸡不知所措。轿旁护驾的仪亲王绵恩还算清醒，急忙上前阻挡，固伦额驸拉旺多尔济、乾清门侍卫丹巴多尔济等几人醒悟过来冲上前搏斗，经过一番激烈搏斗终将猛汉擒住。案发当天嘉庆帝降旨命令军机大臣会同刑部严审不贷。

然而蹊跷的是，凶手陈德一口咬定无人指使，也没有同伙，进宫刺杀皇帝的原因是生活所迫，"因无路寻觅地方，一家老少无可依靠，实在情急，要求死路"，简单地说就是自寻死路。他的供词令参与会审的大臣难以置信，认为"情节出乎情理之外"，嘉庆帝更是疑窦丛生，想起明末刺客张差闯入慈庆宫企图刺杀太子朱常洛的"梃击案"，又连发两道御旨，令满汉大学士、六部尚书、九卿科道会同审讯，务必"穷究主使何人，同谋何人，有无党羽"。无奈陈德就是不松口，最终草草结案，将他凌迟处死。

当时绵宁连亲王都不是，以皇次子身份在宫中行走。遇刺事件发生后，绵宁奉命调查驻守皇宫的各部侍卫有无失职行为，而明英刚从神机营调任乾清门侍卫，事发当天本应他值守，正好朋友过生日，便与丹巴多尔济换了班。

绵宁找明英过去细细询问，一是为何换班，二是为何不将换班情况禀告御前大臣，三是事先是否知道皇上的行程。明英正为此事懊恼得要撞墙——以他的身手，本可以在皇上面前大展雄威，却阴差阳错让丹巴多尔济出尽风头，而且因救驾有功被封为贝勒在御前行走。心里有气的他不觉顶撞了几句，绵宁表面并未计较，但两个月后明英又从乾清门调至护军营，远离京城权力中枢。

明英事后想想颇为后悔，不该一时意气用事，千方百计托亲王级人物出面打招呼，得到的回应是绵宁早已忘了此事，心里才安分下来。

明英万万没有想到,这回又误撞太子爷,为其本来就不太好的印象又抹了重重一笔。

他一阵头昏眼花,赶紧抹了把脸,定定神,满脸堆笑地拱手道:"原来是太子府的弟兄们,刚才明英一时糊涂竟没留意,失敬失敬。"

伟啬贝勒见他色厉内荏的窘态暗暗好笑,道:"认出就好,我们这就带王先生走。"

"慢着!"明英还是不甘心,眼珠一转道,"请把太子爷的手谕给下官一阅,如何?"

伟啬贝勒脸一沉:"明英,你也太放肆了!就凭本贝勒还有太子府这几张脸,到京城哪个疙瘩敢说个不字?太子爷是有手谕,但你想看,明儿个自己到太子府要好啦,兄弟们,抬王先生走!"

明英手下纷纷上前阻拦,太子府侍卫们平时嚣张惯了,听明英啰嗦半天早不耐烦,痛骂声中寒光闪闪的刀剑出鞘架住他们脖子,包括明英在内。

"快住手,都是一家人,别为这点小事伤了和气。"伟啬贝勒假情假意说,暗下却做手势要侍卫们控制住局势,同时命人将王秋抱到准备好的担架上迅速离开。

见王秋被抬走,伟啬贝勒这才走到被四柄刀剑架住的明英面前,慢慢将绵宁亲笔写的手谕展开,道:"看清楚了,这是太子爷的手迹,这是太子爷的印记,倘若再不信,明天让你上司找太子爷问个明白,兄弟们,撤!"

明英怔怔看着伟啬贝勒一行人扬长而去,突然低吼一声,反手一拳砸在坚硬的墙壁上。

王秋迷迷糊糊醒过来,先看到一张泪流满面的俏脸,正是宇格格,然后是叶勒图关切而愤怒的脸,再就是微笑的伟啬贝勒,喃喃道:"我……在哪儿?"

宇格格见他苏醒,连笑带哭道:"我哥拿太子爷的手谕把你接到贝勒府,没事儿了,安心养伤吧!"

王秋脑中紧绷着的弦一松,又陷入昏迷之中。

伟啬贝勒凭私交请来太医,为王秋作了全面细致的检查,还好,基本都是皮外伤,未伤及五脏六腑,当下用大木盆泡了药草,将王秋浸在水里约一炷香工夫,擦净后再敷了一层药膏,叮嘱说每天换两次,十天后应该能下床行走。

看着王秋的惨状，宇格格泣道："这事儿不算完，一定要找明英的晦气，把他狠狠修理一顿。"伟啬贝勒斥道："事关重大，不得耍孩子脾气……既然太子爷都卷进来了，明英能有好日子过？"

明英这厮也是极为难惹和强悍的角色，见得罪了太子爷，索性一不做二不休，收集王秋犯案的证据连同编造的审讯记录上交顺天府，暗指犯人被太子府强掳出狱。顺天府如何肯接这烫手山芋，建议明英转给应天府；应天府自然不上当，推说案情重大须由大理寺接管；大理寺认为伟啬贝勒是皇亲国戚，应交宗人府处理；宗人府丞正好是明英的远房长辈，将明英骂了个狗血喷头，说你想死自个儿寻僻静的地方跳河或自缢，别连累你大爷，瞧你这么大岁数了老婆都没娶到，大爷我还有六房妻妾等着照料呢，竟敢说太子爷的不是，你算什么货色，你有几斤分量?！明英讨个没趣，怏怏带着手下喝闷酒去了。

王秋在贝勒府躺了十多天，每天有宇格格无微不至的照顾，成天守在床边陪着说话解闷，弹琴吟诗，日子过得舒适惬意，身体也渐渐恢复了元气。考虑到长期住贝勒府多有不便，且宇格格举止亲热，从不在下人面前避嫌，传出去有碍其声誉，王秋主动提出搬出去住，并让叶勒图寻租合适的四合院。

宇格格担心明英等人贼心不死暗中寻隙生事，万一出了意外难以呼应，执意不肯，跑到伟啬贝勒那儿掉眼泪。

这段时间伟啬贝勒也有烦心事儿。明英一计不成又生一计，在八旗圈里四处造谣中伤，说宇格格不顾皇家尊严和八旗祖训，对江湖骗子王秋以身相许，甚至欲违反朝廷关于满汉不准通婚的规定，准备下嫁于他。上回奉太子手谕救人则被渲染成大闹刑部大牢，强行抢走待罪之人，闹得伟啬贝勒十分被动。

伟啬贝勒非常理解妹妹的孤寂和情思，因此对她诸多逾越礼节的行为睁只眼闭只眼，有时还默默提供便利，为的是使宇格格开心快乐。但他内心深处——或者是他的底线，从未考虑过婚嫁，总想等妹妹玩够了之后，安分守己找个贵族圈里的男人嫁了，如果地位尚可哪怕做妾也可以，至于王秋，来自江湖还回到江湖，京城虽大却不属于他，过去经历的种种权当一场梦罢了。

按伟啬贝勒的设想，这番意思要等到王秋在京城的事告一段落，即将离开时与宇格格摊牌的，然而明英因爱生恨胡搅蛮缠之下，将伟崙贝勒置于进退两难的境地。很明显倘若棒打鸳鸯，宇格格这边大吵大闹觅死觅活都在意料之中，那也由她去，有个两三天工夫就罢了；王秋那边势必要生分了，却又与绵宁的设想不符，因为王秋在太子心目中的一局大棋中占有相当重要的位置，在实施过程中需要及时沟通、调整策略。

反复权衡利弊，伟崙贝勒决定再顶一阵，等父亲克勤郡王亲自过问时再作打算，无论如何绵宁的大事要放在首位。

遂温言道："王先生的想法很有道理，贝勒府可以救急，但不能长期供他避难，否则宗人府那边会找咱们的麻烦，其他不说，就'结交江湖骗子'一条就够受的，你担心的安全问题哥也考虑过，嗯，这样好不好，贝勒府右边的旗杆巷里有处空宅，原来是爷爷那辈儿给包衣奴才们休息用的，后来闲置了，明儿个哥派人清扫一下，让叶勒图陪王先生住过去，再不济安排两个仆人两头跑，如何？"

他说得入情入理，旗杆巷离贝勒府不过两三百步的距离，往来也很方便，宇格格只得应允。

搬到旗杆巷那天，王秋抽空到棋盘街乌潭巷的聚财钱庄去了一趟，打听到陈姓狱友的地址，准备过两天备些礼品专程上门致谢——若非陈家媳妇及时将信息通报给贝勒府，以明英的残暴冷血，没准那天夜里自己就没命了，想想都觉得后怕。

谈及京城高利贷的情况，钱老板说官府允许民间放债，但对利率有严格的规定，即不得超过三分利，而且利息不准滚入本金计算复息。比如借一百两银子，一个月后连本带利应为一百零三两，一年后则为一百三十六两，不管拖欠多长时间，利息部分不允许计息，否则要处以笞刑，多收的利息作为赃款没收。实际上，民间高利贷往往达到加一钱，即十分利，一百两银子一年后须归还二百二十两！这还不算过分，京城十三家赌坊内开设的银柜，专门借给输急眼的赌徒，隔夜息达加两钱，即夜里借一百两，第二天就要还一百二十两，第三天一百四十两，京城众多殷实之户就这样输光家产，沦为身无分文的穷光蛋。前一阵子九门提督府捉拿了一个放高利贷的，密室里满满两大箱房契地契，人命官司还有七八宗，官府定的罪名就是"重利盘剥、违例取利"。

"地下花会有无高利放贷的情况？"王秋问。

钱老板想了想："京城地下花会不比其他地方，专门玩大的，参与赌博的非富即贵，需要借高利贷的倒不多，除非有人看准结果孤注一掷，多借些银两以牟取暴利也是有的，例如闱姓赌榜……"

"会试？"

"具体情况我也不清楚，"钱老板谨慎地说，"不是那个圈子的人多半难窥全貌……上次偶然听了一桩事，说前年大同府有个叫李煜的秀才，乡试、岁考、科考均为头甲第一名，才华横溢，文章斐然出众，是那年参加会试的数百名进士中最被看好的，很多人押他中解元、殿试第一名，等等；李煜进京后曾有说客试图花钱收买他弃考，李煜功名心切，予以拒绝；然则道高一尺魔高一丈，李煜进了考棚后，有人买通厨师在食物里下了巴豆，他一天如厕十多次，泻得脱了人形，什么才思、灵气飞得无影无踪，写出的文章惨不忍睹，结果名落孙山。据说单在他身上，庄家足足赚了数百万两银子！"

王秋道："买通考棚厨师可不容易，这些厨师都是礼部精心遴选出来的，每个环节都有同考官或考棚巡查监督，所下的巴豆只能仅限于李煜，不然腹泻的考生多了又会引起主考官怀疑。"

"是啊，会试确实是大买卖。"钱老板附和道。

王秋不禁想起卢蕴的话，解宗元在做大买卖——像会试这种等级的买卖，干一票足以赚得钵满盆溢，难怪对十三家赌坊不屑一顾。

只是，为了掩盖地下花会而将吏部、礼部两位四品官员诬陷入狱，又层层设障防止外人调查，似乎有些小题大做的意思；而陶王两人入狱前流露出的片言片语，隐隐不止操纵会试那么简单。

真相到底是什么？

第十八章　盘根错节

　　清晨，借着冬雾的掩护，王秋和叶勒图来到岔道口菜市集附近的王二胡同，这里是普通平民居住之地，三教九流应有尽有，衣着也不像内城看到的那般光鲜。虽然全都是破破烂烂的平房，但热闹非凡。胡同拐角、街道两侧蹲了三更天就挑担子进城的菜农，嘴里叫着"芹菜辣青椒，韭菜黄瓜大白菜"，碧绿的叶子上还滴着水珠。水汽腾腾的"江米小枣年糕"铺前人满为患，还有烤白薯、羊肉串香气四溢。

　　王秋感叹道这才是接地气的生活，不及王府贝勒府富丽堂皇，但实在，够味道。叶勒图说这儿晚上更热闹，很多权贵人家的公子小姐都乔装打扮混进来过瘾呢。

　　陈姓狱友家在胡同尽头，院墙斑痕累累，墙根长满了暗绿色青苔，门上纵横交错着深深的木痕，门楣底部蚀得用手便能扳断。王秋抬手刚要敲门，突地里面传来尖利的叫骂声：

　　"……不成材的玩意儿，天老爷给你长三头六臂都不会有出息！俺兄弟花那么多银子救你出来，哪是叫你跟抽了筋剥了皮似的猫里躺着？还两口子一起躺，也不怕邻居街坊笑话！我好苦命啊，找了个没爹没娘穷得榨不出一文钱的女婿倒罢了，还受官司连累东躲西藏，好不容易有个安身地方，又跑到赌坊找乐子，你是猪脑袋啊！忘了你弟怎么死的，赌博喝酒打架生事，最后跑到紫禁城耍威风去了……"

　　"娘，您少说两句没人当你哑巴。"有个中年女人劝阻道。

　　王秋抓住空隙赶紧推门进去，只见院里枯瓜藤下坐着个花白头发、干瘪削瘦的老妇，正说得唾沫横飞。旁边中年女人应该是她女儿，穿着一件新棉袄，怀里捂只皮暖袋。

　　"在下王秋，请问陈大哥在家吗？"

　　"噢，您是……"中年女人显然想起怎么回事，忙不迭道，"快请屋里坐，屋里坐。"

　　老妇还要骂，叶勒图笑嘻嘻将买的糕点水果塞过去，她满是皱纹的脸顿时舒展开来，悄没声息闪到自己房里去了。

听到堂屋动静，陈姓狱友披衣从里间出来，他身材魁梧，一脸络腮胡子，手腕间仍残留镣铐的印记。两个劫后重逢的狱友少不得唏嘘一番，感慨那段梦魇般的日子，也述说了出狱的情况。

他叫陈厚，木匠出身，前些日子被人怂恿着玩叶子戏，起初还赢了几两银子，后来手风陡然变差，越输越惨，奇怪的是每回抓的牌都非常好，使他产生能扳本的错觉，输急了就向赌坊借，结果一夜居然输掉一百多两银子。赌坊管事到他家看了看，几乎没有值钱的东西，一对儿女又被他事先藏到邻居家，没什么可以抵债的，遂将他告到官府，关进刑部大牢。从聚财钱庄拿到一千两银子后，两人欣喜若狂，商定保守这桩秘密，等些日子悄悄购置几间店铺租赁给别人，在家过舒心安逸的日子。另则他也怕经不住以前那班赌友的诱惑，又被拉进赌场，因此成天躲在家里喝喝茶、养养花草。岳母见他出狱后不赶紧出去赚钱糊口，很不高兴，天天坐在院子里骂街，弄得左邻右坊都知道陈厚是无所事事的懒汉。

说到这里他叹了口气，说我们正商量回老家山东，找个人少的地方买几十亩良田，两三个果园，最好有条小河，在那儿颐养天年。

王秋又掏出一张一千两银票笑道，索性多买些果园，种上苹果、柿子、梨子、柑橘、西瓜，一年四季都有得吃，以后我闲来无事也过去住几天。

陈厚坚决不肯，推辞说有那些钱足够了，人心不能贪，否则又想着赌运气，把钱都输到赌坊里……王先生是我命中的贵人，我们相识一场算有缘分，只要看得起，以后务必要到山东玩玩。

见他态度坚决，王秋不便强求，收起银票后使了个眼色，叶勒图从怀里掏出一对金光灿灿的手镯，沉甸甸的，说昨天刚在永凤祥打制的，叫鸳鸯瑞祥镯，大哥大嫂一人一只，有龙凤呈祥之意。陈厚夫妇更是过意不去，手足无措。

吃了些茶点，王秋随意问："刚刚你岳母提到你弟弟跑到紫禁城耍威风，有这回事？"

"没，没，她乱说的。"

陈家媳妇慌忙否认，脸色却唰地白了；陈厚虽没说话，神情也很不好看，似内心极为恼怒。

王秋暗忖此事想必是陈家极不光彩的一段，不愿外人知道，遂转移话题随便扯了几句，起身告辞。

　　临出门时陈厚要了王秋的地址，说离京时一定登门辞行。

　　回去途中，叶勒图感叹王秋有福分，须知很多人世代在京城居住，几十年乃至数百年，连皇帝的背影都没瞧见过，王秋刚来不到两个月，就先后结识了皇帝和太子，并获得格格青睐，实在是前世修的福分。王秋暗想未必是福，比如遇到叶赫那拉简直就是一场噩梦。

　　"对了，"叶勒图冷不丁一拍脑袋，"这些天忙着照看爷的伤，倒忘了一桩大事！"

　　"什么？"

　　"那天我去客栈就是想告诉爷这件事的，非常重要，与陶大人有关！"

　　"快说！"王秋急切地说。

　　王秋出事前一天晚上，叶勒图参加远房亲戚绷武布的四十岁寿宴。绷武布是兵部笔贴式，八品小官，负责翻译、抄写、拟稿等闲活儿，但在叶勒图这一系家族算有出息的旗人。寿宴邀请的人不多，总共十四桌，酒至半酣叶勒图突然发现少了一位重要人物——绷武布的表叔庆臣，都察院都事，正六品，官小权大，专门负责监督六部等在京衙门府道，有直接参奏权。绷武布这个职位就是他从中周旋而来的。

　　问了几个同辈，都摇头不知，后来敬酒时碰到一位名叫扎克塔尔的长辈，叶勒图小时候经常去他家玩，比较熟悉，遂问此事。扎克塔尔鬼祟地朝四周看了一眼，悄声说"没了"，边说边在脖子上划了一下。

　　"什……什么？"叶勒图惊讶地张大嘴，"怎么没的？"

　　"自杀身亡。"

　　"这么大的事儿，外面竟一点动静都没有？"

　　扎克塔尔有点喝高了，揽过他的肩膀低声道："关系到八王府，弄不好要掉脑袋的，谁敢乱打听？"

　　叶勒图愈发糊涂："咱这一系族跟八王爷八竿子打不着边啊，何况庆臣叔是拿捏得住分寸的人，招惹谁也不会碰八王爷……"

　　"嘘——你小子明白就行，不准对第二个人讲。"扎克塔尔歪歪扭扭又要找人喝酒。

　　"别介，"叶勒图连忙拉住他，嬉皮笑脸道，"我还没明白呢，庆臣叔到底哪儿得罪了八王爷，又如何严重到自杀？"

　　扎克塔尔像是意识到说漏了嘴，紧闭嘴巴就是不说，叶勒图觍着脸连敬了四杯酒，他才摇头晃脑道：

"喝……喝多了……你小子灌的，这事儿问别人都不行，只有我心，心里亮得跟明镜似的……听说过刑部陶兴予案吗？就跟他有关。"

叶勒图脑子"轰"的一声，酒也醒了七分。刚才死缠烂打纯粹出于好奇，这会儿则完全为了王秋。

"陶兴予不就是搞地下花会欠了赌债吗？跟庆臣叔是啥关系？"

"有……老大的关系，"扎克塔尔竖起一个指头说，"他，他们俩搞的是一回事儿。"

叶勒图心怦怦乱跳，紧紧问道："庆臣叔也参与了地下花会？我记得他从不赌博。"

"是不赌，要赌就赌大的，他，他借了郗大娘八千两银子，结果全……全赔光了，输就输呗，偏要赖人家骗他，结果，"扎克塔尔又在脖子上划了一下，"只好那样了。"

"好像没碍到八王爷啊？"

"你小子耳朵有，有问题……他赌输了，却说阿合保伙同别人骗他的钱，你想啊，八王府能放过他吗？"

"噢……那么庆臣叔参赌什么，输得如此之惨？"

扎克塔尔又不肯说了，支支吾吾想转到别处，叶勒图却缠定了他，死死拉着他的衣袖不放。扎克塔尔无奈，叹了口气说："谁叫我从小……看，看着你长大？切记，不可告诉别人！"

"当然。"叶勒图一口答应。

"他们玩的是闹姓赌榜，嘿嘿，老实说春节那阵子庆臣……曾偷偷拉我参加，那个胸脯拍得是咚咚响，赌咒发誓一，一切都安排妥当，只要把，把银子押上去……放榜之后坐在家里等着收钱！我说天底下哪有这种好事，皇上金口玉言……那还有打折扣的呢，别，别人的话我不信，守着自家钱财才，才实在。庆臣见劝不动我，啐了一口说榆木疙瘩，一辈子发不了财，然后气呼呼……走了，哈哈哈，你小子觉得伯伯述，述算精明？"

叶勒图还想追问，但几个本家长辈过来敬酒，扎克塔尔酒到杯干，没多会儿就醉得不成样子，被搀扶着上了轿子。王秋养伤这些天，叶勒图专门提着礼物看望扎克塔尔，试图冉挖点料，但扎克塔尔警觉得很，称上回全说的醉话，一点点都记不起来。叶勒图又悄悄去了两趟庆臣家，宅院铁将军把门，台阶上落满了灰尘和枯叶，家里济济一堂几十号人竟然凭空消

第十八章　盘根错节

失，一个都找不到了。

"八王爷是谁？为何提到他都很害怕的样子？他在朝中的权势比十一王爷如何？"王秋好奇地问。

"这个说来话长……"提到朝廷秘事，叶勒图自然是手到拈来，唾沫横飞。

乾隆帝在位时生有十七位皇子，可惜大多数或早年夭折，或英年早逝，尤其令乾隆帝痛心的是皇次子永琏，深得帝宠，嘉许他"聪明贵重，气宇不凡"，早早确定永琏为皇位继承人，将其名写入金匣置于乾清宫正大光明匾额后，然而天不遂人愿，永琏九岁便病故，乾隆帝极为伤感，册赠他为皇太子，谥号端慧。皇长子和皇三子则因为孝贤纯皇后驾崩，其间两人表现得不够伤感，被乾隆帝斥责不合体统，不懂礼节，均被取消立储资格。不过这哥俩以及后面的几个皇子都没活过四十岁，直到皇八子永璇。

然而，被寄予厚望的永璇却令人大失所望，一是先天脚疾，行走不便，二是沉溺于酒色，玩心极重，乾隆帝经过长时间观察，认为他不适合继位。皇九子、皇十子均幼年早殇，连封号都没有就离世。皇十一子永瑆身体倒硬朗，也无太多不良嗜好，但乾隆帝认为他性格软弱，遇事优柔寡断，难有作为，也不适合继位；接下来三位皇子又是幼年早殇，乾隆帝这才将目光注视到十五子永琰身上，永琰也由此被精心栽培，一步步走上九五之尊的大位。

六十岁那年，乾隆帝玩了个千年罕见的传位大典，宣布永琰为皇帝，自己则为太上皇，仍称"朕"，"皇帝处理寻常事件，太上皇处理大事"，而且太上皇每天还要对皇帝进行"训谕"。

这些倒也罢了，无非是时间问题，嘉庆最大的心病却是一个重要人物——和珅。和珅受宠乾隆帝几十年，官至领侍卫内大臣、议政大臣、文华殿大学士、首席军机大臣，已形成"一人之下万人之上"的权势，俨然是"二皇帝"。这种形势下，嘉庆只能在外依赖对和珅有隙的大臣，如王杰、朱珪、阿桂等，在内依赖两位哥哥，永璇和永瑆。

于是，通过惩办和珅、法办军权在握的同党福长安，永璇不再是无所事事的王爷，担任领侍卫内大臣、军机处行走、协办大学士主管吏部户部等要职。后来嘉庆也提防亲王尾大不掉，以失仪为名让成亲王永瑆免值军机处，实质剥夺了他参与军政议事的权力；以"六卿分职各有专司，勿启专权之渐"为由，罢免仪亲王永璇管辖吏部和户部的权力。

尽管如此，仪亲王仍手握京城调兵大权，并参与军政议事决策，是最有权势的王爷。而成亲王免值军机处后陆续请求辞掉其他职务，逐渐淡出紫禁城权力中心。

"阿合保是谁？"

"八王爷最宠爱的小儿子，前年刚封了奉国将军，负责掌管善扑营，摆的谱比明英要大得多，也难怪，人家含着金钥匙出世嘛。"

听出他话中的酸意，王秋笑笑，想了会儿道："你觉得扎克塔尔的话可信吗？"

"绝对可信，"叶勒图肯定地说，"我家这位远房大伯为人老实本分，说出的话钉是钉铆是铆，从不诳人，唯一的缺点就是喝多了收不住嘴，何况庆臣一家确定不知所踪，情况非常诡异。"

"照他的说法，庆臣不仅参与了地下花会，还有可能掌握一些内幕消息，否则怎会拉你远房大伯参赌？对了，都察院都事是否参加会试监考？"

"都察院官员一般不监考，而是监督考官有无舞弊、失职行为，考生也可以直接向他们举报……在我印象里庆臣叔好像参加过，有回他在酒席间埋怨考棚里太辛苦，必须与考生同吃同住，条件很简陋；还说考生毕竟还有盼头，考官为的什么？那点寒酸的津贴根本不算什么。"

王秋颔首："或许他跟我义父、王大人一样，都是地下花会操纵会试的庞大利益链中的某个环节，不过他受到阿合保的误导或是理解错误，押错了中榜考生？"

叶勒图一吐舌头，擦擦额头的汗道："就目前而言，已有礼部、吏部、都察院、八旗军营的官员参与此事，幕后还有多少更高级别的官员尚不得而知，想想都觉得毛骨悚然呐！难怪陶、王两位大人被诬入狱，庆臣叔自尽身亡，这桩事一旦深挖到底，铆不定会有多少人头落地。"

王秋好像想到什么，看着前方呆呆出神。

"爷，爷……"

王秋猛地惊醒，道："有个人很奇怪，她已两次与地下花会里的角色有过联系。"

"爷是说……郗大娘？她借钱给陶大人，又借钱给庆臣叔，凡是参与地下花会赌博的她都插一脚。"

"对，她应该是地下花会里的一环，其作用相当于赌坊钱柜，"王秋赞

131

许道,"上回被她老鸨的身份所蒙蔽,看来我疏忽了。"

"现在怎么办?我找两个哥们儿盯住她?"

"麻烦就在这里,她有妓院作幌子,凡去那个地方的可以借口寻花问柳,其实参加地下花会活动,摸签、押注、买庄或者借钱,怪不得京城传说王公大臣们争相结交郗大娘,挤破头想参加她的茶围,原来垂涎美色只是表象,真正原因是品尝千金一掷的豪赌乐趣!"王秋冷笑道。

叶勒图咂咂嘴道:"陶王两位大人之所以甘心以身涉险,恐怕也有这个考虑,地下花会组织活动的方式太过巧妙,通过正常渠道无法取得证据,以他们的身份又不能频频出入妓院,最终只得参赌……"

两人默默走了一段路,快到旗杆巷时王秋打定主意,道:"我拿张银票给你,明天起设法在郗大娘妓院对面租间房子,叫三四个人昼夜轮流盯着,尽可能记录下所有出入人员,注意保密。"

"是,爷。"叶勒图响亮地说。

第十九章　伊人夜惑

京城的冬天干燥而寒冷，王秋便买了只红泥小炉，每天下午文火炖山药，将洁白如玉的山药煮得酥软如泥，就着酽得发苦的浓茶，边吃边喝边看点书，乐在其中。

自打搬到旗杆巷后，宇格格来的次数反而少了，停留的时间也愈发短，有两回脸色很不好看，眼角隐隐残留着泪痕。王秋明白怎么回事，并不挑破，还像平时一样与她吟吟诗，聊聊天，谈些令人神往的江湖掌故，或者示范出神入化的赌术手法。偶尔她突然忘情地扑到他怀里，与他吻得天昏地暗，但仅仅如此，不敢再有逾礼之处，因为叶勒图也住院里。每当宇格格来访叶勒图都知趣地避到一边，可若闹出大动静，以叶勒图的精明不难知道怎么回事。

一天晚上叶勒图受王秋委托宴请负责监视郗大娘的哥们儿，喝得酩酊大醉，回到家吐了两回，然后呼呼大睡。王秋捏着鼻子收拾完残局，刚铺好被子准备入睡，外面有人敲门。

"谁？"他心一紧，随手握了把雪亮的匕首贴在门边问。

"我。"

"啊，宇格格……"

"嘘，快开门！"

王秋一呆，过了会儿道："叶勒图也在。"

"他喝醉了，快开门。"

王秋脑海如惊涛翻腾，刹那间拥起千万般念头，然后咬咬牙道："夜深了，孤男寡女多有不便，格格请回吧。"

"王秋……我，我就想进去说两句话……"

"我知道你想说什么，可是不行，"王秋恳切地说，"王秋乃草莽江湖之人，自感卑微，与格格有云泥之别，王秋无论如何都不敢做出对不起格格，有辱皇家声誉之事。"

宇格格快哭出来："你真笨啊，王秋，难道你不知我的心意？今夜过后，我就是你的人了，在我哥那边再无顾忌，我们也好一心一意谋算日后出路，岂不更好？"

王秋叹道："这却是我千方百计要避免的，满汉之分如同天壑，你又是尊贵的皇家格格，此事非但不足议，想都不能想，我岂能以格格清白要挟，逼你哥就范？格格请回吧，我也要休息了。"

"王秋，你当真这般硬心肠，无情无义？"宇格格终于忍不住，哇地哭出声来，双拳在门上乱捶。

王秋默默伫立在门后，一言不发，只听她哭得肠断肺裂，绝望而悲切，继而转为嘤嘤低泣，啜泣中格外伤心，黑夜中王秋也眼中泛光，鼻子微微翕动，两腮绷得比石头还硬。

哭声渐低，宇格格哀哀长叹一声——仿佛是钝刀在王秋心里深深割了一下似的，方才离去。

听着她脚步声远去，王秋依然站了很久，直到寒风冻澈了全身，两腿有些麻木了才缓缓回屋，站在床边，思绪杂如乱麻，一时不知做什么才好。

"好一个不识风情的鲁男子！"身后有人说道。

他一惊，转身看竟是卢蕴，心里直叫侥幸：若刚才心一软把宇格格放进来，正好被卢蕴撞个正着，后果不堪设想！

"怎么进来的？"他淡淡问。

她扑哧一笑："心乱了不是？居然问这种幼稚之极的问题，登门入户、翻墙入室本来就是爵门绝技嘛，何况你整个注意力都系在那位心甘情愿以身相许的格格身上，自然不留意我了。"

"喔，你很喜欢躲在旁边看好戏是不是？正如上回看着我被明英诬陷下狱！"

"王秋，我早劝过你京城水深，耽搁下去有性命之忧，"卢蕴扑忽的眼睛在他脸上温柔地扫了扫，"那是我出于私谊的提醒，与明英没有关系。"

王秋冷笑道："以解宗元的脾气，应该想置我于死地吧，可惜明英不识时务，居然想敲我的竹杠发点小财，结果贻误时机，这一点大概是解宗元没想到的。"

卢蕴幽幽道："别在我面前动辄提解宗元好不好？我说过我们只是同门师兄妹关系，仅此而已，事实上，"她稍稍犹豫一下，"自从石家庄一别，进京我一直独自居住，除了谈事，与他素无往来……"

"算了，我不想听，"王秋烦躁地挥挥手，"你今晚来想说什么？又劝我离京？"

卢蕴正色道："你听着，解宗元以及更高层次的人已注意到你追查地下花会，因此庆臣家满门失踪，虽然你攀上太子这根高枝，那些人暂时不敢明着动你，但陶大人的性命岌岌可危……"

王秋心头一震，不动声色继续听。

"他们本想从陶大人嘴里挖些信息，但如果有可能被你抢到先手，不如快刀斩乱麻，再有就是太子奉旨禁赌禁戏，在这节骨眼上暴露目标肯定会遭来灭顶之灾，王秋，别充当双方博弈的棋子，早点回去吧，"她说着站到他面前，两人相距不过半臂，柔声道，"虽然你不再信任我，但看在过去的情分上，恳请你再信我一次，这回是真的，千真万确！"

她素净如玉的俏脸上未施粉脂，灯光下更显得清爽晶莹，熟悉的体香缥缥缈缈从鼻端直入王秋心底，他这才注意到今晚她的衣着很特别，外面披着裘皮大衣，里面却是当年在山东初次相见时的低领蓝衣紫裙，胸口绣四五朵腊梅。还记得两人第一次的那个夜里，外面风很大，窗户"咣咣"响个不停，屋里却温暖如春，她穿着这身衣服躺在床边，脸上绯红如火，他便一层一层脱掉她的衣服，直至眼前呈现出雪白粉嫩的胴体……

他永远忘不了那一夜她的风情，她的痛楚，她的甜蜜。

正如此时此刻与她四目相对，他不得不承认内心深处依然未能忘怀她——卢蕴与宇格格是完全不同类型的女孩。宇格格像大草原上奔跑跳跃的骏马，矫健多姿，奔放而直接，她笑的时候旁若无人，脸上宛如玫瑰突然怒放；卢蕴则是地道的江南少女，空灵如出水芙蓉，眉目如画，骨子里透出纤细和娇弱的味道。

对从小在苏州水乡长大的王秋而言，卢蕴的美更有种邻家女孩的亲切感。

"王秋，猜到我今晚的来意吗？"

他摇摇头。

"与三年前那个晚上一样，只要你肯离京城，随便去哪儿，"她低下头，"我都愿意放弃现有的一切，只身追随……"

她定定看着他，目光渐渐迷离，突然抬手解开裘皮大衣，再解开蓝衣紫裙，一件接一件，她动作很缓慢，手法却灵巧自如，瞬间现出光溜溜的胴体，三年了，依旧那么迷人，那么柔嫩，那么细腻。

"三年来没有一个男人碰过我的身体，如果不信，你一试便知。"她低低说，眼中充满了热烈和期待。

王秋挣扎着移开目光，长长吐了口气："我在不在京城，对你，对解宗元有这般重要？"

"你不明白的，"卢蕴流下泪来，"我希望你好好活下去，即使陪伴你左右的不是我，而是那位格格，京城——确实杀机重重。"

王秋脚尖一挑，右手凌空接过裘皮大衣围在她胴体上，道："谢谢你的好意，王秋心领了，但此时退出万万不能……你走吧。"

说罢缓缓转过身去。

卢蕴凄苦笑了笑，默不做声一件件将衣服穿上，大滴大滴的眼泪"啪啪啪"直往地上掉，每滴泪珠都摔成细细的小水珠，四处飞溅。

随后，她悄悄离开。

真是一个混乱不堪的夜晚。王秋自嘲地想，再也难以入眠，一直辗转反侧到天亮。

叶勒图直睡到日上三竿才起床，站在院子里惬意地伸了个大大的懒腰，又打了个长长的呵欠，大叫道："世上没什么比酒醒之后喝一碗大麦粥的感觉更好啦！"

"爷五更天就起床帮你熬粥，文火慢炖近两个时辰，味道当然不同。"

"这么早？"叶勒图眨眨眼，"爷，是不是孤枕难眠啊？待会儿我到贝勒府给宇格格捎个话儿，让她……嘿嘿嘿……"

"去你的，狗嘴里吐不出象牙！"

王秋狠狠捶了他一拳，暗想昨晚拒不开门是彻底得罪宇格格了，以后别说常来常往，见面是否打招呼还是问题，这样也好，长痛不如短痛，免得藕断丝连让别人说闲话。

喝了两杯茶，叶勒图掏出一卷纸，上面密密麻麻写了数百个名字。王秋浏览一遍，皱眉道："才两天工夫，郗大娘竟有这么多客人？"

"上面都是识得名字的，还有很多面孔实在生得紧，只得作罢，不过我关照兄弟们对频繁出入妓院的，三天两头露回小脸儿的，还有一看就不像嫖客的多留意，必要时腾出人手跟踪，爷放心，那帮兄弟们常在街头混，懂得如何不露痕迹。"

"几张画像上的人都没出现吧？"王秋凭记忆将解宗元、卢蕴以及本门前辈道衍明的头像画下来，吩咐要重点关注。

"没有，兄弟们将几张画像记得死牢，像刻在心里似的。"

叶勒图夸张地说——对那帮无所事事的八旗子弟而言，王秋交办的事纯属美差，几个人每半天一班，任务是躺在窗前吃吃喝喝并盯住对面妓院出入人员，毫不费劲，每天还有一两银子的报酬，他们恨不得这种舒服的日子越长越好。

王秋对叶勒图的干练贴心颇为满意，说开销方面别客气，爷不是精打细算的主儿，主要把事情办周全了，另有重赏。叶勒图连连点头，说那帮家伙大手大脚惯了，不算着点儿，金山银山都能给用光。

两人边谈边出了门，叶勒图问到哪儿去，王秋说还得找苏克济，那个老江湖说一半留一半，现在回头想想有些事儿必须问清楚。

苏克济还在衙门办事，等到正午才回家，王秋拉他到附近小酒馆喝两盅，苏克济笑嘻嘻也不推辞，只建议离家远些，免得街坊邻居看了说闲话。三人遂步行来到两条街外的一家清真馆，让伙计烫两壶酒，切些羊肉、牛肉和下酒杂碎，又叫了两斤涮羊肉。酒菜显然很对苏克济胃口，乐得眉开眼笑，频频举杯，大快朵颐。

席间叶勒图老想着问事儿，不停地朝王秋使眼色，王秋恍然不觉，尽扯些无关紧要的闲话。三个人当中王秋不善饮酒，叶勒图虽说酒量大但昨晚喝多了，未免后劲乏力，倒是苏克济并不见外，自斟自饮喝了六七两。

酒足饭饱，苏克济两眼眯成一条缝，身体摇摇晃晃，自嘲说平时有午觉瘾，站在路边都能睡着。王秋忙叫伙计泡了杯浓茶，移到僻静角落，悄悄问："上回大人提及有人通过某个渠道邀请大人入伙，大人慎重从事予以拒绝，请问那个人是谁？在哪个衙门任职？"

苏克济慢慢吹开浮在杯面的碎叶，啜了一口，闭着眼睛品味片刻，道："下官受侧福晋恩泽，因此凡王先生问起的事，下官知无不言言无不尽，该说的上回都说得很清楚。"

听出他话里的潜台词，王秋遣开叶勒图，诚恳地说："承蒙大人关照，王秋已受益匪浅，本不该再有奢求，然则事态日益恶化……大人可知叶勒图的远房亲戚庆臣自杀身亡，全家几十口人全部失踪？"

"啊，竟有此事？"苏克济骇然，"上个月下官还碰见他，约好春暖花开时一起到京郊钓鱼，他……他……"

"他也与地下花会有关，欠下大量赌债。"

苏克济脱口道："不会的，庆臣怎么会输……"他似乎意识到什么，惊恐地闭上嘴，神情间非常不安。

"凡是赌博输赢都在两可之间，哪有必胜的说法？"王秋紧紧相逼，"大人何以认为庆臣不可能输？难道他本身就是地下花会重要成员，掌握或者操纵会试机密？"

"别问我，别问我，我什么都不会说……"苏克济一反沉稳笃定的态度，神情慌张地站起身，跌跌撞撞走到门口，一把推开试图阻拦的叶勒图，出门前又大声说，"我什么都不会说！"

说罢迅速离开饭馆，别看他身形略显臃肿，行动却很灵活，三步两步便穿过街道消失在胡同深处。

"你问了什么？他在害怕什么？"

看着他仓皇的背影，叶勒图诧异地问，王秋也莫明其妙，将刚才的对话回忆琢磨了一遍，道："只不过提了一下庆臣的事，他好像不知情。"

"我们整个家族就扎克塔尔知道，昨天有人到都察院打听，里面的人还以为庆臣叔病了呢，"叶勒图道，"爷，我怎么有种慌慌的感觉？是不是这件事儿内幕真的很深？"

王秋反问道："你以为我被诬入牢差点没命是偶然？我们的调查每深入一步，随之而来的危险就增加一分，直至图穷匕见，叶勒图，你年纪还小，又有八旗子弟的身份，没必要跟着我冒风险，明天起还是搬回家住吧，以后愿意的话暗中帮我做事，否则就当做不认识，我不会怪你。"

"爷怎么了，居然说这种生分的话？"叶勒图挺起胸膛大声道，"我叶勒图别的没有，就是有点胆量，既然决定了跟在爷身边，您拿棍子也甭想赶走我，爷吩咐吧，下一步干什么？"

王秋感动地拍拍他，眼眶不禁有些湿润，感慨自己没看错人，结识了这么一位有侠义感，敢作敢当的年轻人。

"先回去吧，既然苏克济不敢说，必定有他的苦衷，过些日子再说。"

叶勒图停住脚步："那可不行，万一这几天他又出了意外怎么办？不如再通过宇格格找叶赫那拉，以恩人身份逼他说出秘密。"

这个途径王秋何尝没想过，但此一时彼一时，眼下这两个女人都是他尽量回避的，尤其是叶赫那拉，想到那天晚上的疯狂和放荡就不寒而栗。

"唔，算了，不要强人所难。"他敷衍道。

叶勒图奇怪地瞅了他一眼，突然笑了起来。

"臭小子，有什么好笑？"王秋心虚地说。

138

"爷跟宇格格之间有事儿？平时说十句话必定提到她，今儿个却绝口不谈，其中肯定有问题……两人吵架了？闹别扭了？还是爷惹了她？"

叶勒图故意将"惹"字咬得特别重，一脸坏笑。

王秋啼笑皆非，道："她是高高在上的格格，我只是一介草民，朝堂是朝堂，江湖是江湖，万万不能乱了规矩，爷怎敢惹她。"

"爷，这方面您真是食古不化，"叶勒图道，"就拿叶赫那拉来说，连宇格格都看得出她的眼神，是真想一口吃了您，您当然是不乐意的，可纵使吃了又如何？您还是您，她还是十一王爷的侧福晋，总不成好好的王妃不做天天跟着您吧？人家无非图个眼前快活，您又没损失……"

"越说越不像话了！"王秋喝道。

"当然宇格格不同，"叶勒图灵巧地躲开去继续说，"她终究要嫁人，入洞房时必须是处子之身，大概这才是爷忧虑的吧？其实您错了。王府贝勒、格格们受长辈奢侈之风影响，作风也开放得很，加之王府、贵族之间互动较多，少男少女嗨意乱情迷后一时冲动在所难免，但并不妨碍她们日后出嫁，知道为什么？嘿嘿嘿嘿，她们圈子里流传着好多种作伪的办法，每一种都保证天衣无缝……"

"再不闭嘴爷真要发火了！"

"爷其实想问，皇宫选嫔妃不是都要验明正身吗？那是皇宫，普通人家哪怕王府才懒得费那事儿，只要嫁过去安分守己过日子，睁只眼闭只眼算了，哈哈！"

王秋趁他笑得开心，一把捉住他胳臂，喝道："今儿个让你尝尝飘门的家法！"正待动手，突听叶勒图叫道：

"格格，救命啊！"

抬头一看，宇格格满面寒霜，骑着高头大马踹蹬扬鞭直冲过来！

第二十章　巧过三关

离王秋还有五六步之际，宇格格已挥起皮鞭一甩，鞭子带着摄人心魄的啸声闪电般袭向王秋！

王秋看出她不像是开玩笑，"啊唷"一声向左侧横移了两尺，鞭子"唰"地从他身边擦过，鞭梢在叶勒图手背上刮了一下，立即高高肿起道血痕。

"疼死我了！"叶勒图没料到救星变成煞星，哭丧着脸叫道。

宇格格也不搭理，径直策马从两人当中穿过去，"蹬蹬蹬"直奔贝勒府。两人惊魂未定站到一处，怔怔看着她的背影，过了会儿两名贝勒府家丁气喘吁吁驾着马过来，边擦汗边抱怨道：

"今儿个格格怎么了，大清早就跑到郊外遛马，速度快得像飞，咱这把老骨头哪经得起这番折腾……"

叶勒图想追过去问话，被王秋用力拽回旗杆巷。

"怎么了爷？敢情刚才我猜着玩的都是真事？"叶勒图吃惊地说。

"天下没有不散的宴席，早点捅破那层纸对大家都好，"王秋略为伤感地说，"我来京城并非谈情说爱，而是为了义父，若因儿女情长误了大事，我终身抱憾——明英出手就是一个教训，那场冲突完全可以避免的，但双方都碍于面子下不了台，回头我须找伟啬贝勒把事情说开，免得生出不应有的误会，以后他帮我也好，不帮也罢，我自问心无愧。"

叶勒图愣了半响，低着头闷闷地说："爷可要想妥了，女孩子很麻烦的，要么是朋友，要么是仇家，以前全心全意帮你，以后会全心全意坏你的事，爷在京城目前就靠着伟啬贝勒这棵大树，树一倒，爷的处境可想而知，明英第一个不会放过爷。"

"可形势所迫……"王秋不好意思说出昨晚的事，一拐弯，却见伟啬贝勒双臂负在背后，站在自家院子门口。

"见过伟啬贝勒！"

王秋和叶勒图赶紧迎了上去，伟啬贝勒面色如常，带着淡淡的笑意点点头，随他们走进院子，然后瞟了瞟叶勒图，叶勒图何等机灵，当即说家里没盐了，我去街上买去。说着一溜烟跑没影了。

关上院门，王秋深深一躬："王秋给贝勒爷赔罪！"

伟啬贝勒架住他："王先生，我正为此事而来……咱们屋里说话。"

堂屋里。

不等王秋开口，伟啬贝勒抢先道："今早下人告诉我，八妹哭了整整一夜，早上天还没亮就唤人到郊外遛马，已猜到她与王先生有了隔阂……"

"在下惭愧……"

王秋刚欲解释，伟啬贝勒阻住他道："男女之情想想可知，无须说得太细，但今日上门找王先生，却是我心里盘算很久的，前些天怕影响王先生养伤，一直没说出口，今日正好是个机会吧。"

王秋深深一躬："给贝勒爷添麻烦了，在下心中有愧。"

"不关王先生的事，是家父以及我平时太纵容于她，凡事以她开心为前提，有时明知不妥也不劝导，久而久之酿成大错，"伟啬贝勒深叹一口气，"就说明英这档子事吧，纵使有人在幕后唆使，还是冲着托人说亲多次被拒而来，这一点我和八妹均心知肚明。"

"在下调查地下花会一事渐有眉目，引来幕后组织者的忌讳，明英不过是受人利用。"

"地下花会也是太子爷关注的重点，这事儿待会儿再说，今天，我是来给王先生提亲的。"

"啊！"

王秋大惊，呆呆看着一脸郑重的伟啬贝勒，怎么看都不像是开玩笑。

伟啬贝勒见他误解了，道："我贝勒府护院武师周易的妹妹周玉榕，年方二八，貌美体端，娴静本分，且仰慕王先生为人，特意请我前来提亲。"

"在下……贝勒爷知道的，为义父陶大人而来，并，并无婚娶的打算……"王秋结结巴巴说。

伟啬贝勒揽住他的肩，挨着他坐下道："王先生，没有这门亲事，舍妹焉甘心放手？"

"这个……"

王秋其实隐隐猜到他的用意，是彻底断了宇格格的念头，但这样一来势必将自己置于不义境地，毕竟，毕竟……他内心深处是喜欢宇格格的。

"亲事先这样提，王先生感兴趣可以过去看看，了解一下，周玉榕确实是个好女孩，婚后必定贤惠知礼，若王先生不想也没关系，就是借个由头，王先生在京城也不会久留，对不对？"

伟嵜贝勒热切地看着他，显然希望王秋爽快答应以解心头之患。王秋进退两难，陷入前所未有的困境。

似乎意料到王秋的态度，伟嵜贝勒并不催促，很有耐心坐在一旁，过了会儿闲闲道："关于地下花会，太子爷已秘密追查了一年多，仍无头绪，因此想借王先生的力量呢。"

"太子爷也知道地下花会暗中操纵会试？"王秋精神大振。

伟嵜贝勒便说了桩秘闻。

两年前会试，广东考生李翘录为第两百二十七名贡士，以他的成绩本来没有资格参加殿试，可那年嘉庆帝别出心裁从两百名至三百名当中随意圈了几个，正好抽到李翘，这家伙表现差得惨不忍睹，诗赋、策论、回答拟题均不知所云，令在场大学士、军机大臣们捏了把汗，担心龙威震怒。幸好嘉庆帝当场没说什么，仅下旨褫夺其贡生资格，事后将绵宁叫到上书房，怒道，这等人渣连最基本的四书五经都没参透，居然乡试、岁考、科考一路过关，若非朕无意中圈点他参加殿试，连会试都被混过去了，简直贻笑大方，可见科举考试制度腐败成什么样了！此事必须严查！

绵宁派心腹来到广东，从科考开始层层倒追，查出李翘出身于盐商世家，其父李大明一心想儿子从政，遂从乡试起就花钱请人代考，科考那一场代考费达十万两白银之巨。嘉庆爷听了禀报十分恼火，责令绵宁一查到底，绝不姑息纵容。于是一口气拘捕大小官员三十多人，李大明全家也被捕入狱。通过严刑拷打，才知李大明还有一个身份——地下花会赌商，他虽在请人代考上花了钱，却从投机设局中赢回来，而且获利颇丰。

那么李大明如何打通会试各层关系，使李翘顺利成为贡生？身为大赌商的他，是否利用会试设局，牟取暴利？绵宁正待进一步审问时，意外发生了：

李大明突然暴死于天牢之中！

他一死，所有秘密于湮灭于无形，嘉庆帝和绵宁尽管恼怒无比，也不得不偃旗息鼓，将那一科主考、阅卷、监考分别予以处分了事，但暗中，绵宁始终没放弃调查。

"太子爷知道都察院庆臣自尽，以及全家几十口全部失踪之事？"王秋问。

"王先生是说叶勒图那一系的远亲？"伟啬贝勒吃惊地说，"连我都不知道，太子爷如何能知？"

王秋叹了口气："所谓灯下黑便是如此。"

"天子脚下，皇城根儿，照常能杀人越货，掳掠纵火，只要没人禀报，官宦之间相互勾结瞒天过海，太子爷纵然努力也没用，"伟啬贝勒道，"所以太子爷对王先生寄予厚望，希望能从陶大人案着手抽丝剥茧，深挖出为患京城多年的地下花会。"

"在下勉力而为。"

屋里又陷入沉默，良久，伟啬贝勒问道："王先生，周玉榕一事……"

王秋低垂着头："先应了吧。"

伟啬贝勒大喜，重重拍了拍他："王先生果然是做大事的人，我告辞了！"

王秋赶紧送到院外，远远见叶勒图陪着人说话，一见竟是大理寺右评事詹重召。

"草民叩见詹大人。"

王秋忙上前行礼，詹重召微笑着阻住，三人一同进了院子，詹重召温言说："我与王先生有私事要谈……"

叶勒图会意："得，我出去买点东西。"一个下午被赶出去两次，他心里头非常郁闷。

关好门，詹重召笑道："听说王先生死里逃生，不容易啊。"

自己被关刑部大牢的事连大理寺都知道了，真是坏事传千里，王秋苦笑道："那是一场误会。"

"本官可不这样认为，"詹重召慎重地说，"大概王先生内心也明白吧。"

王秋一滞。

詹重召语重心长道："上次本官警告过你，别牵涉陶兴予案，王先生不听，结果……这几天大理寺少卿找过本官多次，要拘王先生到衙门问话……"

"草民向来安分守纪，从无不法行径。"王秋赶紧辩白道。

"是为了陶兴予案，王先生不是他的义子吗？又是赌门高手，难免不与地下花会有瓜葛,将涉案人等拘进大理寺问话,关押几天,都很正常,是大理寺职权范围之内。"

王秋额上出了一层冷汗:"可……可是义父长期身处京城,草民则在老家蠹口隐居三年……"

詹重召笑意更浓:"这只是王先生一面之词,倘若衙门里头怀疑王先生跟陶案有关,少不得须到苏州那边核实,一来一往至少二十来天,王先生又得在牢里煎熬,对不对?"

"草民问心无愧,经得起查。"

"王先生是真不懂还是揣着明白装糊涂?"詹重召仔细打量他,"凡坐过牢的都应该懂,在那种暗无天日的地方,铁打的汉子也受不了,喔,王先生上次出牢是承太子爷手谕出去的,但大理寺狱,别说手谕就是太子爷亲临都没奈何。"

王秋静静道:"詹大人想对草民说什么?"

"别再插手陶兴予案,这是本官第二次警告你,"詹重召竖起三个指头,"没有第三次了,除非公堂上见!"

目送他消失在胡同口,一直躲在门外偷听的叶勒图蹿过来,骂骂咧咧道:"明儿个打听一下这家伙什么来头,小小评事竟有这么大口气,翻天了不成?对了,伟啬贝勒与爷谈了些什么?瞧他离开时满面春风的样子。"

王秋木然,一言不发将自己反锁进房间,到傍晚时分才出来,吩咐叶勒图设法联系叶赫那拉。叶勒图直摇头,为难地说:"王府与贝勒府又有不同,哪是我这种小人物说进就进?最适合人选还是宇格格,可惜爷又把人家得罪了……"王秋怒道:"所以才叫你想办法,哪来这么多废话?"叶勒图见他情绪很糟糕,吐吐舌头不敢再打诨,一溜烟跑了。

独自在家闲坐了两炷香工夫,觉得气闷,遂沿着内胡同散步,走到一处岔路口,迎面来了一队举着火把巡夜的士兵,为首赫然是老冤家明英!王秋赶紧刹住脚步,转身便走。

明英何等敏锐,当即大喝一声"站住!"紧接着"咚咚咚"追了上来。夜黑巷深,加之地形不熟,王秋慌乱中竟转错了方向,跑进一条死胡同。明英命人扼住巷口,手按在刀柄上,大摇大摆走上前,道:"王犯,你又落到军爷手上了。"

王秋不卑不亢道:"在下乃善良百姓,从无作奸犯科之事。"

"哼,要不是做贼心虚,见了军爷跑什么?"

"在下怕军爷又塞一包东西到我怀里，然后抓进牢里逼问银票的下落。"

黑暗中明英脸一红，喝道："花言巧语！别以为太子爷保你就没事，在军爷那边你还没销案呢！"

"本来就是纯属乌有，请大人明鉴。"

明英头一扬："到底有没有犯案，是军爷说了算！"

王秋沉稳地站着，不再说话，暗自将力道布遍全身。他已做好准备，这回宁可战死也不会束手就擒，免得再受一次酷刑之辱。

毕竟在贝勒府附近，又众所周知有太子爷罩着，而且这回王秋戒备在先，倘若动手势必奋力抵抗，闹出动静来颜面上不好看。明英再三权衡利弊，决定放他一马，遂道："王犯，听说你会剑术？"

"刀枪剑棍，在下皆一窍不通。"

"手无缚鸡之力，"明英轻蔑笑道，"既然今晚落到军爷手上，不施展点能耐别想轻易离开，怎么着，来赌两把？"

"在下不敢与大人对赌。"

明英蛮横地说："必须赌！赢了允许你走出去，输了的话，嘿嘿，麻烦你钻军爷的裤裆！"

守在巷口的几名手下为明英的创意大声叫好，狂笑不已。

王秋冷静地说："这不合规矩。"

"什么？"明英指着他的鼻子喝道，"在这里军爷的话就是规矩！"

"谈到对赌，军爷的话可不算数，"王秋寸步不让，"对赌的规矩是双方都有押注，刚才军爷要求在下以是否钻军爷裤裆为注，没问题，但军爷也需有注，否则就不是公平的对赌！"

明英冷冷看着王秋，眼中闪烁着迫人的暴戾，王秋并不躲避，面无惧色与他对视，巷子里鸦雀无声，只有火把"烈烈"的声音。

经过难挨的沉寂，明英突然咧嘴一笑："好，军爷就照对赌的规矩办，"他一把扯掉刀柄上的垂绦，握在手里道，"这是四年前军爷追杀盐枭时缴获的战利品，不是纯金，可也值十几两银子，拿它换你钻裤裆不冤吧？"

"可以，请大人出题。"

明英胸有成竹道："咱不玩骰子，也不玩牌，就猜大小，"他招来两名手下，"只须连过三关，金垂绦就是你的，不然，哼！"

他为求稳，将一局定胜负偷换成连战三局，王秋明知他耍诈，也不点破。明英将几个人身上的铜钱收集起来，约有三四十枚，倒入皮囊中，双方各用单手伸进去抓一把，然后猜两个人手里的总数，最靠近正确数目者为胜。

明英拉过一名军士："你先来。"

两人将手伸入囊中各摸一把，王秋先报："十一枚。"

军士将手背到身后数了数手里的铜钱，七枚，估计对方手小些，差不多有五至六枚，遂道："十二枚。"

火光下两人同时摊开掌心一数，军士七枚，王秋三枚，加起来为十枚，王秋胜。

"没用的东西！"

明英瞪了军士一眼，军士嘀咕说谁料到这小子抓这么少，老子上当了。轮到第二名军士，两人又各摸一把。

轮到军士先报，他也学王秋只摸了两枚，暗想这回对方肯定要多摸些，道："八枚！"

王秋道："五枚。"

摊开来一瞧，两人各摸了两枚，王秋胜。

"滚开！"明英一脚踹开军士，心里愠怒不已，按他的想法双方各百分之五十的赢面，至少能碰一把，谁知两战皆负，幸好他设定的条件是王秋必须三战全胜。

两人各摸一把，明英故意将铜钱弄出"哗啦啦"的响声以干扰王秋辨听，然后紧紧盯住对方。

"你先说！"明英道，捏着的拳头微微发抖。

这是最关键的一局，自信如王秋也慎重起来，仰头思考良久，道："五枚！"

明英心中窃喜，王秋猜五枚，说明抓的枚数与前两次差不多，两枚或三枚，同时猜自己也是两三枚左右，殊不知……

"三枚！"明英大喝道。

两只手一齐摊开，明英手掌里空空如也，而王秋手掌中——不多不少，正好五枚！

"承让。"王秋一抱拳道。

明英"呼呼呼"直喘气，眼中似乎要喷出火来，瞪了王秋足足有半盏茶工夫，蓦地将金垂缘拍到他手中，大吼道："从我眼前消失，立刻！"

第二十一章　太子门下

　　破落八旗子弟也是八旗子弟，叶勒图花了两个晚上终于找到托信到十一王府的渠道，叶赫那拉正在为王秋的身体发愁，只是宇格格这边没动静，不好随便出府。收到讯息后大喜，隔了一天便派出一顶朴实无华的轿子停到离旗杆巷不远的胡同里。

　　接下来的经历与王秋预想的一致，下午茶、含有烈性媚药的糕点，然后药性发作，两人搂抱着滚成一团，喘息声、娇笑声、呻吟声。这回王秋放得很开，因为他心里清楚，世上没有无缘无故的交情，想让叶赫那拉为自己做事，就必须给予她最需要的。在肉体纠缠的瞬间，他脑子里也偶尔闪过宇格格娇艳似火的脸庞，还有卢蕴姣白柔嫩的胴体，或许，他憋得太久了，也需要放纵一下。

　　激情过后，两人气喘吁吁躺在床上。叶赫那拉将头搁在他胸口，心满意足地在他身上划了一个又一个圈，咻咻笑道："看不出你文弱书生，手无缚鸡之力的样子，干起事来竟这么凶猛。"王秋淡淡说："体能训练也是飘门必修项目，否则怎能在杀机四伏的江湖上生存？"她笑得更媚："你师父还教这个？"他懒洋洋说："不是，这个靠天赋，强求不来的。"她说："什么屁天赋，按说满人是马背上打来的天下，体格强壮，那方面也应该比汉人厉害，可老娘偏偏碰上银样镴枪头他那活儿没萎的时候也就呼噜噜一会儿完事，人家感觉还没起来呢……"

　　王秋怕她越说越来劲，而且跟堂堂王爷的侧福晋讨论这个总有些怪怪的，岔道："苏克济那边说定了？"

　　"嗯，对了，"她在他身上支起雪白的胳臂，"为什么坚持把他叫到王府？你到他家去谈不是更好？"

　　"因为此事需要福晋亲自出面。"

　　"不就是问几个问题吗？"

　　王秋摇摇头："不单如此，我想请他办一件非常重要且相当危险的事，弄好了能飞黄腾达升官发财，弄不好会妻离子散家破人亡。"

"这么严重?"叶赫那拉微微皱眉,"你义父不就是参与地下花会输了些钱吗,能复杂到哪儿去?苏克济这家伙在官场历练了数十年,圆滑谨慎,处世小心,做些微不足道的小事还行,担子压重了恐怕受不起。"

王秋叹了口气:"我何尝不知,但时下形势愈发紧迫,诸多压力崩于顶,苏克济这步棋是不得已而为之,否则我只有坐着等死了。"

听他这样说,叶赫那拉顿时起了怜惜之心,她好不容易从他身上寻到欲仙欲死的乐趣,暗地里巴不得天长地久才好,怎舍得放手?抚摸着他的脸颊道:"别担心,你把计划细细说清楚,苏克济那边我跟他谈,再不行把王爷搬出来——那老家伙床上蔫不啦叽,对我们却是有求必应,他哼一声能吓死苏克济。"

于是两人披衣而起,王秋将自己的计划托盘而出:简单点说就是走陶兴予的老路子,让苏克济找当初拉他下水的人,表示愿意参加地下花会赌博,押注所需银两由王秋提供,苏克济须记下参赌过程中所有地下花会成员,以便追查。

叶赫那拉听完之后稍稍放心,笑道:"事情不像你形容的那般吓人,只须关照苏克济谨慎从事,别鬼鬼祟祟打探人家的秘密,顺其自然就行了,反正输赢都用你的银子,他就玩个趣味。"

"地下花会的人狡诈多疑,一旦发觉有异便痛下杀手,毫不留情,我义父、王大人,以及刚刚发生的庆臣全家就是明证,因此他要格外小心,参赌后我也不再与他联系,到时还要倚仗福晋从中周旋。"

"还叫我福晋,"她似笑非笑用手指在他额上戳了一下,"你越生分我就越生气,明白吗?"

"这个……"王秋不知叫她什么才好。

小婢在外面轻咳一声,叶赫那拉扬声问何事,小婢说苏克济已到,正在书房等候。

叶赫那拉说:"知道了,我马上过去。"转而对王秋道:"这事儿你无需出面,由我直接跟他说。"

"多谢福晋。"王秋深深一躬。

她瞪了他一眼:"又叫我福晋?!"

王秋独自在厢房等了约半炷香工夫,心里忐忑不安,生怕苏克济以自家性命为重拒绝此事,在屋里兜了几十个圈子,好容易盼到叶赫那拉回来,忙迎上前问:"怎么样?"

她粉面含春瞟了他一眼："还要问？我说的话他敢不答应？"

"多谢多谢。"他松了口气，又问："他什么态度？是否很勉强？"

"其实你前两天找他，他已预感你会走这一着，因此早早想好推脱的理由，不过我亲自找他，言语中又暗示与你关系非同寻常，如果回拒我会非常非常生气，他也无话可说，答应尽力而为。"

王秋脸一阵发烧，道："福晋怎可不惜自身清誉……万一这厮传出去岂非……"

叶赫那拉满不在乎道："他敢！想不想活了？至于参赌银两，你过几个时辰独自送过去，多给点也无所谓，让他心里舒服点就行。"

到底王府大家，凡事都考虑得面面俱到，王秋感激地说："是，我马上去办。"

"等等，"她按住他肩头，笑眯眯道，"我约他三更天时分，这会儿还早，我们……"

"啊！"王秋头皮发麻，"我，我……"

她突然在他耳朵上咬了一口，道："今宵一别，你又跑得没影儿了，除非再有事否则我到哪儿找去？快随我来！"

被她牵着走向锦绣流苏的檀木大床时，王秋感觉自己像可怜的小绵羊。

二更天，王秋几乎是被搀扶上轿的，飞快地出了王府后院小门直奔苏克济家。苏克济一直在挑灯等候，一见王秋便抱怨道：

"好你个王先生，不够义气，拿王爷福晋来压下官，这，这可是动辄掉脑袋的活儿！"

王秋也不解释，从怀里掏出一叠银票塞到他手中，道："一共一万两，大人清点一下，这是大人参赌的本钱，当然不必全押，以免与大人身家不符引起对方警觉，刚开始先报两千两，就说是家里头的老本，过阵子佯装看好所押的一门，要求加押，并打听哪儿可以借到赌资，如此一步步抬高赌本，最多可押至七八千两左右。"

"那么有八千两就够了，多出的银票我数给你。"

苏克济作势要抽几张银票，王秋连忙阻住，诚恳地说："此事险恶难测，大人肯挺身而出挑此重任，在下感激涕零，无以回报，这多出的银两权当大人补贴家用，给嫂子和侄儿置些衣物，请大人务必笑纳。"

苏克济也是成了精的老官僚，谦让之后便收起银票道："这叫下官不好意思了……眼下各省科考基本结束，进士名单业已呈报到吏部、礼部等衙门，明天下官就去见那人，透露想参加赌榜。"

"那人是谁？"王秋顺势问，

"唔……"苏克济犹豫再三，然而今晚叶赫那拉对王秋毫不掩饰支持的态度，以及一万两银票起了作用，他咬咬牙道，"反正王先生日后也会查到，索性说个明白，此人名叫哈丰阿，内务府六品兰翎长，虽然只是从六品，但内务府乃伺候皇上的地方，又协助各王府、贝勒府日常事务，是八面玲珑的职位，因此交际广泛，驻京官员差不多认识大半。"

"哈丰阿……"

"他来头可不小，以前一直在八王府当差，是阿合保的贴身侍卫呢。"

王秋脑中顿时闪过叶勒图从扎克塔尔打探的讯息：庆臣自尽，就是因为"诽谤"阿合保误导自己押错了人，致使他血本无归，从而惹得八王府不高兴，以至于全家几十口人全部失踪。

从哈丰阿到阿合保，这根线紧紧与地下花会联系在一起，看来找苏克济打入地下花会的策略是对的。

接下来两人约定了以后秘密联系方式，以及紧急情况下联络的方法，王秋又教了些参赌、押本的注意事项，套取地下花会的关键，等等，一直谈到天色微明。

回到旗杆巷住处，王秋觉得全身快散架了，倒在床上蒙头就睡，然而叶勒图却不放过他，故意在床边转来转去，含沙射影地说些彻夜不归很不正常，叶赫那拉正当熟透的少妇，再强壮的男人也吃不消折腾之类的话，王秋连辩解的力气都没有，很快便进入梦乡。

一觉睡到第二天中午，叶勒图炒了一盘狗肉，黄河鲜鲤，莲子乌冬汤，别有所指说都是大补的食物。王秋不跟他争辩，一声不吭吃了个碗底朝天，到院子转了几圈后还觉得腰酸背痛，又想回屋睡觉。叶勒图倚在门口拦住他，皮笑肉不笑道：

"上午宇格格来过。"

"啊！她，她来干嘛？"王秋吃惊地问。

"还以为爷昨晚吃了哑巴药呢，"叶勒图道，"还能有什么好事？眼睛哭肿得像鱼泡，闯进来要找'没良心的王秋'，我赶紧拦住她说爷出去了，她就拿了只板凳坐到院里死等，我被弄得一筹莫展，幸亏不一会儿伟啬贝勒赶过来，好说歹说将她劝回去，爷，他们俩提到提亲，周玉榕到底是怎么回事？"

王秋暗自庆幸自己睡得沉，不然真没法应付这种局面，深叹口气，将伟啬贝勒上门提亲的经过说了一遍。叶勒图愤愤道："这样说伟啬贝勒未免不够意思，明明是他搅的局，却把责任推到爷身上，自己做起了和事佬。"王秋说："不能怪他，伟啬贝勒承受的压力也很大，毕竟满汉不准通婚是铁律，王秋只是一介草民，又系不光彩的赌门弟子，传出去只会给克勤郡王整个家族脸上抹黑，早断早好。"

"是啊，爷说得是，"叶勒图附和着点点头，身为八旗子弟，他自然清楚其中的分量。沉默片刻又展颜道："不过失之桑隅得之东篱，爷昨晚是有补偿的，对不对？"

"得得得，又来了，"王秋不耐烦推开他，进屋后想到什么，又折回道："出入郗大娘妓院的名单里有没有哈丰阿？"

"好像……"叶勒图掏出名单扫了一遍，"有！他四天里去了两趟，一趟是中午，陪两个陌生人在里面逗留了一个时辰；一趟是傍晚，一个人去的，时间很短，半盏茶左右工夫就出来了。"

王秋拿过名单细细一瞧，夸道："果然下了工夫，这样细致周密的记录，省去很多重复调查，回头多赏些银子给他们……这两趟，似乎都不像去嫖妓。"

"嗯，拿银子进去寻欢作乐，谁舍得这么快就出来？起码把自己累得不成人样儿，跟爷一样，"叶勒图顺便一刺，"和朋友同去时间更长，你等我，我等你，一般需要三四个时辰，这家伙有问题。"

王秋遂把昨夜与苏克济密谈的内容有保留地说了些，暗示并未与叶赫那拉发生什么，叶勒图听了呆呆出神，过了半晌一拍大腿道：

"看来庆臣叔说得没错，根子就在阿合保身上！近几年会试都由八王爷代为主持，阿合保是八王爷最宠爱的儿子，应该能探听到会试方面的内幕，录取谁不录取谁大致心中有数，正因为此，庆臣叔才对阿合保笃信不疑，押上全部身家吧？"

"更进一步说，倘若阿合保想让某个水平略差，不被赌家看好的进士入选，只须在八王爷面前吹吹风，央求几句，八王爷网开一面也不奇怪，毕竟每年有三百个名额呢。"王秋道。

"立即调回郗大娘那边的弟兄们，全力监视阿合保和哈丰阿！"

"不行，郗大娘是关键人物，她的妓院有可能是地下花会活动、联络以及赌榜的重要据点，切不可放弃这条线索，"王秋沉声道，"哈丰阿那边有苏克济见机行事，至于阿合保，毕竟是八王爷的儿子，暂时别动为好。"

"但庆臣叔……"想到自家长辈惨死，家人下落不明，叶勒图不禁觉得难过，双掌搓了会儿道，"我终于体会到爷的愤怒和痛苦，就是眼睁睁看着亲人横遭不幸却无能为力，庆臣叔待我还是……不错的……"

王秋站起身拍拍他："至少咱们有了努力的方向，走，出去溜达会儿，养足精神，从今晚起又要骚扰十三家赌坊了，没办法，开销太大，入不敷出啊。"

过了两天，伟啬贝勒匆匆找王秋，说太子爷有请，立即动身。两人骑快马来到太子府，绵宁正坐在书房盯着厚厚一叠清单出神，见了他们笑道：

"山雨欲来风满楼，三年一度的京城会试快要开始了。"

王秋怔了怔，很快明白他的意思，恭声道："太子爷也在追查地下花会的事？"

"皇阿玛安排本王调查会试舞弊之事……"

绵宁只说了半句便刹住口，伟啬贝勒和王秋都是聪明人，立即悟出其中的含义：一是新官上任三把火，绵宁想刹住往年舞弊成风的乱象；二是地下花会肯定不愿放弃会试这块肥肉，势必弄出更多花招，因此必须小心应付。

伟啬贝勒小心翼翼道："会试这潭水很深，涉及一大批人的利益。"

"既知其中猫腻，本王焉有坐视不管之理？长此以往，会试成为地下花会、赌商投机弄巧之地，真正有识之士、有才之人得不到提拔任用，国将不国矣！"绵宁冷笑道，"此事势必会得罪众多皇族高官，不过本王早有准备，上回在皇阿玛面前说过死而后已的话，皇阿玛表示务必追查到底，严惩不贷！"

"有皇上鼎力支持，太子爷运筹千里，定能涤荡会试舞弊之风。"伟啬贝勒恰到好处拍了句马屁。

绵宁久在权力中枢，自然听惯奉承，微微一笑转向王秋问："王先生这方面可有良策？"

王秋道："草民已安排探子打入地下花会，近期应有回音。"

"目前已知涉及哪些京官？"

"呃……"毕竟在当朝太子面前，没有证据不能乱加猜测，王秋道，

"虽有少许线索，但未曾证实，正在进一步侦查之中。"

"倘若需要衙门方面支持，或人手不足，可直接向本王提出，"绵宁冲他一笑，"上次王先生说的赌亦有道，给皇阿玛留下很深的印象，后来几次三番在本王面前提起，说赌博之风屡禁不止，说明单凭一味禁赌是不行的，需要行之有效的疏导和劝诫，而王先生是赌门中有德之人，朝廷应该予以重用，以赌劝赌，以赌疏赌，将民间赌风引入正轨方为上策。"

"草民谨记太子爷教诲。"王秋道。

伟啬贝勒趁机道："上次王先生涉险出狱，明英等人狼心不死，时常过去骚扰，大理寺也借陶案为名威吓其离京，王先生处境堪忧。"还有一层麻烦他没好意思说出口，即宇格格对王秋答应与周玉榕成亲一事半信半疑，动辄要找王秋问个明白，贝勒府被闹得鸡犬不宁。

"竟有这等事？"绵宁目光一凝，面有怒色道，"本王已一再容忍于他，却如此不知好歹，真当本王是泥捏的菩萨——毫无性子？"

伟啬贝勒又烧了把火："上回听明英口吐狂言，委实……没把太子爷放在眼里……"

绵宁眼中闪过厉芒，但修至他这等地位者涵养功夫极深，按捺下性子缓缓道："反正来日方长，以后总有他好看，至于王先生……既然皇阿玛有意任用，不妨先屈就在太子府任少詹事，明儿个起给王先生配两名侍卫，兼保卫和值守之职，如何？"

王秋还未反应过来，伟啬贝勒拉拉他的衣袖，跪拜道："谢太子爷恩典！"

出了太子府，王秋惑道："少詹事是什么官儿，以前怎么没听说过？"

伟啬贝勒笑道："俗话说宰相门子七品官，只要与太子府挂着关系，不论品衔地位身份便非同寻常，等于为王先生挂了道护身符，以后不再怕明英、詹重召等人骚扰。"

"那倒也是，只是……"王秋想想觉得好笑，"在下去赌场玩时一定要将侍卫安顿在家，不然两个彪形大汉往后面一站，谁敢跟在下赌？"

伟啬贝勒闻言纵声大笑。

第二十二章　必败赌局

连续十多天，苏克济那边好像断线的风筝，音讯全无，由于担心暴露身份，王秋又不敢主动联系。郁大娘的妓院依旧门庭若市，各式人等进进出出，有熟客，也有偶尔尝尝鲜的，监视名单中哈丰阿进入最频繁，几乎每天都有他的名字，多数情况是陪陌生面孔，如果独自前往则耽搁时间较短，很少超过半个时辰。叶勒图让人冒险尾随其后，发现哈丰阿一直走到第四进院落，屋内灯光一律粉红色，这是郁大娘会客之地。

王秋判断哈丰阿是地下花会里负责招揽赌客的角色，同时介绍赌客到郁大娘这边借高利贷，以从中抽取好处。叶勒图建议找准机会把哈丰阿拿下交给太子，王秋否决这个疯狂的建议，因为无论哈丰阿背后是不是阿合保，打草惊蛇之后更难查找线索，不如暗中监视，等拿到确凿证据再动手不迟。

其间宇格格来过旗杆巷几次，都被叶勒图和侍卫以王秋不在挡了回去，从所谓提亲周玉榕到现在不过三十多天，宇格格已憔悴不堪，整个人消瘦了一圈，一对明亮粲然的眼睛也失去了往日的光芒，叶勒图看了于心不忍，私下劝王秋别太固执，先好了再说，以后发生什么管它呢。王秋瞪他一眼，说我岂能做这种不负责任的勾当？

叶赫那拉也悄悄派小婢请王秋过去，王秋同样避而远之，不敢踏入十一王府一步，想起她的疯狂他便心悸不已，恐怕被她的烈焰狂情所吞没。

一个寒冷的傍晚，王秋吃过点心后，带着叶勒图来到位于水芳亭的宝隆赌坊。进入迟香阁，在青衣小婢的引导下穿过甬道，却见二老板谭克勤守在赌坊门口，还是笑容可掬：

"王先生，晚上好。"

王秋不觉一愣，下意识与叶勒图对视一眼，暗想对方不会在赌坊设埋伏吧？按江湖规矩，无论有什么深仇大恨、冲突恩怨都不可以在赌场动手，更不能利用赌场设陷阱引诱仇家。这是在民间树立太平赌坊的形象，使赌客只要进了赌坊就有安全感。

"爷，我到外面候着。"叶勒图道。

谭克勤笑道："二位不必有任何疑虑，宝隆赌坊在京城立足上百年，不是靠坑蒙拐骗杀人越货，而是铁一般的信誉，对任何客人都一视同仁，绝无欺诈，二位请。"

王秋觉得应该把事情讲清楚，停在原处道："在下不过想在贵赌坊小玩几手，何蒙二当家相迎？"

"事有凑巧，"谭克勤满脸笑意，"有位赌门高手今晚也光临敝地，预感王先生会前来，想切磋一下赌技。"

解宗元终于露面了！王秋脑中一闪念，问："谁？"

"王先生进去便知，"谭克勤笑得格外诡异，"既然同为赌门高手，需要进行一些最基本的检查，王先生不会介意吧？"

"当然。"

王秋简洁地说，只要能见着解宗元，一洗数年来郁结在心头的愤懑与耻辱，他愿意付出任何代价。

"爷，要不要我回去多叫几个人来以防不测？"叶勒图在旁边悄悄说，"或者把俩侍卫叫到附近，约定到什么时辰还不出去就砸门？"

"不必。"

王秋洒脱一弹长衫，随谭克勤走进赌坊，叶勒图重重跺了下脚，也跟着进去。

穿过喧闹嘈杂的赌坊大厅，踏着铺满厚厚地毯的木梯来到二楼，上面分隔着一间间包厢，通常是给赌注较大，或是身份较为隐秘、不愿外人窥视的赌客专用，每间有专门的庄家和管事，服务相当完备，但赌完之后"彩头"也给得高。谭克勤将王秋引至最西侧厢房，却将叶勒图拦在外面。屋里有一张方桌、两个伶俐的童子，桌上放着一叠衣服，一盆清水。

王秋故作惊讶道："这是干啥？"

"请爷净衣、洗手，"童子伶俐地说，"是里头客人吩咐的，小的们也不知道原因。"

谭克勤含笑补充道："那位高手说王先生一听便知缘故，所以不多解释。"

王秋呆了呆，心里诧异万分。纵观江湖赌门，擅长在指甲里做文章的只有自己所在的飘门——指甲内藏的涂料可以在赌具上做暗记，而知晓这一秘密的不会超过十个人。作为本门前辈，道衍明不可能将这个秘密透露给外人，那么包厢里到底是谁呢？

再看貌似清澈的水，毫无疑问，里面一定混有让涂料显形的秘方……一瞥身侧虎视眈眈的谭克勤，王秋双手不落痕迹地在长衫上一掸，涂料已滑入袖内，然后双手浸入水盆，童子认真地看了好一会儿，见没有异样才奉上毛巾擦净。

"还有戒指。"

就在他迈出房间之际，谭克勤冷不丁开口道。

王秋漫不经心将手指上的戒指转了一圈，道："这不过是很普通的银质戒指，有问题吗？"

谭克勤加重语气道："虽说普通，还是请王先生交由在下保管，这也是里头客人吩咐的。"

一定有鬼！

一定有鬼！

利用戒指做文章，原是江湖八大赌门之一的惊门所擅长，王秋的师傅因为机缘巧合得悉其中诀窍，又加以改造，使其变化更复杂、机巧更隐蔽，知晓这一秘密的更少，顶多寥寥四五人而已。

王秋已隐隐猜到这位神秘客人的身份，出门后目光扫了一圈，叶勒图却不知跑到哪儿去了，只得作罢。

推开包厢门，王秋一眼看到坐在桌前的卢蕴！

果然是她！

当初两人情浓意蜜时，王秋说了很多飘门的不传之秘，卢蕴自然也说了不少爵门的隐秘——现在看来她说的未必是真，他却是毫无隐瞒，如今是为年轻和轻信付出代价的时候了。

"你是解宗元最后一张牌吗？"王秋冷笑道，"你若败，他就该出来吧？"

卢蕴神情如常，盈盈笑道："今晚我只代表自己，与解师兄、与十三家赌坊无关，为着切磋赌技、较量高低，请王先生不吝赐教。"

谭克勤不失时机坐到中间，干咳一声道："谭某担任公证，二位没意见吧？"

王秋呆了呆，满心狐疑地看着卢蕴。

江湖八大赌门追根溯源都有数百年历史，更久远的达上千年，形成原因十分复杂。讲究云游求学之道，最初由杂耍卖艺、登台表演的艺人组成，注重"手活"和随机应变的技巧。而爵门，顾名思义讲究为官之道，其祖师爷是大名鼎鼎的鬼谷子，爵门侧重于纵横术，善于在各种情况下操纵买官卖官的把戏。

飘门中人长期行走江湖，要应付错综复杂的局面，在险象环生中妙手巧胜并确保全身而退；爵门中人则隐于各级官府幕僚之中，通盘安排献计献策，很少涉足江湖。因此从赌术层面和实战技巧上讲，爵门明显比飘门差一个档次，上次对赌——解宗元是爵门新一代中的领袖人物，王秋只能算飘门后起之秀，若非解宗元使出美人计，未必有赢王秋的把握。

而卢蕴，据她当年自己所说，主攻技艺并非赌术，而是联合离间之计，巧妙周旋于各派势力以取得局势平衡。

以卢蕴的风格，以解宗元的老谋深算，绝无可能明知王秋赌术高超却以弱击强，自讨没趣。

这回他们设的什么局？

想到这里，王秋哂然一笑道："赌什么？押什么？"

卢蕴早有准备，道："赌一个人。"

"什么？"王秋隐隐觉得不妙，竭力控制泛起的不安问道。

"赌叶赫那拉。"

王秋心头重重一震，脸上不露痕迹道："赌她干什么？她可是成亲王侧福晋，不能乱开玩笑。"

卢蕴似笑非笑道："王先生连玩笑都不敢开么？我看不见得，"说到这里她俏脸绷了起来，"我赌你跟叶赫那拉暗通款曲，至于你，当然要选择没有了。"

"绝对不行！"王秋唰地站起身，"你应该懂赌门规矩——对赌不得伤害无辜之人，何况是高贵的王爷侧福晋！"

"是吗？"卢蕴似乎早预料到他的反应，瞟了瞟谭克勤道，"请谭老板做个公断。"

谭克勤笑嘻嘻道："卢大小姐提的对赌是有不妥，除非——能提出对赌的充分理由，有吗？"

卢蕴从容起身走到右侧小门，轻轻一拉，门开了，里面走出一位怯生生的女孩。

啊！

竟是叶赫那拉身边服侍的小婢阿莲！

卢蕴斜眼看着王秋，表情越来越冷："王先生，无须我多说了吧？你若不愿赌，明早我们就带她去见十一王爷，来个三方对质，看十一王爷相信谁！"

这个局真是阴险之至！

且不论解宗元如何买通王府内线，能让阿莲敢露面作证；也不论这伙人如何暗中监视，查到王秋与叶赫那拉的暧昧，单是让卢蕴出面对赌，足见解宗元狠毒到极点。

嫉妒，能让女人疯狂；嫉妒，能让女人因爱生恨。

想到那天晚上主动解衣投怀都被拒绝，转眼却上了侧福晋的床，换任何一个女孩，都会被熊熊妒火燃烧得丧失理智！

屋里僵了足足有半盏茶工夫，这期间王秋脑中闪过上百个对策，又逐一否决，心里委实难以取舍。

谭克勤微笑道："王先生放弃么？"

已被逼到悬崖了，王秋一咬牙道："赌！"

卢蕴冷冷道："我想你没有其他选择。"

"押什么？"王秋不愿再与她纠缠，避开话题问。

卢蕴从挎的香袋里取出一叠银票，一张张数到桌上，共二十张，然后道："押白银两万两。"

"两万？"王秋沉吟片刻道，"押注似乎太高了一点，我承受不起。"

谭克勤立即从袖里拿出小铁算盘劈劈啪啪打了一阵，道："王先生太谦虚了，自从王先生进京以来，已从咱们十三家赌坊赢走一万七千九百三十八两七钱白银，还不算其他赌局赢的钱，所以王先生应该承受得起，嘻嘻。"

王秋感觉自己犹如被围猎的野兽，明知前面有陷阱，却不得不继续奔跑、前冲，不禁后悔不该不听叶勒图的建议，叫些八旗子弟守在外面，形势不对就冲进来搅局。

"如果身上银票不够，王先生可以先写欠条，"卢蕴面无表情道，"我们绝对相信王先生的信用。"

倒吸一口凉气，王秋缓缓道："可以，怎么赌？"

"很简单，取一件王先生的信物，这会儿由阿莲送给叶赫那拉，就说王先生约她在迟香阁见面，她若来就算你输，不来算我输，"卢蕴简明扼要道，"很公平吧？"

王秋想了想："阿莲摆明已被你们收买，倘若她到了王府添油加醋，乱编谎言，而我本来就……就与侧福晋有些交情，万一侧福晋听信偏言岂不冤枉？"

卢蕴轻蔑一笑："堂堂王爷侧福晋，身份何等高贵，何等高不可攀，倘若听了小婢女弄言就轻率地于深夜时分偷偷出府与江湖身份的男子见面，不是偷情是什么？这种不守妇道的行径连寻常百姓家良家女子都不会做吧？"

真是天衣无缝的局，事至如此如卢蕴所说，王秋根本没有选择，只得闭上眼睛任其宰割了。

"王先生请写欠条。"

谭克勤殷勤地递上笔墨和纸，王秋拿起笔，心里踌躇再三。

任他心思灵敏，擅长临场应变，也清楚地知道这场赌局必败无疑，因为尝到甜头的叶赫那拉像馋到极点的小孩，急欲从他身上吮吸情爱的雨露，别说约在迟香阁，再远的地点也会冒险赶过去。以解宗元的毒辣必定局外设局，在迟香楼周围布下人证，只要叶赫那拉一出现便形成死证，以后会以此要挟，使叶赫那拉俯首听命，第一桩事就是把王秋赶出京城！另一方面输掉这场赌局，王秋要偿付两万两银票，也没有能力在京城调查下去了。

"怎么，王先生紧张得连字都不会写了？"卢蕴道。

王秋叹了口气："为了把我逼出京城，解宗元可谓狡计百出处心积虑，我想，大概是三年一度的会试快要开始了吧。"

谭克勤注意力全在王秋的笔上，并没在意，倒是卢蕴，明亮的眼里火星一闪，随即故意垂下眼睑，淡淡道："写好了吗？"

王秋一笔一画写了两个字，突然停下道："写完欠条，你们把小婢遣回王府，这场赌局的结果大致确定了，事至如今，你还不肯说真话？"

谭克勤这才感觉两人关系不简单，眼珠瞪得圆圆的，一会儿看王秋，一会儿看卢蕴。

"其实就在我们说话时，她已在回王府的路上，"卢蕴笑了笑，"你是否答应对赌，根本不是试探叶赫那拉的必要前提，明白我的意思？"

王秋脑中一闪，失声道："你们……你们意在十一王爷？"

卢蕴微微颔首："叶赫那拉丢得起人，可十一王爷丢不起，堂堂王府侧福晋红杏出墙，传出去以后怎么混？所以……王秋，别怪我们翻脸无情,这件事是你有错在先,是你害了叶赫那拉,害了十一王爷。"

"你们想让十一王爷干什么?"王秋暗想自己真是罪孽深重。

"那是另一回事,跟今晚的赌局无关。"

王秋不再说话,唰唰唰写好欠条并龙飞凤舞凤签上字,谭克勤伸手去拿,王秋一把按住,冷然道:"叶赫那拉还没到,胜负未分,谭老板未免太心急了。"

谭克勤收回手,讪讪笑道:"快了,快了。"

屋里出现短暂的安静,静得很怪异。谭克勤眼睛始终不离欠条,暗暗盘算能从中分多少银子;卢蕴一付神定气闲的模样,手指有节奏地敲着桌面,嘴角含着隐隐冷笑;王秋则面沉似水,定定地看着右墙角的青花香炉。

半炷香时,外面有人来报:"阿莲已进了王府。"

"继续等,"谭克勤道,"无论叶赫那拉是否同意,阿莲都会递消息出来。"等报信者出去,谭克勤转向王秋笑道:"恐怕要等好大一会儿,女人出门前很麻烦的,涂脂抹粉、穿衣时选这选那,真要把人烦死。"

卢蕴冷冷道:"何况是大半夜溜出来会情郎。"

话中浓浓的酸意连不明内情的谭克勤都听得出,他干咳一声打岔道:"二位要不要来点宵夜?"

卢蕴摇摇头:"没胃口。"

"王先生呢?"

王秋沉默片刻道:"三年前在石家庄,我因你功亏一篑;三年后的今天,我又因你功败垂成。"

"我事先警告过你,也提出解决的办法,甚至不惜……"卢蕴摆摆手,"不说这些了,总之今晚的结果是你自找的,不要怨天尤人。"

"你的话真真假假,叫人怎能相信?"

卢蕴反问道:"我何时骗过你?"

"你说爵门没有与郗大娘合作,是这样吗?解宗元组织地下花会从事赌榜活动,同时把急需赌资押注的人介绍给郗大娘,这种合作恐怕有很长时间吧?"

"郗大娘……"谭克勤一脸诧异。

卢蕴脸色微变,迟疑良久道:"你如何知道?"

"若想人不知除非已莫为。"

"所以解师兄急欲把你赶出京城，解除最大的威胁，"卢蕴恢复了冷静，"大家各为其主，胜负各凭手段，你认了吧。"

"为什么利用叶赫那拉要挟十一王爷？难道明年会试由十一王爷主持？"王秋似在自言自语，"解宗元的触手伸得很长，地下花会除了吸引身怀巨资的商贾富豪，更多是拉拢京城各衙门大小官员，如我义父、王大人、庆臣，等等，一方面以知悉内幕相诱，怂恿他们押下重注，另一方面介绍他们到郗大娘处借高利贷，如此恶性循环，将参与赌榜的官员弄得倾家荡产，"王秋皱眉道，"这样做对解宗元有何好处？谭老板开赌坊多年，应该懂得放水养鱼的道理，作为规模庞大、在京城经营多年的地下花会，要把会试赌榜生意长期做下去，必须适可而止，慢炖细熬才对，由此可见解宗元操纵会试另有深意……"

"够了！"卢蕴喝道，"你还是多想想回去怎么收拾行李，明天怎么离京！"

王秋目光渐渐锐利："你被我的话吓住了，"他蓦地一把拉过她的手，"你一紧张手心就出汗，我没说错吧？"

卢蕴愠怒地抽回手："我不想再跟你说话，准备认输吧！"

谭克勤被两人的言行弄得目不暇接，更惊异的是王秋居然拉她的手，而卢蕴居然没有为此生气，同时也好奇于王秋透露的信息。关于解宗元与地下花会，以及郗大娘，谭克勤平时虽有所耳闻，但知情者均语焉不详，很少像王秋说得这般透彻的。

又是一炷香过去了，谭克勤胸有成竹换上香，顺便拜了两拜，为即将来临的胜利而祝贺。茶水续了一杯又一杯，点心却没人碰，大家都在急切地等候消息。

门开了，报信者闪进来凑在谭克勤耳边，可声调恰好使所有人都能听到："侧福晋已乘轿出了王府后门！"

卢蕴恨恨剜了王秋一眼："这个不知羞耻的淫妇！"

王秋暗地长叹一声，无言以对。

第二十三章　峰回路转

接下来消息不断传来。

"轿子已到状元桥。"

"轿子刚过芦花胡同口中。"

"轿子快到祈福寺。"

再有半盏茶工夫，叶赫那拉即将出现在水芳亭街口！

卢蕴慢腾腾道："证人都到场了吧？"

"嘻嘻，"谭克勤笑得合不拢嘴，"都察院秦大人，太常寺毛大人，还有奉天府房大人正在迟香楼一楼大厅喝茶，只要叶赫那拉一脚踏进去，嘻嘻，他们之间彼此熟悉，场面会很热闹的。"

王秋腾地站起身，刚欲有所动作，包厢外立即蹿进四名彪形大汉，腰间插着明晃晃的匕首，虎视眈眈盯着他。

"很关心她不是？"卢蕴冷冷道，"可惜你自身难保，她的事还是少管为妙。"

王秋瞪着她，只觉得深深的悲哀和愤怒，点点头道："好，很好，都怪我三年前有眼无珠，竟然认识了你……"

卢蕴紧紧咬着嘴唇，眼中浮起一层白雾，声音也低了下来："早说过别怪我，石家庄那次，还有这次，我，我都给过你机会，但你不懂得珍惜，我有什么办法？"

"因为你根本不了解我的想法！"王秋压抑不住怒气咆哮道。

"因为你只想着自己，不顾别人的感受！"卢蕴情不自禁流下泪来，全然忘了谭克勤的存在，"在石家庄时你想出人头地，这回在京城想为陶兴予翻案，你何时想过我的将来？"

"我……"

王秋一滞，缓缓松开拳头，重重坐到位上，道："现在好啦，我已没有将来，而你，能紧跟解宗元大干一场，这才是你真正想要的。"

卢蕴摇摇头："你错了，大错特错，如果有更好的选择，我何必在男人堆里厮混？正因为你不能给予我想要的，所以我不得不另寻出路，其实眼下的一切对我来说不过是游戏，你明白吗？游戏！胜则固喜败亦欣然。"

谭克勤目瞪口呆坐在中间，一个字都不敢说。

报信者再度进来通报："轿子已进了水芳亭，马上就到迟香阁，三位大人一直跟在轿子后面。"

谭克勤得意地瞟了王秋一眼，指着欠条道："王先生，可以给我吗？"

王秋没理他，慢慢展开欠条，一个字一个字看过去，想到天牢里的义父，想到对自己寄予厚望的嘉庆帝和太子绵宁，想到被自己刺伤的宇格格，心里一阵阵绞痛。

谭克勤忍不住要去抢欠条，卢蕴以目阻止，道："这么久都等了，何妨这一会儿？"

谭克勤哼了一声，跑到窗口往楼下张望，大概半盏茶时间，一顶青灰色锦轿出现在眼帘。

"来了！来了！"谭克勤狂喜地叫道，然后意犹未尽舔舔嘴唇，"真想下去瞧瞧，平时高贵得不拿正眼看人的王爷侧福晋长什么模样，我想一定很……嘿嘿……"

碍着卢蕴在旁边，他硬生生将"骚"字咽回肚里。

眼见胜利在望，连沉着镇定的卢蕴都忍不住站起身，准备接受王秋的两万两银票欠条。

"嘭"，门被人撞开，报信者跌跌撞撞冲进来上气不接下气道："轿子……来了，可，可……"

谭克勤喝道："可是什么？"

"来的不……不是她……"

"啊！"卢蕴轻呼出声。

谭克勤上前一把揪住那人衣领："不是她是谁？"

"我！"

随着一声清脆响亮的声音，一个鲜红色身影旋风般闯进来，大剌剌站到卢蕴面前，上下扫了她一遍，道："跟王秋对赌的原来是你。"

王秋震惊万分，脱口道："宇格格！"

"什么格格？"卢蕴和谭克勤全蒙了，不知所措问。

这时气喘吁吁的叶勒图跑进来，大喝道："这是伟嵩贝勒府的宇格格，尔等还不行礼请安？"

"宇格格……草民叩见宇格格……"

卢蕴和谭克勤已晕头转向，木然按叶勒图吩咐行事。宇格格一挥手道："免礼，"她指着自己鼻子说，"都看清楚了吧，我是宇格格，不是王爷侧福晋，王秋，先前的赌局怎么规定的？"

王秋看看她，再看看满脸得色的叶勒图，心中已有了八成数，沉声道："回格格的话，双方约定侧福晋来算我败，不来则我胜。"

"喔，姓谭的，你是公证人，这会儿该宣布赌局胜负吧？"宇格格道。

谭克勤毕竟是老江湖，不会轻易被唬住，很快回过神来恭恭敬敬道："禀格格，草民想下楼看一下轿子，再与相关人等核实一番。"

"你去吧。"宇格格摆摆手，示意叶勒图和他一起下去，等两人出了门再次仔细审视卢蕴，突然说："你跟王秋好过？"

"不错，那又怎样？"卢蕴满脸戒备道。

宇格格轻轻一叹："既然你真心喜欢他，为何屡屡做出伤害他的事？"

这是个很简单的问题，以卢蕴的辩才原可以将事情说得滴水不漏，可面对宇格格坦白真挚的眼神，卢蕴陡地浮起羞愧，讷讷说不出话来。

"你是很美的女孩，只要认定他好，就应该一起快快乐乐的，"宇格格继续道，"凭什么守着什么师门规矩，凭什么跟着什么解师兄厮混？你是女孩子啊，这样抛头露面有什么好处？难道也要像男人一样做出轰轰烈烈的大事？"

这一点卢蕴并不苟同，反驳道："为什么不可以？王侯将相宁有种乎？我不会为一个人而放弃更广博的天空。"

"但不代表他必须为你的追求付出代价……我不清楚王秋做的事与你有哪些冲突，无论如何，你至少要站在中立的立场上，否则对王秋是不公平的。"

卢蕴还想说什么，谭克勤已垂头丧气进来了，满脸沮丧道："我查看过，轿子确实是十一王府的，负责跟踪的也是亲眼看到轿子从王府后门出来，看来结果已确定无疑，那就是侧福晋没有出王府一步……卢大小姐，你……你输了。"

"会不会宇格格受侧福晋委托，实质要将王秋接入王府？"卢蕴仍不甘心。

王秋正待抗辩，宇格格已抢着说："第一，你们的赌约是侧福晋来，或不来，并不包括其他情况；第二，要说别人替他们打掩护都可以，本格格……哼，难道你们不知道我和王秋已相爱数月吗？"

这句话从一位格格嘴里说出来真有石破天惊的效果，连王秋都被震住了。屋内沉寂了半晌，谭克勤见大势已去，不愿继续纠缠下去，遂道："胜负已分，大家一拍两散，谭某不再挽留了。"

卢蕴冷哼一声，一把将桌上的两万两银票甩到王秋身上，摔门而去。叶勒图啧啧叹道："好一个没风度的姑娘。"

出了宝隆赌坊，王秋等三人站在水芳亭街头，此时已是二更天，街上客人寥寥，阵阵寒风吹过，叶勒图缩缩脖子说好冷啊。

见宇格格一路上默不做声，王秋觉得应该表示谢意，便上前低声道："格格，今晚的事多亏……"

"啪！"

宇格格扬手甩了他一记耳光，王秋呆住了，捂着脸不知说什么。叶勒图连忙拦在两人中间，连连道："格格，有话好说，有话好说。"

宇格格指着王秋骂道："我出面救你，是为着曾经喜欢过你，但你这个毫无廉耻的家伙不值得我喜欢，滚开吧，本格格再也不想见到你！"

"我……"王秋听出她也知道自己与叶赫那拉的丑事，惭愧得恨不得地下裂开条缝好钻进去，没被打的半面脸也烧得发烫。

叶勒图见王秋的窘状，忙打圆场道："时辰不早，我让侍卫送格格回府休息。"

手一招，吩咐躲在暗处的两名侍卫将宇格格送回贝勒府。

看着她的背影消失在街头，叶勒图长长吁了口气，笑道："反败为胜，今晚除了这记耳光，简直可以算是完美。"

"是你抢在叶赫那拉出门前阻拦的？"

"还说呢，幸亏没听爷的话……"叶勒图得意地讲述了事情的经过。

谭克勤领王秋进屋验身，叶勒图守在走廊等候时，正好茶博士送茶到旁边包厢，他瞥见里面人影幢幢，怀疑对方安排了伏兵，当即退出赌坊，躲在对面角落苦思对策。没多久却见四五个人影从右侧胡同里鬼鬼祟祟出来，迅疾消失在夜幕里，叶勒图脑中一个咯噔——他熟悉宝隆的地形，右侧胡同分明是赌坊后门！于是尾随上去，跟了一段路惊讶地发现其中一人竟然是叶赫那拉的贴身小婢阿莲，其他则是赌坊管事和保镖。虽然一时猜不透其中玄机，但直觉她的离开绝对与王秋有关，然而以他的身份，怎能在晚上堂而皇之进十一王府？急思之下以最快速度跑回旗杆巷，叫上两名侍卫唤开贝勒府大门，见到宇格格后匆匆说明情况，请她出面到十一王府探听虚实。宇格格本来心中有气，可听叶勒图将形势渲染得攸关王秋性命，毫不犹豫应允下来。

两人快马赶到十一王府求见叶赫那拉，来到她居住的院落，如谭克勤所预料的，叶赫那拉已听信阿莲的话，正在寝室精心打扮。叶勒图召来阿莲，二话不说两记耳光抽过去，怒斥道：

"大胆奴才，你竟敢伙同宝隆赌坊陷害自家主子！"

阿莲哪知叶勒图根本不知情，听他提到"宝隆"和"陷害"两个词，一诈之下吓得魂飞魄散，扑通跪倒在地，连连以额头撞地，颤声道："奴婢错了，奴婢该死！"

叶赫那拉莫明其妙，不明白怎么回事。

在叶勒图的严厉审讯下，阿莲交代了事情始末。

阿莲的弟弟阿昌是茶坊伙计，闲来无事染上赌瘾，半年时间在宝隆欠下六十多两银子的赌债，赌坊上门讨要，他哪里拿得出？赌坊管事扬言要剁他的手指，阿昌慌了，哀求中胡乱说出姐姐在十一王爷府做事。赌坊管事便要阿莲过来为弟弟担保，在这过程中阿莲无意提到王秋，并暗示主子与王秋交往甚密。赌坊管事听了赶紧回去向老板报告，然后说只要她配合赌坊安排，非但不剁指头并免掉阿昌的赌债，还能得到一大笔钱。阿莲心动了，于是便有了今晚的那幕戏。

听完阿莲的交代，叶赫那拉又惊又怒，顺手抄起凳子砸在她头上，阿莲惨叫一声晕倒在地。接着商量如何处理此事，叶勒图的看法是叶赫那拉自然不能出王府，只要将阿莲看紧了熬过此夜，王秋就赢得赌局。宇格格却认为要玩就玩大的，干脆由她顶替叶赫那拉直达赌坊，让卢蕴空欢喜一场，这样更刺激。叶赫那拉拍手叫好，遂定下此计。

现在看来宇格格教训卢蕴是假，真正用意是当面斥责王秋。

回到旗杆巷，一路沉默不语的王秋突然道："从今天起必须提起十二万分小心，从卢蕴透露的讯息看，我们侦查的方向是对的，解宗元确实是地下花会重要角色，确实在秘密操纵会试，京城各部衙门官员是他们拉拢腐化的重点，连十一王爷都包括在内。"

"不会吧？"叶勒图吃惊道，"十一王爷自从被免值军机处，深知树大招风的道理，刻意低调行事，数年前更是借口坠马辞掉所有职务，成为名副其实的逍遥王爷，拉拢他有何用？"

"解宗元向来老谋深算,不可能做没有好处的事,估计与会试有关……"

三天后,嘉庆帝下旨,任命成亲王即十一王爷主持明年会试,总揽会试考务及录取相关事宜。消息传开后,王秋赶紧请伟啬贝勒一起去太子府。

照例等了很久绵宁才从皇宫回来,见面后笑道:"都听说十一王爷为明年会试主考官了吧?这是无奈之举,皇阿玛斟酌了二十多天才确定下来,今天一下子收到几十封上奏,都是唱反调的,有的推荐本王,有的保举八王爷继续领衔,总之没人看好十一王爷。"

"那十一王爷什么态度?"

"他倒好,领旨后立即病了,然后上了道折子说头昏眼花体弱多病,无力胜任主持会试的重任,故诚恳请辞,"绵宁摇头道,"皇阿玛大怒,当即要派御医去十一王府查看,若所言为虚则定欺君之罪!本王赶紧劝阻,因为头昏眼花之症最为难御医,体弱多病也是因人而异,都是上不了台面的说法,而且朝中异议如此强烈,十一王爷此举算是表明自己的姿态,也是告诉八王爷并非自己的本意。皇阿玛余怒未休,说他赋闲时经常抱怨闷得发慌,给他机会却又惺惺作态,朕最恨这种不痛快的人……本来皇阿玛的意思让本王主持会试,但本王正调查舞弊之事,若接手会试谁还敢投机钻营?反而断了线索查不下去了。"

绵宁这么曲曲折折一说,王秋和伟啬贝勒都听出其中的深意。此次会试嘉庆帝故意任命性格软弱、经常充当老好人的十一王爷主持,就是引蛇出洞,让幕后操纵会试的那帮人充分表演,以便深挖到底。

"太子爷,皇上任命十一王爷一事是不是刚刚决定,之前是否与其他人商量过?"王秋问。

"没有啊,难道王先生早就听到风声?"绵宁反问道。

王秋便将几天前与卢蕴对赌的经过简要说了一遍,当然隐去关于自己与叶赫那拉不堪之事。绵宁警觉地扬扬眉毛,又问了些细节,沉吟道:

"那就奇怪了,任命十一王爷仅皇阿玛和我两人知晓,事先并未征求任何人的意见,连八王爷——几天前他还以为自己续任,主动递折子提出十一条整顿考场纪律、规范考风的建议,除非,除非……"

绵宁陷入了沉思。

王秋和伟啬贝勒猜到他一定想到什么,但事关深宫内闱隐秘,不好多问。

过了会儿绵宁回过神，道："对了，上回王先生提到的庆臣一家不知下落之事，本王询问过刑部、大理寺、奉天府、应天府等衙门，居然无人知情；都察院那边虽知道庆臣自杀身亡，可家人未报死讯，自然不能无缘无故到人家门上吊唁；庆臣家邻居反映前一天还好好的，看到他家人来人往，买菜、提笼逗鸟、与街坊说些闲话，但第二天起院门紧闭，从此没见过有人露面，哼，简直咄咄怪事！光天化日里堂堂京城、天子脚下，几十口人说没就没，好像蒸发了似的一点痕迹没留下，可见那帮人手段何等凶残，气焰何等嚣张！"

"微臣想，逼死庆臣的或许与抓捕陶、王两位大人入狱的是同一伙人，"王秋小心翼翼提醒道，"大理寺右评事詹重召亲口承认他负责此案，微臣想……"

"喔，大理寺……"绵宁笑了笑没说什么，将话题扯到会试监考人员的选拔方面去了。王秋很奇怪，但见伟嵩贝勒连连使眼色，便不再追问。

聊到傍晚，天色黑成一团，两人方才告辞出来。回去的路上王秋问太子为何避而不谈大理寺，伟嵩贝勒说事关大局，太子不敢轻举妄动。王秋不解道，以太子的权力难道无奈何大理寺？伟嵩贝勒说，大理寺属于八王爷管辖的范围，太子投鼠忌器，若非有迫不得已的原因，否则断断不会出手。

这又是为何？王秋更加诧异。伟嵩贝勒做了个隔墙有耳的手势，悄声道回去再说。

到了贝勒府，伟嵩贝勒吩咐厨房烫两壶酒，炒几样菜送到书房，然后关上门正色道："皇上让十一王爷取代八王爷主持会试，而非太子，除了引蛇出洞的考虑，还有一宗不能明说却是众所周知的原因，那就是权力博弈与平衡。"

"平衡？"王秋咂味着他话中的意思。

"当年为拿下和珅、福康安等重臣，皇上大力提擢几位亲王，后来为防止尾大不掉，又采用敲山震虎的手法逼成亲王等人逐步卸掉兼任职务，虽然如此，八王爷却非十一王爷那样软弱胆小，从容应对，表面上辞了几项无关紧要的闲职，却牢牢握住军政大权，多年来逐渐形成一股令人生畏的势力，在朝中具有极重的影响，以至于与太子一派分庭抗礼……"

王秋奇道："皇上当然帮太子了，父子同心嘛对不对？"

"没那么简单，"伟嵩贝勒笑道，"皇上最关心的莫过于掌控一切，然后才是把江山顺利交给太子，在此之前谁也不能影响皇上的权威，因此皇上尽力维持两派之间的平衡，不让一派独大，然则又过了数年皇上感觉不对劲了……"

王秋听得入神，连忙问："为什么？"

伟啬贝勒推开窗户四下看了看，又开门巡查了一遍，笑道："连皇上和太子两人密议的事都有人提前知道，可见世上没有不透风的墙啊……话说皇上，这皇位来得极不容易，他是乾隆爷第十五个儿子啊，若不是前十四个皇子出了种种状况，怎轮到他？那些早夭或少年暴亡的也罢了，八王爷和十一王爷可是身体一直健康得很，为何没被选中？当时的解释是八王爷先天脚疾，行走不便；十一王爷不成大器，难委以重任，选来选去最终才将目光放到皇上身上。外人看来不过一两句话的工夫，当事人个中滋味可想而知，而且行走不便、沉溺酒色影响治理江山吗？本来就是仁者见仁智者见智的问题，并无令人信服的标准。八王爷为人深沉内敛，多年来韬光养晦，修炼得八面玲珑又捉摸不透，谁也不知他内心深处的真实想法，然而皇上——也只有皇上必须有所戒备，防止他暗自坐大，"说到这里他眨眨眼，"明白我说的意思？太子查会试舞弊案，下的是一盘大棋啊。"

王秋若有所思点点头，又好像有些迷茫，还要再问下去，伟啬贝勒举起酒杯笑道："今晚已说得够多了，刚才聊天的内容若有半句传出去，'咔嚓咔嚓'，你我脑袋将不保矣。"

"我明白，我明白。"

王秋赶紧点头，下意识摸了摸脖子。

第二十四章　陈年旧案

　　这顿酒喝了很长时间，伟啬贝勒不再谈军政大事，却絮絮叨叨说起了宇格格，忽儿舍不得她最近郁郁寡欢，整个人儿消瘦掉一大圈，忽儿炫耀皇亲国戚中不断有人提亲，可惜都被她回拒，忽儿又感慨王秋是值得信赖的好男儿。喝到最后王秋都没弄清伟啬贝勒究竟什么意思。

　　王秋出了贝勒府大门，迎面吹来一阵冷风，顿时酒意上涌，头昏脑胀，倚在墙上张嘴欲吐。

　　"爷怎么醉成这样？快回去喝点醒酒汤。"叶勒图突然从漆黑一团的巷子里冒出来。

　　"你，你来干嘛？"王秋含混不清道。

　　"回去再说。"

　　"不，你，你现在说，不……不然我不走。"

　　叶勒图苦笑："爷，您真喝多了，"他贴着王秋耳朵道，"刚才负责监视哈丰阿的兄弟来报信，说他纠集了七八个人，估计夜里会有大动作。"

　　"啊！"

　　王秋"唰"地打了个激灵，酒醒了大半，沉声问："人在何处？"

　　"他们傍晚时分在岔道口菜市集会合，然后到附近小酒馆吃晚饭，个个手里提着粗布包扎的铁家伙，看上去凶神恶煞的，负责监视的兄弟化装成闲汉到酒馆溜达了一圈，隐隐听到他们说'大人尽管放心'、'小菜一碟'之类的话，猜到夜里会有活动，赶紧跑过来告诉我。"

　　"唔，说不定又要清除对地下花会不利的人。"王秋猜测道。

　　"爷说我们怎么办？"叶勒图请示道，"是跟踪监视，还是……"

　　王秋一瞪眼道："不行，好容易摸到难得的线索，岂能袖手旁观？叫上两侍卫，再到郜大娘那边找几个有点武术底子的兄弟，盯在那帮人后面仔细看着，到时根据情况决定！"

　　叶勒图跃跃欲试："爷打算黑吃黑？"

　　王秋哼了一声："少啰嗦，快去做好准备！"

一个时辰后,王秋、叶勒图带着两名侍卫和两位八旗子弟——安纳穆、布塔西赶到岔道口莱市集,其中安纳穆自幼学武,曾参加过京城武举会试并入围前五十名,擅长摔跤、射箭和马术;布塔西的父亲是王府侍卫,因此打下扎实的武术功底,舞得一手好刀法。叶勒图考虑细致,特意从家里扯了几块黑布以作不时之需。

隐匿在酒馆对面的胡同角落等了约一炷香工夫,哈丰阿带着七个彪形大汉耀武扬威走出来,站在酒馆门口大声谈笑,风声中隐约飘来些淫言秽语。王秋不觉心疑,暗想会不会只是一场无聊的饭局,过会儿便一拍两散?叶勒图也有些不安,低声说:"爷,我是防患于未然,万一猜错了别怪我。"王秋拍拍他,安慰道:"宁可信其有,不可信其无。"

约莫半盏茶左右时间,哈丰阿打了个响指将七个人召集在身边,手舞足蹈说了些什么,然后大汉们齐齐应了一声,纷纷收起嬉笑,有的收束腰带,有的亮出随身武器,有的舒展身体,自动排成两队跟着哈丰阿向西面奔跑。跑了两三里朝右拐,进入一个黑黢黢的胡同,最前面的哈丰阿手一挥,大汉们立即放轻脚步,身形像狸猫般敏捷。

好熟悉的地方,自己似乎来过。王秋迷惘地四下张望,努力搜索记忆。旁边的叶勒图悄悄说:"爷,这不是王二胡同吗?"王秋恍然,原来狱友陈厚就住这儿。

叶勒图声音压得极低,道:"地下花会不是专门拉拢朝廷命官参与赌榜吗?这儿全是三教九流的平民,怎么会碍事?"

"也许为其他勾当,总之要跟着弄清楚。"王秋道。

十多个人在黑暗的胡同里悄然无声一直走到尽头,哈丰阿停了下来做个手势,两名大汉下蹲形成马步,其他人后退、助跑,踩着两人的腿和肩跃上墙头,轻巧地翻入院内。

"这,这是陈厚家!"叶勒图轻呼道。

王秋也愣住了,脑中急剧闪过陈厚丈母娘说过的话——"忘了你弟怎么死的,赌博喝酒打架生事,最后跑到紫禁城耍威风去了",还有自己提及这句话时陈厚夫妻俩难看的表情,遂沉声道:"再等会儿,静观其变。"

七个大汉全翻进去没多久,寂静的院里传来两三声短促的呼喊声,随后像被捂住嘴似的恢复沉静,再隔会儿,木门"吱嘎"一声,大汉们鱼贯而出,其中四人均背着麻袋,袋里隐约有人蠕动挣扎。

"爷,怎么办?"叶勒图问。

王秋狠狠一咬牙，道："一个瞄一个，把人救下——记住，万一打散了仍到菜市集会合！"

叶勒图点点头，转身把黑布分给大家以蒙住脸部，等大汉们走到面前，叶勒图蓦地暴吼一声"打劫啦!"两名侍卫、安纳穆、布塔西齐齐扑向背着麻袋的四个大汉，王秋和叶勒图则一左一右夹住哈丰阿。

叱喝声在万籁俱静的胡同里格外响亮，大汉们原本做贼心虚，被喝得心神全裂，慌张之下弄了个措手不及，哈丰阿虽侍卫出身，当官后很少摸过兵器，更想不到深夜里居然有埋伏，刀还没出鞘就被王秋的匕首逼住脖子。

但大汉们毕竟是精心挑选的军营好手，短暂惊慌后很快稳住阵脚，与侍卫和安纳穆、布塔西战成一团，毕竟人多势众，联手之下将四人逼到死角，两名侍卫还好，安纳穆、布塔西哪经历过这种刺刀见红的硬仗，身体均挂了彩，血光飞溅，眼看即将支持不住。

"住手!"叶勒图喝道，"你们不要头儿的性命啦?"

大汉们一愣，王秋拿刀尖刺破哈丰阿喉部皮肤，恶狠狠道："叫他们扔掉武器，不然要你的命!"

哈丰阿反应挺快，昂然道："扔掉武器他们都没命，不如我一个人死。"

"只要回答一个问题，我放你们走。"

"凭什么相信你?"哈丰阿道，"我又不认识你们。"

王秋刀尖刺得更深，冷冷道："你还有别的选择?"

刀尖割破咽喉，血沿着脖子往下流，越流越多，哈丰阿嗅到自己鲜血的腥味儿，头一回清晰感受到死亡的威胁，骄横如他者不禁软下来，叫道："弟兄们停住！大家有事好商量。"

大汉们遂停止攻击，两名侍卫和安纳穆、布塔西趁机将麻袋拖到一边解开，果然是陈厚全家。陈厚丈母娘和他儿子因惊吓过度晕厥过去，陈厚夫妇还瞪大眼睛挣扎，不等取出他们嘴里塞的东西，王秋示意先将人带走，免得生出变故。

"人都放走了，你还想怎样?"哈丰阿道。

王秋问："为什么抓陈厚全家？你奉谁的命令?"

哈丰阿眨眨眼："你刚才说只须回答一个问题的。"

王秋一滞，心想这家伙狡诈滑脱，难怪被地下花会委以重任，随即朝叶勒图瞟了一眼，叶勒图会意，接道："还要回答我一个问题，加起来两个。"

"你们汉人不讲信用，我拒绝回答。"哈丰阿倒挺硬气。七个大汉悄悄移动步伐，试图形成对王秋和叶勒图的包围。

"不准动！"王秋喝道，眼见哈丰阿并非善茬，又不想把局面搞得太僵，稍稍和缓语气道，"好，你先回答。"

哈丰阿顿了顿，道："抓他全家的原因很简单，因为他惹了不该惹的人。"

"惹了谁？"

"这属于第二个问题的范畴，"哈丰阿慢条斯理道，"就是这个人让我干的，现在该放我走吧。"

说了等于没说，不过王秋本来就没指望从他嘴里套出话，而是拖延时间以便陈厚全家逃到安全地带。

"可以。"王秋架着他一步步出了胡同，命令道："你们都退到一百步之外！"

大汉们依言而为，王秋架着哈丰阿反向走了二十多步，陡地用刀背在他脖子上重重一划，随即和叶勒图迅疾无比地冲入右侧胡同。哈丰阿只觉得喉间一凉，以为王秋下了毒手，身体一软瘫倒在地，大汉们也以为他没命了，纷纷围上来看个究竟，这才知虚惊一场。回过神来，哈丰阿骂道："都看我干嘛？快追啊！"

然而京城胡同是出了名的复杂曲折，巷里套巷，道中岔道，就算老北京稍不留意也有迷路的时候，何况是伸手不见五指的夜半三更，大汉们胡乱搜了一阵便草草收兵。

出于谨慎考虑，王秋等人在胡同深处兜转到五更天才回到旗杆巷，陈厚全家已被安顿下来，安纳穆熬了一锅粥，粥香弥漫整个院子。陈厚丈母娘还没苏醒，陈厚儿子醒来后过了会儿又迷迷糊糊睡了，只有夫妇俩惊魂未定，偎在一起不停地相互安慰。

叶勒图夸张地深吸一口气，叫道："给我来碗，要大碗，盛满一点！"

陈厚夫妇却没什么胃口，只浅浅尝了几口就搁下筷子，怔怔看着窗外长吁短叹。王秋洗把脸，喝了点粥，然后将陈厚叫到院子僻静处，道：

"今夜的事，知道原因吗？"

陈厚长长叹息，闷着头道："上次得了您一大笔钱，早点离开京城肯定相安无事，唉，可惜丈母娘恋着旧宅，一天拖一天，一直拖到现在，差点引来全家没命，唉。"

王秋锐利地盯着他："你是知道原因的，对不对？"

陈厚头埋得很低，一声不吭。

两人默默坐了会儿，王秋宽厚笑道："不想说没关系，今天风紧，就在这儿待着别露面，明后天再安排你们出城，最好不要回老家，江苏、河南哪怕广东，离京城越远越好。"

"王先生……"陈厚感激地看着他，口唇蠕动似乎想说什么，但犹豫着说不出来。

王秋笑笑，转身回了房间，叶勒图见他的神情埋怨说："真没意思，冒着杀身之祸救他全家，却什么都不肯说。"王秋说："哈丰阿原本就是黑白两道通吃的角色，陈厚的事或许与地下花会无关，再说滴水之恩当涌泉相报，人家救过我一命，如今我救他全家，算是知恩图报。"

"反正……我觉得亏了。"叶勒图气呼呼说。

天亮后陈厚儿子也醒了，但他丈母娘情况却很糟糕，一直昏迷不说，脸色越来越暗，全身抽搐，嘴里叽里咕噜不知说些什么。叶勒图赶紧到附近找了位郎中，一搭脉，郎中连连摇头，说脉已散尽，准备后事吧。挨到下午，她进的气少，出的气多，口吐白沫，未几身体一挺撒手离世。

陈厚夫妇悲痛欲绝，哭得几次昏死过去。由于担心哈丰阿满城搜捕，叶勒图悄悄找来和尚在院里做法事，又找专门办红白事宜的店家具体操办，寻了处风水好的地方将她下葬。

等办好丧事已过去四天。当天晚上，王秋将陈厚叫进房间，温言道："叶勒图已安排好马车并打点明早守城军士，情况特殊，我不多挽留你们三位，出城后何去何从自己选择……旧宅那边想必有哈丰阿的手下日夜守着，别回去为好，钱财乃身外之物，性命要紧，这两千两银票好好收着，到了地头置些良田……"

陈厚感动得无以复加，拼命推辞。

王秋脸色一正道："出门在外少不了银子，再不收下我真要生气了。"

"王先生……"陈厚接过银票紧紧捂在胸口，泪如雨下，"从小到大，还没有人像王先生这样对我这么好过，我，我……"

王秋笑道："谁没有困难的时候？好啦，赶紧收拾行李，陪孩子早点休息，明天要起大早呢。"

"嗯……"

陈厚慢腾腾走到门口，突然停下脚步，回头道："王先生……"

王秋瞅瞅他，道："喔，叶勒图正在赶制你们上路的干粮，天冷能多带些，估计吃三四天没问题。"

"王先生，"陈厚大步跑到王秋面前跪下，握着他的道，"你对我这么好，若不说出埋藏心头多年的秘密，我，我简直不是人呐！"

"说哪里去了，"王秋笑道，"我可不是想着你的秘密。"

"王先生可曾听说过惊动京城的嘉庆帝神武门遇刺事件？我就是凶手陈德的哥哥！"

"啊！"王秋吃惊不小，"听说为了斩草除根，将陈德的两个儿子以及相关亲戚全部处斩……"

"陈德在家排行老四，我们哥四个按承仁厚德顺序排列的，事发前几日我接了件木匠活，到山海关一带待了二十多天，正好躲过一劫，"陈厚拭泪道，"办案官员只知陈德有哥哥，却没弄清有三个之多，只把陈承、陈仁抓起来斩了，事后我多次想回山东老家避祸，无奈丈母娘是老北京，恋着故土不肯走，无奈之下存侥幸心理搬到王二胡同居住，数年下来本以为没事儿，想不到赌瘾又发，险些带来灭门之祸。"

"赌瘾与这次灭门有何关系？"王秋不解地问。

"王先生还记得连续几天夜里被明英严刑拷打吗？整个京城只有他认识我，也知道我是陈德的哥哥，但由于我们哥们几个长得很像，估计当时他也没弄清我到底死了没有，"陈厚叹道，"头天晚上他经过我牢房时匆匆瞥了我一眼，牢里极暗，他又惦记着对付你，可能没回过神；后来我生怕再被撞到，故意蜷到最暗的角落里，他经过时确实朝里面张望，但并未停留脚步，直到后来出狱都没被识破，然而……"陈厚看着烛光出了会儿神，"这家伙眼力极好，不管什么只须看一眼便能记住，我怀疑他后来从王先生的事情中回过神来，终于想起了我。"

"你怎么会结识明英的？"

陈厚苦笑："赌友，当初我、陈德跟明英一样都是赌坊常客，大家经常见面，时间长了就熟悉起来，"说到这里他的声音渐渐低下来，"王先生知道么，我弟这桩案子实质很古怪。"

"哦？"

"陈德和明英是赌友，陈德挥刀刺杀皇帝的时候，本该那天值班的明英却请了假,王先生不觉得有些奇怪?还有陈德不过是平民百姓一个,怎么会认识紫禁城的路,又算准那天皇帝正好从外面回宫,掐准时间在神武门刺杀?而且动手之前……大概一个月吧,陈德告诉我一些事,第二天早上又后悔,关照我把他说的话永远烂在肚子里,"陈厚道,"明早横竖要离京,索性说个痛快!"

　　王秋会意,将灯芯挑到最小,烛光朦胧得只映出两人的身影,这一谈便是一宵,直到雄鸡报晓,陈厚方与王秋洒泪而别,一家三口在叶勒图的护送下顺利出城。

第二十五章　为情而恸

连续几天，阴魂不散的明英又在旗杆巷附近晃悠，王秋不甘示弱带着两名侍卫从他面前大摇大摆经过，见侍卫腰带上佩着太子府标记，明英不敢动粗，换了副笑脸上前道：

"王先生在太子府高就？"

"混口饭吃罢了，免得在街上走路都被抓。"

"以前都是误会嘛……王先生近来很少到贝勒府走动？"

王秋不客气道："你到底想说什么？"

"嘿嘿嘿，昨天我托人到贝勒府求亲，宇格格答应考虑考虑，"明英凑近他笑中带刀道，"以她的脾气肯答应考虑，说明好事将成，这节骨眼上我可不希望有人捣乱。"

王秋的心像被针扎了一下，停顿片刻道："是你的就是你的，别人抢不走；不是你的再争取也没用。"

"嘿嘿嘿，本军爷相信事在人为！"

明英扔下这句话后扭头就走，走了七八步后又转身恶狠狠道："要是敢坏军爷的好事，管你有什么后台，军爷绝对不会罢休！"

看着他的背影，王秋耸耸肩。

沿着大街一直向南，不知不觉又来到洗马桥——上次邂逅卢蕴的地方，交谈之后他便被明英捕入天牢。缓缓上桥，脑中闪过卢蕴接二连三的警告，又想起曾经的柔情蜜意，心头闪过阵阵迷惘。他至今都没搞清，这个冷静、超然却又神秘莫测的女孩究竟在想什么，一方面她宁愿为自己放弃一切，另一方面下起手来却不留半点余地。

她口口声声与解宗元在做"一桩大事"，还有什么比操纵会试更严重的事？

过了洗马桥，前面不远便是大理寺，心里一动，信步从侧门进去，求见评事詹重召。守卫见侍卫是太子府的，不敢怠慢，快步到里面通报，不一会儿又匆匆出来，压低声音说詹大人好几天没来衙门，同僚们正议论纷纷,不知出了何事。

一股不祥的预感袭上心头,王秋赶紧打听詹重如的住址,到附近借了几匹马急驰而去。

詹重召私宅位于什刹海胡同,不远便是格局庄严、布局精巧的恭王府,附近有前海、后海、西海三个风景优美的湖泊,与钟楼、鼓楼遥相呼应,历来为朝廷重臣大员私宅聚集之地。詹重召不过是大理寺右评事,在高官云集的京城根本不入流,却也在这种黄金地段购地置房,实属罕见。

叩响门环,悠长的声音传了半天都没回应,王秋几乎可判定詹家与庆臣家,以及差点出事的陈厚家一样,遭秘密抓捕转移了!

"我们进去看看。"

两名侍卫猜到王秋的想法,主动请缨,然后借助墙边大树,在树枝上一搭、一荡,身体轻飘飘越过墙头跃入院里。隔了约半盏茶工夫,两人又从墙头翻出来,摇头说半个人影都没有,屋里没有打斗、挣扎或行窃翻箱倒柜的痕迹,炉上温着水,衣服也晾在衣架上,几间屋子床上的被子都凌乱不堪,床脚散落着各式鞋子,说明全家人都是在夜里,猝不及防的情况下被人掳走。

与陈厚的遭遇如出一辙。

王秋在门口踱了两圈,突然想起绵宁说过询问大理寺等衙门是否知道庆臣全家失踪之事,自己随即说逼死庆臣的与抓捕陶、王是同一伙人,同时詹重召亲口承认负责此案,建议找詹重召问问。绵宁未置可否,事后伟啬贝勒解释大理寺属八王爷管辖的范围,太子投鼠忌器不想撕破脸。

由此看来,对方也想到这一点,为防患于未然提前下手斩断线索。

带着沉重的心情回到旗杆巷,却有一顶轿子堵在家门口,轿夫上前作揖说董先生有请。王秋略一沉吟举步上轿,两名侍卫想跟着,轿夫委婉地制止,说董先生的规矩是每次只见一个人。

还是双开铜门,还是一对貔貅,还在夹巷里那座精巧幽静的别院,董先生还隐在珠帘后。

"在下见过董先生。"王秋拱手道。

"你第一次来时说了假话,"董先生说,"整个京城无人敢在我面前撒谎,你是第一个,这是个不好的先例。"

王秋赶紧解释道:"董先生误会了,在下来京的目的确实是为三年前那场赌局而来,至于仇家,想必董先生已经知道了,他叫解宗元,爵门高手。"

"这是障眼法,你真实意图不是他,"董先生声音渐渐严厉,"你在调查赌榜之事!"

"在下实在不知义父的案子竟然涉及地下花会,更涉及赌榜,在下自幼蒙义父教诲,都要求远赌嫖,近书画,实在难以想象义父会……牵涉其中。"

"因此你打算深挖到底,抓到引诱你义父下水的人,甚至要解救你义父出狱,对不对?"

"在下自幼丧失双亲,幸亏义父收养并视如己出,是在下的再生父母,倘若在下坐视不管,与禽兽何异?请董先生见谅。"王秋诚恳地说。

董先生沉默片刻,叹息道:"王先生调查地下花会和赌榜以来,京城死了不少人,失踪者更多,我不想看到这种局面。"

王秋心念一动,壮着胆子试探道:"在下明白,因为会试即将开始,董先生是担心影响赌客们压押?"

"王先生问得太多了。"董先生不悦道。

"在下惶恐。"王秋低头道。

又沉默了好久,董先生道:"三个月期限将至,然而王先生已入太子府幕下,单凭十三家赌坊甭想赶走王先生了。"

"惭愧,主要是在下频遭意外之灾,不得已想出的防身之道。"

董先生叹道:"是啊,阎王易见小鬼难缠,京城确实杀机四伏,动辄便有血光之灾啊……可是,王先生到底怎样才肯离开京城?"

王秋十分惊讶:"董先生……"

以他的精明当然看得出董先生试图跟自己谈判——只有地下花会才急欲他离开,换而言之董先生或许才是解宗元背后的大鳄。面对董先生这种深沉而又危险的人,王秋知道,最好的策略并非急于开价。

"还记得上次我出的题目吗?"董先生突然岔开话题,"小赌怡情,中赌为财,所以我让王先生结合赌术之上乘来考虑什么是大赌,如今有答案吗?"

王秋深思片刻,道:"董先生的问题,以在下的阅历和水平,上次确实难以回答,然而后来遭遇的牢狱之灾以及一连串变故,体会到行走江湖难以接触的层面,在下另有感悟,得已跳出原有窠臼,从更广阔的角度思考赌术。何为大赌?在下以为赌技赌艺到达赌门弟子精修的境界,已无法享受博之趣，完全是智慧、技艺和谋略的较量，牵一发而动全身，失之毫厘谬误千里，数十年功夫化为浮云，譬如三年前在下对决解宗元之役，名义上叫对赌，其实内涵已超越赌博本身……"

董先生目光闪动，极为欣赏道："唔，王先生见解不凡，请继续说。"

"事后在下败退老家，苦思进入江湖后大小数百役得失，最终悟出一个道理，那就是赌术无止境，博者臻无敌，一味追求赌技赌术的精奥变化，只能落得钻牛角尖的下场，而博者，博之大也，将广博的知识和深邃的思维糅合到对赌中，巧胜制战。因此何以大赌？小赌怡情，中赌为财，大赌求道，唯有突破境界上的束缚，方能灵智大开，百战百胜。"

"好一个大赌求道，"董先生抚掌道，"王先生微言大义，让我想通了几个困扰多日的难题，还是太子有眼光，不拘一格将王先生招至麾下，仅此做法就深得大赌求道之精髓，唉，我晚了一步……"

王秋小心翼翼道："在下虽无缘见董先生真面目，但数次交往寥寥会谈，已知董先生乃品格高洁的名士，在下只有仰慕的份儿。"

董先生长叹一声："还回到刚才的话题吧，眼下王先生是想全身心为太子效命，还是完成入京初衷便离开？"

"在下已禀报过董先生，在下此行要找解宗元一决雌雄，以报三年前失利之仇，挽回师门声誉。"

"我以为你想寻求陶兴予无罪释放的，那样的话，或许有解决之道。"董先生失望地说。

这是王秋千方百计想避免的。

以董先生的能耐，当然可以安排义父出狱，但王秋很清楚，倘若朝廷不给任何说法，以义父的为人绝对会视为侮辱，会效仿前朝忠臣左光斗，宁可在狱中惨死也拒绝解救。事实上从被捕入狱起，义父已做好赴死的准备，正如王秋刚才阐述的道，义父也在求道——他和王未忠不顾自身清誉和身家性命，想深入地下花会，挖出为害京城多年的罪恶之源，既然功败垂成，他也放弃了求生欲望，以死报得君恩。

因此倘若王秋提出释放义父，董先生便可立即允诺以换取他离开京城，但结局很可能是义父以死相抗。

但解宗元不同。解宗元既是地下花会重要骨干，又是赌榜的策划者和组织者，负责操纵会试的所有具体事务，掌握所有秘密，董先生绝对不敢牺牲他。

所以王秋提的是董先生万万不能接受的条件。

"在下非常想避免站在董先生对立面,"王秋故作惋惜地叹道,"可董先生设身处地想想一场失利对赌门中人的打击,不光个人声誉,还有门派江湖地位的关系,如果不能在公平公正的情况下击败解宗元,在下就永远不能克服心理障碍,无法取得技艺和境界上的突破,这一点务请董先生见谅。"

"原来这样……"

董先生说了半句就陷入长长的沉默,屋子里静得怕人,一丝声音都没有。王秋的心怦怦乱跳,向来稳定干燥的手也微微沁出汗。这位高深莫测的董先生说不定就是地下花会首脑人物,他会不会为了铲除最大的隐患悍然出手,将自己扑杀于小院内?

大约过了半炷香工夫,董先生慢慢道:"王先生这么想与解宗元对决?你想过如果又输的话怎么办?"

"认赌服输!"王秋坚定地说,"在下只寻求公平一战。"

"王先生的意思是输掉此役就立即离开京城,是吗?"董先生紧紧叮了一句。

"正是,反之如果在下赢了,解宗元必须任由在下处置。"

"嘀嘀嘀嘀,好像有点过分,王先生最糟糕的结果无非是远离是非之地,丝发无损,解宗元却要赔上整个人。"

"此役关系到在下的将来,倘若输了再也无颜混迹于江湖,在下将金盆洗手回家归隐,因此并不过分。"

董先生温和地说:"不过是一场可有可无的对赌罢了,王先生何必看得如此之重?这样求道恐怕不行啊……我认为王先生无须押上是否退出江湖的重注,解宗元那边也不必逼人太甚。"

"董先生的方案是……"王秋原本就是以退为进,见他这么说正好下台阶。

"若王先生败,立即离开京城,今后在哪儿混都无所谓,只要别踏入京城半步;若解宗元败,除返还三年前在石家庄的赌注,外加当众承认当年用了美人计,给王先生叩头赔罪,如何?"

"这个……"王秋暗暗权衡利弊。

董先生继续道:"本来美人计也算赌术的一部分,千赌万诈嘛,但王先生认识卢蕴在先,与解宗元对赌在后,而且王先生是打算与卢蕴同结连理的，因此解宗元这一手玩得出格了……王先生，今晚见面之前，我并无让解宗元出面对赌的想法，事实上一直以来他始终避而不战，也多次表示过拒战的想法，之所以今晚单方面答应下来，就是抱以最大的诚意，想不伤和气地解决此事，请王先生三思。"

考虑良久，王秋问："董先生能保证解宗元同意对赌并按诺现身？"

"正是。"

"赌什么？在哪儿赌？"

董先生沉吟道："时间初定十天之后，地点设在香山，至于具体方式须与解宗元商量，等双方沟通之后再作确定。"

暗暗一算，十天之后正好是三个月期满，王秋点点头，道："可惜正值隆冬，不能欣赏到深红如醉的香山红叶。"

董先生笑了笑："王先生真是性情中人……今晚就到这儿吧，有消息我会派人送信过去。"

回到旗杆巷，刚进门就见伟啬贝勒在院里直打转，双手搓个不停，不知因为冷还是焦急。伟啬贝勒见到王秋宛如见到救星似的，一个箭步冲过来握住他的手，边往外拉边道："快随我来，我妹要见你。"

"什么？"

王秋奋力挣脱，愣愣道："我们不是说好……"

伟啬贝勒似怕他溜掉，索性一把搂着他，道："好兄弟，都什么时候了还拿捏姿态，你再不露面我妹就没命了！"

"没命？"王秋听得如坠雾中，"你到底说什么？"

"边走边说，府里都在等着呢……"伟啬贝勒挽着他的臂膀疾步前行，然后叙述了刚刚发生的事。

下午，恭王府侧福晋富察氏亲自带了一帮人来到贝勒府，为六侄子图尔格贝勒提亲。图尔格贝勒是乾清门侍卫总领班，负责皇帝出巡安全，数年前神武门遇刺事件后，侍卫总领班一职尤为重要，任命必须由皇帝亲自过问，一般都在亲信圈里挑选，升迁也颇为顺利。图尔格的父亲穆库什郡王以前曾是嘉庆帝的伴读，深得君宠，再加上与恭王府的关系，可谓声名显赫。

尤其让伟啬贝勒动心的是，图尔格的发妻两年前病故，宇格格嫁过去等于是正室，这对极重名分的皇室圈子而言很不容易。因此伟啬贝勒一反过去不直接过问的惯例，亲自到宇格格的住处做说服工作。然而宇格格态度一如往昔，不听关于图尔格的任何介绍就一口拒绝；伟啬贝勒又苦口婆心阐述这门亲事的好处，以及对整个家族的影响，宇格格说为什么要拿我一辈子痛苦换你们的快乐？我不为任何人而活。伟啬贝勒非常恼火，当下与她争执起来，过程中双方都有些激烈、冲动的言语。争吵声惊动贝勒府其他人，大家纷纷劝解着将两人分开。

大约过了半个时辰，就传来宇格格服毒自尽的消息，幸亏发现得早，毒药被催吐出来，先将命从鬼门关抢了回来，但气息依然微弱。伟啬贝勒匆匆赶到时，一大群人正围着宇格格声泪俱下劝她喝解毒汤，她紧咬牙关就是不肯，有人硬撬开嘴灌了几口又吐出来。

见此情景伟啬贝勒不禁动容，分开众人道："我叫王秋来好不好？"

宇格格未作表示，但眼角沁出两滴泪水，伟啬贝勒知道她动心了，遂急忙跑到旗杆巷。

"真是傻女孩！"王秋跺脚道，"哪有这样不珍惜自己性命的？万一出了事，我，我……"

"不关王先生的事，都是我们不好，从小太娇惯纵容，以至于养成率性而为的性格，唉，如今弄得没法收拾残局……"

"我会劝她答应这门亲事。"

伟啬贝勒大惊，双手乱摇道："千万别！这不是哪壶不开提哪壶么？你的任务是劝她活下来，其他事都好说。"

说话间来到宇格格的闺房，伟啬贝勒遣开众人，让王秋单独进去。

此时宇格格蜷在绸缎被里，脸色惨白如纸，气若游丝，神情间布满了憔悴和痛苦，与数月前活泼奔放、娇艳动人的幸福女孩判若两人。王秋看得暗暗心疼，端起解毒汤，一手托起她颈部，在她耳边轻轻道：

"格格，我喂你喝药。"

宇格格挣扎着将眼睁开一条缝，瞅了瞅他，顺从地把一碗药都喝下去。

"为何这样做？"王秋痛心地说，"我知道我让你失望了，但你不可以拿自己的生命来惩罚我，这样既委屈了你，也会让我留下终生遗憾，明白吗？"

"哇——"

宇格格突然放声大哭，边哭边断断续续道："你不该跟……跟叶赫那拉好，她……算什么……你太，太让人……伤心了……"

"我当然错得离谱，但此事也……也不能完全怪罪于我……"王秋遂细细讲了叶赫那拉在糕点中下烈性媚药的经过。

"喔，这档子事我以前略有耳闻，本以为是野狐禅，想不到连叶赫那拉都有，"她下意识往王秋怀里钻了钻，他也将她搂得更紧，"听说深宫之中常有寡女怨妇，年龄大了，又寂寞难耐，所以常靠媚药之类的东西勾引不良少年……"说到这里她脸上泛起一丝红晕，"还好，你陷得不算深，没被变成药渣。"

药渣的典故王秋是知道的，当下轻刮下她的鼻子，笑道："只是身不由己罢了，并非自愿。"

两人消除隔阂，又说了会儿闲话，喂她喝了小半碗甜米粥，宇格格觉得困倦，便伏在他膝上沉沉入睡。王秋不敢动弹，等她睡熟了才将她轻轻移到床上，盖好被子，悄悄退出闺房。

此时夜已深，外面寒风凛凛，王秋拢了拢肩上的披风走出别院。

"王先生，她怎么样？"

伟啬贝勒突然从对面凉亭里出来，原来他挂念着妹妹的安危，在外面守了一个多时辰。

王秋将大致情况说了一下，伟啬贝勒拍拍他的肩道："后面几天还得辛苦王先生，防止她情绪不稳定，稍有不慎便容易冲动。"

"无妨，正好在下须寻处安静的地方练练手，备战十天后的对赌。"

"什么情况？"伟啬贝勒很意外。

"与解宗元对决，以偿在下三年来的夙愿。"王秋轻描淡写将对赌的条件说了一遍。

伟啬贝勒责怪道："王先生这是干嘛？不是有意将自己置于不利境地吗？如今你是太子府少詹事，并不畏惧什么董先生威胁的！至于解宗元，就当做了场梦好啦，何必耿耿于怀？"

"你不能理解的，"王秋看着星星点点的夜空，感叹道，"人在江湖，身不由己，有些事，有些人，你永远无法逃避。"

第二十六章　惊天隐秘

宇格格到底是满族少女，身子底结实，躺在床上歇了两天，吃了些补品，第三天就闹着到郊外散心。别说伟崮贝勒，连王秋都坚决不准，只得在自家后花园溜了几圈作罢。

叶赫那拉听说宇格格身体有恙，特意过来探望，王秋赶紧躲进旗杆巷一天没出门。或许知道宇格格心中有数吧，由始至终叶赫那拉未提及王秋，只在临行前不经意说苏克济最近去过十一王府，看模样比以前消瘦多了。

当晚王秋来到贝勒府，先在宇格格的别院附近转悠了半天，确定叶赫那拉已离去才进去，宇格格见了他冷不丁说"侧福晋在屋里呢"，王秋吓得全身一颤，险些要退出门外。

"这么经不起吓唬，"宇格格不屑道，"你们男人都这样畏首畏尾吗？"

王秋苦笑："不愿生出事端而已。"

两人调笑了一阵，宇格格无意中提起关于苏克济的话，王秋一愣。自从苏克济答应以参赌方式打入地下花会后，一直未与王秋联系，王秋也考虑地下花会经过这么多变故，在吸收赌客方面会更加谨慎，不会有太多进展，因此并未催促。当时约定的几种紧急联络方式中，直接到十一王府报信是备选之一，而且是极其危险下的选择。

"你复述一遍她的话，要一字不漏。"王秋说。

宇格格不解道："没什么，就说消瘦罢了。"

王秋默默想了会儿，陡地起身道："不行，我得看看去！"

"看谁？"宇格格一时会错了意。

"苏克济。"

回到旗杆巷，叶勒图却不在家，留张纸条说是去了八大胡同，只得唤了两名侍卫骑两匹快马直奔苏克济家。驰至离苏宅还有两条街左右距离，三人下马换上软底皮靴，一路疾行。绕到苏宅背后，瞅瞅附近并无暗哨，两侍卫托着王秋从后墙翻入。

院里静悄悄，只有书房亮着一点烛光，王秋悄悄掩过去，拿唾沫捅开窗纸，却见苏克济独自坐在里面，桌上放着一副碗筷，一壶酒。苏克济满脸愁容，喝一口酒，长叹一声，然后看着蜡烛呆呆出神。

"大人何事惆怅？"王秋推门进去问。

苏克济一惊而起，顺手抄起桌上的菜刀，见是王秋才松了口气，颓然道："下官被王先生害惨了。"

"此话怎讲？"

"本以为事关地下花会操纵会试，下官以身试险算是为天下读书人讨个公道，"苏克济喘了口气道，"哪知根本不是这么回事儿，特别是那个郗大娘，她……她……她是天理教的人！"

"啊！"

王秋大惊失色，瞬间浑身起了一层鸡皮疙瘩，脑中腾地闪过当初进郗大娘房间时见到的八卦图案和经卷，以及墙上的八个字，当时就觉得在哪儿见过，因为"真空家乡，无生老母"正是天理教的八字真言！

天理教，是嘉庆帝这一朝相当禁忌的话题，它由京畿一带的红阳教与坎卦教、河南八卦教中震卦教等秘密教会融合而成，具有严密的组织和教义。嘉庆十八年天理教组织京师、河南、山东等地教徒起义，其中京师的一支在林清等人的率领下，与内宫太监刘得才、刘金里应外合，居然攻入紫禁城东华门和西华门。幸好事发时嘉庆帝不在京城，正带领一班皇子读书的绵宁亲自用火枪打死两名翻墙而入的教徒，并下达一连串的命令组织反击，迅速平叛，这就是历史上有名的癸酉之变。

事后痛心疾首的嘉庆帝下颁"罪己诏"，封平乱中表现优异的绵宁为智亲王，加岁俸一万二千两，给那支立下大功的火枪命名为"威武"，同时严厉查处一大批负有责任的官员。尽管如此，被攻入紫禁城是数千年未有之事，朝廷颜面大损，尤其极伤嘉庆帝自尊，因此天理教成为朝野禁忌的字眼。

显然，天理教的介入使得地下花会操纵会试之举更加诡谲复杂。

见王秋怔忡的样子，苏克济深深叹道："原来王先生也不知深浅，唉……"

那天收了王秋的银票后，苏克济很快找到哈丰阿，支支吾吾暗示对赌榜很感兴趣，哈丰阿也不是轻易上当的主儿，旁敲侧击盘问了很多问题，最终约定接受他下注，起点三千两白银，并叮嘱不得泄露，否则有性命之忧。从当晚起，苏克济便敏感地察觉宅院周围常有陌生人走动，暗知是哈丰阿手下负责监视的，当下蛰伏在家十多日，除了每日正常去衙门应值，绝无走动。又过了几日，哈丰阿主动上门，神秘兮兮掏出一叠纸，说是最新的参加会试的大名单，目前包括皇上和太子最多十个人见过。

苏克济也是老江湖，打趣道："那下官是第十一个了，甚幸甚幸。"哈丰阿认真地说："别小觑这个，想赢得赌榜，没这份名单可不行。"苏克济道了声谢，便想将名单收起。哈丰阿双手紧紧按住道："别开玩笑，此卷独此一份，不能外泄，你最多只能多看几眼，将大致名单强记下来，然后逐个查证以权衡其实力。"苏克济失声道："老弟不是害我吗？数以千计的考生，哪能短短会儿就记得住？即使记住了，又哪来的精力逐个打听底细？"

哈丰阿诡秘一笑，说："赌榜嘛本来就是这般赌法，看谁有能耐搞到翔实的资料，看谁有耐心细细考证，看谁有魄力押准对象，所以很多人说赌榜就是体力活儿。不过谁叫咱哥俩交情好呢？我有个取胜的捷径，不知老哥是否感兴趣？"苏克济装出见猎心喜的样子，连声说："老弟快说，我洗耳恭听。"

哈丰阿低声道："会试这玩意儿看似高不可攀，神秘莫测，说穿了还不是那回事？监考再严，规矩再大，那都是给老百姓看的，真正生杀予夺的大权掌握在考官手里，说你好你就好，说你不好就不好，绝无翻案的可能，您要说万一哪个考生实在太好压不住怎么办？往试卷上泼点墨，然后批以卷面不整洁就行了。简单吧？往往表面上复杂的事，就要用简单的手段来处理。"

"喔，老弟认识会试考官？"苏克济问。

哈丰阿笑道："我这点儿芝麻官算什么？给人家拎靴子都不配，不过我正好熟悉一个大有来头的人物，此人前两年成功预测六十多位贡生，准确率高得惊人，凡跟在他后面押注的都狠狠赚了一把！"

苏克济故意胡乱猜测了几个人的姓名，哈丰阿连连摇头，说："老兄别费这个神了，总之我敢打包票，信他绝对没错。"苏克济突然眼睛一亮，低低说："要么就是你老弟以前的主子？"

"嘘！"哈丰阿制止道，"法不传六耳，这事儿当我没说，你也当没听见，心中有数就行。"

又过了几天，市面上渐渐风传各地上报的考生名单，对比之后发现哈丰阿的名单真实无误,遂主动找上门,直截了当要求加押。此举似乎在哈丰阿意料之中,不慌不忙说:"加押可以,但起点为五千两白银,你承受得起?"苏克济暗想王秋果然是赌门高手,早就洞察地下花会这套伎俩,便摇摇头,又啧啧嘴,面露难色说:"这么多银子?那,那算了吧。"哈丰阿漫不经心说:"回去凑一点,找亲戚朋友借一点就行了。"苏克济摆摆手道:"上次三千两已经把老本都押上,五千两,嘿嘿,玩不起啦。"说着装出意兴阑珊的样子转身离开。

"等等。"哈丰阿上前拉住他说,"别看现在投入大,咱们有绝对可靠的内幕消息,押一个赚两倍,这种包赢不赔的买卖哪儿找去?咬紧牙关多押点,明年还不知什么状况呢。"

苏克济脸上露出心动的样子,然后又灰溜溜说:"我明白老弟的意思,但五千两银子……实在没法凑。"

"我有办法。"哈丰阿凑上前挤眉弄眼道,"老哥听说过郗大娘吗?艳名冠京城的那个,她开了家地下钱庄,实力雄厚,老哥若有意借钱我可以代为牵线。"苏克济犹犹豫豫道:"那是不是高利贷?要押地契房契的,万一还不起我岂不倾家荡产?"哈丰阿热切地说:"怎么会?咱们哥俩相识多年,我还会坑你?来,我帮你算笔账,看看借郗大娘的钱合不合算。"

噼里啪啦打完一通算盘,算出的结果是借五千两银子,刨去本金利息最后净赚三千四百两。

"怎么样?这么好的事到哪儿找?"哈丰阿笑嘻嘻说,"要不下午我就陪老哥找郗大娘?"

"让我再想想,让我再想想。"苏克济使出拖刀之计,过了三天方在哈丰阿的陪同下来到八大胡同郗大娘的妓院,一直走到第四进院落,那是郗大娘单独接待客人的地方。

按哈丰阿的说法,借款手续很简单,只须把房契地契交给郗大娘,核实无误后便拿到五千两银票,整个过程最多一个时辰。然而那天郗大娘似乎特别忙,小院里人进人出,都是些陌生面孔。她将哈丰阿、苏克济安置在西厢房,那些陌生人则在东厢房。虽然中间隔着客厅,仍可隐约听到那边叽叽喳喳的声音,再坐了一阵子连哈丰阿都没了人影。

刚开始苏克济慎记王秋的关照,端坐在座位上不敢轻举妄动,等了约一炷香工夫,那边仍无动静,哈丰阿也没有出现。苏克济有些不耐,起身在门口转了转,细心听对面,依稀有"嚓嚓嚓"的刻意压低嗓门说话的声音，心念一动，遂快步来到屋后，沿着墙根一步步挪到东厢房窗下，将耳朵贴在墙上偷听。

东厢房里约有七八个人，郗大娘、哈丰阿都在其中，似乎为"昨晚意外失手"之事激烈辩论——就是王秋等人中途杀出救走陈厚全家。有的认为此事与王秋有关，主张纠集人手包围旗杆巷，将王秋一刀灭了；有的认为应该谨慎行事，通报给董先生定夺；还有的担心陈厚捅出娄子，对整个行动造成影响。听得出郗大娘急欲结束会议，不时压制比较激烈的话语，但指责哈丰阿的声音越来越多，认为他一味想从拉拢赌客、介绍高利贷中捞取好处，对教会的任务敷衍了事，极端不负责任。哈丰阿起初不怎么辩解，随着攻击升级也按捺不住，反驳说你们这帮王八羔子只知道躲在幕后出点子，想过指令的可行性和危险程度没有？说我无能，你们去试试？这一来捅了马蜂窝，屋里众口一词抨击哈丰阿，连郗大娘都压不住场子。

苏克济正在费劲地琢磨"教会"所指何意，突然在众多声音中听到"咱天理教"，如遭雷殛，身子颤抖着差点没瘫到地上。作为癸酉之变的经历者，他太清楚天理教的厉害了，也清楚介入此事的危险程度，这帮人连皇帝都敢拉下马，连紫禁城都敢攻进去，还有什么事做不出来？

果然过了不久便有人提到那次叛乱，说皇宫是谁攻下的？咱天理教的！要不是皇帝佬儿不在里面早被剐了，还怕区区王秋？明儿个大伙一起灭了他！

住嘴！郗大娘尖利地说，整个屋终于安静下来。郗大娘继续道，眼下适逢多事之秋，而我们的计划也到了关键时刻，切不可意气用事坏了大局！王秋算什么东西？凭他一人之力能挡滚滚巨轮？何况董先生已打算亲自对付他。目前大伙儿要稳住阵脚，各司其职，为不久而来的伟业贡献自己的力量……

苏克济愈听愈觉得心寒，哆哆嗦嗦扶着墙返回西厢房，连喝三杯茶才勉强镇定下来。

又隔了会儿郗大娘和哈丰阿先后进来，三个人谈些什么，事后苏克济忘得一干二净，只觉得脑子晕乎乎的像塞满了棉花，完全丧失了思维能力。经哈丰阿的指点，他在契约上按指印、签字、画押，并立下保证书，至于那张五千两的银票，拿在手里没焐热又到了哈丰阿怀里。

回到家，苏克济彻夜难眠，一闭上眼就浮现当年皇宫刀光剑影血肉横飞的场面，以及事后严查厉究，多少颗人头落地，多少官员引咎受惩，多少人家妻离子散。原以为平息叛乱后经过数年清剿,天理教应该分崩离析瓦解殆尽,怎料它竟然死灰复燃,隐身于天子脚下蠢蠢欲动,而且以操纵会试为契机,密谋策划一场更大的行动!

想到仍在狱中苦熬的陶兴予,再想起已惨死的王未忠,苏克济终于理解到他们的悲愤与郁苦。天理教卷土重来,这可是震惊朝野的大事,没有确凿证据,没有充分的人证物证,岂能轻易断言?然而以这伙人的隐蔽——居然将聚集地点设在妓院,如何能获取令人信服的证据?

苏克济辗转反侧了一夜,出了几身冷汗,天亮后又独自在书房枯坐了几个时辰,好不容易挨到正午,趴在墙头观察好一会儿,确信附近没有暗哨,从后门胡同绕出去,拐了七八道弯来到十一王府,以隐晦的方式给王秋留下口信。未料到王秋心中有鬼,平时躲避叶赫那拉还来不及,因此直拖到现在才知道。

"下一步该怎么办?要不要设法向朝廷禀报?"苏克济焦急无措地搓手道,"最要命的是,没人相信又怎么办?毕竟空口无凭啊。"

王秋也觉得很棘手。

事态的发展超出了他的预料,事关叛乱大事,不是一个江湖中人能随便判断的。他沉吟良久,道:"无妨,在下明天就向太子爷禀报,无论信与不信,至少让朝廷有个准备,至于你,仍按部就班参与赌榜,一切遵从哈丰阿的指令行事,把阿合保提供的名单弄到手再作打算。"

"万一,万一哈丰阿拉我入伙怎么办?一旦拒绝,他们会不会图穷匕见?"

"应该不会,"王秋安慰道,"从义父、王大人以及庆臣的遭遇看,他们通常采取引君入瓮的方式,借阿合保的特殊身份放出所谓内幕消息,使参赌者借高利贷后投下重注,结果当然输得倾家荡产,然后以逼债相胁拉他们入伙,倘若拒绝要么被灭口,要么蒙冤入狱,当然也有顶不住压力而加入他们的朝廷命官……"

他心头不禁闪过卢蕴的俏影,这个执着冷静的女孩,她所说的"事业"莫非就是与天理教策划谋反大业?

想到这里,他全身冰凉。

第二十七章　山雨欲来

在伟啬贝勒的陪同下，王秋来到太子府禀报了天理教秘密活动的情况，绵宁十分震惊——身为八旗子弟、满族官员的哈丰阿竟然参与其间，可见天理教渗透能力之强，触角蔓延之深，而八王爷的儿子阿合保究竟是被哈丰阿打作幌子，还是确为同伙，也是非常关键的问题。

商量之后，绵宁同意王秋暂时不动郗大娘，继续密切监视的建议，因为郗大娘的妓院只是目前发现的天理教联络点之一，隐匿更深的解宗元、董先生还未露踪迹，他们才是更高层决策者。组织严密、分布庞大的地下花会，宛如群爪乱舞的八爪鱼，斩断一只爪子，可能会遭至其他爪子凶猛反扑，而京城再也经不起癸酉之变那种动乱了。

之后又谈到即将举行的会试，绵宁透露已与十一王爷密谈过，初步打算将前几年的主考官和阅卷官一锅端，全部换新人，但这一决定拖至会试前一天才公布，以让幕后操纵者措手不及；同时，绵宁还计划采取匿名复核制，从而让那些试图浑水摸鱼者遁出原形。

伟啬贝勒问八王爷有何反应，绵宁说他气喘的老毛病又发作了，已蒙皇阿玛恩准不必每天到上书房听候差遣，会试主考官易帅之事，八王爷特意上了道折子谢恩，直言前几年因主持会试寝食难安，心力交瘁，亦得罪了不少人，此次由十一王爷接手，使他有如释重负之感，此外还恳切地提了些建议，其中也包括匿名复核制。

临走时伟啬贝勒提到王秋与解宗元的香山对赌，太子笑道："外面已传得沸沸扬扬，本王也听说了，江湖恩怨就用江湖手段解决吧，倘若王先生不幸落败本王再出面周旋，董先生这伙人越是视王先生为心腹大患，本王越是不能让他们得逞！"

出了太子府，伟啬贝勒拍拍王秋说："有太子爷这颗定心丸，王先生可放手一搏！"王秋苦笑道："冉负于解宗元，哪怕皇上亲自挽留，在下也无颜留在京城……只是在下与解宗元对赌的方式还没确定，外面如何得知？这事儿真古怪得很。"

回到旗杆巷，叶勒图正与宇格格争辩什么，见了他宇格格抢道："这回动静闹大了，简直要把你逼入死胡同，解宗元这厮委实太可恶！"

"什么意思？"王秋莫名其妙。

叶勒图道："京城十三家赌坊把爷与解宗元的香山对赌放风出去，同时开出赔率，仅两天时间就吸引了数千人押注，还不包括在地下花会暗中押注的，今天中午我在街头巷尾转了一圈，都在谈论你与解宗元的陈年往事，连卢蕴都被翻出来大肆渲染，有些人把细节说得活灵活现，说什么你们俩在山东形影不离，夜宿同栖……"

"够了！"王秋见宇格格脸色难看赶紧喝止，"是不是你传出去的？"

"爷怎能怀疑上我？"叶勒图叫起撞头冤，"我这两天守在郗大娘那边一步也不敢离呀，哪有工夫跟人家说这个？再说跟爷这么长时间，爷还不知我的脾气？断断不可能做这种长舌妇的勾当。"

宇格格道："别理他打岔，你继续说外面人还讲他跟卢蕴在山东干啥。"

"啊，这个……"叶勒图终于醒悟过来，讷讷道，"都是胡言乱语，不足为信，不足为信，呵呵呵。"

"哼！"

宇格格一甩脸"噔噔噔"进了屋，叶勒图朝她努努嘴，示意王秋进去安慰。王秋却紧皱眉头道：

"赌门对决，向来低调而隐秘，解宗元却通过各种渠道大肆宣扬，刻意制造出轰动性效果，意欲何为？解宗元行事诡异，每每计中有计，尤其擅长诱兵深入以全面剿杀，这回又打什么如意算盘？"

叶勒图道："依我之见，要么他自认为稳操胜券，要么另有所图。"

"稳操胜券？"王秋淡然一笑，"香山之约赌什么还没确定，他凭什么认为必定赢我？看来……"他喃喃自语，陡然道，"你盯了郗大娘两天，有无发现？"

"这趟回来就是向爷报告的，"叶勒图道，"郗大娘那边近几天颇为反常，不时有四乘马车进入，有弟兄冒着危险到街头查看过，车辙痕迹很深，说明车里或是坐有不少人，或是装了非常重的东西，但出来时马车都是空的，"他掏出笔记，"单昨天与今天就有七辆马车出入，另一个异常是哈丰阿已经连续五天没在郗大娘那边露面，我琢磨着两件事应该有些关联。"

"是吗?"王秋陷入沉思,过了好一会儿才说,"以你们弟兄们的观察,估计车里装的什么?"

叶勒图毫不犹豫道:"铁器,八成是兵器之类。"

与苏克济的情报不谋而合。

王秋倒吸一口凉气,将郚大娘与天理教合作的情况简要介绍一番,叶勒图听了脸色煞白,摸着后脑勺道:"乖乖弄咚,闹了半天我们在跟一伙叛贼打交道,这事儿……只怕相当危险……"

见他有打退堂鼓的意思,王秋连忙勉励道:"太子爷已知道你们在日夜监视,特意表示嘉许,他日一举击溃天理教残部,你们功不可没。"

"噢——"叶勒图又高兴起来,"我这会儿就过去关照弟兄们加把油,争取搞明白郚大娘玩的花样。"

"注意安全,还有,暂时不要泄露关于天理教的情况。"王秋叮嘱道。

目送叶勒图的身影消失在夜幕中,王秋独自在院里伫立,理清脑中纷乱的思绪,直至寒风浸体周身冰凉才缓缓进屋。

推开门,屋里悄无声息漆黑一团,王秋下意识往门边桌上摸火熠子,却听见宇格格温柔地说:"别点灯……你过来。"

"格格……"

王秋听出她躺在床上,已猜到她要干什么,不无惶惑地说。

突地一阵香风扑面,紧接着一个滑腻柔软胴体贴了上来,浑身热得烫手,她嘴唇贴在他耳边声音低不可闻:

"今晚没有格格,只有属于你的女人。"

"可是,"王秋叹息道,"香山对赌胜负难测,万一落败将远走京城从此告别江湖,我不能……污了格格清白……"

"我的清白为你而开……"宇格格愈说愈不好意思,索性以嘴唇堵住他的嘴唇,身体向后一倾,两人扑通滚倒在床上。

屋里空气陡地燃烧起来。

王秋是行走江湖的人,对男女大防原本看得不重,因此才有与卢蕴的鱼水之欢,与叶赫那拉虽是被迫,也有半推半就的成分。而宇格格,主要是顾忌她未嫁之身,担心她日后嫁入豪门后遭受指责,但上回拒之门外明显伤了她的自尊,并由此引出一系列麻烦。眼下她刚经历生死大劫,两人又刚刚和好如初,这种情况下,她裸身相许已鼓足最大的勇气,倘若再推却,宇格格恐怕非得羞愧自尽。

另一方面他也了解小姑娘内心的想法，刚才叶勒图关于他与卢蕴在山东的描述刺激了她，加之与叶赫那拉的孽缘，使她误解要留住男人的心必须以身相许。

"格格……"

她捂住他的嘴："我……已决定了，只是拜托你……轻一点……"说到最后一个字她羞不能禁，将头深深埋入他怀中。

窗外北风呼啸，将院里花木吹得"簌簌"直响，寒风在胡同里左冲右突发出尖利的哨声；屋内温暖如春，黑暗中不时传来断断续续的呢喃声和呻吟声，渐渐地，一切归于平静。

对十一王府来说，这个深夜却是不平静的。

三更时分，一声惊恐万状的惨叫响彻整个十一王府，紧接着一个披头散发仅着亵衣的女子跑出卧室，站在院里大叫：

"快来人啦，王爷……王爷晕死过去了！"

很快，包括叶赫那拉在内的王妃、侧福晋、庶福晋纷纷赶到。成亲王卧室内满地狼藉，他全身赤裸横卧在床上，嘴边淌着鲜血，被子上、枕头上、床边全是喷吐的血迹，床脚有只打碎的青瓷小碗，碗里还残余些深褐色药渣。

王妃见状吓得摇摇欲坠，脸色煞白，一个字都说不出来，其他几位侧福晋和庶福晋也个个呆若木鸡，全然没了主张。还是叶赫那拉镇定些，先命人去请太医，再叫王府有经验的侍卫施行急救，然后指着那女子喝道："你是谁？怎么会在这儿？为何加害于王爷？"

那女子身子瑟缩成一团，颤声道："奴婢怎……怎敢害王爷？是王爷要喝药，说是喝了雄壮神勇，奴婢不懂这个，看着王爷……喝下去后就，就狂喷鲜血，而后，而后就昏死过去……"

叶赫那拉当即让人将碗及残渣收好，继续喝问："你是谁？怎么进来的？"

"奴婢……"

那女子畏惧地瞅了叶赫那拉一眼，迟迟疑疑不敢开口。

"来人啦，把她拖下去打一顿！"叶赫那拉张牙舞爪喝道。

那女子骇得连连磕响头，带着哭腔道："奴婢真的什么都不知道，一切都是王府有位姓金的管家安排的……"

"王府哪有姓金的管家？"

叶赫那拉环视一圈皱眉道,屋子里静了片刻,有位庶福晋怯怯道:"上回听说门房那边有个侍卫姓金,是不是满脸胡须,瞪眼时一只眼大一只眼小?"

"就是就是,就是他!"那女人忙不迭点头,"他自称王府管家,晚上就是他派轿子接我来的,说是奉了王爷的密令……奴婢是玉花堂的,上个月王爷去玩时……"

说到这里在场之人心里基本了然。

成亲王坠马伤腰,从此不能行人伦之礼,心里耿耿于怀,遂想从青楼女子身上重振雄风,所饮药剂想必含有壮阳之效,或许药力太强身体承受不起,或许配方出了岔子,导致惨剧发生。

之后成亲王的几个儿子陆续赶到,一方面陪同太医进行医治,同时现场审讯那女子,询问事发前后的细节,另一方面劝慰家眷们各自回院休息,并四下搜捕金姓侍卫,派王府侍卫包围玉花堂,等天亮后请旨,由刑部出面拘捕玉花堂所有人等。

嘉庆帝闻讯后立即让绵宁上门慰问,同时传召宫中最好的太医参与抢救。礼部则乱成一团,因为会试相关准备事宜刚刚拉开序幕,若干细节、环节、步骤须等成亲王定夺。

绵宁来到王府,府内哭的哭、闹的闹,稍稍冷静些的则开始打算别的出路,成亲王还昏迷未醒,一群女人守在周围啼哭不已。绵宁询问得知那惹祸的女人之后未交代更有价值的情况,玉花堂也查封了,包括老鸨在内被打得死去活来,但除了说那女人是成亲王亲自指定,派金侍卫前来接洽外,其他什么都不知道。

若在平时也罢了,成亲王刚走马上任来年会试主考官的紧要关头出了这等事,绵宁满心疑惑,又将那女人拘来细细审讯一番,与玉花堂一样,她将一切都推到金侍卫身上。绵宁立即下令彻查金侍卫,结果得知此前他曾在善扑营干过几年,而善扑营正由阿合保负责。

换作别人,肯定要追查到善扑营,但绵宁与父亲嘉庆帝一样隐忍守拙,只冷笑一声就此作罢,私底下吩咐手下暗中调查。

到了第二天黄昏,成亲王还是昏迷不醒,嘉庆帝不得不重新考虑主考官人选,八王爷那边不能提了,好马不吃回头草;太子身上兼职甚多,分身乏术,思来想去,只得把重任交给同胞弟弟庆亲王永璘。实际上嘉庆帝并不愿意动用这颗棋子,作为亲兄弟,他对永璘寄予相当的信任,之前已任命为镇西大将军，统领精锐八旗军以及京畿一带的驻军，拥兵近数万，若非皇帝的亲弟弟，其他人坐在这位置一刻也不得安宁。纵然如此，嘉庆帝仍有提防之心，不想庆亲王干预朝政，因此近年来都在边关要塞奔走，极少在京城露面。

消息传开后地下花会赔率大幅降低，赌客们原先指望成亲王昏迷不醒后，主考官一职应由仪亲王担任，而阿合保这个渠道则是众所周知的，如此一来指望值大减，不少赌客甚至要求撤回押注，使哈丰阿急得跳脚。

与此相反的是，押注于王秋和解宗元对赌的赌客越来越多，赔率也随着市面传播的各种小道消息一变再变，茶馆酒店、街头巷尾，到处都有投注押注的地方，据说六部衙门公务之余也激烈辩论两人孰强孰弱，最有趣的笑话是说上书房几位大臣处理各地奏章时，突然有人说了句"听说解宗元病了"，其他几个人一跃而起，忙不迭要去变更赌注。

此役的影响程度甚至深入到深闺绣房之中，那些成天枯坐于闺房无事可做的少妇贵人，见了王秋和解宗元的绣像——两人均是风度翩翩的白面书生，眉目间有几分清秀和硬朗，更加爱不释手，往往凭着个人喜好押上重注。

其深层次原因是近年来江湖门派鲜见公开的单打独斗，两人既代表各自门派的最高水平，又关系到江湖地位的此消彼长，而且令喜好八卦者津津乐道的是涉及一个公认的美女——卢蕴，使得这场对赌增添了几分趣味。

眼见押注者越来越多，十三家赌坊竟有些心虚起来：他们也不确定解宗元是否能赢得此役，然而从赔率看，解宗元已比王秋高出三个点，万一败北，将赔得血本无归。但市面上局势已经骑虎难下，无论高官达贵还是贩夫走卒，少则押几十文钱，多达成千上万，地下花会更收得钵满盆溢。

离决战还有八天时，董先生派人与王秋接洽，商讨具体对赌事宜。王秋出人意料提出以马吊牌（即麻将）决胜负，双方各提一个人参战，但最终以自己与解宗元手中的点数计胜负。董先生感到非常意外，认为四人赌博变数太大，而且历时较长，不利于公开对赌。王秋则针锋相对提出公开对赌并不在原先考虑的范畴，是董先生单方所为，不能作为影响对赌的因素。双方来往较量了几个回合，最终董先生妥协，同意王秋的提议，派解宗元和卢蕴出战，王秋则邀请上回担任与道衍明对赌的公证人——赌门前辈肖定钦参战。

肖定钦是八大赌门之一——火门的前辈高手，曾在京城创下连胜四十六场的惊人纪录，与王秋的师傅也有些交情，这些年来被爵门和册门联手打压，一直保持低调，但内心深处还是反感于解宗元等人的强势。王秋请他出手，是想依赖他的经验与稳健掌控局面，提防卢蕴放水和解宗元突出奇兵。

　　对赌的地点设在香山南山麓的榭水亭，那里视野开阔，一是便于参赌者观战，二是防止解宗元等人耍手脚，三是山道四道八达，万一有特殊情况可以迅速撤离。

　　离决战还有两天时，王秋在宇格格、叶勒图和侍卫的陪同下去香山勘查地形。

第二十八章　极危追杀

从南路上山,沿途经过静翠湖、带水屏山、翠微亭、璎珞岩、知乐濠,再转到双喜园、蟾蜍峰、香山寺,然后便是白松亭、森玉笏和梅石,一路景致看得赏心悦目。宇格格说可惜来迟了两个月,霜后的香山才漂亮呢,漫山遍野都披着火红的红叶,层林尽染此起彼伏,像波涛相连的火海。

众人来到位于南山麓的榭水亭,此亭据说是本朝顺治年间一位得道高僧发起募捐而修,修成之日高僧面朝京城方向独坐亭中,手捻偈语,连续念了三天三夜经文安然圆寂。民间传闻这位高僧乃前朝大明朱氏后人,念的不是经文而是咒语,修建此亭也为了压制大清王气,当初朝廷并不理会——大清是靠铁骑打下来的江山,崇尚武力,对这些无稽之谈一笑了之。但谣言愈传愈烈,不时有前朝遗老偷偷来这里烧香祈祷,后来更发展成为反清复明的宣扬场所。朝廷这才重视起来,专门请风水师前来"消解"。风水师围着亭子转了一圈,让人将方圆百步之内夷为平地,遇树砍树,遇石砸石,亭子周围种植一种只能长两三寸高的小草,意为"永不出头";再在离亭子半里外的四个角各雕一尊青石金刚,为镇守避邪之意;最后将此亭改名为榭水亭,以水浇灭"朱"之烈焰。

因此榭水亭四周一览无余,地面连超过拳头大的石块都找不到,不可能安排伏兵、构造机关。王秋在侍卫的协助下攀到亭子顶部一寸寸查看,并以手指轻叩每根椽梁,连亭子的八只角的内侧都逐个用手摸了一遍。

亭子向南约两百步是来时的山路,宽约六七尺,可容四五个人并排而行;亭子向西约三百多步有条狭窄陡峭的羊肠小道,叶勒图说小时候从那边走过,可一直通到山顶。稳妥起见,王秋还是带两名侍卫亲自走了一趟,大约很久无人经过,山道已被野草山藤堵得严严实实,三个人连砍带伐勉强开出一条路,等攀到峰顶已汗流浃背,累得气喘吁吁。

"一个时辰,"宇格格和叶勒图守在峰顶计算时间,"放心吧,不会有人笨到利用这道破路埋伏,到时只须一把火保准让他们进退两难,只有跳崖的份儿。"

王秋道："必须排除所有可能性，才能保证对赌万无一失，赌局一旦开始就不能出意外，任何一点遗漏便会导致溃败——正如三年前石家庄之役，之前虽然我细致检查过花舫，对赌前却忘了再四下搜索是否潜伏水鬼，后来两次摇晃使我造成判断失误，结果大败而归……"

"主要还是因为中了人家的美人计吧，"宇格格酸溜溜道，"这回人家直接上场对垒，别在一条沟里翻两次船哟。"

王秋无奈一笑，岔道："再回亭子看看有无其他通道，没有的话早点回城……咦！"

他眼角突被道刺亮的光闪了一下，再调整角度打量，只见对面绿得发暗的峭壁，两峰之间约相距一百多尺，黑沉沉几乎压到峰顶。

"刚刚有白光闪过，"王秋疑惑道，"会不会是武器折射的太阳光？"

宇格格上前几步左右看了看，歪着头道："即便对面山崖上有伏兵又能怎样？总不会长着翅膀飞过来吧。"

一听伏兵，叶勒图打了个寒噤道："不管飞不飞，咱们赶紧离开，早上出城时就感觉背后有人盯着，本以为自己疑神疑鬼，怕坏了大家兴致才没说，看来是真的。"

"哼，香山离京城不过一箭之地，哪个不开眼的敢光天化日下拦路打劫？"宇格格道。

看着深不可测的峭壁，王秋隐隐感觉到一丝杀气，果断道："宁可信其有，安全为上，咱们走！"

话音未落，对面峭壁草丛深处突然飞出十多个黑点，抛到面前才发现是长长的绳索，紧接着十多个一身黑衣的蒙面大汉持刀从天而降！

"妈呀，真飞过来了！快跑！"

叶勒图大叫一声，撒开双腿就跑，王秋忙中不乱，关照一名侍卫护着宇格格从小路下山，自己则与另一名侍卫从叶勒图的方向撤退。

由于小路掩在茂密繁杂的灌木乱草中，相对较为隐蔽，宇格格和侍卫钻进去倏尔消失不见，等蒙面大汉追过来时已察觉不到半点痕迹，脚步未作停留便继续追下去。

跑到接近榭水亭，王秋怕正好撞到宇格格，大声叫道："从右道下山！"

跑在最前面的叶勒图遥遥应了一声，脚下不小心被石头一绊，身体失去平衡，沿着山坡骨碌碌直往下滚，滚至一棵青松下面才止住，头破血流，脑子晕乎乎分不清东南西北，衣服被刮得七零八落，惨不忍睹。

王秋和侍卫不熟悉地形，跑到半山腰时与追兵只有十多步距离，见无法逃脱，侍卫道："爷先走，小的断后！"

"你一人怎敌得过十多个？不行！"王秋道，"我们分头而逃，或许分散对方兵力。"

"可是爷……"侍卫情知蒙面大汉主要目标是王秋，即使分道，恐怕追王秋的多，追自己的少。

"别啰嗦，就这样定了，我往东，你往西，若有命逃出旗杆巷会合！"王秋断然道，陡地向东急拐。

"多谢爷！"侍卫含泪道，继续沿着西侧道路奔跑。

蒙面大汉们追到岔路口，稍作犹豫后分出五个人从西路，其余九个人从东路。

侍卫跑了约一袋烟工夫，看到叶勒图有气无力地躺在路边，赶紧停下来搀他，就这一耽搁，已被蒙面大汉们团团围住，二话不说持刀便砍。侍卫是从太子府出来的，功夫自然了得，毫无惧色上前迎战。然而好汉难敌四拳，他还须分心护着迷迷糊糊的叶勒图，仅四五个回合便大叫一声，肋部被刀尖划破，过了会儿前额、大腿又相继受伤。负伤之下体力、反应更是大打折扣，没多久背部又被砍了一刀，他吃痛后微微分神，手臂被两柄刀架住，其他三柄刀悉数从他胸腹刺入。侍卫只轻哼两声就当场惨死，杀红眼的蒙面大汉又举刀向叶勒图砍去……

"且慢！"

其中一人眼露精光，眨了数下道："把他留着，或许有点用处。"

东路追逐格外激烈，蒙面大汉们个个体格孔武，彪悍健壮，而王秋自幼接受高强度训练，其中包括山地闪避术，擅长利用地势巧避腾挪。双方越跑越远，在南山坡兜了大半个圈子，至正午前后，双方都累得只剩下喘息的份儿，不约而同瘫倒在相对平坦的草地歇息，彼此相距三四十步，王秋可隐约听到那帮人低低的交谈声。

一个，两个，三个……一共七个人，比上午刚追时落下两个。

缓过劲来，王秋突然扬声道："别用布蒙着了，我已猜到你们的身份。"

几个蒙面大汉面面相觑，然后都将目光投到其中一个人身上，那人眼中惊疑不定闪了闪，粗声粗气道："你说是谁？"

"你是明英大人，对不对？"王秋笑道，"你用的刀跟别人不同，刀柄是向外弯曲，刀身比普通的刀阔、厚，而且你的刀轻易不出鞘，出必伤人……"

那人淡淡打断他的话，道："我不认识明英，也听不懂你在说什么。"

王秋笑了笑，道："你跟解宗元是一伙儿的，这一点我早就知道，但出乎我意料的是你们之间不是合作关系，你一直俯首听从包括解宗元在内的地下花会差遣，唉，"他重重叹了口气，"老实说之前尽管你隔三岔五找我麻烦，还差点置我于死地，但我始终认为你而情而怒，骨子里是有种的汉子，是八旗子弟中的佼佼者，可惜……"

"说够了没有？"那人怒道，"不管你如何花言巧语，老子今天吃定你了！"

王秋自顾自说下去："虽然解宗元自诩把握十足，但投机取巧是他的禀性，心里还想着不战而胜吧？他猜到我必定要来香山勘察地形，所以派你早早设下埋伏，想置我于死地……"

他嘴里虽不停歇，眼睛却盯着对方一举一动，眼角瞥见两名蒙面人从右侧悄悄掩上来，突然跳起身向密林深处跑去。

"快追！"

那人见偷袭失败，狠狠啐了一口，带领其他人继续追了上去。

整个下午，双方在香山深处追追停停，停停追追，蒙面大汉们固然没法成功围住王秋，却暗自盘算这样拖下去也不错，反正己方人多势众，抓不住他也要把他拖个半死，至少能使后天决战的状态大打折扣；王秋则指望宇格格回城后向太子绵宁禀报，多派些人马助自己脱危。

傍晚时分，天色渐渐暗了下来，王秋借助北山坡一片野果子林暂时甩脱追兵，但此时已迷失方向，分不清往哪边走才是出山之路，此时目力所及只能达七八尺，再过会儿夜幕将笼罩整个香山，且夜间多有猛兽出没，索性在山间将就一夜。

北山坡人烟稀少，多为高大茂密的树林，地势险峻。王秋四下寻找夜宿的地方，沿着山脊走了数里，转过山崖，背后有一片平坦的石面，石面正前方是断崖，左右两侧长满了低矮的荆棘和小树，既避风又干燥，正是宿营的首选。当下用火石点燃篝火，并收集了干柴、树枝和野草用来抵御漫漫长夜。晚餐是悬崖边捡的紫黑色果实，叫野生西域枣，是紫铃枣的变种，外加一条半米长的乌蛇，剁成三截，抹上盐，用树枝叉着放在火上烤，虽然乌蛇肉质粗并不好吃，但烤起来浓香四溢，被风一吹山坳里全是香味。

今晚贝勒府一定是不眠之夜吧，无论如何，宇格格会催促哥哥去找太子，然后明天清晨发兵，最晚中午前后应该能解围，嗯，半天加一夜足以恢复体力，将状态提升到最佳……

正想得出神，蓦地，他肌肉紧绷起来，手按到腰间紧握唯一的防身匕首，全身如同一张拉到极限的弓，随时可能爆发！

右后方大约二十多尺的灌木丛里有人！

他所在的位置处于下风口，刚才一阵山风吹来，王秋嗅到些许道味，心怦怦怦跳起来：明英！他今生今世都忘不了明英身上那种令人厌恶的、浓烈的体味！

没想到明英如此穷凶极恶，居然在漆黑一团的山地里追踪而至！

王秋念如电转，飞快地权衡利弊：以明英的武功自己远不是对手，但夜间视力限制，加之明英不知行踪已暴露，有可能冒险出击，只须在明英冲过来瞬间匕首出手，他有把握至少能射瞎对方一只眼睛，若运气好甚至能中命门。

灌木丛中的明英也在暗自盘算：王秋虽然不会武功，从白天的追逐战看擅长腾挪跳跃，奔跑闪避，若不能一击得手便逃之夭夭，黑暗中随便钻进附近哪个山谷，这次行动基本上就宣告失败了。但以眼下相隔的距离，明英自忖没有十足把握一个起纵冲到篝火前，纵使勉力冲过去劲道已竭，还得换气后才能出手，王秋肯定会抓住空隙转身逃跑——山间漆黑一团，一步之外便辨不出人形，根本无从追起。

如果腾身而起瞬间甩出短刀使王秋受伤，或许能活擒，不过夜间出刀很难把握分寸，弄不好就是致命伤，前功尽弃——对明英来说，活擒后将王秋狠狠羞辱一顿才是最佳结果，否则终究会有遗憾。

两人正在钩心斗角之际，左前方断崖附近又传来一阵异动，明英手下都赶过来了！

与此同时王秋长身而起，急急撤退。来不及多想，明英暴喝一声："哪里跑！"身体弹射出去，人在空中十指弹出一把铁藜棘，"扑扑扑"，有几粒明显打在王秋背上，但他抗打击力极强，只踉跄一下，旋即调整姿势一头钻进密密的灌木丛里。

与明英预想的一致，一纵之下未能得手，王秋又擅借树枝藤蔓腾挪，呼啸的山风中竟辨不出他的脚步声！明英没头没脑追了十多丈，茫然站在断崖边屏息倾听。

心中那份沮丧、懊恼和愤怒无以复加：此番让王秋溜掉，以后不会再有第二次机会了！

山风在山谷里肆虐呼号，冰冷的寒意直凉到骨头深处，明英迎着风一步步向前，边走边不断变换角度，终于，在风中嗅到一丝淡淡的血腥味。

这是铁藜棘的棱角刮破王秋后背流的血！

明英按捺住心中狂喜，狸猫般弓起身，一点一点向目标摸过去——漆黑一团的香山有利于王秋隐匿，也有利于明英行动，王秋毕竟没有练就夜眼，此时也不敢轻举妄动。

十步…八步…六步…四步…

不能再靠近了，明英当机立断如猛虎下山扑上去！伏在荆棘丛里的王秋显然没料到这招，闷哼一声团身打了个滚，明英双爪仅在他背上留了几道抓痕就脱了手。王秋摆脱之后身体如扭曲的蛇形在荆棘中穿插游走，明英既摸不准他的方向，又找不到出手的机会，在到处是刺的草丛里跌跌绊绊，两人距离越拉越大。

王秋手中攀了根粗藤向后急掠，人尚在半空，蓦地两道刀光飞卷而至，刀光势大力沉，王秋擎起木棍奋力挡了数招，左侧草丛里又飞起一道刀芒！

王秋猝不及防，右臂被拉了条长长的血痕。他顺势倒下，在荆棘丛里滚了数尺继续向左突破，但细雨般的刀光如影随形，死死盯在身后。山间突然下起了毛毛雨，雨点打在脸上格外冰凉，山地变得湿滑泥泞，不利于起纵跳跃。

顺着山麓且战且退，蒙面大汉们不断地阻截，不断地缠斗，饶是王秋应变迅捷，狡计百出，身上还是多了十多道伤口，体力急剧下降。

雨越下越大，很快蔓延成瓢泼大雨，京城的冬天很少下这么大的雨。

雨里、地上、草丛中跌打滚爬，所有人都狼狈不堪，但追踪仍在进行中。

接近凌晨时分，明英如愿将王秋包围在一个狭小的山坳里。此时王秋已是强弩之末，腰折成弓形，半蹲在一块大青石上大口大口地喘气，显然无力再跑。明英两手负在背后，骄傲地环视剩下的六名手下，道：

"王先生是束手就擒还是让弟兄们再费点周折？"

他们虽然还蒙着脸，但基本上默认就是明英一伙，明英也不像白天那样遮掩腔调，反正王秋是快死的人，何必多此一举？

王秋捂着伤口吃力地说："这次伏击是不是解宗元授意的？"

明英瞪眼看着他，良久缓缓点了点头。

"你们都受董先生管辖，他才是地下花会的幕后首脑？"

"我不认识董先生，也不曾参与什么地下花会。"明英硬邦邦道。

王秋心念一动，道："我明白了，你的任务与赌榜无关，因为你负有更重要、更隐秘的使命！"

"哪来这么多废话！"明英不耐烦道，手一挥，"弟兄们，上！"

六名蒙面大汉齐齐扑上来，但右后侧一人因石面湿滑，"扑通"栽入石缝里。利用这个空隙，王秋脚尖在青石上一点，疾速从空当中间冲出包围圈。

"不准放过他！"

明英厉声喝道，呼啸着盯在王秋后面穷追不舍。

正值三更时分，山间黑到极点，雨点打得人几乎睁不开眼睛，王秋又累又倦又带着伤，仿佛濒临绝境的困兽，慌不择路，加之明英在后面撵得紧，越到后面越没了方向感，终于，跑了三四里后脚下一空，身体巨石般坠下去！

糟糕，坠崖了！

王秋最大幅度张开四肢，拼命攀抓身体周围能抓到的树林、藤蔓、野草，以便尽可能减轻坠崖后的冲击。

"哗啦啦"，王秋落在一棵大树上，身体将厚厚实实的树枝和枯叶向下带了一大片，借缓冲的机会他连续在枝叶间翻腾，身体每翻一圈便卸掉一分坠势，终于"扑通"，摔落在地！

幸好地面覆盖着密密匝匝的野草枯藤，被雨水一泡更加松软，多少起到垫护的作用，饶是如此王秋还是摔了个七荤八素，满眼金星，浑身散了架一般，半天动弹不得。

但他嗅觉依然敏锐。

雨渐止，月亮悄悄滑出云层，给寂静的山谷增添了些许亮色。王秋双手撑地一点点挣扎着从泥泞中爬起身，深呼吸几下，一瘸一拐挪到大树背后。在深凹而隐蔽的山洞里，散发着浓烈的腥臭味。

忍着剧痛和难闻的气味，他将身体一点点挤入洞内，点燃火折子，映入眼帘的是叠放成三层的尸体，由于腐烂变质，面目难以辨认，但最底下那具他一眼便认出来：

大理寺右评事詹重召。

第二十九章　决战前夕

大致清点了一下，约二十八具尸体，老少妇孺皆有，基本上是詹重召的全部家人，大都穿着睡衣，咽喉处有刀切割的痕迹，其手法与夜袭陈厚家差不多。

詹重召之厄，八成来自于绵宁向各衙门追查庆臣失踪案，为防止此案联系到陶兴予和王未忠案，解宗元等人未雨绸缪，将詹重召全家灭口抛尸于此。又是地下花会操纵会试的牺牲品，王秋默默想道。

过了会儿，"嗵嗵嗵嗵"十多块大石头从天而降，正好打在王秋刚刚坠落的地方，紧接着乱木、碎石"轰隆隆"滚下，堵住两侧的出口。

"附近石头都找过来了？"这是明英的声音。

"禀大人，能搬动的都砸下去了，"手下道，"这么高的地方摔下去，不死也得重伤，再加石头、乱木，估计他插翅难飞。"

"哼……这家伙有点儿能耐，不能不小心点儿，等明早天亮了，你们几个下去看看，活要见人死要见尸，明白吗？"

"遵命！"

"呃，这个，"明英又道，"如果还活着格杀勿论！"

"遵命！"

几个人在断崖上嘀咕了一阵，然后声音渐渐远去，看来也要找个避风处休息会儿。等山谷上下恢复宁静，王秋方从洞里爬出来，倚在树根旁揉揉酸痛的关节，然后包扎伤口——连他自己都觉得，能从这帮杀人不眨眼的家伙刀下逃生简直是个奇迹，说明天不亡他。

还有一天就要与解宗元对赌，宇格格能否如期求得援兵进发香山，化解这场意外之难？不知叶勒图是否转危为安，安全返回京城？

倚在树根上昏沉沉睡了会儿，醒来后看看天色，王秋拖着疲惫的身体翻越大石、乱木形成的障碍，不多时便消失在夜幕中。

清晨，雨后形成的水雾还笼罩着大山，明英指挥手下攀索而下，在山谷里展开搜索，接着坏消息一个个传到崖上：

"报告，树洞附近有血迹。"

"报告，谷底有他的脚印。"

"报告，东南方有翻越的痕迹，从树枝断裂和血滴情况看，应该就是他。"

"报告……"

明英铁青着脸，爆炸般大吼道："还报告个鬼！继续追！"

明英坚信两点：一是王秋经历昨夜的激战，受伤不浅，体力、体能损耗巨大，短时间内不可能跑得太远；二是无论王秋玩什么花招，反正有人扼守住山口要道，保准他插翅难飞。

在搜索方面，明英接受过粘竿处的特殊训练，具备独特而高效的技巧和手段：在貌似平常的草丛里、乱石岗发现脚印；根据草茎折断和草汁渗出程度判断逃亡者的身高、体重，等等；从血渍斑点分析受伤程度，以及逃亡的方式和方向……

搜捕进行到正午，随着地形变化出了新问题：一座陡峭突兀的山峰拔地而起，将平坦的山坡劈成两半，一条路斜插到偏北方向，一条路蜿蜒向大山最深处。

深山分兵是搜捕大忌，尤其对手是王秋，容易被各个击破分而歼之。但明英别无选择。鉴于偏北方向有可能迂回到半山腰，明英决定亲自带三名精锐手下追踪，另外三名向大山深处进发——两个组整体综合实力基本相近，足以围歼王秋。

明英带领的小组进展很顺利，两个时辰后在一处避风的乱石堆角落发现沾满血迹的草绳，证明王秋确实走的这条路，而且还更换了包扎伤口的草绳。

急行军速度追了数十里，一道宽约十多尺的山涧拦住去路，由于是冬季枯水期，山涧里的水只有平时的一半，因为下了一夜雨，水流非常湍急，里面夹杂着上流冲下来的杂物，水面混浊。以明英的身手须尽全力才能勉强一纵跃过，可其他三人显然力有未逮。

不用明英吩咐，几名手下在附近挑了棵粗细相当的大树砍了，削去枝干，抬过来架到涧上当木桥。明英轻轻一纵，脚尖在木桥中央点了一下就跃至北岸，其他三人依次通过。

蓦地，桥下涧水里突然掠起一道白光，凌空闪了一下，木桥从中间断开，最后面那人应变极快，抢在身体失去平衡之前跳回南岸，中间两人无从借力，硬生生落下去。

"王秋！"

明英失声喝道，眼睁睁看着涧水里三个人影翻腾搏斗，却束手无策。过了不久随着两声惨叫，涧水裹着一大片殷红滚滚而下。王秋灵巧地攀着涧边岩石上了岸，一步步逼向孤零零留在南岸的蒙面大汉。

"跟他拼了，"明英嘶叫道，"我过去帮你！"

就在明英后退、助跑、跃过山涧之际，王秋已猛扑上前与蒙面大汉扭成一团，未等明英上前援手，王秋出其不意拉着那人滚下山涧，然后又在水中一番扑腾，那人咽喉被刺了两刀气绝身亡。

"王秋！"

明英恨得直咬牙。王秋是南方人，水性极好，跟他在水下搏斗无异于自寻死路。王秋大步站到涧边，与他相对而立，眼中闪烁着以前所未有的敌意。

明英一把扯掉蒙面巾，缓缓抽出鞘中刀。

"大人，只剩你一个人了！"王秋冷冷道。

"那又怎样？你自信是我的对手么？"明英嘴硬道。

王秋摇摇头："讨论这个问题根本没有意义，我关心的是继续昨夜的话题——你究竟负有什么使命，你与解宗元在策划什么阴谋？此刻这儿只有你我，不必担心传出去。"

"我已说过，与地下花会无关，"明英生硬地说，"我讨厌赌博，从来不进赌坊。"

王秋似笑非笑："未必吧，明英大人，曾经有一回轮到大人值班，大人却跑到赌坊小试手气，那天牌风很顺，大人赢了不少银两，可偏偏大人当班的地点却出了件大事……"

"你知道得太多了！"明英嘶吼道，单手挥刀在空中虚晃数下，"我一定要杀了你，一定！"

"那件事发后，大人仕途遭遇生挫，一度情绪消沉，终日借酒浇愁，后来是谁暗中操作使大人重新振作起来，并一路升迁到现在的位置？滴水之恩当涌泉相报，近几年来大人也为他们做了不少事吧……"

明英已恢复冷静，道："这些都是你的臆猜，没有任何依据，即便说到太子爷面前也无济于事，何况你注定逃不出香山！"

"解宗元操纵会试，控制赌榜赔率，同时利用哈丰阿等人传布不实的内幕消息，诱使多位朝廷官员参赌重押，往往赔得精光以至于倾家荡产，结果自杀的自杀，入狱的入狱，"王秋道，"倘若以赌牟利，地下花会本可以不这样冒险，毕竟出人命的是朝廷命官，影响很坏，也容易引起各衙门警觉甚至追查，但解宗元一意孤行必定有其理由……"

"我不想跟你胡扯！"

明英趁他滔滔不绝之际陡地一个飞跃，堪堪越过山涧，向王秋扑了过去。王秋转身就跑，然而两岸的地形，北岸相对平坦些，有大约二三十丈的空地，再往北才是茂密的草丛，王秋计算时忽略了这空地对自己的杀伤力——

从昨天上午至今，他只躲在山谷里小睡片刻，身上挂彩十多处，身心交瘁到极点，平时一掠而过的距离如今显得格外遥远。才跑了十多步就被明英从身后一个虎扑重重按倒在地，铁钳般的巨掌掐住他脖子。王秋奋力一扭，将明英卸到旁边。两人在地上翻翻滚滚打了十多个回合，王秋额头开始见汗，出手明显慢了下来——毕竟连日奔波兼恶战，人的身体终究不是铁打的，怎抵得过精力充沛的明英？王秋一缓劲被明英抓住空当，两记重拳撞开胸前门户，右肘狠狠击在他胸口。王秋眼一黑全没了章法，明英可不想浪费难得的制敌良机，不依不饶地连踹带打。王秋剧痛之下死死抱住明英大腿一翻，两人搂抱着掐、咬、挖、抓，所有妇人阴毒手段悉数上场。同时，两人撕打扭斗的位置不断向北移，眼看就要滚入荆棘丛生的乱草丛了。

此时明英心里苦不堪言，懊恼不该急于求胜反被王秋拉倒变成肉搏战，良好的体力优势荡然无存，正想借助乱草丛发力摆脱纠缠。他坚信只要能站起身，绝对能取得场面主动。

一滚、再滚……两人终于滚入荆棘丛中。

大概后劲不足的缘故，王秋挣扎的力道突然减弱下来，明英一鼓作气将他按在身下，双手再次扼住他脖子，狞笑道："快快受死吧，你这种人多活在世上一天，我就一天不得安宁！"

说着手里骤然加力，王秋两腿蹬得身边藤蔓荆棘哗哗乱响，脸色渐渐涨成青紫色……

这时地面突然传来疾风骤雨般的马蹄声，似千军万马习卷而来，声势非常浩大。明英也听到了，惊愕一抬头，却见山涧对面乍现上百铁骑，气势汹汹直扑而来！

王秋的救兵来了！

明英反应极快，立即甩开王秋的纠缠，身体从地上弹起，两三个起纵就冲入乱草丛北侧的红叶林。

铁骑狂风似的急卷而至，为首竟是飒爽英姿的宇格格，她怒目圆睁，冲明英逃跑方向连射四五支箭，娇叱道：

"以后别让姑奶奶见着你！"

王秋悠悠躺在地上，看着宇格格、伟啬贝勒等熟悉的面孔围过来，心头一松，想说什么却一口气堵在喉间，然后便什么都不知道了……

再度醒来，鼻间芳香四溢，睁眼看竟躺在宇格格闺房里，伤口已洗净并敷好药膏，感觉又清凉又舒服。

"王先生醒了！"

一直守在床边的宇格格欢呼道，连忙端来冰糖莲子汤。坐在客厅的伟啬贝勒陪着太子绵宁进来，笑道："此次死里逃生，王先生该谢太子爷才对，昨天舍妹跑回城后哭着求太子爷调兵，太子爷四更天不到就守在皇宫外，等皇上起床后急奏香山之事，取得兵符后快马直奔兵部调集骁骑营兵马，整整折腾了一个上午……"

绵宁抬手阻止，笑道："只要王先生平安归来就是大幸……看清楚那帮人的真面目吗？"

"八旗驻京步军副尉明英！"王秋斩钉截铁道。

"又是他？"绵宁颇为意外，"这家伙陷得挺深，恐怕不能用争风吃醋来解释，况且私下调集十多个军士，单这一宗就是杀头的重罪！"

"是啊，香山之行虽险象环生，但通过与明英两次交谈，证实了微臣一些想法，收获……"

王秋似乎有很多话想说，但实在精疲力竭，突然冒出个疑问："叶勒图呢？他跑回来没有？受伤了吗？"

绵宁与伟啬贝勒对视一眼，伟啬贝勒沉重地说："中午救下王先生后，其余部队继续搜山，在靠近南山坳的山道边发现太子府侍卫的尸体，身中十多刀，其状惨不忍睹，后来又在树林里找到另一名侍卫的尸体，是与一名蒙面大汉同归于尽，那蒙面大汉脸部被剁得稀烂，无法查证其身份……没有发现叶勒图的下落……"

"至少存在生还的希望，"王秋舒了口气，"以明英一伙人的凶残，不太可能抓活口。"

"但愿如此，如今……以王先生的身体状况，香山对决能否成行？倘若支持不住，可要求延期进行。"绵宁关切道。

王秋摇摇头："不必，赌约即生死之约，就算抬也要抬到香山，不能给解宗元造成避战的口实。"

绵宁喔了一声："王先生终究是江湖人，要遵守江湖规矩……"

接着宇格格捧了两大碗补品汤剂进来，绵宁没再说下去，转而聊了些无关紧要的话题便离开了。送走太子，伟啬贝勒回来后轻松许多，又介绍了些太子调兵过程中的细节，原来贵如太子，并不像外人想象的那样拥有除皇帝之外的权力，相反受到各方势力的掣肘，可以说此次调兵实质是试金石，测出哪些衙门、哪些官员、哪些军营可以信赖，可以在关键时刻发挥作用。

"这样说来骁骑营一定是太子爷的心腹部队？"王秋问。

"不是。"

伟啬贝勒和宇格格同时笑着否认，然后伟啬贝勒解释道："太子亲自调兵乃令人瞩目的大事，其一举一动受到各方面细究，包括皇上，因此太子绝对不会将真正的嫡系暴露于众，另一方面讲整个调兵过程磕磕碰碰对太子反而是好事，如果一声令下所有衙门、军营莫敢不从，那将引起皇上猜忌，对太子非常不利。"

"原来如此，"王秋感叹道，"官场水深呐，里面关节诀窍要比赌术精深得多，王某自恃赌艺过人，真是惭愧。"

"术有专攻嘛，"伟啬贝勒道，"赌场里赌的无非是钱财，官场赌的却是身家性命，弄不好满门抄斩，千百颗人头落地啊。"

"少说两句好不好，王先生需要休息。"宇格格嗔怪道。

伟啬贝勒一愣，哈哈大笑着离去。

吃完东西，王秋沉沉睡去，这一觉睡得很香，直至晚饭后才醒来。宇格格说守在旗杆巷的仆人刚才禀报，叶勒图还未出现，其间负责监视郗大娘的八旗子弟捎诂儿，郗大娘妓院异动频频，怀疑近期应有大动作；另外董先生派人前来试探，问王先生是否如期出战。

王秋试着起身，却觉得全身上下无处不痛，尤其十多处伤口又痒又疼又麻，轻皱一下眉头又躺下，想了想道："替我派人到宝隆赌坊传话，就说明天香山之约王某准时出战！"

宇格格出去安排时伟啬贝勒又踱了进来，正好听到王秋叹息一声，忙问其故。王秋说:"但凡这种大的对赌,前一天晚上须得到现场再巡视一番,防止对手做手脚,可惜这会儿起不了床,而且城门已经关了。"伟啬贝勒笑道:"王先生不必多虑,从今天中午到明天早上,不可能有任何人出入香山。"

王秋不解地看着他。

伟啬贝勒说此番太子调兵乃一石二鸟之计,一方面解救王先生,另一方面以搜捕余凶为借口封锁香山所有出入口,使得困在里面的明英等人逃不出,解宗元派的人手进不去,最大限度确保明天的对赌如期进行。

"太子爷真是深谋远虑,王某自叹不如。"王秋又惊又喜道。

伟啬贝勒笑道:"太子爷可不是考虑什么赌局成败,而是……王先生可知这次香山对赌将吸引多少赌客上山观看?"

"嗯——起码四五百人吧。"

伟啬贝勒伸出一个手指。

"一千人?"王秋大惊。

"至少一万人以上!"伟啬贝勒郑重道,"这是应天府正式发放的门条数量,介时肯定还有通过其他方式混进去的,估计总数将达到两万人!"

"两万……"王秋不安道,"在皇城根儿、天子脚下举行这等大规模的对赌,万一传到皇上耳里,恐怕,恐怕……"

"是啊,董先生、解宗元这伙人是唯恐天下不乱,只求去的赌客越多越好,可太子爷考虑的问题就多了,首先要确保安全,不能出现灯会、庙会等活动时的踩踏拥挤事件,其次是不能出乱子,你想想,小小的香山一下子聚集两万人,两万人是什么概念?整个京城包括城外驻扎兵营,总兵力不过数万人,万一有人谣言惑众,唆使不明事理的赌客杀向京城,谁抵挡得住?"

王秋听得汗流浃背,吃吃道:"如此说来王某给太子爷添了不小麻烦,真是汗颜……"

"因此太子爷派兵在香山各道口驻守,起到震慑威吓之意,让赌客们心中惕然,不得随意滋事喧闹,还要加强城门兵力驻守,各军营均做好随时应战的准备,"说到这里伟啬贝勒笑笑道,"本来是件小事,太子爷却作为大事件来做,胸中自有沟壑啊。"

"倘若香山对赌顺利结束,不出乱子,没有人员伤亡,对太子爷来说就是大功告成,并能借此立威吧?"

王秋心头涌起一阵悲哀，说来说去，自己不过是太子棋盘上的一枚小棋子，生死并不重要，重要的是能发挥多大作用。

　　仿佛看穿他的念头，伟啬贝勒喟然叹道："一将功成万骨枯，君王之道本应如此，作为人臣当然要尽自己的本分，顺便各取所需罢了。"

　　"是啊……"

　　王秋苦笑着应道，目光透过窗棂，窗外皎洁的月亮在厚重的云间若隐若现，似乎预示着明天香山之战前景莫测。

第三十章　巅峰对决

香山对赌这天，京城出现了万人空巷的景象，大伙儿像赶集似的纷纷出城来到香山，争睹难得的江湖两大赌门中坚高手巅峰对决的盛况。

京城十三家赌坊索性在香山脚下搭起凉棚，现场接受看客们临时押注；地下花会和一些民间赌会则派出若干赌童在山上山下游说，然后将有兴趣押注的看客拉到秘密投注点。

令人瞠目结舌的是，看客中有相当数量的少女少妇，无疑都冲两位赌门高手的翩翩风度而来。有的如宇格格一般乔装打扮，变身面如冠玉的美少年；有的隐于轿中，难得轻掠轿帘惊鸿一现；还有的四五个聚在一起，一路上叽叽喳喳说个不停。

由于采取马吊牌定胜负的方式，此役还吸引了众多马吊牌迷，都想亲眼目睹赌门高手出牌、定牌、听牌的技巧，同时另两位参与者肖定钦和卢蕴也是赌门高手，为了自身和本门声誉也必须全力以赴，且解宗元、王秋、卢蕴之间有着非同寻常的恩怨，更为这场对决增添了悬念。

太子绵宁考虑得非常周详，一是设置障碍，只允许看客从南山道两个入口上山，其他山道一律封闭；二是从山脚到山腰布下三道防线，对所有看客进行严格的搜身，严禁携带武器和火药；三是在榭水亭四周搭建看台，将围观者数量限定在两千人之内，其他看客只能在外围等候消息。

虽然如此，还是抵消不住看客们的热情，蜿蜒曲折的山道上摆满了大大小小的摊子，凉粉、扒糕、莲子粥、酸梅汤、红果酪、杏仁豆腐、烤肉串、炸蚂蚱、炸蝎子、炸蚕蛹等等应有尽有，山腰空地上甚至还有艾窝窝、炸酱面、褡裢火烧、驴打滚等摊点，简直把王府井和什刹海的小吃街都搬来了。

离榭水亭数里远的双喜园最东侧的木楼上，王秋双手负在背后，面无表情看着山道上熙熙攘攘的人群，手中不停地转着两只东山大核桃。

"紧张吗？"宇格格悄悄站到他身后问。

坐在一旁太师椅上的伟啬贝勒斥道："大战当头谁不紧张？你以为解

宗元不紧张吗？等坐到桌前便会抛开一切，全身心投入到对决中。"

"这不是陪他说说话，放松情绪吗？"宇格格委屈地说。

"王先生需要的是安静。"

"才不是……"

王秋转身制止两人争执，问："今天太子爷会上山吗？"

"大概不会，"伟嵜贝勒道，"太子爷很重视你昨晚提供的信息，今天亲自率领所有八旗军营首领驻守京城。"

"还没有叶勒图的消息？"

"唉，不知他身在何处……到今早为止，骁骑营已将整个香山搜了两遍，除了发现王先生所说的詹重召全家尸体，还在另一个山坳里找到庆臣全家四十三口的尸体，场面……"伟嵜贝勒露出作呕的样子，"此案已交由大理寺着刑部、顺天府、应天府办理，连夜派了十多位有经验的捕头和仵夫上山鉴定尸体伤痕。"

宇格格抢着说："还有，明英下落不明，他军营内有四人失踪，另外几个返回军营后被拘捕起来，经过审讯承认受明英指派，蒙面到香山袭击王先生，但他们否认参与詹重召和庆臣两家灭门惨案。"

"偌大的香山，藏个把人很容易……"王秋喃喃道。

王府家丁敲门进来，报告说解宗元等一行人已进了榭水亭。伟嵜贝勒和宇格格顿时脸色一紧，同时将目光投到王秋身上。王秋淡淡一笑，轻掸长衫袖口，道：

"走吧。"

双喜园已挤满了人，见王秋出来，喧嚣声立即止住，人群自动分出一条道，所有人都盯在王秋脸上，默默看他轻快地步出园子，向榭水亭走去。

行至半途，遇到由七八位火门弟子护送的肖定钦，一脸肃穆，眉目间掩不住沉重与踌躇，两人打了个招呼，肩并肩进入榭水亭。

亭内摆了张方桌，上面整整齐齐叠着两副象牙精制马吊牌，待会儿将从中抽取一副使用。解宗元独自站在亭子南侧，依旧是一袭深灰色长衫，阴郁的脸上看不出半点表情，冰冷的目光毫无人类情感。卢蕴则坐在桌前，不知是否故意为之，今天特意换上当年在山东巧遇王秋时穿的衣服，鹅黄色曳地长裙，腰间佩着淡紫色珊瑚，脸上似乎化了淡妆，樱桃小口格外风情万种。

"解先生，我们又见面了。"王秋道。

解宗元冷淡地瞟他一眼："你还活着，很好。"

"大难不死必有后福，解先生想必听说过这句话吧？"

解宗元哼了一声，似是不屑与他辩论。

"董先生没来？"

"他神龙见首不见尾，寻常人等哪能见到？"解宗元道。

"也许他的尾见不得人。"王秋半含半露道。

解宗元脸色一变，凶狠狠瞪了他一眼。

卢蕴站起身盈盈笑道："王秋。"

王秋点点头算是应答，回身请肖定钦坐下。肖定钦情知他们之间错综复杂的关系，抱定万言不如一默的原则，眼观鼻鼻观心，亭子里陷入难捱的沉默。

隔了会儿，担任此次对决的公证人也来了——飘门前辈道衍明，面沉似水，眼中有掩饰不住的忧虑。

按惯例先猜座次，由于解宗元和卢蕴源出同门，必须相对而坐，因此关键在于王秋和解宗元是否坐上下首。猜的结果解宗元坐东，王秋在他的下首北，卢蕴在西，肖定钦在南。

在亭外两千双眼睛的注视下，道衍明宣布对赌规则：四方各出十万两银票，单局胜负不低于三千两；赌局共打一圈，东南西北风四方各轮一次庄，不连庄；赌局结束后以所得银票数定胜负，负方以十万两为限，不赊不欠，不得中途退出；赌局进行时不得与外人交谈，不得出榭水亭外。

"赌局开始！"

双方选定使用的牌具，道衍明将另一副扔掉，再将牌盒打开一张张鉴别有无破损暗记。亭外看客均屏住呼吸，眼睛一眨不眨看着四人洗牌、彻牌，然后由道衍明发牌。

离亭子最近的看台不过二十步远，可清楚地听到道衍明的声音，以及牌桌上的声响，眼力好的应该能看到牌的花式。但参战四人像是约好的似的，分到牌后并不掀起，仅以指头在牌面上一摸，然后以眼花缭乱的动作将牌打散，重新排成一排。

这样不仅能防止身后的看客窥视，由于牌排放毫无规律，使对手难以从牌面上进行分析判断，即行家所说的"花牌"。

"西风。"

解宗元开出赌局第一张牌，不单赌局者，所有在场观战的都吓了一跳。开局不打西风是赌场约定俗成的规矩，因为"坐东打西"预示着牌面奇恶无比。

看来今日之战解宗元是搂紧了往死里打。

"碰。"王秋慢吞吞道。又是违反开局不碰牌的牌理的打法，看客们私底下窃窃私语，猜忖此战必定凶险异常。

"噤声！"

道衍明大喝一声，充沛的中气连守在外围的看客都听得一清二楚。

参赌四方均为赌门高手，对马吊子规则、战术、战略了然于心，虽然攻守谨慎，但牌局进行得如行云流水，打、吃、碰快捷无比，四五轮后却是卢蕴抢先捉到肖定钦先和一局。

接下来肖定钦连续自摸两把，卢蕴又小和肖定钦一局。东风结束，王秋和解宗元都未开牌。

有看客埋怨道："怎么搞的，明明是王解对赌，怎成了肖定钦和卢蕴的表演赛？"

有的分析道："卢蕴好像在搅局啊，每次都以小牌抢先和掉，让王解两人难以发挥。"

还有人道："好汉不赢前三局，从王解的打法看都在攒足劲成番牌，不赢则已，一赢足以对对手造成重创。"

其时场外看好解王两人的大幅度减少，不少赌客开始押肖定钦最终获胜——生姜还是老的辣嘛。

议论纷纷中又从解宗元开始第二圈对赌，两人委靡不振的状态依然没有改观，还是肖定钦和卢蕴轮流和牌。就在大家以为这家圈又以平淡结束时，王秋突然砌了一手好牌。

他连续打掉四万、五万、六万，又陆续打了东风、西风、五索、七索、八索，而筒牌一张未出，连亭外看客都看出来了，王秋手里必定是清一色筒牌！

肖定钦首先转入防守，将摸到的筒牌全收在手里，而将其他花色拆开来打。卢蕴倒是不管不顾的样子，猛冲猛打，接连扔出筒牌，仿佛抢着往枪口撞似的。看客们暗地嘀咕，到底师门情谊深厚，关键时刻卢蕴还是站在解宗元这边。

"啪"，卢蕴打出一张六筒。

就在所有目光就聚集在六筒上时，解宗元右手闪电般伸向桌面最靠近自己位置的一张七万，与此同时王秋也闪电般出手，单指轻轻按在七万上，解宗元脸一红，若无其事撤手拿牌。

一连串动作兔起鹘落，除了亭中五个人心知肚明外，看客竟无人识破。解宗元暗叹一声，手中八万、九万就等这张七万听牌，如今失手倒也罢了，反将牌暴露于众，这一局大势已去。

卢蕴看出解宗元的牌根本无法参与竞争，肖定钦则全面防守，以王秋的风格肯定自摸为主，不会轻易和某一家的牌，抗争的重担全落到自己身上。当下凝神以对，此时肖定钦也不甘束手就擒——须知王秋的清一色杀伤力惊人，万一栽给他基本上无缘参与竞争，遂主动放牌，卢蕴连吃两进顺利听牌。

麻烦的是她终究心有顾忌，转来转去反听四七筒。

这一来令解宗元和肖定钦进退两难。此局王秋手中的筒牌一张未出，难以猜估到底听什么牌，虽然卢蕴以简明的打法做出暗示，他们担心被王秋偷袭得手，因此频频长考，先将手里索牌、万字拆开来以求平安。

你来我往又摸了几圈，眼看只剩下八垛牌，解宗元等人陡然看到希望，暗想把牌黄了也是不错的选择，打得愈发谨慎。

这时卢蕴摸了张东风。

很奇怪，桌面上西北风到处都是，就是没有东风。王秋会听这张牌吗？卢蕴左右为难。

倘若他手里有三张自然不足为虑；倘若有一对正好听东风，清一色变成混一色，番数大减，对她来说可以接受。

只要输的人不是解宗元，就有回旋的余地。

"东风。"她说。

"杠！"王秋从倒扣的牌里抽出三张东风，然后大喝一声，"开！"

全场屏息静气中，王秋亮出杠上的牌，梅花。

"开！"王秋又喝了一声，还是花牌，兰花。

"开！"

王秋第三度喝道，然后眼睛一亮，将牌重重拍在桌上：六筒。再翻开牌面，王秋听三筒、六筒对倒。

混一色，杠上开花，碰碰和，道衍明沉声道："三家赔，各两万四千两。"

全场响起啧啧的赞叹声，无疑，王秋凭这把石破天惊的牌基本奠定胜局。此时卢蕴懊恼万分，紧紧咬着嘴唇；解宗元则面沉似水，看不透在想什么。场外各押注点见势不妙，不约而同停止收摊。

第三圈西风与东风一样波澜不兴，解宗元和了两把，卢蕴、肖定钦各和一把，输赢不过万儿八千两，对王秋根本不构成威胁。

决胜圈开始了。

解宗元突地精神大振，仿佛换了个人似的，开局就吃牌、碰牌、杠牌忙得不亦乐乎，最后手中竟只剩一张牌单吊。

这时众人才发现解宗元的牌面居然是三色步步高，加上单吊番数与混一色差不多。局势顿时紧张起来。

卢蕴第一次转入防守，尽量避免让王秋和肖定钦和牌；肖定钦这回没有躲闪，也不能再躲闪，倘若这回解宗元得手，自己铁定垫底，火门的声誉将毁于一旦；王秋则盯着桌面的牌出了会儿神，经道衍明提醒才慢腾腾摸牌。

牌局很恶劣，以解宗元的狡猾，单吊的目标肯定隐蔽性极强，可以是之前打过的任何一张，总之无法捉摸。

这种情况下进攻是最好的防守。

但王秋这局牌出奇的糟糕，而且解宗元看得紧，几乎没什么机会吃牌，离和牌还差十万八千里，因此只有一个选择——

让肖定钦先和。

他没办法算清解宗元听什么牌，却大抵猜到肖定钦所需要的。两圈过后，解宗元又摸了四张花，牌势越来越险恶，王秋觉得不能再拖了，遂拈起一张七筒准备打出去。

"如果我是你，就不会出这张牌。"解宗元突然冷冷道。

王秋手停在半空，将牌在掌心旋了几圈："此牌一出，肖老前辈就可以和牌，这是利人利己的事，我为何不出？"

"因为一个人？"

"谁？"

解宗元嘴角浮出一丝邪恶的笑容，轻而清晰地说："叶勒图。"

王秋呆了半晌缓缓道："他落在你手里？"

"那班兄弟还算识货，没把他一刀剁了，"解宗元道，"王先生若不信，我这就叫人送半截指头来。"

"不必！"

王秋抬手阻止，亭内陷入短暂的沉寂。

两人对话虽轻，却有靠得近又耳力超强的，遂将谈话内容传了出去，看客们大哗，当即有人大声质疑道衍明未尽到公证职责，应该阻止解宗元利用人质恐吓王秋出牌。道衍明面无表情道："赌局没有禁止对赌者说话的规矩，公证人亦无权就对话内容进行干涉。"

"但解宗元明明在恐吓，影响对赌的公正性。"有人说。

道衍明说："王秋也可以恐吓解宗元，这些都是赌局的一部分。"

经过艰难的考虑，王秋问："不出此牌，我能得到什么承诺？"

"留他一条命。"

"我如何知道你所说为真？"

解宗元嘴角笑意更浓："很简单，我每天派人送半截指头给你，保证现斩现送，都是血淋淋，与死人的手指截然不同。"

亭外嘘声四起，对解宗元的无耻感到愤愤不平，也有看客认为很合理，身为对赌者应该保护好身边最亲近的人，否则没有资格与别人较量。

闹哄哄声中王秋拳头捏了又松，松了又捏，良久才说："你不能伤他半根毫毛，否则这张牌我还是要出。"

解宗元收敛笑容正色道："你要价太高！我不妨说清楚一点，这张牌，是换叶勒图的性命；至于是否伤他以及其他事，要看你是否掌握跟我讨价还价的底牌！"

那张七筒在王秋手指间翻来翻去，好几次差点掉到桌上，解宗元眼睛一眨不眨地与王秋对视，似乎在较量彼此的决心。

陡地，王秋露出一丝笑容："好，我换一张，六索。"

解宗元方微微松了口气，却听肖定钦将摸的牌重重一拍："自摸七筒！"

"什么？"

解宗元和卢蕴大吃一惊，这才悟出刚刚王秋笑的意思：他把所有人的注意力都吸引过去，作为赌门前辈的肖定钦，倘若浪费如此便当的偷牌换牌机会，几十年江湖生涯白混了！

第三十一章　奇兵迭出

失去一次反败为胜的机会，解宗元恼怒异常，狠狠剜了卢蕴一眼，怪她只顾看热闹却忽略了同样有竞争力的肖定钦。

轮到王秋做庄，此时亭外看客们还沉浸在解宗元得而复失、肖定钦拦腰取胜的变局中，只听到王秋低喝一声：

"地听！"

起手牌一张不摸就地听，绝大多数人玩一辈子马吊牌都未必能遇上，王秋却在今天这种关键场合，而且是决胜圈摸到，可谓运气好到极点。亭外押解宗元胜的暗地捶胸顿足，恨自己押错了对象，然而押王秋胜的心里也直打鼓——在场的人都看出来了，王秋赌术固然技高一筹，可心计和狠毒要比解宗元差一大截，别的不说，单叶勒图这张牌就够王秋受的。

解宗元冷眼看着王秋，沉默有顷道："王先生好手法。"

他不说王秋运气好却强调手法，显然怀疑王秋砌牌时做了手脚。

王秋也不辩解，道："承让。"语气间大有就算我做手脚你没看破，又能奈我何的意味。

卢蕴正好摸到四张东风的暗杠，索性拆开来打了一张；转到肖定钦，他一遍遍摸着手里的牌，表面看似乎举棋不定，吃不准王秋究竟听什么，实质是在等解宗元发话——倘若王秋自摸，以天听的番数，其他三个人的银票都得输给他。

赌局中被剃光头是赌门中人最大的耻辱！

尽管肖定钦暗中倾向王秋，但这局地听事关师门、个人荣辱，绝对不能让王秋得逞。

果然，解宗元沉默片刻道："依我之见，王先生还是放弃这把牌为好。"

"为何？"

"刚才七筒换得叶勒图活命，这回地听再换我们不伤他毫毛。"

王秋盯着对方："地听得手，你们三位将全军覆没，解先生开的价码未免太低了。"

"要不我这就派人卸他一条手臂过来？"解宗元有恃无恐道。

亭外东南角落里宇格格气得满脸通红，骂道："世上竟有这等厚颜无耻的人，老天真是瞎了眼！"

"就算放弃这局，王先生还是遥遥领先，"伟啬贝勒安慰道，突然目光一凝，仿佛看到难以置信的东西，"他……他怎么来了？"

"谁？"

伟啬贝勒声音压得极低，凑在她耳边道："皇上。"

"啊！"

宇格格也吓了一跳，顺着他的目光看去，只见嘉庆帝一身淡紫色便装，头戴毡棉帽，神情安详地站在亭子北侧第一排，他身后和两侧挤着十多位便装侍卫，均目露精光，太阳穴高高隆起，警惕地注视全场情况。

"他来干嘛？"宇格格不安地说，"会不会早就部署好人马，等赌局结束来个一网打尽？"

"不可能，整个香山都被太子爷调遣的人马所控制，稍有风吹草动我们都知道，大概……皇上也听到街头巷尾议论，特意跑过来看热闹。"

"我才不信，皇上日理万机，每天要处理多少公文急件，要决定多少国家大事，哪有工夫看人家玩马吊牌？再说他最厌恶赌博和唱戏了。"

伟啬贝勒失笑道："你未免把一国之君想得太辛苦，若连出城散心的闲暇都没有，哪有半分九五之尊的乐趣？君王之道举轻若重，你认为的大事或许在皇上眼里不值一提。"

亭子里，王秋还在与解宗元较量："放叶勒图出来，我立马放弃此局。"

"只要王先生认输，我这就叫人把他送到旗杆巷。"

王秋一笑："成大事者不拘小节，其实叶勒图与我非亲非故，只是在赌场认识的朋友，与我所图之事相比，解先生觉得孰轻孰重？"

此言一出解宗元心里微微一颤。

他清楚王秋的为人，按常理不可能众目睽睽下放弃叶勒图，然而一旦拿下此局，王秋将以一赢三且剃光头的佳绩报一箭之仇，既争取到留在京城掀风作浪的机会，又奠定在八大赌门、在整个江湖超一流高手的地位。将心比心，解宗元自问无法拒绝这种诱惑。

他更清楚之所以坐在这里，并非为了争强好胜，一定要赌个输赢，而是牵涉到一宗更深远的计划。王秋输得起，他输不起。

何况解宗元还握有一样比叶勒图更有杀伤力的武器。

道衍明干咳一声："已超过半炷香了，肖老弟请出牌。"

肖定钦老脸一红，装模作样道："唉，地听之牌神鬼难测，实在……"他迟疑了好半天才拈出一张牌准备打。

"且慢，"解宗元阻止道，"王先生，我这就派人下山释放叶勒图。"

王秋紧紧盯着他："君子一言——"

"驷马难追！"

为表示诚意，解宗元立即招手唤来守在亭外边上的小童，当着大家的面解下腰间玉佩作为信物，让小童骑快马下山通知手下放了叶勒图。

小童甫一离开，未等解宗元开口，王秋猛地将面前的牌一推，与桌上的牌混到一起，道："我放弃此局。"

这一瞬间王秋又露出轻快的笑容。

解宗元一怔，突然想到王秋的牌或许根本没有地听，他是虚张声势恫吓大家！

倘若如此，自己岂不是上了大当，白白舍弃了叶勒图这张好牌？想到这里解宗元几乎气炸胸膛，恨不得把牌桌掀掉。

轮到卢蕴做庄，只剩下两局牌了，此时王秋以赢六万多两绝对领先，其次是肖定钦，三个人当中他输得最少，解宗元垫底。

亭子内外寂静无声，整个山地只听到呼呼呼的山风呼啸，和亭子里骨牌清脆的声音。

"天听！"解宗元摸完牌毫不犹豫道。

这一下全场大哗，很多看客情不自禁向前冲欲看个究竟，负责维持秩序的军士们连连呵斥，挥动刀枪隔阻。道衍明也以公证人的身份要求看客保持安静，否则将宣布终止赌局。

隔了好一会儿亭外才恢复正常，所有人将目光投向王秋，看他如何应对。

众目睽睽下王秋道："解先生此举未免拾人牙慧，很不高明。"

"王先生若不信大可一试。"解宗元强硬应道。

这一军将得很巧妙，事实上王秋除了以牌应牌真没有其他办法，毕竟诈听也是马吊牌的一部分，何况解宗元未必在撒谎。

"南风。"卢蕴率先开出一张牌。

肖定钦迅速跟了张南风，然后解宗元摸牌，没和，接着轮到王秋。

局势十分诡异。解宗元不可能和卢蕴的牌，而肖定钦跟相同的牌按规则也不可以和，但解宗元过牌之后王秋倘若还出这张，规则允许和牌。也就是说倘若解宗元单吊南风，放过卢蕴后也不可以和肖定钦的，但王秋再打南风就能和。

王秋沉吟片刻突然道："无论天听是真是假，解先生一定会放弃的。"

语气、语式与刚才解宗元如出一辙。

解宗元大感意外，道："请王先生解释。"

"香山很大。"

这没头没脑的四个字使众人议论纷纷，解宗元知他必有后话，不动声色应付道："是很大，所以今天来的朋友特别多。"

"但香山又很小，小得连一个人都藏不下，"王秋眼中射出锐利的目光，"解先生明白我的意思吧？"

"不太明白。"

说这话时解宗元心里却是透亮，不为人察觉地与卢蕴交换一下眼神。

王秋索性倚到椅背上，换了个较为舒服的姿势说："能参加这次对赌，对我来说实在侥幸，因为就在昨天，我跟几位朋友到这里勘察地形时遭到一伙蒙面人的袭击。"

看客们不约而同轻呼一声。

解宗元道："这等事应该报官府才对。"

"说起来袭击我的首领还是老相识，上次无端指责我行窃，将我投入刑部大牢夜以继日地严刑拷打，险些丢掉性命，"王秋道，"此人颇有些来历，解先生记得神武门遇刺事件吗？"

这可是本朝禁忌的话题之一，在场所有人都愣住，亭子内外鸦雀无声。

解宗元脸上渐渐堆积起阴云，冷冷道："时间紧张，王先生挑要紧的说。"

"当年万岁爷遇刺之际，此人本应在神武门值守，他宣称要参加朋友的生日宴，与其他侍卫换了班，"王秋侃侃而谈，"至于凶手，想必大家都知道名叫陈德，穷困潦倒的木匠，因生活所迫而自寻死路，可这样一个进了紫禁城分不清东南西北的人，居然头一回闯进皇宫就撞到万岁爷，难道不是巧合得难以置信的事吗？这个问题，大概万岁爷都很想知道吧，可惜已死无对证。"

"王先生，这会儿是在对赌而非查案，你跑题了！"解宗元不耐烦喝道。

王秋恍若未闻，续道："凶手陈德有三个哥哥，事后只捉拿了两个，还有一个因在山海关打短工躲过一劫，他叫陈厚，解先生想必熟悉。"

"莫名其妙，我连名字都没听说过。"解宗元连忙撇清。

"事发前十多天，陈氏兄弟有过一次深谈，陈德说有个赌友叫他去杀一个人，无论成败都奉送三百两银子，条件是必须咬定自己活腻了找死，不得泄露谁指使的。陈厚尽力劝阻，说车到山前必有路，三百两银子固然是我们这些穷人做梦也赚不到的巨款，可拿自家性命交换未免划不来。陈德惨笑说其实兄弟我是真的活够了，早就觉得这样下去没意思，拿一条命换三百两银子，让全家从此过上好日子，值！那夜陈厚劝了很久，却未能让陈德回心转意，当然陈德根本不知道去的地方是紫禁城，刺杀目标是当今万岁爷，三百两银子是拿到了，可老婆和两个儿子都被处决，还累及两位哥哥，唉，这大概是陈德事先没想到的。"

解宗元轻轻鼓掌："看不出王先生不仅精通赌术，讲故事也堪比天桥说书艺人，精彩，精彩！现在，王先生该出牌了吧？"

王秋笑道："精彩的还在后头。陈德所说的赌友，陈厚原本也熟悉，因为陈氏兄弟经常一起去赌坊嘛，这位赌友便是我刚才说的蒙面人、老相识，乃八旗驻京步军副尉明英！"

全场大哗，伟啬贝勒注意到嘉庆帝露出若有所思的神色，显然对王秋的话很感兴趣。

解宗元喝道："再提醒一遍，这是赌局，不是海侃山聊的茶馆，别扯那些荒诞不经的山海经。"

"王某并无半句虚言，"王秋冷冷道，"陈德被满门抄斩后，只有明英知道陈厚是漏网之鱼，一直暗中寻找，上个月终于发现后立即上门剿杀，被王某救了下来，陈厚惊恐之余说出实情……神武门遇刺事件根本是一桩策划已久的阴谋，正是明英通报万岁爷的行踪、回宫路线并暗中指点，陈德才能顺利入宫并刺杀万岁爷……"

"住嘴！"解宗元暴喝道，"若真要刺杀成功，何需派全无暗杀技巧的莽夫出手，你的推测不值一谈。"

王秋微笑道："选择在神武门下手，明英一伙原本就没指望成功，他们酝酿的是一宗更深更大的阴谋，这事儿扯远了……还是说明英吧，昨天几番追杀，差点置我于死地，眼看快要得手，兴奋之余他对我说了实话，原来在香山狙杀我们是奉解先生的命令……"

"轰"，亭子内外像炸锅似的沸成一片。

闹哄哄中解宗元站起身挥动双臂，声嘶力竭道："胡说！胡说八道！"

王秋冷静道："解先生想对质吗？这就是我想说的，就在赌局开始之前，明英刚刚被骁骑营抓获！"

解宗元一呆，缓缓坐下来，等全场都安静下来才问："明英跟这局天听有何关系？"

"你放弃此牌，明英就先押回京城，暂不带到榭水亭当众对质。"

"即便对质，口说无凭也没用。"

"解先生愿意试一试？"王秋步步紧逼。

解宗元环视亭外黑压压的人群，目光闪动，心里急剧盘算，良久缓缓道："不妨告诉你们，这把天听千真万确，绝非恫吓。"

王秋微笑道："解先生的人品向来为王某所钦佩，王某从未怀疑过，正如刚才那把地听，都是浑然天成。"

解宗元当然听出对方话中的讥讽之意，黑着脸将牌一推："放弃！"

最后一局牌轮到肖定钦做庄，也是确定胜负的决战局，然而经过刚才一系列变故，看客们人心涣散，注意力都转到神武门事件或明英身上，除了投下重注的赌客，很多人已不再关心赌局输赢。

垛好骨牌，肖定钦抬手道："肖某想提个意见……"

"我知道，"道衍明道，随即抬高声音说，"为保证赌局的公正性与对赌的流畅性，作为公证，我临时追加一条规定，本局宣布天听或地听者，须经本公证现场确认，诸位有无异议？"

"没有。"王秋、解宗元和卢蕴异口同声道。

道衍明分牌时，王秋目光轻掠，只见远处宇格格在不停地重复一个手势，心中雪亮，抬手示意已收到。

大概是天意，最后一局牌杀气大盛。解宗元是索一色，王秋是筒一色，肖定钦是万一色，卢蕴则手握中、发、白，俨然大三元之势。

无论谁和牌，都会改变现有的胜负排名！

尤其对解宗元和肖定钦而言，已是背水一战，不可能再退让。而卢蕴也几乎没有选择，她只剩下四万多两银票，即使故意放水全部输给解宗元，总数依然比王秋少。因此要么尽力配合解宗元自摸，要么捉住王秋，大三元的番数足以使他血本无归。

牌局艰难地进行着，每张牌都关系到牌势走向，稍有不慎便会轧然翻盘。

"六索！"王秋断然开牌，见解宗元毫无反应，如释重负舒了口气。

转到解宗元，一摸居然是张五筒，顿时僵住，隔了好一会儿道："王先生刚刚冲索张，开始听牌了吧？"

王秋笑道："承蒙解先生吉言，若我猜得不错，解先生也就差一点点。"

是差一点，但若不把五筒打掉，错进错出，解宗元就差两进牌，这在紧张激烈的赌门高手巅峰对决中，等于失去竞争机会。

但五筒……

以解宗元的判断，王秋听的牌应该是二、五、八筒一条线，此时开这张牌无异于羊入虎口。

"解先生在长考么？"王秋意态闲悠道，"是不是摸到筒牌不敢出？"

解宗元冷哼一声，拈起五筒往桌上一拍："我赌王先生不要这张牌！"

"为何？"王秋双手抬起，似乎要将牌推倒。

"因为陶兴予。"

王秋呆住，半晌才道："愿闻其详。"

"长话短说，前几天陶兴予已无罪释放，被我接至寒舍热情款待，"解宗元手指慢慢抚过那张五筒，"倘若王先生对这张牌感兴趣，我恐怕……要一直热情款待下去。"

"卑鄙！"宇格格恨声道。

伟啬贝勒笑道："双方玩的噱头罢了，正如王先生扬言捉到明英，解宗元明知可能性甚微，却不敢拿自家声誉性命来赌，这回同样如此，关键看王先生如何应对。"

第三十二章　离奇暴亡

"请问哪个衙门释放陶大人的？单单宣布'无罪'么？"王秋问。

解宗元懒洋洋道："这不是赌局讨论的问题，王先生只须说'要'还是'不要'。"

"不要。"

王秋干脆利索道，牌局继续进行。

亭外微微响过一阵议论，显然大家对王秋轻易服软感到失望，也为双方未曾像之前那样不断抖出猛料感到不过瘾。

经过令人窒息的三圈，卢蕴摸到万、筒、索各一张，意识到大势已去，率先退出竞争，将中、发、白拆开来打；第四圈时肖定钦摸到王秋所需的五筒，顿时僵住，枯叶般的脸抽搐数次后喟然一叹，也不再听牌。

只剩下王秋和解宗元依旧杀气腾腾，手握足以锁定胜局的好牌。

第六圈，王秋摸了张东风，长时间沉吟不语。赌局进行到现在，以观赌者的实力和精明几乎已猜定牌势：王秋听二、五、八筒，清一色；解宗元听东风、九索，混对。

若扣住这张东风，势必要拆手里的筒牌，那么桌上三人只能眼睁睁看解宗元自摸，这不是王秋乐见的。

但东风一旦出手，牌局立即结束，解宗元将小胜王秋。亭外又响起嗡嗡声，看客们均看出王秋处于两难境地。

"该出牌了。"道衍明催促道。

王秋突然一笑："好，我赌解先生不要这张牌。"

说着将东风拍到桌上，解宗元两眼发光，二话不说就要将牌推倒。王秋道："慢，解先生先听我说一句话。"

"不管说什么，都别想阻止我赢牌！"

"包括郗大娘？"

解宗元愣住，过了好一会儿才说："我不明白。"

"本来我也不明白，"王秋冷笑道，"一场应该秘密进行的江湖赌门之间的决战，为何传得沸沸扬扬京城妇孺皆知，最终演变成今天这种闹剧，到底谁走露了风声？朝廷为防拥挤喧嚣甚至酿成民变，不得不调集保卫京城的精锐之师前来戒备，又遂了谁的心愿？"

"赌中有赌是很平常的事，无须大惊小怪，"解宗元不耐烦道，"王先生若有谈兴，等我和了这把牌再说。"

他双手齐推，却被王秋从背面抵住，道："且听我说完……大家还记得天理教与癸酉之变吧？一帮胆大妄为的教徒冲入紫禁城，烧杀抢掠，幸亏太子殿下临危不惧，从容指挥，成功平息叛乱……"

"我不能再忍耐下去了！"解宗元拍案而起怒吼道，"王秋居然使出无赖手段阻碍我和牌，这还算牌局吗？道老前辈，难道飘门尽出这种没出息的弟子？"

事关门派声誉，众目睽睽下道衍明也挂不住老脸，沉声道："王秋，你有事说事，无事就让解先生和牌，别再拖延！"

王秋一躬身道："遵命……癸酉之变后，天理教余孽贼心不死，蛰伏在京城伺机作乱，他们的新首领则是赫赫有名的郗大娘！"

"啊！"全场响起惊呼声。

解宗元铁青着脸，目光四下逡巡，似乎在期待什么。

王秋续道："同时，郗大娘又与以解先生为首的地下花会合作，暗中用高利贷提供赌资，勾引朝廷命官下水，以图更大的阴谋……"

"一派胡言！"解宗元嘶叫道。

"此次香山对赌，解先生串通京城十三家赌坊四处放风，吸引大批看客来到这里，也调动京城精锐之师，使得京城防卫力量大减，"王秋声音越来越洪亮，"郗大娘暗中策划，秘密调运兵器，安排人手，打算趁香山对赌之际再次发动暴乱，攻打紫禁城！"

人群顿时骚动起来，连嘉庆帝都露出不安的神色，四周军士纷纷亮出刀剑，吆喝着维持秩序。

王秋道："所幸个中阴谋已被我等提前获悉，太子殿下专门留京驻守，刚刚……京城传来快报，郗大娘一伙的叛乱已被太子殿下平息，相关人等全部被擒……"

没等他说完，解宗元突然呼啸一声，猛地掀掉牌桌。像是接到暗号，看客中陡地冒出数百人，一拥而入冲进亭子，将王秋等人淹没其间；紧接着亭外大乱，有人混在人群里或放烟雾，或推操打斗，于是哀号声、怒骂声、呼唤声、啼哭声响成一片，场面混乱之极。

变乱乍起之际，伟啬贝勒脸色大变，匆匆说了声"保护皇上"，遂拉着宇格格奋力挤到嘉庆帝身畔，此时十多个御前侍卫已结成两道人墙将他围在中间，但仍禁不住汹涌的人潮冲击。伟啬贝勒又唤了七八名侍卫上前协助，并将嘉庆帝逐渐引至相对安全的地段。

"王先生在哪儿？"嘉庆帝急急问。

"他……"

被人潮吞没瞬间，十多柄匕首刺向王秋全身各处要害，幸亏他早有防备穿了软猬甲，抵住急攻后顺手拎起石凳左推右挡，刀光剑影中不留神被绊了一下，立即有两柄匕首直刺咽喉！

王秋双手撑地，避无可避，挡无可挡！

千钧一发之际，一只淡红色绣鞋蓦地出现，踢飞匕首！不消说，是卢蕴救了他一命。来不及说话，又有几条身影扑过来，王秋闪电般滚到亭外，灵巧地混入人群中。

惊惶万状的人群浩浩荡荡连续冲破山腰、山下数道防线，以壮观的人海之势漫山遍野直扑京城。沿途不断有绵宁布置的铁骑，以及壕沟、铁栅栏隔阻疏流，加之看客们体力消耗巨大，数里路跑下来渐渐恢复平静。

香山脚下，王秋在伟啬贝勒、宇格格的带领下叩见嘉庆帝。问及对赌时所说的话是否确凿，王秋答道虽然有夸大其词的成分，但涉及神武门遇刺和癸酉之变两桩大事都经过周密调查，愿以性命担保。

嘉庆帝沉思有顷，突然道："陈厚现在何处？"

"回皇上，因遭灭门追杀，他已携家人离京，临别前告诉草民这些事，原本打算回山东老家，但……草民不曾打听他落脚的地方。"

"陈德刺驾，背后有什么阴谋？"

王秋恭恭敬敬道："回皇上，由于证据未明，草民暂时不敢指名道姓以免误伤，但草民以为，神武门遇刺事件获利最大者难脱其咎。"

香山脚下寒风肆虐，看客们已渐渐散去，一行人围在嘉庆帝周围鸦雀无声。良久，他挥挥手道：

"起驾。"

回京途中，嘉庆帝又详细问起郗大娘、地下花会以及解宗元的联系，王秋如实禀报了刺探调查的经过，也提到被明英栽赃下狱险些丧命之事。

嘉庆帝感慨道："这些年来旗人被赌博和唱戏腐蚀了性子，文官不喜吟诵，武官不敢打仗，长此以往国将不国啊。"提到治国方略，王秋只有唯唯诺诺。

来到京郊十多里地，绵宁派出的神机营已等候多时，当下汇合一处，摆出銮驾，亮明旗号，一路急行进了京城。伟崙贝勒本想告辞，不料嘉庆帝示意三人过去，淡淡说："立即去刑部大牢，传朕的旨意，即刻押解陶兴予进宫候审。"

嘉庆帝准备亲自过问此事了！

王秋精神大振，当即和伟崙贝勒、宇格格以及两名御前侍卫骑着快马疾驰至刑部大牢。狱卒们听说是皇上下旨，不敢怠慢，屁颠颠领着他们来到天字号大牢，打开牢门，却见陶兴予仰面躺在地上七窍流血，气息全无，身体尚有余温，显然刚刚被下毒而死！

王秋悲痛欲绝，突然而来的打击加之与解宗元苦战半日耗尽元神，只叫了半声便晕倒在地。宇格格急忙猛掐他人中，连呼带喊；伟崙贝勒则怒气冲冲下令拘捕当日天牢值守狱卒，等以后细细盘问。

将王秋送回旗杆巷，伟崙贝勒独自进宫复命，正好绵宁也在上书房禀报捉拿郗大娘平息暴乱之事。

香山对赌前夜，王秋根据叶勒图等八旗子弟的监视情况，得出郗大娘调集兵器打算近期起事的结论，遂密报给绵宁，绵宁连夜派神机营秘密进驻八大胡同。第二天香山对赌正式拉开帷幕，街上人迹稀少，天理教徒陆续来到郗大娘独住的小院内，分发兵器，包扎头巾，约定暗号，准备分三路攻打紫禁城。就在这时神机营兵马将这里包围得水泄不通，经过两个多时辰的鏖战，绝大多数天理教徒死于刀枪之下，仅有四五人被活擒，而郗大娘从暗道远遁，至今下落不明。从现场搜到的东西看，郗大娘乃京城天理教头目已确定无疑，但尚不清楚解宗元以及地下花会是否参与。

"一网打尽，不留后患！"嘉庆帝做了个用力下砍的手势说，"以地下花会的能量，竟能在短短数日内组织起数万之众参与的赌局，竟能使得京城万人空巷，是何等的可怕，何等的嚣张！尤其当数万人从香山一哄而散时，朕站在山腰上想，假如这些人手握兵器，即使是一群乌合之众，朝廷需要多大的代价才能控制住局势？往深处想，真是不寒而栗啊。"

绵宁陪笑道："多亏王先生多方刺探，及时通报消息，方能调兵遣将从容应对，纵然如此，儿臣还是放心不下皇阿玛亲临香山察看，万一有个闪失真是不堪设想。"

231

嘉庆帝说："不到现场看看怎能感受地下花会的威胁？特别是王先生对赌时透露的那些事儿，你们，包括王公大臣没有确凿证据自然不会在朕面前提起，但陈德刺驾案，朕当初就琢磨不是那回事，可惜一班没用的家伙审来审去竟一口咬定陈德自寻死路，哼！"

绵宁赶紧说："儿臣惶恐，事实上儿臣也怀疑其中另有蹊跷，一直暗中调查，包括地下花会的组织、运作情况，也不时与王先生商量。"

嘉庆帝笑道："朕并非怪罪于你，身为太子本该慎言慎行，非有十成把握不轻易下判断……陶兴予的事办得如何？"

伟啬贝勒赶紧将陶兴予暴亡的情况说了一遍，嘉庆帝拍案而起，怒道："朕早听闻牢中狱卒胆子大得骇人，想不到竟猖獗到这等程度，抢在朕提审前杀人灭口！这班奴才必须全部处斩，一个不留！"

"微臣已将相关人等拘捕，听候处理。"伟啬贝勒道。

绵宁说："此事由儿臣负责审理，一定要追出幕后凶手！"

嘉庆帝点点头，目光透过窗户不知想起什么，喃喃道："注意适可而止，涉及面不要过大。"

伟啬贝勒一怔，绵宁不愧常年侍候在他左右，心念稍动便知所指，恭声说："儿臣明白。"

眼见他面露倦容，绵宁打算告辞，不料嘉庆帝思绪又飘到别处，问道："整顿八旗的事进行得怎样？"

"回皇阿玛，儿臣想依据皇阿玛鼓励旗人开荒种地，自食其力的设想，在双城堡一带屯田，然后安排京旗落户耕种，儿臣测算了一下，先花三年时间屯田九万垧，可安置三千户人家，然后每年移五百户，估计十年内可安置七千户左右，既能缓解朝廷恩养压力，又能根除八旗子弟淫奢败坏的风气，可谓一举两得。"

嘉庆帝赞许道："此策立足长远思虑周全，若能实施可解宗室之困，近年来八旗子弟沉迷赌场、征逐歌楼，消耗靡费，不仅习俗日渐浮荡，生计日渐拮据，上个月朕下旨关闭京城所有戏园，竟有定亲王等王公大臣竭力反对，认为唱戏是太平盛世之举，不宜禁止，朕训斥说'夫太平景象，岂在区区歌舞为之粉饰'，况且旗人唱戏如同自寻下贱，岂可纵容？八旗子弟，务必以清语骑射为本务，朕坚持每年木兰秋狝，就是借此习武练兵，怀柔蒙古，让八旗子弟回归当初入关时的血性！"

绵宁和伟啬贝勒对视一眼，同时面露苦笑。

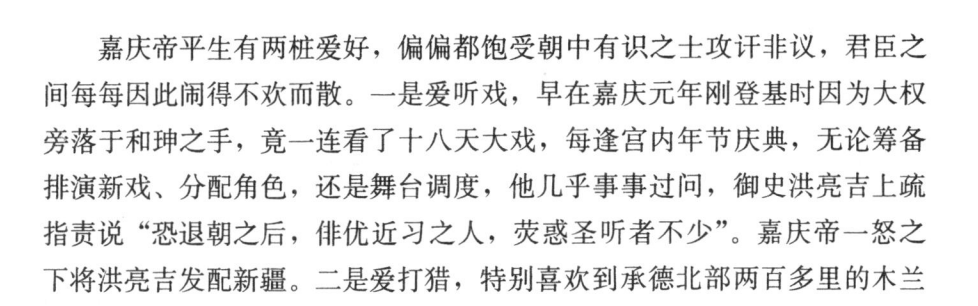

嘉庆帝平生有两桩爱好，偏偏都饱受朝中有识之士攻讦非议，君臣之间每每因此闹得不欢而散。一是爱听戏，早在嘉庆元年刚登基时因为大权旁落于和珅之手，竟一连看了十八天大戏，每逢宫内年节庆典，无论筹备排演新戏、分配角色，还是舞台调度，他几乎事事过问，御史洪亮吉上疏指责说"恐退朝之后，俳优近习之人，荧惑圣听者不少"。嘉庆帝一怒之下将洪亮吉发配新疆。二是爱打猎，特别喜欢到承德北部两百多里的木兰围场，但道路难行，物资供应不足，加之王公大臣们舒服惯了不愿长途跋涉，每年都为此事费尽口舌。

出了上书房，伟啬贝勒想就刚才的事问个明白，绵宁却心急火燎要提审刑部大牢狱卒，只得独自来到旗杆巷，却见宇格格正忙得团团转。王秋还昏睡不醒，叶勒图则神色委靡地蜷在椅子上，短短两天便瘦掉一大圈，可见受了不少折磨。问其详情，只说在香山被活捉后便蒙住眼睛，马不停蹄送至一处黑咕隆咚的地牢，二话不说往死里打，直至失去知觉，醒来后发现自己躺在旗杆巷口。

黄昏时分，王秋终于醒来，这时绵宁也派人递消息，说经审讯狱卒供认受明英指使下毒，现已画像通缉。此外被活捉的天理教徒也指认郗大娘、解宗元、明英之间都有来往，可以算作天理教余孽并案处理。

走到院里活动一番筋骨，回想香山对赌，恍若隔世，而义父已与自己阴阳分离，念及此不由怆然泪下。宇格格安慰说："人死不能复生，何况皇上也知道陶大人蒙冤，将来必定还以清白。"王秋叹息道："此次进京就为了搭救义父，如今……如今只觉得两眼迷茫，不知如何是好。"

这时有人敲门，打开一看，是两位轿夫，说奉董先生吩咐请王先生过去相见。众人皆心一紧：

郗大娘潜逃，解宗元、明英被缉捕，地下花会潜藏最深的董先生还逍遥自在，值此风口浪尖，他为何不退反进，甘愿冒险与王秋见面？难道图穷匕见，欲对王秋不利？

第三十三章 人在江湖

坐上轿，王秋的心与轿身一样上下颠簸，忐忑不安。尽管他坚持赴约，尽管他同意叶勒图和宇格格暗中跟踪，面对深不可测的董先生，心中还是没底。

面对兵败如山倒的局面，董先生会不会翻脸？

地下花会由于勾结天理教，又与神武门遇刺事件有关，已由皇上亲自过问，太子主审，王秋作为过场人物已无关紧要，董先生为何特意找他？

思前虑后，王秋委实猜不透董先生的心思。

行至莲花桥畔，黑暗中突然响起一个清亮的声音："请停一下，我要跟王先生说两句话。"

卢蕴！

她还没离开京城？

她是否与解宗元在一起？

轿子轻落，两人沿着河边小道缓缓而行。小道右侧挤着密密麻麻的低矮平房，不时从缝隙间伸出几枝梅花树枝，枝间点缀着两三点包裹紧密的花骨朵，虽然离绽开的时间还远，却隐隐传出淡淡的香气。

两人走了很久，若有若无的月光水银砌玉般铺在地上，踏在水面似的缺乏真实感。王秋数次想开口，又不知从何说起，便随着她默默地走。

"你赢了，暂时赢了。"她说。

王秋无语，走了几步才道："多谢香山救命之恩……对了，他在哪里？"

"一个……绝对安全、无人敢搜的地方。"

王秋心中有了几分数，沉默片刻道："既已事败，为何仍滞留京城？"

卢蕴转过身子，两人相距不足半尺，他可闻到她熟悉的体香和醉人的气息。月光下她的脸格外白皙，郑重地说："你以为解宗元失败了？大错特错！目前为止被官府缉拿的明英、郗大娘等人，不过是地下花会外围势力，我们的核心力量丝毫未受影响，只是行动方面须得更加隐秘和谨慎而已。"

王秋震惊："你们，你们真想逆天行事？"

"何为天？何为地？"卢蕴侧脸反问，"从香山赌局中你们的对话看，其实你多少猜到些端倪，是，这也是赌局，一场前所未有的、惊天地泣鬼神的赌局！"

"既然你已打定主意，还找我干嘛？"

卢蕴的手轻轻贴在他胸口，似乎在感受他的体温，过了会儿道："如今箭在弦上不得不发，京城，不，整个大清王朝都在赌局范畴内，这不是几个人的对抗，动辄刀光剑影血流成河，千万颗人头落地，别指望依赖个人努力扭转局势，不可能的，那是螳臂当车不自量力……王秋，听我最后一次忠言，赶紧离开京城吧，走得越远越好，京城，不是正常人待的地方。"

王秋双臂负在背后，看着清水遴遴的河面，喟然叹道："就在上轿前，我曾有过离京的想法，毕竟父已逝，所有努力化为泡影，接下来的事全无意义，可是，可是……义父为了什么而死？又为什么放弃求生机会心甘情愿赴死？想通这个关节，我觉得必须留下……"

"王秋……"卢蕴失望地叫道。

"作为义子，未能救义父出狱已是终生遗憾，"王秋声音嘶哑道，"可我务必不能让义父抱憾九泉，死不瞑目，因此，我将继续留在京城，继续与解宗元赌下去，直至分出胜负！卢蕴，感谢你的好意，但我们都是赌门中人，赌门的规矩是不得中途退出赌局，王秋别无选择。"

卢蕴幽怨地看着他，眼泪大滴大滴地直往下掉。王秋只觉得一阵阵心酸，难过地别过脸去，不知何时她身子突然贴上前，紧紧搂着他，泪水很快打湿了他胸前衣襟。

这一瞬间，王秋感觉到前所未有的苦闷和压抑。一直以来他以飘门弟子而自豪，并潜心研究赌术，梦想凭借卓尔不凡的赌技在江湖立万扬名，为飘门争光，即便三年前败于解宗元，并未改变初衷。然而突然间，他明白了卢蕴的无奈和左右为难，就像解宗元冒险赶到石家庄狙击，就像肖定钦为了火门最后一搏。

人在江湖，身不由己。

心情沉重地来到双塔胡同内的小院内，还是亮如白昼的牛油蜡烛，董先生还是隐在珠帘阴影里，院里院外静悄悄的，恍然间王秋仿佛回到第一次前来拜访董先生的场景。

"在下见过董先生。"

"唔,"董先生若有所思,"香山对赌,看来是王先生取胜,而解宗元非但输牌又输人,且累及地下花会和京城十三家赌坊,可谓损失惨重。"

"此乃在下无心之过,请董先生海涵。"

董先生语调平稳:"谁叫这班人做事不谨慎,动手前不把陶大人的身世来历打听清楚,惹上王先生呢?从王先生进京一刻起,我就感受到浓浓的危机感,可惜解宗元自以为曾经击败过王先生,不以为然,认为靠明英那种不成器的八旗子弟就能应付过去,结果自取其辱……香山对赌,他先是把赌注押在明英身上,指望不战而胜;未得手后又寄希望于肖定钦,因为前一天晚上他把人家孙子绑架了,谁知肖定钦根本不买账,该干什么还是干什么,不偏不倚;加之本已说定的道衍明,嘿,道老前辈生平闯下好声名,却被两个不肖儿子败光家产,在赌坊欠下巨债,因此约定如果协助解宗元赢得香山对赌,赌债一笔勾销。唉,从场面看解宗元又失算了……高手对决差之毫厘,解宗元不思进取,一而再再而三地试图通过旁门左道取胜,赌境方面已落了下乘,焉有不败之理?王先生以为呢?"

王秋这才知道看似平淡的赌局背后暗含如许之多的黑幕,难怪那天道衍明和肖定钦均脸色沉重,眼中隐含忧虑。然而就在那种压力下,道衍明依然主持公道,保持赌局的平衡;肖定钦也未暗中放水,一如既往发挥水平,甚至有意无意给解宗元制造麻烦,想到这里王秋不由心中拥起无限敬意,为赌门前辈们维护赌局公正、不畏胁迫而感动。

"解宗元既已潜逃,不知肖老前辈的孙儿可曾放回?"

"我不具体过问这些小事,"董先生一语带过,随即又道,"听说王先生来的路上,与卢大小姐聊了会儿?"

"是。"

"谈得如何?"

卢蕴突然现身,是董先生刻意安排,还是在意料之中?

王秋怔了会儿,道:"道不同不相为谋。"

董先生轻轻笑了起来:"原来一对男女在河边求道,我还以为……呵呵呵呵。"

王秋面色微赧,辩解道:"虽然谈及私事,但事关双方立场,因此在下……婉拒了她的请求。"

"哦——"

董先生陷入长长的沉默中,王秋猜不透他的意图,抱定万言不如一默的原则,不主动说话。

"解宗元没走,还在京城。"董先生突然说。

"为什么?"

"卢大小姐没告诉你?"

"隐约暗示了一些,但在下不是很明白。"

"这是一场很大的赌局,卢大小姐也是局中人,当然说不清楚,"董先生沉声道,"这场赌局关系大清王朝的兴衰存亡,关乎天下苍生安危,是前所未有的豪赌巨博!"

这是王秋第二次听到"前所未有"四个字,与卢蕴不同,董先生说得更有气势,更铿锵有力,隐隐有气吞山河的气魄。

"董先生非局中人,难道是布局者?"王秋试探道。

"香山对赌,王先生表现了出色的组织能力和高看一线的预见性,不愧为飘门五十年以来的奇才,"董先生答非所问,"反观地下花会,全靠解宗元、卢蕴等爵门中人支撑,虽说尽心尽职,终究力有未逮,很多事办到不甚到位,以至于留下隐患,神武门事件便是其中一例,"他喟叹一声,"其实早在香山对赌前我就想,如果能将王先生招至麾下作为左膀右臂,那才不啻于如虎添翼,我们图谋的大事何愁不成?"

王秋微笑道:"董先生……"

董先生挥挥手,珠帘发出清脆悦耳的叮当声:"但王先生不说我也知道,这是不可能之事,如今的王先生已非最初入京的一介平民,乃太子府重要幕僚,又因香山对赌翻出陈年旧案,有效打击地下花会和十三家赌坊势力,蒙获皇上青睐,已成为京城炙手可热的名人,怎会放弃大好前程,转投遭遇重挫的地下花会?"

"在下对官职无一丝兴趣,也从未在意过仕途,若非义父蒙冤入狱,在下根本不会进京,以致闹出这么大的麻烦,"说到这里王秋深鞠一躬,"在下绝非故意与董先生为敌,请董先生明鉴。"

董先生冷哼一声,森然道:"若非如此,早在王先生进京之初我便可使出霹雳手段,王先生焉能活到现在?但我向来有惜才之心,又欣赏王先生的谈吐风度,所以才放你一马。"他顿了顿,放缓语气道:"如今陶大人已亡于明英之手,虽非我直接下令,终究与地下花会有关,我向王先生表示歉意和愧疚，并聊备薄礼以恤死者……"

说着手一抬，院外两名仆人抬了一只大箱子进来，落地时发出厚重的声音，说明箱内东西价值不菲。

王秋情知他重礼之后必有所求，坚决推辞，董先生也不强求，淡淡一说："也罢。明英欠下的血债由他自己偿还好了……如今陶大人已逝，蒙冤一案不日将有定论，王先生应该不会在京城久留吧？"

王秋一笑："在下以为香山对赌获胜后，无人再谈这个问题。"

"此一时，彼一时，"董先生道，"朝廷全城搜捕、查封地下花会和各大赌坊，重新立案调查神武门事件，原本还得再过几年的大赌局被迫提前摊牌，京城局势如同火药桶，一点即炸，届时兵劫既起血肉横飞，恐怕王先生难以独善其身。"

"董先生想说什么？"

"远离京城，别趟这潭浑水！"

"王某自问只是无足轻重的小棋子，并没有左右局势的能力。"

"王先生，因为惜才爱才之故，我对你已相当克制，保持了足够的耐心，其中当然也有期待王先生入伙的成分，但眼下双方势同水火，敌我阵营分明，我不能再容忍王先生的存在，明白吗？"

王秋拱拱手："在下心领董先生的好意，至于是否离京，什么时机离京，容在下回去考虑周全再作定夺。"

面对深不可测的董先生，他不敢像在卢蕴面前一样态度绝断，先安全离开再说。

"可以，"董先生居然不疑有诈，一口答应，"我这就派人送王先生回家。"

王秋大喜，深鞠一躬道："谢过董先生，在下告辞。"

就在他抬脚迈出门槛时，董先生轻描淡写道："王先生可认识吏部的苏克济？"

王秋一僵，良久缓缓道："有过一面之缘……听说他，他跟十一王爷的侧福晋有些渊源。"

"是的。"

"那么……董先生为何突然提到他？"王秋吃力地问。

"没什么，"董先生淡淡道，"郗大娘向来行事隐秘，无论经营高利贷还是串通天理教均做到滴水不漏，方能在京城经营多年形成今日的规模，事发后大家疑惑不解，立即着手排查，于是苏克济开始浮出水面。"

"苏大人乃朝廷命官，有陶大人、王大人以及詹大人、庆臣的前车之鉴，想必董先生不会冒天下之大不……"

"只要能达到目的，我并不吝惜任何手段！"

王秋硬着头皮问："苏克济大人安危如何？"

"被囚禁于一处绝对可靠的地方，精神还可以，但茶饭不思，一天一夜滴水未沾。"

"王某恳请董先生放了苏大人。"

"没问题，只要王先生前脚踏出京城城门，我立即送他回去与妻儿团聚，决不食言！"

王秋这才悟出董先生为何爽快放自己离开，原来另有王牌在手，有恃无恐。

回到旗杆巷，宇格格和叶勒图等人正等得心焦，一问才知他们分三路暗中跟踪，只跑了两条街就被不明身份的人纠缠住，好容易甩脱后轿子已无影无踪。

提到苏克济，宇格格难免有几分酸意，冷哼说："那是个无足轻重的小人物，死在董先生手里也无所谓，没必要为他离京。"王秋叹道："行走江湖就是个'义'字，倘若致人于不义，日后如何在江湖立足？"

宇格格脸色难看说："你想赌一辈子？你看看道衍明和肖定钦，混到这把年纪又能如何？"

叶勒图忙打岔说："爷说的是个理儿，毕竟苏克济帮爷做事，如今落到仇家手里怎能置之不理？"

屋里一时有些冷场。过了会儿伟啬贝勒敲门进来——由于成功引荐王秋，又在对付地下花会的数次行动中立功，嘉庆帝特意关照绵宁给他些差遣，估计再隔些时日将委派实职。今晚他受绵宁盼咐探望十一王爷，意外听叶赫那拉谈及苏克济失踪的消息。

"肯定是哈丰阿使的坏，待我禀报太子爷，今夜就捉拿他归案！"伟啬贝勒恨恨道。

王秋犹豫道："我想过，可太子那边估计不会轻易得罪八王爷，而且地下花会是单线联系，哈丰阿只负责外围跑腿，关押看守应该另有其人，况且董先生也不可能为哈丰阿放弃苏克济。"

"是这个理儿，可是，"伟啬贝勒道，"难道就遂了董先生意思，中途离开京城?"

伟啬贝勒私底下还有另一层考虑。他好不容易倚靠王秋攀着太子的高枝,更通过香山对赌引起皇上注意,仕途大为看好,倘若王秋一走必定生出变故,甚至前面的努力付之东流。

王秋仰头叹道:"王某也不愿意撒手……义父的案子悬而未决,解宗元、明英、郗大娘仍在缉拿之中,一年一度的会试举行在即,董先生虎视眈眈,然而……"

"我有个主意。"宇格格突然道。

所有目光都盯到她脸上,她胸有成竹道:"我知道一处地方,王先生既能遵守与董先生的约定,又不离开京城。"

"哪有这种好地方?"伟啬贝勒哂笑道,"董先生可非常人,无论躲到京城哪个角落,都甭想瞒过他的耳目。"

王秋猛地眼睛一亮:"好地方!"

"你也想到了?"宇格格似笑非笑。

"好地方。"王秋重复道。

第三十四章　悬崖决斗

与董先生夜谈的第三天清晨，王秋雇了两辆马车，众目睽睽下离开旗杆巷，穿过长安大街直抵京城南门，伟啬贝勒、宇格格、叶勒图一行人陪在左右，直将王秋送出城门才怅然而归。

出了城，王秋一路急行，至正午路过京郊驿站小歇，由于有官府檄文，驿站官吏招待得格外殷勤。歇息了两个时辰继续赶路，至黑山脚下时王秋陡地停住，掏出一封书信和一百两银子交给马车夫，说要去山里探访一位故友，可能盘桓两三天，叫他们先赶路，到山东济南后按信上的地址把行李交给姓东方的朋友。马车夫得了银子喜不自胜，连连应诺。

目送两辆马车消失在眼际，王秋策马驰入黑山南麓，不多时越过圆拱形丘陵，再过数里进入南山坳，远远可见草舍、菜地和果园。

这是冤死于刑部大牢的王未忠遗孀隐居之地。

"怎么才到？人家都等大半天了。"山间岔道里突然跃出一骑高头大马，马上赫然坐着宇格格。

王秋苦笑："你是一路直行，我可围着黑山兜了大半圈……苏克济可曾回家？"

"嗯，董先生还算守信用，你出城后没出两个时辰，苏克济就被人在家门口巷子里发现，好像被灌了不少酒，浑身酒气，神志不清，到我出城时还昏睡不醒呢。"

"就算醒了也说不出有价值的线索，董先生又不会亲自动手。"

"还有肖老前辈的孙儿也被放回，至于道前辈两个儿子的赌债，由于赌坊老板被捕，账册付之一炬，也无形中销掉了。"

"那就好……王潘氏那边已经安排妥当？"

"当然，长年累月孤零零住在荒山野岭，肯定寂寞得要死，所以非常欢迎我们过来陪她，"她叹了口气，"希望陶王两位大人的案子早日水落石出，好让她名正言顺搬回京城。"

"但愿如此。"

离开京城，暂居到京郊三十多里的黑山深处，既能避过董先生的眼线，又救了苏克济的性命，至于发往济南的两车东西，则是给陈厚的礼物。山中日子纵然清苦孤寂，有诸多不便之处，但宇格格甩掉世俗礼教束缚，心无旁骛陪伴左右，浓情蜜意尽情释放，倒也乐在其中。

王秋虽已离京，搜剿地下花会和赌坊的行动仍在轰轰烈烈进行，范围之广、力度之强、追查之深为大清建朝以来之罕见，由于太子亲自督办，即使涉及朝廷命官、王公权贵、贝勒格格都绝无宽恕，一律移交大理寺或宗人府发落。另一条主线则是郗大娘主持的天理教，凡与之稍稍沾点边的都深挖到底，严惩不贷，这时叶勒图等八旗子弟的监视名单发挥了重要作用，虽然其中不乏到青楼买醉寻欢者，同样被冠以"私通邪教"被捕入狱。一时间京城街头巷尾风声鹤唳，官民皆人心惶惶。

一直躲在幕后操纵的董先生暗中组织各种形式的赌博活动，吸引那些无所事事又热衷于刺激的赌客们重归赌桌，与此同时民间谣言四起，有说天理教卷土重来，不日将攻克京城；有说八旗军涉赌者众多，因担心遭到惩处准备哗变；还有的说绵宁的两个弟弟不甘心做逍遥王爷，串通军机大臣图谋篡位。

庚辰年新春便在一片闹哄哄乱糟糟中度过，转眼到了二月，三年一度的京城大会试即将拉开帷幕。此时戒赌的风声渐渐平息，赌客们又蠢蠢欲动起来，不同版本的会试名单在民间抄传，茶馆酒肆甚至收集有各地考生的名录和身世档案以招揽生意。

二月初四，绵宁密令叶勒图请王秋出山，以对抗董先生主持下的闱姓赌榜——有迹象显示，今年赌榜押注额相当大，这当中既有民间闲资因官府严厉禁赌的集中喷发，也有董先生挟巨资炫耀实力的因素。另一个重要原因是，赌客之间秘密流传着一份号称是会试结果的名单，其中包括有公认实力较差，肯定与中榜无缘的举人，而历年会试成绩较好的京畿、江浙地区举人，被视为有实力在殿试中折桂的，却未在名单中出现。

此类反常现象引起王秋警觉，因为赌榜舞弊爆冷，庄家通常有两种手段，一是扛鸡，一是禁蟹。

扛鸡就是让差等生或冷僻姓氏考生中榜，庄家一方面贿赂考官，录取成绩差文笔低鄙的考生，如果打不通考官关节，则须在考生的身上想办法，最常用的办法是找枪手，找那些功底扎实、经历过会试的人混入考场，且被替考者无须出资，所有费用都由庄家负担，被替考者自然乐得坐收渔利并守口如瓶。

禁蟹的手段与扛鸡相反,让赌客都看好的考生考不上,爆出冷门。其手段千奇百巧,有的是软硬兼施,花巨资买通考生本人考试时发挥失常,如果考生名利心重不愿为钱"失常",则想方设法阻止他进考场,如采取"美人计"、谎报家丧、雇黑道中人威胁考生等,若这些办法都行不通,干脆买通阅卷官员,或故意使卷面污损,或抽取答卷,总之使考生最终没有考试成绩。

这些情况倘若真的出现,朝廷主持会试的公正性将遭到质疑,势必引起天下读书人愤恨以致民乱。别小看读书人的力量,虽说手无缚鸡之力,一旦起了反心,通过文章、言论、民谣,以及躲在幕后出谋划策,将形成极其重要的杀伤力。当年雍正帝就迫于民间关于自己篡位的传闻,不得不组织文人撰写《大义觉迷录》进行辩解,结果被读书人挑出更多瑕疵,搞得焦头烂额,嘉庆帝即位后为平息舆论下令回收并销毁了此书。

因此在民情鼎沸的节骨眼上,京城经不起折腾,必须保证会试如期、公正地举行,不容出现半点差错。偏偏负责主持会试的庆亲王正率领二十万大军在河南一带扑剿白莲教起义,军情紧迫,不可能抽身回京;成亲王经精心救治,已苏醒过来,但身体仍极度虚弱,右半边身子也中了风,躺在床上不能动弹;按说已主持数次会试的仪亲王是最适当人选,但此时无论嘉庆帝还是仪亲王都不好意思走回头路,遂想了个变通的办法,让成亲王上奏战情并请太子代理主持会试。

绵宁接手后重起炉灶,大力提擢一批新人,并安插包括伟啬贝勒在内的亲信到关键位置,同时请王秋回京,指挥叶勒图等一批八旗子弟暗中撒网,打探地下花会风声。

接到叶勒图转达的命令时,王秋和宇格格已在黑山隐居了两个多月,每天有规律的生活起居,加上运动劳作,以及山风、清泉和与世无争,倍觉神清气爽,尤其宇格格几乎不想回家了。

原本第二天和叶勒图动身,但夜里突然下了场大雪,雪花铺天盖地占据了整个天地,在山风的刮击下成团成块地往下砸,很快将山川染成一片白色,分不清往哪边是上山路,哪边是下山路,哪儿是峡谷,哪儿是悬崖。为安全起见,王潘氏建议歇两天等积雪融化再说。

第二天中午,王秋在屋内闲得无聊,想起右侧樵骑峰顶有两株野山参还未采摘,弃之可惜,便带叶勒图一起过去。才翻过小山坡叶勒图不慎摔了一跤，膝盖肿起一大块，王秋笑道，到底是养尊处优的八旗子弟，回去歇着吧。

霜前冷雪后寒，此时虽是正午，积雪冻得结结实实，行走在山地间滑不溜秋，稍不留情就容易摔跤，饶是王秋在山中度了几十天，还是险象环生，好几次差点坠入深谷。而无所不在的寒气直浸到骨髓最深处，全身冰凉得几乎麻木。

王秋边跺脚呵气，边哆哆嗦嗦紧握枯藤向上攀爬，好不容易来到峰顶，背后流的汗又结成碎冰，箍在身上极为难受。他找了处平坦的地方舒展身体，打了套拳才恢复过来，再顺着做好的标记来到一片茂密的草丛间，很快看到一棵小树干上绑着的红布条——这是采参人约定俗成的规矩，谁先发现人参just要做下记号，后来者不得占为己有。扒开厚厚的积雪，几瓣翠绿欲滴的参叶出现在眼前，王秋抚摸着它们，会心笑了笑，从背囊里取出采参工具专心致志掘参。

早在十多天前发现两株参苗，他就打定主意一定要采掘出来，回京后献给卧病在床的成亲王，一则是老参补身，让身体虚弱的成亲王早日康复，二是因着叶赫那拉略表愧疚之意，男女私情这点事儿瞒得过天下人，瞒不了自己的良心。

挖到附近参根，丢开铁铲，用手扒开参根四周的泥土。人参最是娇贵，挖掘时不能挖断参根，不能碰破参体，否则参气外泄，药用价值大减。

正掘到要紧处，蓦地身后响起一声狂笑，紧接着脑袋被重重一击，两只铁钳般的大手扼住王秋咽喉！

刹那间王秋嗅到一股熟悉而难闻的体臭。

明英！

王秋反应极快，顺手抄起地上的铁铲向后猛击，明英将王秋一推，推到两三尺开外，随即厚重的靴子狠狠踹在王秋腹部。

"啊！"王秋闷哼一声，从腰间拔出匕首横竖连劈数下，在两人中间留出一块安全距离，单手捂住腹部，强忍钻心之痛。明英见他的狼狈相，快活得大笑不止，索性不再追击，以暇好整打量他。

几个月不见，明英外貌更加凶悍，脸上胡须、毛发乱糟糟长成一团，鼻毛甚至伸到嘴唇边，身上虽穿着过冬的锦袍，却又破又脏又旧，好几处连襟都绽开裂口，露出灰黄色棉絮。连续几个月朝廷缉拿加挨家挨户搜捕天理教余孽，想必明英的日子很不好过，基本是在京郊山野里东躲西藏。

"明英大人，别来无恙？"王秋道。

"放心，军爷不会死在你前面，"明英近乎嘲弄地玩转刀柄道，"天意弄人，就在军爷走投无路时碰到王先生，是你的不幸，还是军爷的不幸？"

王秋静静道："多行不义者必自毙。"

明英仰天长笑："说得好，可惜老天让你在最春风得意的时候遇到军爷，哈哈哈，刑部天牢那次你捡了一条命，香山那天晚上又让你侥幸逃脱，俗话说事不过三，今日你第三次落到军爷手上，甭想再撞狗屎运了！"

王秋环视樵骑峰四周连绵起伏的山脉，道："此处风景甚好，无论我还是明英大人，都是极佳的葬身之地。"

"是你，而不是我！"明英恶狠狠道，"打算跟军爷较量哪样？刀剑、拳术、摔跤还是徒手搏斗？"

"自打进京城起，明英大人是在下遇到的最凶残却又是最守信诺的汉子，虽然在下数次险遭大人毒手，却不能不表示钦佩，"王秋镇定地说，"先是在钦道牧场赛马，然而在胡同里对赌，明英大人能在场面、人数尽占优势的情况下认赌服输，事后回想，在下非常佩服大人的肚量。"

千穿万穿马屁不穿，明英脸上戒备之色稍减，傲然道："军爷不是汉人，也非江湖中人，可重诺守信是军爷为人之本，处世之道，任何情况下都不曾违拗。"

王秋就等他这句话，立即道："在下乃赌门中人，为赌而生，为赌而亡，今日在下想与大人再来个生死对赌，生者下山，死者葬于峰顶，如何？"

"这个……"明英也是绝顶聪明之人，反应敏捷，"哼，想必如果活活将你打死，军爷赢得不痛快，你也觉得冤枉，好，赌就赌，不过对赌的内容须经军爷同意。"

"倘若大人输了，即使处于绝对优势之下也不可以继续动手。"王秋又扣了一句。

明英不假思索道："那是自然，你先说赌什么？"

王秋再次环视峰顶，樵骑峰是黑山南侧最高的山峰，平地凸起近千尺之高，孤零零矗立于群峰之中，峰顶三面全是悬崖峭壁，覆盖着郁郁葱葱的树木，山壁像刀削斧凿般平整光滑，陡峭险峻，唯一一条下山通路被明英堵住，可谓插翅难飞。

王秋脑海中念如电转，将所学技艺走马灯似的过了一遍，突然灵光一闪，心里有了打算，微微一笑道："很简单，而且很对大人的脾性——吴刚伐桂。"

"吴刚伐桂？"明英惊讶地重复了一遍，警惕地问，"这是什么玩意儿？"

"民间传说吴刚违反天条，天帝命他在月宫伐桂，然而那棵桂树随砍随合，以此永无休止的劳动作为对他的惩罚，"王秋从容道，"其实世间哪有这样神奇的树木？我们对赌的内容是，选两株粗细相近的大树，工具不限，方式不限，随便用什么办法，只要谁先砍倒大树谁即获胜。"

"这么简单？"明英看看王秋手中不足半寸的匕首，再看看自己腰间悬挂的长刀，以及两人悬殊的身材，赢下这场对赌简直毫无悬念，但他知王秋狡计百出，不可能出置己于不利的赌题，遂追问，"其他还有什么要求？"

"没有，"王秋道，"不过伐木过程中，其中一方可以阻挠另一方砍伐，方式同样不限，这就是取吴刚伐桂传说的含义，通常来说，一般是砍伐落后一方见取胜无望，索性干扰阻挠。"

明英眼睛骨碌碌乱转，过了片刻道："这有何难？我只须把你打个半死，叫你无力阻挠就行了。"

"杀敌一千，自损八百，大人固然能轻易击倒在下，但恐怕体力消耗巨大，若砍不倒大树，大人同样不能算赢。"王秋含笑道。

明英瞅瞅峰顶茂盛高大的树木，为抵御峰顶狂风，这些大树的树干均粗壮厚实，树皮坚硬如铁，即使在不受干扰的情况下凭手中钢刀连续砍伐，都未必能在日落前将树放倒。

这家伙想打拉锯战，拖到天黑后伺机而逃——夜黑潜逃可是王秋的绝技，明英暗暗琢磨道，有心一口拒绝，只是刚才夸下海口，一时不好意思反悔。

"赌规你定，我来挑选树。"明英道。

"可以，这很公平。"

明英提着刀在峰顶转了一圈，最终选了两棵相对较细、只有大腿粗的树，估计两三个时辰便可摆平。两树相距约三四步，正好在长刀攻击范围内，而王秋的匕首则派不上用场。

"开始吧？"明英问。

"好。"

王秋点点头，猛地捧起一块石头砸过去，明英吃了一惊，急急闪开叫道："这也算？"

"我说过任何方式。"

明英吐了口气，也捡石头还以颜色，两人将身边石头、石子打得差不多才歇手，明英赶紧挥刀砍树。不料王秋点燃火折子，举着火把要过去烧树，明英知道树被点燃就不算被砍倒，持刀护在树前，两个人绕来绕去周旋了近一个时辰，直到火把燃尽才罢手，王秋累得气喘吁吁，明英也汗流浃背。

眼看王秋坐在对面又捣鼓什么，明英一想这样搞下去太被动，别说日落之前，两天都砍不完，不如……

下手做了他！

恶念顿生，明英挽起衣袖，当下提着明晃晃的长刀直冲向王秋。王秋见他杀气腾腾的样子，一跃而起，依然围着树躲避。峰顶并不大，但树木林立，王秋仗着灵巧的身法在树间穿插闪避，明英虽用尽全力也没奈何。

"明英大人，省点力气砍树吧，天黑后峰顶风大酷寒，很难捱的。"

明英冷冷道："砍人比砍树省事多了。"

"其实在下还有快速分出胜负的办法。"

"嗯，你说。"

明英恨不得立即结束这漫长的纠缠。几个月以来他像过街老鼠东躲西藏，饱一顿饥一顿，时常在睡梦中被吓醒，听到人声、马车声就紧张万分，精神体力大不如前，经不起牛皮糖般的拉锯战。

王秋在他对面四五步远处坐下，微笑道："大人请坐，听在下慢慢道来。"

明英提防他耍花招，半蹲于地，右手紧握长刀："快说吧。"

王秋竖起指头："这是什么？"

"三只手指，怎么了？"

"手指上有没有疤痕？"

"没有。"

王秋弯屈一只手指："现在剩下几只？"

"两只。"

明英为他低级简单的问题感到奇怪，但一时未觉察异样，随口一路答下去。

"手指上有没有眼睛？"

"眼睛……"

明英疑惑地喃喃道，下意识将目光移到王秋的眼睛，这一看不打紧，只觉得王秋眼中仿佛闪动着巨大的漩涡，漩涡发出奇异而富有磁性的光芒，使他身不由己一步步靠上前去……

——此乃飘门绝技"日梦"，取白日做梦之意，是飘门前辈们潜心苦研册门失魂术后自行悟出，其效果虽不及失魂术，但仓促之下也能打对方一个冷不防。因此王秋煞费苦心做了一系列铺垫，就是想消耗明英元气，使之疲惫不堪、注意力涣散，然后陡然出手，一制成功。

"你是不是明英？"

"是。"

"你手里有刀？"

"是。"

"把刀递给我，慢慢地。"

"是。"

明英状若痴呆，慢腾腾将刀举起，一步步走了过去，来到离王秋身前一尺左右，蓦地眼中精光大盛，单手擎刀直刺王秋心口！

他长期在军营生活，养成钢铁般的意志和过人反应，刚才将计就计使王秋误判，就是想换得难得的机会。

猝不及防中王秋身体向右急闪，肩头被刀锋划了条长长的血口。明英一击不中，咒骂声中大步跨出，反手直劈，王秋在地上连滚四五下，双手在树根上一撑站起身，飞快地向下山小道跑去。

两人一前一后跑到山道口，眼看王秋即将迈入石阶，明英暴喝一声疾步上前，一脚踹在王秋后背上，王秋只觉得被重重一推，身体腾空直坠向深不见底的山谷之中……

第三十五章　偃旗息鼓

　　生死存亡之际，王秋保持了多年赌门苦练的冷静与应变，当即双脚倒钩卷住山壁上盘节纵横的藤蔓，哗啦啦带起一大片才稳住身形。明英奔至悬崖边二话不说，挥刀急砍。王秋在空中不停地更换藤蔓，不多时已横掠了十多尺，勉强脱离明英的威胁。

　　然而明英并不想轻易放过王秋——他认为就是这家伙给自己带来厄运，从锦衣玉食、前途光明的精英军官变成苟延残喘的逃犯，不亲自掐死这个祸害，怎解心头之愤？

　　在悬崖边转了会儿，明英选了根粗壮有力的藤蔓下去，不一会儿便接近王秋。王秋大惊，急忙向下滑，就在这时山谷间狂风大作，强劲的山风将他们吹得如同陀螺，在空中急剧地转来转去，忽儿高高扬起，忽儿重重甩向山壁，两人吓得面无人色，唯有紧紧抱住藤蔓。好容易风势稍减，王秋正想松口气，却见明英单臂吊住山藤如荡秋千般大幅度摆动，然后凌空飞出去在空中滑行四五米，另一只手臂抓住附近山藤，动作灵活之极，倏忽间便攀越到他头顶！

　　王秋猛地向左横移，以自己都难以想象的速度在藤蔓间快速游走，明英动作比他更快，一眨眼工夫又挡在前面，狞笑道："我说过事不过三，今天你甭想从我手下逃生！"

　　说罢突地放开手，身体如苍鹰从天而降，正好骑在王秋肩头，双手掐住他脖子，狂啸道："你猜错了，你的葬身之处不是峰顶，而是深谷，去做永世不见天日的小鬼吧！"

　　明英双手逐渐加力，王秋虽竭力苦撑，只觉得咽喉间越来越紧，气堵在胸口喘不过来，两眼所见愈加迷茫，眼看即将支撑不住。

　　这里山谷间呼啸声又起，突然而来的狂风比刚才猛烈数倍，将两人抛到二十多尺之高，又狠狠甩下直撞对面山崖，饶是明英久经沙场也骇得牙根格格作响，眼中充满惊惧之色。狂风在山谷间左冲右突，肆虐横扫了许久才渐渐隐去，明英缓过劲来，恨声道："就算老天救你，一样逃不过军爷的十指关！"

突然间藤蔓发出可怕的断裂声，已干枯收浆的藤条无法承受两个人的重量，眼见就要绷断。保命要紧，明英迅速跃到旁边藤蔓上，王秋迟了一步，堪堪在藤蔓断裂瞬间攀至右侧藤蔓，但四肢乏力，眼前满是金星，身体差点失控，下滑了二十多尺才稳住，双臂交错勾住枯藤，无力再挪半分，只能眼睁睁看着面露狰狞之色的明英一寸寸地挪过来。

"人之将死，其言也善，"明英嘲弄道，"临死之前，王先生打算说点什么？别着急慢慢想，我会一字不漏记下来告诉宇格格。"

"多谢，"王秋出奇地镇静，"不过左思右想，在下实在没有警世诤言，还是安静离开为好。"

明英颇为意外地看看他，点头道："好一个临危不惧的大丈夫，很好，军爷虽屡次败给你，仕途也因你而毁，打心眼里却是钦佩有加，闹到今天这一步，一是怪军爷低估了你，二是大家各为其主以至于兵戎相见，如果可以重新来过，我们俩说不定会成为好朋友。"

"承蒙大人夸奖，在下愧不敢当。"

"接下来，"明英双腿夹紧藤蔓，缓缓伸出双掌，"准备受死吧！"

王秋定定看着他，不知是放手一搏，还是主动跳入万丈深渊，几乎在同时，明英只觉得手中一轻，还没反应过来，整个身体如同一块巨石直坠下去。

"啊——"

山谷里回荡着明英惊慌、恐惧、疯狂、懊悔的叫声，好半天才慢慢平息。

王秋正在发呆，就听到头顶上有人喊："王秋，你怎么样？还撑得住吧？"

"再等会儿，我们救你上来。"

原来是宇格格和叶勒图。他们见王秋上峰后久久不回，担心出事，便一路寻了过来，抵达峰顶时正好目睹了两人险象环生的经过，叶勒图本想冒险攀索下峰，被狂风所阻，后来两人分开，叶勒图和宇格格趁机砍断明英所抓的藤蔓。

回到峰顶，王秋再找那两株人参，已被踩得一塌糊涂，连叫可惜。宇格格说："能捡回一条性命算不错了，还在乎什么身外之物。"下峰后叶勒图还想着找到明英的尸首回京领取悬赏，王潘氏说，那处山谷四面环山，里面时有猛兽出没，还是别冒险的好，遂怏怏作罢。

第三天，王秋等人整理行李踏上回京的归途，经宇格格劝说，王潘氏也一起随行——在山中实在住得太单调苦闷了。路上叶勒图劝她找个合适人家改嫁，王潘氏沉默不语，只是不停地流泪。

为避免惊动董先生，旗杆巷自然不能再住了，绵宁为他们在太子府附近的陈家胡同找了个僻静的院子。当晚伟啬贝勒也赶过来与他们团聚，并通报了会试的筹办情况。目前会试考棚已安排妥当，几十位监考官均从天津、河北、山东等省抽调，集中住在指定的驿馆，严禁外出、接待访客，等到开棚那天才知各自监考的棚号；给考棚提供食物的厨子、杂役也来自京城以外，相互之间都不认识，食物分发到考棚前要有专人试吃。

王秋说："关键在于阅考，监考、厨房只是小伎俩，卷面批改的奥秘更多。"

伟啬贝勒叹道："这也是太子左右为难之处，按规矩有资格参与会试阅卷的不过寥寥二十多人，剔除年岁已高、有明显祖护嫌疑、外放任职等因素，实际只有十四五个，若想在规定时间内完成阅卷，非得选用有阅卷经验的老手……"

"闭卷，打乱次序，双人复审，等等，都可以防止舞弊。"王秋说。

"说来容易做来难，"伟啬贝勒道，"在卷子上做记号的手法太多了，比如约定通篇都用楷体，唯独某一行某两个字用隶体；比如约定写某个字时故意多写一横；再比如约定使用某个典故，如此种种防不胜防……最关键的是，太子不能为了预防作弊得罪太多人，尤其是后宫嫔妃、王公大臣，毕竟继任大位需要这些人支持，倘若所有人都在皇上面前说他的不是，皇上也要重新掂量一二。"

"是啊，贵为一人之下万人之上的太子也有他的难处……"

"何止如此，即使皇上也有不能称心如意的事，就像太子提出的整顿旗务、屯田落户的构想，皇上竭力支持并指派多位大臣推广，无奈那些破落八旗子弟瘦死的骆驼比马大，都与各土府血脉相连，求爷爷告奶奶最终总扯得上关系，结果三个月仅迁了十七户，皇上发火、摔杯子、免职都没用，太子也只有叹气的份儿。"

宇格格在旁边打诨道："不如哥哥奏请尚方宝剑，指谁打谁，铁面无私，替皇上扫平障碍。"

伟啬贝勒瞪眼道："你这几个月玩得够疯了，我可是担着天大的干系，成天搜肠刮肚替你撒谎,今晚跟我回府——请安去。"

"别介,我怕一回家就出不来了。"宇格格苦兮兮地说。

"真聪明,"伟崮贝勒笑眯眯道,"老爷子已经吩咐下来了,说等疯丫头回来先关个半年一载的,煞煞她的脾气再说。"

宇格格惊呼道:"老天,那我更不能跳进火坑了。"

"胡说八道,有把自家当火坑的吗?这事儿哥哥可不能由着你胡闹,快收拾收拾跟我走。"

"哥哥——"

宇格格眼泪就扑簌簌直落下来,王秋站在一边颇为尴尬,劝又不是,不劝又不是,叶勒图打圆场说:"今天宇格格很累,别再马车之劳了,等明天再说吧。"伟崮贝勒趁机下台阶,说:"那也行,明儿个我派车来接。"

第二天贝勒府果然来了顶轿子,宇格格非拉着王秋一起去,四下拜了七大姑八大姨,又跟伟崮贝勒喝了顿酒,宴罢便拉着熏熏然的王秋要走。伟崮贝勒一把拉住她,舌头都有点打结:

"去……去哪儿?"

宇格格脸一红:"到陈家胡同……"

"这,才是你的家。"伟崮贝勒手指连连戳地说。

"哥,你喝多了,不跟你说啦。"

宇格格掉头就走,王秋没拉住,只得歉意地拱拱手追过去,伟崮贝勒还待说什么,想想又忍住了,站在院门口目送轿子慢慢消失。

二月二十六日,礼部召集所有进京举人经同乡京官具保后参加复试,合格者方能参加会试,不合格者将剥夺举人资格,严重的还要追究乡试主考官责任。以往复试基本是走过场,题目出得宽松,监考也形同虚设,几乎没有不合格被打回原形的,复试成为会试前集中点名和考生们相互熟悉的环节。

但今年比较特殊。

举人们进了贡院后,几扇黑漆铜门同时关闭,四周站满了持刀负矛的军士,监考官都是礼部、吏部、翰林院官员,个个紧绷着脸,目光严厉而敏锐。主考官宣布开考后,不到半盏茶工夫便有两名考生被搜出夹带,一名写在薄薄的绸片上,一名写在衣服背面夹层上,均是密密麻麻的绳头小楷,眼力差点的根本看不清,内容大抵是按八股文格式做好的《四书》、《五经》的内容,也有"压库文"——即摘抄可能考到的全部文章,并用文字逐一编号。

被押出贡院时,两名考生面无人色,身体抖若筛糠,等待他们的不只是剥夺举人资格,还有更严厉的刑罚,重则有牢狱之灾。

其间王秋以监考官身份进来转了一圈,通过赌门特有的洞察力和细致入微的观察,发现绝大多数考生不愧是各省一路过关斩将遴选出的精英,沉稳而自信,落笔时龙飞凤舞、洋洋洒洒。也有三四位略显慌张,目光游离,显然没想到复试这一关动了真格。王秋心一动,从身后看他们的名字,果然有一个名列地下传抄的录取榜上。

应该是扛鸡式的人物了。王秋暗想,以地下花会的风格,有扛鸡必有禁蟹,眼前这些为科举奋斗终生的莘莘学子,谁愿意在一跃龙门时陡然刹步,眼睁睁看着别人飞黄腾达呢?

复试结束后,绵宁立即按会试规矩组织人手另行誊录考生试卷,这样阅卷官不仅不知考生姓名、籍贯,连笔迹都无从辨认。阅卷时十多张方案一字排开,几十位阅卷官静静伏案评审,绵宁亲自压阵,带着一班人来回巡视,气氛十分紧张。

"有几位老先生看到太子殿下,手脚直哆嗦,连笔都握不住呢。"王秋悄悄说。

绵宁皱眉道:"倘若到了会试皇阿玛亲临,指不定怕成怎样,所以本王把复试作为会试的预演,给他们提个醒儿,表现不佳者别想参加会试阅卷……叶勒图那边有没有消息?"

"地下花会应该有人守在贡院门口,因此查出两名舞弊者后市面上赔率大变,两个扛鸡的几乎无人理会,江浙几名出类拔萃的被普遍看好,押注者众多。"

"那就好,"绵宁欣慰道,"赔率反映民间对朝廷是否主持公道的态度,不过地下花会暗中筹划近一年,肯定不甘心失败,说不定还有新花样出来。"

"微臣已让叶勒图等人四处放风,说地下花会重要头目相继被捕,大批钱财充公,有可能无力偿付花红,"王秋道,"受此影响,晋商、徽商、扬州几大盐商纷纷要求撤注,够解宗元那帮家伙焦头烂额一阵子了。"

绵宁哈哈大笑,踱了两圈道:"叶勒图几个八旗子弟做事还算勤勉,本王正考虑让他们在衙门里挂个职,以后办事也方便。"

这正是叶勒图梦寐以求的,王秋大喜,深鞠一躬道:"多谢太子殿下恩典。"

绵宁微笑道："前几天本王要提携于你，王先生毫不动容坚决辞谢，这会儿提了一下叶勒图，王先生反倒行此大礼，真是淡泊君子、性情中人。"

经过两天两夜的连轴转，复试成绩终于出来了，绝大多数考生合格得已参加会试，仅有三名被淘汰。人数虽少，却也开了自乾隆朝以来的先例，在读书人中间引起轰动。

与此同时王秋与地下花会的暗斗仍在隐秘而激烈地进行，随着晋徽苏三地富商抽回赌资，解宗元又拉了一批东北参客和湖广放江排的参赌，另外与赌风最盛的广东赌头、地下花会合作，在地方兴起了赌榜热。

王秋在伟崮贝勒的协助下，以香山挖掘出的几十具尸体为重点，层层追查，最终所有线索都指向哈丰阿。不等绵宁批准逮捕，哈丰阿在一个萧瑟的黄昏独自投河自尽，并在遗书上揽下庆臣、詹重召以及未遂的陈厚家几桩血案，说所有一切都是受明英指使，但不清楚做这些事的用意。

显然，这是把罪责都推到死人身上，死无对证。

王秋甚至怀疑哈丰阿自尽也是做好的局，颇像解宗元惯用的手法。明英、哈丰阿两个关键人物之死，使得陶兴予、王未忠案件，以及嘉庆帝严令追查的神武门遇刺事件都陷入停滞。

阳春三月，三年一度的会试终于开考，按惯例分三月初九、三月十二、三月十五共三场，放榜时间则是四月十五，其时正值杏花盛放，也称为杏榜。

是日，考生们从四面八方汇集到礼部贡院门口，其中有唇红齿白的弱冠少年，有饱经沧桑的不惑之人，还有白发皓皓的花甲老人，眼中带着迷惘、期盼、激动，以及些许踌躇满志。

入场规矩相当繁琐，除了搜身防止夹带，还要核查礼部颁发的"院试卷结票"，上面详细记载着考生的曾祖父、祖父、父亲、老师及邻居的名字，还有两位保人画的押，票券左上方盖有礼部的方形大红印章。核实完考生身份后，再发给"座号便览"，考生据此找自己的座位。

开考锣声一响，伟崮贝勒便率着步兵营驱散贡院附近几条街的行人，责令店铺歇业。这是防止地下花会派人打探消息，与考棚监考官、杂役、厨子等人通气，干营私舞弊的勾当。由叶勒图等八旗子弟组成的十多个便衣队，悄悄潜伏到事先打听到的地下花会聚赌分红地点，直等大小赌头一出现便就地擒拿。

题目是翰林院先拟出二三十道,然后由嘉庆帝从中挑选,也可能略加修改或另行出题,答题定式不得破八股文——即参加科举考试的考生必须遵守规定的书写格式,每个段落都要在固定格式里,连字数都有限制,考生只能按照题目字义玩弄各种文字技巧敷衍成文。据说本朝大学士王杰参加会试时格式写错了一句,被降到第二名,但阅考官通览全文后认为他才华横溢,是不可多得的人才,又重新拎回到第一名,所以那年出了两个解元。

当初王秋就是有感于成天搬弄八股文过于无趣,才入赌门求艺。难能可贵的是陶兴予虽科班出身,内心同样厌恶内容空洞、专讲形式的科举文章,力排众议支持王秋入了飘门。

第一场会考早早结束,整个考棚无提前退场、发挥失常、腹泻头痛等异常情况,地下花会也一反常态未有人露面,市面上传闻不少大赌家提前收到退还的押注,据说是因为此次会试投注者甚少,庄家玩不下去了。

第二场、第三场会试同样如此,曾经在京城不可一世、呼风唤雨的地下花会陡然间偃旗息鼓,不见哪怕是零星的行动,取消了若干场次的赌会和投注,越来越多赌客反映收到退注,地下赌场、秘密聚赌点联络人也莫明其妙。

董先生、解宗元一伙真的甘愿放弃会试,平白损失巨额赌资吗?太子府内灯火通明,伟嵩贝勒、王秋、叶勒图等人汇集各方面的探报,努力思索对手此举背后酝酿的阴谋。

退注是毋庸置疑的,在众多晋商、徽商之中安插有太子方面的人,也有事后向官府密报的,各投注点和地下赌场同样受地下花会牵连,与赌客们闹出很多纠纷,极个别情绪失控扭打揪斗到衙门辩个是非,由此可见这是一次全面的、早有预谋的撤退,既出人意料,又顺理成章,避免与绵宁为代表的朝廷禁赌势力硬碰硬决战。

就在疑惑与戒备中,会试秩序井然地结束了,然后是紧张的阅卷、复审工作,四月份如期放榜,自然是几家快乐几家愁,而地下花会的身影再也没有出现过。

接下来唯一与地下花会沾点边的便是庆亲王永璘从河南发来的消息:官兵在商丘一带包围白莲教一部精锐约一万六千人,几经厮杀,白莲教众虽损失惨重却拼死抵抗,在缺衣绝粮的情况下坚守了二十六天,最终在总攻中全部战死。庆亲王在奏折中特意提到一位女子，美艳不可方物，精通邪术，具有很强的号召力，教徒们都叫她"郗大娘"。

接下来两个月，由于地下花会销声匿迹，京城十三家赌坊在朝廷高压政策下或关门大吉，或转入地下秘密聚赌点，加之陶王案停滞不前，王秋一时无所事事，甚至动起回老家看看的念头。宇格格和叶勒图竭力反对，因为受旗规限制，八旗子弟、贝勒格格，未经特许不得出京城三十里范围，否则将治以重罪，这意味着他们俩需得与王秋分离。

就在争论不下之际，朝廷发生了一件不大不小的事，使得王秋回乡的愿望泡了汤。

第三十六章　波谲云涌

五月末例行朝会，嘉庆帝突然提出打算七月份进行一次大规模木兰秋狝，所有王公大臣必须从行。此言一出，朝中大哗。

一直以来关于听戏和打猎，是嘉庆帝与群臣争论不休的话题。嘉庆帝爱听戏，尤喜以专家的身份指点，但与之矛盾的是他严禁旗人唱戏，在京畿范围严禁戏院、戏楼，为此屡遭大臣们诟病。打猎，更是令舆情激奋的话题，须知王公大臣们已习惯锦衣玉食的舒服生活，陡然跑到数百里远的承德，吃不饱，穿不暖，遇到寒潮连棉衣火炭都不够，还得在烈日沙尘中骑着高头大马曝晒，跟在皇帝后面吆喝围猎，弄不好摔个七荤八素算幸运，万一像成亲王那样人生有何乐趣？况且木兰山庄围场历来管理不善，前后换了七八位主管都无济于事，围场内猎物稀少，后勤供给不便，嘉庆帝前后去了十多趟，大多扫兴而归。

另一方面，自顺治以降各朝皇帝，康熙、雍正、乾隆无不是极富个性的铁腕帝王，处事果断，极善驭臣之术，相比之下嘉庆宽厚了许多，绝少出现满门抄斩、充军流放的情况，对臣子的劝谏和逆言也能静下心来思考，客观地给予评价，从而滋长了大臣们抗辩谏言的勇气。

事实上嘉庆帝登基以来每年必提围猎，每年照例有大批官员反对，阻力大的时候他也作出妥协，说句"明年再议"，有时拗着性子硬来，王公大臣们也没办法，毕竟食君之禄，为君之臣，把皇帝惹毛了没好果子吃。

今年的形势有点特殊。在嘉庆帝看来，扑灭根深蒂固的地下花会，深挖神武门幕后黑手，重创白莲教以及击溃盘踞京城的天理教，几桩事都可喜可贺，值得外出庆祝一下。在大臣们看来，地下花会未伤元气，随时可能卷土重来，白莲教和其分支天理教乃百足大虫死而不僵，必须严加镇压，而木兰秋狝兴师动众，动辄成千上万人出行，既给沿途百姓造成不便，也不利于各地奏章公文传递，更影响国家大事的判断与决策。

双方僵持不下之际，有个人的意见起到举足轻重的作用。

仪亲王。

他力排众议，支持嘉庆帝的木兰秋狝，认为大规模围猎可以笼络蒙古王公，树立军威，对疏于训练、军纪松弛的八旗军也是一次演练。

　　仪亲王是领侍卫内大臣，位高权重，是王公大臣中颇有影响的人物，有他出面支持，加之嘉庆帝的态度，大臣们只得退让。

　　事后嘉庆帝对八王爷的表现很满意，说到底是自家兄弟，关键时候肯扶一把。然而绵宁心里犯了嘀咕。

　　绵宁很清楚这位皇叔的脾性，做事总留有后手，不会无缘无故支持或反对什么，一旦亮明态度必定有很深的算计。左思右想，觉得不能等闲视之，为稳妥起见还是带上伟啬贝勒和王秋两位智囊。

　　"微臣不善骑射，更不会打猎，去承德能发挥什么作用？"王秋还惦记着回乡之事，有心推辞。

　　绵宁正色道："王先生别小觑围猎，那种特殊环境下，人的判断力、对事物的看法等等都会产生很大变化，从而作出与在京城大相径庭的决定，几十年前圣祖就是在围猎途中突然宣布废掉太子，令天下人瞠目。因此到了那边一举一动、言行举止都要格外谨慎，而且要及时处理各种突发事件，防止遭人暗算……王先生遇事冷静，危急关头判断精准，本王身边怎少得了你？"

　　"原来如此，"王秋颔首道，"那么微臣义不容辞。"

　　回到家一说，宇格格欢欣雀跃道："终于能见识场面宏大壮观的皇家围猎了，真带劲。"叶勒图泼冷水道："你哥未必肯带你呢。"

　　"去你的，乌鸦嘴！"宇格格啐道。

　　然而叶勒图一语成谶，第二天下午伟啬贝勒告诉宇格格，皇上担心出行队伍过于庞杂，对随行人员数量进行了限制，太子只能带十个人，名额有限，宇格格和叶勒图都不能去。

　　宇格格闻之失望之极，把怒火泄到叶勒图身上，嗔道："都是你不好，提前诅咒我去不了，快滚开，我不想见到你。"

　　王秋却知名额固然有限定，恐怕太子和伟啬贝勒考虑更多的还是影响不好，毕竟满汉不能通婚，仅此一条足以遭来攻讦，多一事不如少一事，索性不带以免麻烦。

　　看来自己与宇格格的亲事压力大于山，想到这里王秋心里沉甸甸的。

　　眼见所有人都在筹备木兰秋狝，宇格格按捺不住，特意跑回家找哥哥求情，说哪怕女扮男装都可以，介时一声不吭成天跟在王秋身边就行了。

伟啬贝勒定定看着她，长长叹了口气，放下手中事情道："随我来，哥哥正好有要紧话对你说。"

两人信步来到贝勒府后花园，看着池中清荷，岸边青青杨柳，伟啬贝勒笑道："等木兰秋狝结束回京，太子将把我安置到吏部做事，假以时日家里花园也该修葺了，还有右侧别院，哥早想向南扩两间，不过那个姓施的老汉太拗，还是等两年再说……"

"哥，你说有要紧话的。"宇格格提醒道。

伟啬贝勒收敛笑容，道："哥是想提醒你，哥辛辛苦苦营到目前的差使，对全家都有好处，哥不想大好前程受到影响。"

"这……这跟我有什么关系？"宇格格怯怯道。

"你不懂，你不懂的，"他喟叹道，目光看着池塘出了会儿神，继续道，"王先生是南方人，终究要离开京城的，哥不反对你跟他好，但无论好到什么程度……你还得找个婆家嫁了，这是必须的！"

"我不！"宇格格两眼含泪尖叫道，"我就要跟王秋在一起，今生今世永不分离，要我嫁到别家，除非……除非我死了……"

伟啬贝勒斥道："胡说八道！满汉不准通婚是旗人的铁律，难道专门为你开戒？再说王先生早明确过不可能留在京城，他是南方人，过不惯这里的生活，到时你怎么办？"

"跟他走！他到哪里我跟到哪里，不离不弃！"宇格格两眼发光，神情坚毅地说。

"私奔？"伟啬贝勒怒不可遏，指着她鼻子道，"你这样做欲置整个家族至何等境地？你考虑过宗人府追查此事的后果？你忍心父亲、兄长、所有亲戚因你遭受悲惨的下场？你想一想，好好想想！"

宇格格张张嘴，却发现自己辩无可辩，遂捂着脸嘤嘤哭起来。

伟啬贝勒心又软下来，和缓语气道："有什么办法呢，谁叫我们身为旗人，生在贵胄王族？我们享有普通百姓没有荣华富贵，也要承受平民难以理解的苦痛，连选择爱人的自由都没有……哥当然毫无保留支持你，别的不说，哥能在太子面前走到这一步，王先生功不可没，另外王先生的人品和操守都令人敬佩，但这件事哥说了不算，包括太子都无能为力，唉——"他长叹一声，"你先回去吧，有时间多陪陪王先生，走一步看一步吧。"

回到大王胡同的家，宇格格躲在屋里大哭一场，王秋敏感地猜到应该

第三十六章　波谲云涌

与自己有关，示意叶勒图过去劝解，谁知敲了半天都不开门，她在跟自己生闷气呢。

七月十八日，良辰吉日，宜动土、婚嫁，宜远行。

上午，皇家仪仗队先行，浩浩荡荡的围猎大军从京城出发，直奔第一站承德。随行人员包括嘉庆帝最喜欢的两位皇妃、太子绵宁、四皇子绵忻，以及仪亲王为首的王公大臣。

从京城到承德有数百里，路途遥远，大队人马需要六七天时间。其时正是金秋时节，凉风丝丝气候宜人，万里晴空无云，官道两侧全是被穗压弯的庄稼，眼见又是一个丰收年。嘉庆帝在轿中看得心情舒畅，不住指指点点，谈笑风生。

整个队伍分成六个方阵，绵宁理所当然在第一方阵，陪侍嘉庆帝；伟嵇贝勒属于中低级官员，在第三方阵；王秋则作为侍从人员在第四方阵。连续奔波几天，难免无聊得紧，其他侍从招呼他玩牌小赌，王秋笑笑只站在旁边观战，一言不发，大伙儿都以为他不懂。第六天晚上，王秋闲来无事，独自四下转悠，走到第五方阵即侍卫人员的营地时，陡地目光一凝，看到一个熟悉的身影，当即加快脚步赶过去。谁知那身影也警觉得很，发现有人盯梢，在星罗密布的营房间左一兜、右一转，很快消失得无影无踪。

王秋追到几个营房中间，心有不甘地四处查看，这时西北角阴影里突然传来一个幽幽的声音：

"王秋。"

王秋下意识后退一步，喝道："谁？"

"我。"

一个纤细苗条的身影从黑暗中走出来，摘掉头盔，乌云堆砌般的长发垂落下来，转瞬变成盈盈亭立的女孩。

"卢蕴！"王秋轻舒一口气，"你怎么来了？"

她俏皮地反问："你能来，我为何不能？"

"解宗元也来了？他在哪儿？"王秋沉声问。

卢蕴耸耸肩："有缘分者方能相见，就像我们俩；否则就应了那四个字——咫尺天涯。"

王秋没心思跟她开玩笑，顿了顿道："凡有他的地方必有阴谋，这回你们又算计什么？"

"王秋——"

她微带忧伤道:"难道你对我……哪怕一点点温情都没有,每次必定谈争斗和阴谋吗?难道在你眼里,那个曾经天真过、可爱过的女孩已消失不见了吗?难道你心中已用宇格格完全取代山东邂逅的女孩了吗?"

说到最后一句,她泪如雨下,泪水大滴大滴摔在草叶上,甚至能听到"啪啪"声。

王秋默然,过了半晌才道:"你让我怎么信任你?从石家庄到京城,你可曾对我说过真话?你的爱与你所谓的大事是截然分开的,很多时候,你前一刻对我柔情万分,后一刻便串通别人陷害于我,倘若还将你放在心上,王秋再有三条命都不够。"

"可我早就提出放弃眼前这一切,两个人远走高飞,你又不肯。"

"我们做的事是尖锐对立的,"王秋道,"地下花会大势已去,解宗元惶惶如丧家之犬,你为何还不死心,一如既往跟着他?"

卢蕴稍稍停顿,然后道:"地下花会只不过是个幌子,我们真正要做的事远超出你想象。"

"我早就猜到,否则董先生断断不可能放弃会试赌榜,因为他预见到朝廷此次禁赌的决心。"

"这不是关键,"卢蕴摇摇手,"幌子终究是幌子,不值得付出太多,必须腾出精力做最重要的事。"

不知怎地,这句话使王秋一阵毛骨悚然,后背凉飕飕的,脑子里如巨浪翻腾,瞬间闪过无数个念头,过了好一会儿才道:"你们打算这次木兰秋狝动手?"

"机会只属于不断争取的人,"卢蕴答非所问,"正如赌局,前面小打小闹都算不了什么,最后一把才能确定胜负。"

"或许你是对的,"王秋急欲回去,道,"夜深露浓,早点休息吧。"

卢蕴知他的意思,嗯了一声,眼睛在他脸上扫了一圈,悄悄从两个营房中间退出去,转瞬消失不见。

王秋回到自己营房,同住的几个人都睡了,鼾声如雷,黑暗中他盘膝静静想了很久,决定向太子通报一下,提高戒备。

二更天,宿营地漆黑一团,远处依稀有朦胧的火光闪动,那是营地外游哨巡夜的灯笼。本以为白天劳累,此时应该都沉睡了,经过第二方阵帐篷时却不时见有微弱的灯光,里面传来窃窃私语,走近了又鸦雀无声,一切归于寂静。

太子猜得不错，表面风平浪静、热闹欢腾的围猎暗潮汹涌，隐藏着若干阴谋和幕后交易啊。想到这里王秋愈发感到寒意。

王秋来到第一方阵营地外被侍卫拦住，因为没有内务府颁发的出入腰牌，费尽口舌也没用。他折腾了半天怏怏回到帐篷，再也睡不着，在此起彼伏的呼噜声中挨到天亮。

天边第一抹晨曦刚刚亮起，王秋又动身去找绵宁，来到第一方阵营前，却见伟啬贝勒在附近徘徊，连忙上前问候。

"王先生也来找太子爷？"伟啬贝勒问。

"是啊，昨晚遇到点情况……"

王秋话才说了一半，伟啬贝勒将他拉到僻静处，悄声道："先回去吧，太子爷一夜没睡，这会儿刚回营房眯会儿，等队伍开拔又得起床了。"

"一夜没睡，出了什么事？"王秋吃惊地问。

"昨晚皇上入寝后觉得不舒服，头昏、头疼、干呕，稍稍一动就耳热心跳，邱皇妃急召太医入内，太子爷闻讯也赶过去，经诊断可能是轻微中暑，本应没什么大事，但皇上难受之下睡不着，陪侍之人都不好擅自离开，满帐篷人都撑到天亮。"

王秋沉吟道："眼下这个时节气温并不炎热，皇上又坐着大轿，不出汗不曝晒，诊断为中暑似乎牵强了些……"

伟啬贝勒皱眉道："太子爷也有同感，但两位太医都是太医院德高望重的行家，这是反复把脉几经会商得出的结论，按说不会错。"

"会不会他们碰到疑难杂症，众目睽睽下又得给大家一个交代，于是以中暑搪塞？"

"这，这……"伟啬贝勒搔搔头道，"王先生真问倒我了，毕竟当时不在帐篷里，不知当时的细节，难以判断。"

"从第四方阵去见太子多有不便，烦请贝勒爷多多提醒太子爷，"王秋遂将与卢蕴交谈的内容叙述了一遍，道，"昨夜路过第二方阵时也感觉大臣之间异动频频，在下怀疑董先生、解宗元一伙真想利用木兰秋狝搞出大动静啊。"

伟啬贝勒点点头，沉声道："我会找机会的，还烦请王先生多费心，盯住那帮人的动静。"

近中午时抵达承德广仁岭，当地官员和早已接到消息的蒙古王公前来接驾。嘉庆帝虽仍觉得头晕心慌，痰气上涌，但情绪很好，为了在一干蒙古王公和臣子面前表现自己体格强壮，以及炫耀骑术，竟然主动要求弃轿换马去承德避暑山庄。绵宁等人大惊，他们很清楚嘉庆帝几乎一夜未睡，身体仍很虚弱，哪经得起马上颠簸和塞北的寒风？当即和一班军机大臣、太医以及十多位太监下跪劝阻，建议保重龙体为重。

此时嘉庆帝满脑子纵马驰骋、扬鞭千里的念头，哪听得进去？当下命试马侍卫牵出御马房的宝马良驹——银月萨腾，先在场内试遛了一圈，然后在绵宁的搀扶下，踏着试马侍卫的后背骑上马，甩了个响鞭，抖抖缰绳一马当先，在辽阔的草原上尽情飞奔。

看着嘉庆帝纵马奔驰的英姿，围猎大军爆发出欢呼：

"皇上万岁万岁万万岁！"

欢呼声响彻入云，惊起草原深处一群群飞鸟走兽。

第三十七章 急转而下

当晚，避暑山庄内燃起熊熊篝火，成群结队的蒙古少女载歌载舞，并向嘉庆帝献上洁白的哈达，烤全羊、烤全牛、烤骆驼，还有香气四溢的马奶酒，当嘉庆帝亲自执匕首剖开羊腹中的鸽子，取出一颗鸽蛋大的珍珠时，全场欢腾，气氛热烈到沸腾。

"多来些孜然，"伟啬贝勒边津津啃羊腿边道，"这才是真正的塞北风味，王先生从未领略过吧？"

王秋笑道："各地风味都有不同，美食的涵义也有区别。"

"我不信天底下还有比这更好吃的。"

王秋目光扫了一圈，落在工部尚书阿克当身上，以目示意道："贝勒爷请看，这位大人好像对美食不感兴趣呢，贝勒爷可知他主政两淮盐政时如何吃法？"

"愿闻其详。"伟啬贝勒来了兴趣。

"每逢吃鲥鱼的时节，他派出小船到焦山下张网捕鱼，一旦收网鱼出江面，船上厨师抓住便宰杀，眨眼间收拾干净入锅，同时船起锚急发，跨长江、入运河、进瓜洲、转护城河，最后驶入瘦西湖，平山堂码头上早有人等候，船未停稳厨师就将煮好的鱼连锅递过去，然后一溜小跑上了平山堂，阿克当大人正好酒过三巡，大快朵颐！"

伟啬贝勒听得眼珠差点凸出眼眶："天底下竟有这等吃法，连紫禁城的太后皇帝都无福享受啊。"

"炎天冰雪护江船，皇上同样吃鲥鱼，可惜都是冷冻的，比食不厌精精不厌细的阿克当大人差远了。"王秋笑道。

伟啬贝勒瞅着阿克当愁眉不展咬牛键的模样，愈看愈有趣，忍不住喝了一大口酒哈哈大笑。但不知怎地，每每想到卢蕴的话王秋便觉得寝食难安，不等酒宴结束便拉着伟啬贝勒离席，两人唤来山庄主管细细询问，三个人在里面转悠了整整两圈，累得伟啬贝勒不停地坐在路边歇息。王秋却越走越有精神，将山庄地形绘成草图，并一一指点给伟啬贝勒，提醒明天需做的事项。

是夜嘉庆帝兴致很高，不仅逢酒必干，而且吃了不少烤肉，甚至连蒙古少女敬献的牛眼也吃了。宴会又召集蒙古王公、军机大臣等二三十人喝砖茶，商讨边境军政大事，直到凌晨在绵宁一再催促下才结束。

送走臣子后嘉庆帝心潮澎湃，迟迟难以入睡，先到殿外转了几圈，贴身太监担心风寒，将他劝了回去。上床后还是睡不着，便打开随行携带的历代祖宗实录，一直看到天色微明，起床梳洗一番，用过点心后开始处理各地送来的公文奏章。过了会儿绵宁来到烟波致爽殿侍候，坐在下首批阅一些相对不太重要的奏折，父子俩默默坐了两三个时辰，其间除了太监偶尔进来送水果、送毛巾、送点心外，几乎没说过一句话。

临近中午，军机大臣赫苏丹和张致情联袂求见，想就几桩急待处理的军政大事、明天围猎的安排请嘉庆帝定夺。绵宁也累了，趁机站起身活动筋骨，随手抽了份批好的奏章一瞟，神情微变，右侧赫苏丹见他脸色有异，也凑过来看，只见奏章上批的字迹潦草，而且越到后面越紊乱不可辨，再细看批注内容，也是前言不搭后语，文理不通。赫苏丹低低"咦"了一声，拿胳臂碰碰绵宁，绵宁当即明白过来，恭声道：

"皇阿玛连续处理政务，应该有些累了，不如休息会儿吧？"

嘉庆帝正满脸通红，手托在腮下，两眼似睁非睁昏昏欲睡，经绵宁提醒也觉得疲惫，含混不清道："朕夜里没睡……上床躺会儿吧……"

墙角两名太监赶紧过来扶他上龙榻，绵宁缀在后面道："皇阿玛是否昨晚多喝了几杯？要不要让人送些醒酒汤？"

"没事……"

嘉庆帝似乎懒得说话，如释重负躺下后便发出沉重的呼噜声。绵宁觉得不对劲，试着轻轻推了两下，叫道：

"皇阿玛，皇阿玛，那些未批完的奏折怎么办？"

嘉庆帝毫无反应，好像睡得很香。

"皇阿玛，皇阿玛！"绵宁急了，用力推了数下，全身沁出一层冷汗。

还是没有反应。

"传太医！"

绵宁大叫道，两位军机大臣也围到龙榻前试图将他唤醒，直努力到几位太医赶过来还无济于事。太医见这状况也吃了一惊，当即探鼻息、摸脉络，询问之前发生的事，简单会诊后其中医术最精湛的太医取出几根长短不一的银针，在烛光上炙烤后对准要穴连扎数针。

"唔……"嘉庆帝身体微微动弹，嘴里嘟囔着什么。

众人惊喜道："醒了！醒了！"

绵宁忙俯身上前："皇阿玛，您觉得怎样？"

"唔……"

嘉庆帝两眼依然紧闭，嘴唇不住蠕动，仿佛想说什么又说不出来。

"再扎两针，让皇阿玛彻底苏醒。"绵宁令道。

太医哭丧着脸道："启禀太子殿下，刚才那几针叫'起死回生'针，原本就是激发皇上体内生机，最大限度振奋精神，如今，如今……"

"必须想出办法，否则要你们有何用？"

绵宁蛮横粗暴道。

太医们额头渗汗，全身颤抖，围在龙榻前用尽针灸加汤剂外治内服各种手段，始终无法救醒嘉庆帝。其间嘉庆帝脸面肌肉扭动，数次欲抬起手臂，显然很想说话，但终究未吐出一个字。一晃两个多时辰过去了，殿外不断有大臣或王公求见，均被绵宁以午休未醒的理由回拒。

气氛愈发紧张起来。

绵宁撇下几位六神无主的太医，示意两位军机大臣来到殿外。

"皇阿玛昏迷不醒，太医束手无策，二位有何见解？"绵宁开门见山问。

"勒令太医尽全力抢救！"

"召集军机处其他大臣，全天陪护皇上！"

赫苏丹和张致情一脸郑重说，绵宁心里暗暗叹了口气，恨这些老官僚圆滑透顶，关键时刻不敢负责任，尽说这些冠冕堂皇又滴水不漏的话，不能切中要害，切实解决当前面临的难题。

不过这种事只能慢慢试探，心急不得，想到这里绵宁又道："按原计划下午要到牧场试射，傍晚还有赛马、叼羊等活动，现在看来即使皇阿玛苏醒，整个下午的行程都要取消，请张大学士具体协调一下，一是要封锁消息，皇阿玛的病情除了太医仅限于我们三人知道；二是稳定人心，所有行动照常进行，但要编出合理的借口，说明皇阿玛和我们几个为何不出现；三是通知皇妃等宫中嫔妃在山庄寺庙内为皇阿玛祈福。"

"微臣这就去办。"张致情一拱手匆匆离开。

刻意留下赫苏丹，绵宁是有想法的。赫苏丹是大清帝国最名声显赫的八大铁帽子王爷——郑亲王济尔哈朗的后人,其姑妈是雍正帝的皇妃,而他的外甥女则嫁给绵忻做了侧晋妃,因此细算起来赫苏丹与绵宁还有点远亲。

另一方面赫苏丹毕竟同属满人,手里又握有实权——大清帝国历代皇帝对汉大臣既利用,又防范,打哄结合。只要取得赫苏丹支持,军机处那边基本可以摆平。

赫苏丹能做到权力中枢的要害位置,自然八面玲珑,观言察色到最细微处,刚才脱口而出那句话后就感觉太子有些不悦,心里懊悔万分,这会儿白送的表现机会岂能错过?不等绵宁开口便道:

"太子殿下,微臣以为皇上昏迷不醒,事发突然,从臣子的角度自然希望龙体尽快康复,甚至像昨天一样生龙活虎,率领臣子们外出围猎,然而……然而作为皇上寄予厚望的重臣,凡事须以大清前途为己任,因此遇事还须……考虑最坏的可能……"

终于说到绵宁心坎上了,他等了半天就是要这句话,当下沉稳地点点头,道:"大学士思虑周详,不愧是皇阿玛倚重的老臣,依你之见,此事当如何处置?"

"微臣以为皇上龙体欠安,可能有三种情况,"赫苏丹声音压得很低,"一是很快康复,木兰秋狝如期举行,蒙古王公们尽兴而归,此乃臣子和大清子民的万幸;二是长期昏迷不醒,全靠药物维持;三是……"他垂下头,"微臣不敢讲大逆不道的话。"

"本王明白大学士的意思,请继续说。"绵宁道。

赫苏丹声音更是细不可闻:"倘若遭遇后两种情况,臣子们也,也相当棘手,俗话说国不可一日无君,眼下白莲教妖言惑众,动乱四起,边境这边也不安分,每天在案头急待处理的奏折堆积如山,因此……太子殿下须担当起护国之责!"

绵宁垂泪施礼道:"皇阿玛突发重病,本王心急如焚,哪里还有心理会那些琐事?还请大学士联同军机处各位多费心了。"

"微臣岂敢,"赫苏丹急急回了个大礼,"微臣的意思是皇上一旦,一旦风云不测,首当其冲便是继九五之尊大位,以定万民之心啊。"

点到要害了,绵宁暗自满意,却做出惶恐和伤心的模样再三表示要守孝三年等等,两人正在心照不宣打太极,殿外墙传来仪亲王的声音:

"到底怎么回事?来三四趟了每次都是午休,皇弟以前从未睡这么长

第三十七章 急转而下

267

时间的，老实交代出了什么事？"

"八王爷！"

两人均一震，赫苏丹霎时反应过来，道："微臣去应付他。"

绵宁在后面追道："注意分寸，莫惹恼了他。"

回到内殿，里面全是苦涩的药味，太医们仍未找到良策，而嘉庆爷气息渐渐微弱，眼见得凶多吉少。

贴身太监唤来了随行的两位皇妃，见这付状况她们自然悲从心生，跪在龙榻前哀哀哭个不停，哭得原本愁绪丛生的绵宁更加心烦意乱。但皇帝驾崩是大事，弥留之际必须有嫔妃、内大臣、太监在场，相当于旁证，否则将来浑身长嘴都说不清。

过了会儿赫苏丹进来，冲绵宁点点头，意思已将仪亲王劝走。又过了会儿张致情也匆匆进来，边拭汗边低声报告协调的情况。然后三个人站成一排，呆呆看着出的气多、人的气少的嘉庆帝，脑中盘算着自己的心思。

傍晚时分，王秋在太子下榻的英华寻峰殿第六次吃了闭门羹——侍卫不肯透露太子的行踪，任你再着急也没用。虽然早晨通过有数面之缘的三等侍卫富勒浑找到太子，利用太子洗漱间隙交谈过一阵，事后想想还有未尽之言。

无奈之下王秋只得打听伟啬贝勒的住处，商量如何觐见太子。走了一半，突然从小道斜现出两匹快马，冲到王秋面前才勒住缰绳，居高临下问：

"你叫王秋？"

王秋不卑不亢道："正是在下。"

"仪亲王有事召你，快随我们去！"

说着不等他有所反应，两人一左一右挟住他的手臂往上一提，稳当当坐到其中一人身后，向山庄深处疾驰而去。大约半盏茶工夫，来到东南隅一处的僻静的院子前，早有四五名带刀侍卫迎上前。

"王爷召见的客人。"马上侍卫解释道。

带刀侍卫应了一声，带着王秋往里走，沿途全是怒目圆睁、刀剑在手的侍卫，给了王秋强大的压力。

到底是本朝最有权势的八王爷，架势不同凡响。他暗忖道。

来到大殿右侧房间，里面漆黑一片，目不及身前半步，侍卫在后面关上门，将他置于黑暗中。

"王秋,知道本王吗?"

几步之遥冷不丁传来一个威严的声音。

王秋一拱手:"草民参见王爷。"

"你根本看不清,如何参见?"

王秋镇定自若道:"草民虽未有幸目睹王爷英姿,却与王爷沟通过多次,倘若草民猜得不错,王爷便是神秘莫测的董先生。"

话音刚落,只听见"喀嚓"一声,油灯燃起,六七步外宝座上端坐着一位冠如白玉、长须及胸,保养得极好的中年人,他的手修长而洁净,手指稳定有力,左手中指戴着枚玉戒。

"王先生请坐,"他微笑道,"什么时候发现的?"

"王爷施计赢太子的翠玉指环那次,王爷想以此为饵诱太子继续加押,赢得朝思暮想的银鎏金镶珠神鸟,可惜王爷没想到太子居然派草民出战……"

八王爷叹道:"一着不慎满盘皆输,那次本王真的失算了。"

"以董先生的威望和心机,被纳于八王爷帐下本是名正言顺之事,但那份睥睨天下、气吞山河的气势,岂是江湖中人所能显露出的?"

八王爷哈哈大笑:"王先生很会说话,本王折服于你的口才。"

王秋静静道:"有八王爷作后台靠山,难怪解宗元在京城无往而不利,短短数年降伏十三家赌坊,将地下花会势力发展到极致,然而义父与王大人案,庆臣和詹重召全家失踪,以及哈丰阿专拉衙门中人入伙,加之会试一役全线撤退,不像为了钱财。"

"对极了,"八王爷轻轻抚掌道,"当初哈丰阿说陶兴予参加投注,本王就有些诧异,陶兴予是众所周知的持正君子,怎会贸然参赌?当下关照哈丰阿谨慎些,谁知还是出了岔子,结果把王先生引到京城,惹来若干麻烦。"

"解宗元所图的到底是什么大事?"王秋问。

"待会儿你便知道了,"八王爷看看沙漏,若有所思道,"此刻太子应该很忙吧?王先生上午求见数次未果,可见太子从早上起不曾离开烟波致爽殿半步。"

王秋心一震:"难道……皇上他……"

这时外面有人敲门,然后一个人影灵巧地闪进来,却是久寻不见的解宗元!

王秋冲他怒目而视，解宗元却满脸笑意打了个招呼，径直走到八王爷身侧。

"怎么样？"八王爷语气间有些急切。

解宗元微微一躬："正午前昏迷不醒，至今未有好转迹象，估计无力回天。"

王秋在旁边听出端倪，吃惊地问："是不是……皇上昏迷不醒？"

八王爷微微笑道："刚才王先生不是询问何谓大事吗？就是这个！"

震惊之下王秋倒退一步："你们，你们竟敢……弑君篡位？"

"难道不是水到渠成的事么？"八王爷稳稳一挥手，吩咐道，"通知各部人马加紧戒备，一旦驾崩立即动手！"

"是。"

解宗元旋即匆匆离去，临出门时略带嘲弄地瞟了王秋一眼。

王秋心乱如麻，第一反应是赶紧离开寻找绵宁，然而他很清楚这是不可能的，八王爷在此节骨眼上将自己半请半绑带到这里，就是防止他添乱。

太子预见到将要面临的灾祸吗？

早晨谈的那些，太子会放在心上吗？

伟啬贝勒又在哪儿，是否办妥昨夜关照的事项？

第三十八章　绝世赌局

仿佛看穿王秋的心思，八王爷笑道："大厦将倾独木难支，王先生还是别多虑了，一切已尽在本王掌握之中。"

王秋一想也是，与其提心吊胆，不如静下心把所有疑问弄明白，稍稍理清思绪，问道："从何时开始的？神武门遇刺事件？"

"唔，当时皇弟已对本王起了提防之意，打算用他亲弟弟替代本王担任领侍卫内大臣一职，这可是至关重要的位置，能否掌控紫禁城，稳定京城大局全倚仗其下辖的京营，于是本王授意明英导演了神武门前的一幕，通过此事皇弟觉得本王还是忠心尽职的，也不好意思撤换刚刚会舍身护驾的兄长，对吧？从此以后本王便稳坐领侍卫内大臣之位。"

"癸酉之变又是怎么回事？"说到这儿王秋陡地醒悟过来，"地下花会与天理教相互勾结，各取所需，然则天理教势力日益壮大，颠覆大清之狼子野心暴露无遗，王爷意欲翦除其党羽，故意提供攻打紫禁城的便利，一方面通过火拼消耗天理教实力，另一方面让皇上在天下百姓面前出个大大的洋相，得利者还是王爷。"

八王爷呵呵笑道："虽不中亦不远矣，后来郜大娘进京重新组织残余教众，声势大不如前，不得不甘愿为本王所用。"

"再谈到地下花会，王爷在幕后操纵，解宗元等爵门弟子具体负责，既通过赌榜等为谋反大业筹措资金，同时趁机拉众多京官下水，以所欠的巨额赌债相胁，挟迫他们俯首听命，从而在各大衙门里安插了一个又一个钉子，面对地下花会的威逼利诱，绝大多数官员选择沉默和妥协，仅有如我义父和土未忠大人奋起反抗，留下追查的蛛丝马迹。"

"都怪哈丰阿办事太毛躁，急于求成。"八王爷轻描淡写道。

王秋双拳捏得格格直响："可是几十条人命就没了，还有成亲王被下毒之事，也是王爷的手笔吧？"

"一将功成万骨枯，欲成大业必须要硬得心肠，若处处施以妇人之仁，怎能取得大位？"

"逆天行事，终究为世人所不容。"

八王爷眼中泛起怒色，沉默半响道："何为天？何为逆天？自古以来，历朝历代，继承皇位无不是立长不立嫡，发生变故才按序顺延，为何到这一代便改了规矩？"他竖起指头，"本王排名第八，皇弟是多少？第十五！凭什么才具平庸的他最终坐上皇帝宝座而非本王？其中缘由你又知道多少？"说到这里他撩开膝上长袍，"公开的理由是本王先天腿疾，有辱国体；沉溺酒色，不堪大用，荒唐之极！本王虽有腿疾，无碍行走，至于酒色，试想皇子贝勒哪个没有三妻四妾，何谓沉溺？都是骗人的幌子！"

王秋一滞，勉强道："既是先帝选择，定有他的道理，做个逍遥王爷也不错，何必处心积虑谋权篡位？"

"帝王之室向来是旁观者迷当局者清，自古以来何曾有真正逍遥的王爷？"八王爷哂道，"王先生不妨回想圣祖几位皇子的命运，即使能苟且活命的也终日惶惶不安，唯恐祸从天降，皇家没有所谓的亲情，有的只是冷酷、屠杀、颠覆，与其坐以待毙，不如先下手为强，让别人躲在本王的阴影下哭泣流泪！"

"所以王爷从未放弃过对皇位的觊觎？"

"本来就是本王的，只不过从别人手中重新夺回来罢了。"

"为何全面撤出会试赌榜？担心遭到太子追查吗？"

八王爷不屑道："乳臭未干的小子，岂能撼动本王半根毫毛？但会试一役我方已尽失主动，与其硬碰不如保存实力，何况那时起本王已下定决心，要在今年的木兰秋狝见个真章，结果……"

他脸上浮起一丝高深莫测的笑容。

王秋一震："莫非……皇上突然昏迷是王爷投毒所致？"

八王爷不置可否："成就帝业，天时地利人和缺一不可，本王以为这回都具备了。"

门被推开，解宗元急速进来，在他耳边低语了好长时间，八王爷时而点头，时而指示两句，时而做出手势，然后解宗元领命而去。

"告诉王先生一个好消息，一个坏消息，"八王爷以暇好整道，"先说坏消息，皇帝驾崩了。"

"啊！"王秋张大嘴，全身僵直。

"再说好消息，解宗元率领神机营包围了烟波致爽殿，结果只见到皇上遗体，还有一群哭啼啼的嫔妃大臣，太子不见踪影。"

王秋松了口气，未置一言。

八王爷伸手移过一张小方桌，示意王秋坐到对面，接着慢条斯理地说："前两次都输给王先生，今儿个再赌一局如何？本王押的注是大清帝国，王先生只能押自家性命了，好像有点不公平，但没办法，局势演变如此，王先生必须接受。"

王秋微笑："赌门中人从未在赌局面前退缩过，既然王爷有此雅兴，草民当然奉陪……不知王爷想赌什么？"

"太子的下落，倘若他成功逃逸，此事横添变故，帝业前途难测；倘若他落于本王之手，大清帝国则尽在掌握。"

王秋沉吟道："王爷表面上押注大清帝国，实质与王某一样，赌的是身家性命，很公平，王某愿意对赌。"

"好！"八王爷激动得眼睛熠熠发光，双手按在桌面上道，"本王自幼好赌，历经宦海数十年依然赌性难除，今日碰上赌门中的高手，无论胜负都得偿心愿！"

"草民猜，解宗元已封锁整个避暑山庄，四处搜索太子吧？"

"经过搜查，在烟波致爽殿侧殿发现一处秘道，一直通到山庄西南角小树林，从太医提供的逃亡时间推断，太子有可能逃出山庄隐匿到附近的鸣秋山，王先生以为要不要封山？"

八王爷犀利的目光紧紧盯在王秋脸上，像要从他神情变化中捕捉信息。

"封山恐怕不现实，两三万军队投进去跟水入大海似的不见痕迹，何况太子孤身潜逃，人地两疏，估计不敢轻易进山，"王秋侃侃而谈，"换作草民，肯定在山庄内选个隐蔽处藏身，等风声过去再作打算。"

"是吗？王先生的想法倒跟本王不约而同，"八王爷陷入沉思，良久才说，"据本王所知，今早王先生与太子见过面，谈及什么内容？是提醒太子多加小心，还是未雨绸缪，提前准备好逃亡路线？"

王秋心里"咯噔"一下，面不改色道："平常问候而已，当时皇上身体未出异状，草民也无未卜先知之能。"

"嗯，有道理，不过即使太子藏身于山庄某个角落，以山庄范围之大，本王手头这点兵力也不可能一间间搜查，只能靠直觉和判断，"八王爷露出少有的慎重之色，缓缓道，"皇上驾崩一刻起，神机营已封锁整个山庄，凡有人住的地方均有兵士把守，因此无论太子逃到哪儿，掩护他的人必定要冒着性命危险……王先生想想看，哪些人愿意以死效命？"

"草民拟以出行队伍所分的五大方阵来分析，第一方阵除了皇上太子便是宫内嫔妃和内务府官员，这些人过惯养尊处优的生活，大难临头身体都吓软了，不甚重任；第二方阵是王公大臣，情况复杂，既有太子的心腹，也有忠于王爷的，弄不好容易走透风声；第三方阵主要为皇子、贝勒、格格和中低级官员，第四方阵为侍从人员，这两方阵成员处事反而不会瞻前顾后、畏首畏尾，一旦决定便会勇往直前，是藏匿的首选；第五方阵侍卫人员鱼龙混杂，连解宗元都能混入其中，自然不宜。"

八王爷再度点头："王先生剖析中肯，不偏不倚，本王简直忘了在跟王先生对赌，诚如所言，本王掌控的神机营不过区区数千人，加上侍卫和附近调集的人马不足万人，若兵力分布不当，极有可能让太子从容逃逸，因此……"他眼中闪烁不定，显然也难以定夺。

解宗元又进来了，直截了当道："禀王爷，属下已搜过皇妃、几位亲王和皇子的住处，未发现太子踪迹，下一步属下想重点搜查靠近前后大门的房屋，那儿建筑密集，人员稀少，也容易溜出山庄。"

他或许认为事至如此无须再藏着掖着，索性当王秋的面说清楚。

"前后大门……"八王爷询问道，"王先生的意思呢？"

"只须加强警戒，以太子的身手根本无力逃出山庄，搜查前后大门附近有何意义？"王秋反驳道，"眼下王爷掌控大局，久拖对太子不利，他着急的并非性命之忧，而是尽快返回京城。"

解宗元冷哼道："何时轮到你多嘴？你自然站在太子立场蛊惑人心，干扰我们的安排，王爷，还是从前后大门开始搜吧。"

王秋笑道："鱼逐水草而居，鸟择良木而栖，作为赌门中人利字当头，立场并非一成不变，解先生明白我的意思吗？"

解宗元瞠目结舌，不知如何回答。八王爷抚掌大笑，道："若能将王先生招至麾下，倒是本王平生第一快事……宗元，按你的意思搜吧，争取日落前有结果。"

"是，"解宗元得意地瞟了王秋一眼，补充道，"忘了告诉王先生，早在皇上驾崩前我已在山庄外布下数道封锁线，几十队游骑不间断地巡逻，一旦发现有人出山庄便可射杀，嘿嘿嘿。"

他挂着胜利的笑容领命而去。

八王爷自信满满道："赌局进行到现在，王先生仍有机会选择退出，与宗元一起猎杀太子，他日照样是新朝功臣，如何？"

王秋报以微笑："解先生判断失误，草民以为天黑前应该没希望抓到太子。"

"即使在前后大门附近搜不到，解宗元也能及时调整策略，王先生何以如此断言？"八王爷不信。

"因为一着不慎满盘皆输，"王秋解释道，"木兰牧场和承德山庄离边境较近，又处于蒙古王公的势力范围，为防止意外，历代在此围猎的皇帝防患于未然，都建有避难点和紧急出逃的密道。"

八王爷目光闪动，点点头道："不错，确有其事，本王甚至听说有一条密道直通鸣秋山，所以才派出大批游骑四处巡查。"

"但凡密道出口都修得极为隐秘，有的干脆在民宅院里甚至卧室内，不知底细者哪怕经过几十次都无从察觉，出口附近必定有便于潜逃、远遁的小道，远非游骑所能及。"

"这跟宗元判断失误有何关系？"八王爷微微不安地挪动一下身体。

"皇上驾崩，神机营迅速包围烟波致爽殿，仓猝之下太子不可能选择最理想的逃亡路线，只能先安下身来，躲过第一轮强力搜索再作打算，而隐藏的地点莫过于人多、房屋密集、建筑复杂的地段——正如草民刚才所说，是第三方阵和第四方阵人员的居住点，此刻精锐兵力投往前后大门，中腹空虚，正好给太子可乘之机，从容抵达密道入口远遁，等解先生回过神来反扑，太子已在数十里之外矣。"

八王爷陷入长时间的沉默，过了好一会儿突然喝道："来人……传我的命令，通知宗元立即撤离前后大门，重兵包围莲云精舍至班花殿一带！"

屋里寂静无声，半晌八王爷道："倘若应了王先生的话，等本王登基后你便是头号功臣。"

"草民凭感觉胡乱揣测，考虑不周之处请王爷海涵。"王秋道。

八王爷露出枭雄式的冷暴神情，逼视王秋道："赌局继续进行么？"

"当然。"

"既然如此，你为何坦诚其中利弊？你心里头到底想着太子顺利逃逸，还是本王成功登基？"八王爷一拍桌子喝道。

此时八王爷正处于只差一步登顶的迷乱和癫狂状态，内心既紧张到临近崩溃，又激动得无以复加，其情绪像充满炸药的火药桶，稍有风吹草动便可爆发出来，因此必须小心应付。

王秋咽了口唾沫，以很慢的语速道："草民并非仕途中人，更无意于拜相入阁，草民是行走江湖的赌门中人，求的是江湖名声和身外之财，做任何事都得留后手，没有什么值得草民押上身家性命的，拿抓捕太子来说，谋事在人成事在天，算无遗策未必代表一击而中，最终要靠天意。"

"天意……"八王爷喃喃自语，蓦地发出一阵狂笑，双臂张开道，"本王即是天，是大清帝国至高无上的帝王！哈哈哈哈……"

时间转瞬即逝，夜幕徐徐笼罩整个山庄，八王爷却再也笑不出来了。

经过数轮拉网式搜索，仍然未发现太子的踪迹，另外据报告伟啬贝勒也下落不明。

"如果下午好好搜查前后大门……"解宗元还惦记着中途夭折的搜捕行动，狠狠剜了王秋一眼。

"凡是空地一律燃起篝火，挑灯夜战，本王就不信找不到绵宁！"

八王爷怒吼道。

他刚在烟波致爽殿碰了个钉子。面对杀气腾腾的八王爷胁迫，赫苏丹等军机大臣表现出宁折不弯的刚烈，不肯拥戴他即就大位，而是坚持回京城乾清宫正大光明匾后取立储秘匣，密诏上立谁就是谁。内务府大臣禧恩更站出来说，嘉庆十八年太子戡乱立下大功，先帝当场便指其日后承继大位。

八王爷咆哮道："太子下落不明，国不可一日无君，本王理所当然负起皇弟留下的重担。"

赫苏丹驳道："子承父业，就算太子可能遭遇不测，先帝还有两位皇子，届时可与太后商量后定夺，皇兄继皇弟的大位，本朝尚无前例。"

较量了半天，几位军机大臣终究不肯松口，更拒绝以军机处的名义发布临时命令，八王爷怒气冲天下令将他们分别囚禁，不给食物和饮水，看他们犟到何时。

出了烟波致爽殿，八王爷一转念，命手下加紧看管四皇子绵忻。须知绵宁乃孝淑睿皇后所生，嘉庆二年她不幸病故。后来现任的孝和睿皇后生下三皇子绵恺和四皇子绵忻，此番变故，孝和睿皇后远在京城，有可能趁乱上下其手，由亲儿子继承帝位。

万一太后立绵忻为帝，就把他一刀砍了！八王爷恶狠狠想。

夜幕下的承德避暑山庄，到处是高举火把巡逻的兵士，参与围猎的所有人员都被警告留在屋内，不得随意走动，气氛紧张到极点。

第三十九章　归隐江湖

站在山庄制高点——烽火台，迎着猎猎的塞北寒风，八王爷又恢复了几分信心，道："就算太子逃回京城，他也进不了城，出行前本王已下令神机营接管所有城门，进不了京城，任绵宁有三头六臂都无济于事。"

王秋笑了笑，没吱声。

"王先生有不同见解？"八王爷敏感地问。

"说出来怕王爷生气。"

八王爷大笑："你与本王的赌局尚未结束，在此过程中双方各施其计、钩心斗角乃正常之举，有何不敢言？"

"草民是想，区区避暑山庄都抓不住太子，以京城之大，人员之复杂，能将太子拒之门外？"

八王爷一呆，脸阴沉得能拧下一大盆水，蓦地从贴身侍卫腰间抽出刀架在王秋脖子上！

"抓不住太子，本王照样能杀了你！"八王爷暴吼道。

王秋安之若素："草民自被抓到这里，就没打算活着回去，赌局本来就是江湖人玩的，跟帝位更迭、宫闱争斗半点关系都没有。"

"你错了！"八王爷狞笑道，"本王赌性甚重，一向以赌博高手自居，凡事都遵从江湖规矩……然而跟你对赌的是董先生，最终掌握生杀予夺大权的却是仪亲王，谁叫你站错队呢？认命吧！"

王秋不再说话，目光越过山庄重重叠叠的殿阁投向更深远的草原与山脉，不知在想些什么。

呵斥声、敲门踢门声、哀哭声，山庄折腾了整整一夜，还是没能搜到太子。此时不单解宗元，连八王爷都不得不承认太子逃离山庄的可能性更大。接下来的事相当棘手：

派兵包围烟波致爽殿、拘禁军机大臣、四下搜捕太子，其行径形同谋反，只须绵宁站稳脚跟，必定发讨伐檄文，宣布仪亲王为乱臣贼子。

然而八王爷自有篡位之心以来，从未——当然也没有机会私下招兵买马，图谋有朝一日起兵造反。他就算计着毒杀嘉庆帝，秘捕太子，然后顺理成章成为九五之尊。

换而言之，他一切谋划仅限于京城这个小圈子内，倘若敞开来大干，他半点胜算都没有。

他甚至没有揭竿而起的勇气。

目前唯一的希望就是：孝和睿皇后——现在是太后了，悍然宣布立绵恺或绵忻继位，太子也做不成皇帝的话，势必引起王公大臣尤其是军机处的反弹，舆情激奋，到时仍可浑水摸鱼。因为目前所做的一切，只要太子不出面追究，仍可以种种理由搪塞过去。

直至中午，扬尘而至的八百里加急快报彻底粉碎了八王爷的美梦，快报是从京城发来的，里面是孝和睿太后的懿旨：今哀遘升遐，嗣位尤为重大。皇次子智亲王，仁孝聪睿，英武端醇，现随行在，自当上膺付托，抚驭黎元。但恐仓促之中，大行皇帝未及明谕，而皇次子秉性谦冲，素所深知。为此特降懿旨，传谕留京王大臣，驰寄皇次子，即正尊位。以慰大行皇帝在天之灵，以顺天下臣民之望。

看着懿旨，八王爷如遭雷殛，牙根咬得格格作响。

他实在想不通，此时坐拥京城，具有莫大发言权和影响力的太后，居然没有趁机立自己两个亲生儿子，直接指定绵宁继位！

"在太子没有现身之前，本王绝对不可能认输！"八王爷挥舞着懿旨咆哮道。然后冲到呆立不语的王秋面前，一把将懿旨摔到地上大吼道："本王还没输，赌局继续进行，明白吗？"

"明白。"王秋淡淡道。

解宗元捡起懿旨才看了两行，脸色大变道："这是抄件，原件呢？"

"什么？"

八王爷抢过来又瞅了一眼，急急下令找送快报的兵士，可混乱中那人不知躲到哪儿去了。

傍晚时分，天际边尘土飞扬，浓烟滚滚，一支打着正白、镶白旗号的大军出现了，从阵势看约有数千人，在离山庄四五里处停了下来，似乎在等待什么。约莫过了两个时辰，又有一支大军出现在山庄正北方，旗号为镶红、镶蓝。

八王爷煞白着脸，命人将赫苏丹押到烽火台。只看了一眼，赫苏丹便胸有成竹地说一路乃承德驻军，由阿敏台吉将军统领，兵力为四千人；另一路为金山岭驻军，安巴将军统领，兵力约六千人。

"他们来干什么？谁派他们来的？"八王爷问。

赫苏丹微微一哂："还须问么？想必是奉新皇之命前来剿灭乱臣贼子，否则无人拥有调八旗军的权力。"

仿佛是验证他的话，对面军阵当中冉冉升起一幅大大的杏黄色龙旗，旗中飞龙五指四脚，寓意九五之尊的真龙之身。

赫苏丹激动得老泪纵横，颤巍巍遥拜道："谢天谢地，太子脱险了，新皇即位了，谢天谢地，谢天谢地……"

一切要从围猎大军抵达避暑山庄的那天晚上说起。

与卢蕴交谈之后，王秋心头始终笼罩着不祥的预感，觉得此次木兰秋狝要出大事，遂步步小心，留心观察身边动向。入住山庄当晚，他和伟崮贝勒找来山庄主管，仔细了解历代皇帝预留的避难点和密道，实地勘察后绘制成图，制订危急情况下的逃生线路，终于在第二天早上抓住难得的空隙交给绵宁。

但嘉庆帝身体状况急转而下，八王爷施出霹雳手段，绵宁仓促之下无法按原定计划逃跑，只得先到伟崮贝勒那边临时落脚，择机赶往秘道入口。

大凡地道，都按最隐蔽地点和最短距离设计——相对内乱，更值得担忧的是叛军包围山庄，因此通往外面的几条秘道入口无一例外均在山庄前后大门附近。如果按解宗元的想法进行搜捕，绵宁和伟崮贝勒非但没机会逃跑，甚至有可能在后面的排查中暴露。关键时刻王秋利用八王爷的多疑善变，巧妙让解宗元临时改变搜捕重点，从而让绵宁和伟崮贝勒混乱中在第一时间跑出山庄，脱离八王爷的控制。

来到承德站稳脚跟后，绵宁并未急于回京，而是指令地方官员向紫禁城通报皇帝驾崩的噩耗，摸清孝和睿太后的态度，与此同时以太子亲政的名义调集附近八旗军，对避暑山庄形成合围之势。

懿旨终于抵达，孝和睿太后旗帜鲜明的态度使绵宁深为感动，跪在地上热泪盈眶。现在，他终于能挺直腰杆，以新皇的身份对仪亲王发动总攻了！

看着眼前黑压压、刀剑林立的八旗军，八王爷头一回感受到个人力量的渺小，一天之前似乎成功在望的帝王梦回想起来觉得荒唐而虚幻，仿佛真的做了一场梦。

缓缓回首，八王爷道："王先生，你赢了。"

"草民侥幸。"王秋拱拱手道。

解宗元看着王秋，两眼像要愤出火来，握着刀柄的手微微颤抖，犹豫着是否扑上去一刀杀了他以泄心头之恨。

八王爷喟叹道："为何每次侥幸取胜的都是你，而非本王？可见并非侥幸，实力使然。宗元，大敌当前，是否做好浴血御敌的准备？"

"禀王爷，属下已以保卫先帝灵柩为名传令下去，要求誓死抵抗！"

王秋插道："王爷，逆天造反是一人当诛九族遭殃的大罪，兵士何辜？侍卫何辜？明知无望却拖所有人下水，做无谓的反抗，有违天伦人伦，请王爷三思！"

"要谈遭殃，你是头一个！"解宗元拔刀怒吼着冲过去。

"宗元，"八王爷阻住他，"本王按江湖跟王先生对赌，输就输了，不得违诺……王先生的话也不无道理，只是本王……"

正说着话，对面军阵中突冲出一匹快马，未几来到山庄前抬手一箭，精准地落到烽火台上，箭杆上绑着帛书，打开一看却是绵宁写给八王爷的，言辞恳切，无丝毫倚兵威迫的意思。大意是我绵宁无德无才，却蒙皇阿玛和太后肯首继任大位，新皇即位本该大赦天下，更忌血光之灾，况且皇叔未酿成大错，只须善待山庄内王公臣子，保护好皇阿玛灵柩，开门归降，绵宁决不会追责问罪，今后仪亲王还是仪亲王，可安享晚年而无忧。

实质上赦免了八王爷等人的篡位谋权之罪，与康熙、雍正、乾隆几朝相比，应该算宽仁忠厚之至。以八王爷此刻的心情，恨不得血战而死，但想到王府上下几百号人的安危，无论如何都硬不起心肠，唯有仰天长叹，当下解除对烟波致爽殿的包围和对王公大臣们禁锢，释放王秋，敞开山庄前后大门，自缚手脚，与所有人等排队迎接新任皇帝。

绵宁在一干武将的护卫下威风凛凛进了山庄，迅速解除八王府侍卫和神机营武装，接管整个山庄，然后绵宁亲自下马替八王爷解开绳索，独自登上烽火台接受所有人的跪拜。

"吾皇万岁、万岁、万万岁！"

欢呼声响彻山庄夜空。

王秋隐在树木丛中，看着踌躇满志的绵宁，恍然想起两天前的下午耳边也响着"万岁"，对象却是嘉庆帝。

绵宁在承德避暑山庄接受群臣拥戴，继承皇位，即道光皇帝，此时紫禁城那边却传来密报，说太监们到乾清宫正大光明匾后未找到立储秘匣！怎么会这样呢？难道嘉庆帝未曾立储？

这可是关系到祖制家法的大事！

道光帝急召王秋和伟齿贝勒商量，经过几番策划，第二天清早军机大臣托津、戴均元在烟波致爽殿翻箱倒柜寻找，突然从嘉庆帝生前随身太监那边找到了一个小金盒，由于没有钥匙，托津情急之下将锁拧开，结果发现宝盒里放着嘉庆帝的遗诏，上面明确写着嘉庆四年四月初十日，立皇次子旻宁继承皇位云云。从而一波三折地解决了问题（此事《清史稿》、《清仁宗实录》均有记录）。

回京后一方面筹办国葬，一方面论功行赏。王秋自然是头号功臣，他为叶勒图等一班八旗子弟讨得满意的官职，又奏请皇帝下旨还陶兴予、王未忠清白，彰其忠德，追封三品大员恩荫子孙。做完这一切，他自觉大事已了，请求回老家蠡口，从此退隐江湖。道光帝自然舍不得，久久拉着他的手万般挽留，但王秋心意已决，只说日后若有需要，自当进京候旨。

道光帝无奈，当下颁旨封王秋为"大清赌王"，享亲王俸禄及相应待遇。王秋连称惶恐，说自己今后金盆洗手，不再涉足赌术。道光帝笑道："正因为此才是前无古人后无来者的赌王。"

之后道光帝又赏赐大批金银珠宝，王秋均坚辞不受，问及还有何要求，王秋趁机说出压在心头已久的念头：请皇上破满汉不准通婚之规赐婚，并携宇格格离京。

道光帝当即应允。因在国丧期间，一切从简，只在贝勒府摆了两桌酒席，但道光帝率领一班军机大臣出席，是夜已升任内务府总管的伟齿贝勒喝得酩酊大醉，拉着王秋的手反反复复说"拜托"。

过了数日，王秋低调离京，仅雇了两辆马车轻装简行，送行者唯只伟齿贝勒和叶勒图，大家洒泪而别，约定三年后相见。

出城门后一里多路，右侧山坡上赫然停着一顶孤零零的轿子，轿帘半掩半露。王秋情知应是叶赫那拉，佯装没看见，继续前进。轿帘微动，未几徐徐落下，风声中隐约传来一丝叹息。

又向西南行了三四里，路边早候着一匹枣红色骏马，上面是俏丽动人的卢蕴。

"你……还没离京？"王秋惊讶地问。

卢蕴一掠发鬓，扫了眼马车内的宇格格，淡淡道："你携美而归，我只能留守京城了。"

"江湖很大，何必局限于京城，"王秋恳切劝道，"别跟解宗元冒险了。"

卢蕴从容笑道："八王爷倒下了，还会产生新兴力量，只要存在宫闱黑幕与官场争斗，便有我们爵门活跃的身影，不出数年，下一个惊天赌局即将开始，"她眨眨眼，"或者你三入京城，我们再续前缘？"

王秋叹了口气拱手作别，走出两里路后回望，卢蕴仍立于路边痴痴朝这边看，王秋又叹了一口气。

他明白，自己的人生与卢蕴愈行愈远，永远不可能再有交集。

（全文完）